女儿

蒋睿典 ◎ 著

中国文联出版社

图书在版编目（CIP）数据

女儿 / 蒋睿典著 . -- 北京：中国文联出版社，
2023.10

ISBN 978 - 7 - 5190 - 5257 - 7

Ⅰ.①女… Ⅱ.①蒋… Ⅲ.①长篇小说—中国—当代
Ⅳ.①I247.5

中国国家版本馆 CIP 数据核字（2023）第 202825 号

著　　者	蒋睿典	
责任编辑	王　斐　张云龙	
责任校对	胡世勋	
装帧设计	中联华文	

出版发行　中国文联出版社有限公司
地　　址　北京市朝阳区农展馆南里 10 号　　　邮编　100125
电　　话　010 - 85923025（发行部）　　　85923091（总编室）
经　　销　全国新华书店等
印　　刷　三河市华东印刷有限公司

开　　本　710 毫米×1000 毫米　　1/16
印　　张　19
字　　数　310 千字
版　　次　2024 年 1 月第 1 版第 1 次印刷
定　　价　89.00 元

目录

第一篇 田 园

第二篇 家 园

第三篇 校 园

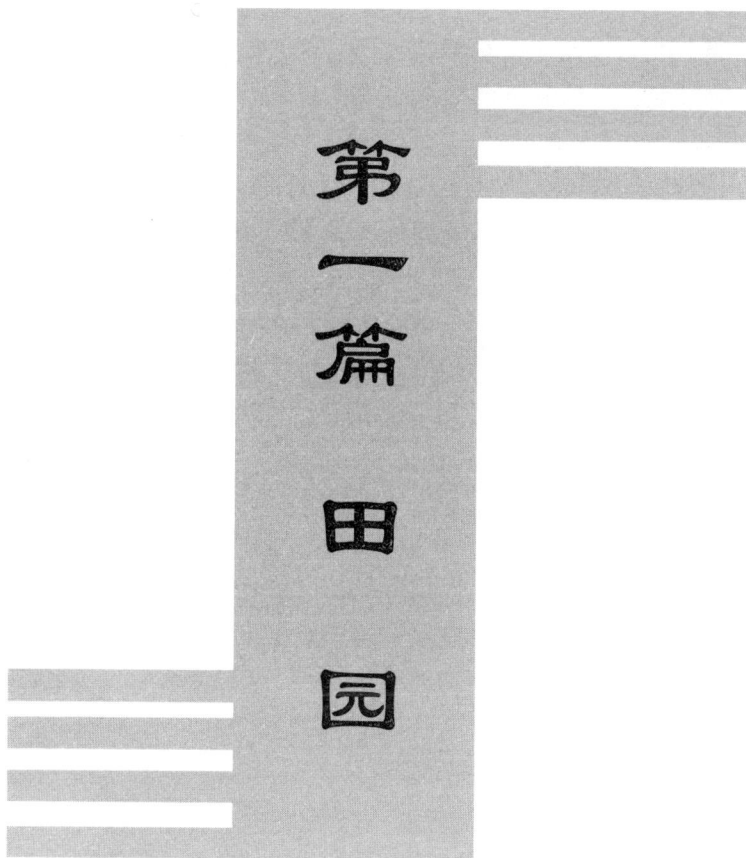

第一篇 田园

第一章　田园村的记忆

"豆花，豆花，豆花儿——！"

窗外传来叫卖声，隐隐约约的。那声音听起来像是从天边传来，很细很轻，嗡嗡的，好像蚊子在叫。

"豆花，豆花，豆花儿——！"

叫卖声越来越近，拖得长长的"儿"字，越来越清楚。第一声"豆花"很响，像一面铜钟，后面的"豆花"变得沙哑，像一面破锣。

那低沉沙哑的声音有些刺耳，像一根针扎了一下，终于把我唤醒了。

姑姑小青一骨碌从床上爬起来，手忙脚乱地穿衣服，噼里啪啦地翻动床边的小桌子，打开小抽屉，稀里哗啦地抓起一把"银角子"。临出门前，她捏了捏枕头边的被角。我闭着眼睛，假装睡着。

一串木门吱扭扭的尖响。隔壁房间传来王家奶奶的声音：

"小青，别忘了给老嬷嬷买一碗！"

小青的脚步声听不见了。我钻出被窝，搬一条小板凳儿，小心翼翼爬上去，趴在窗沿上，透过木格子窗向外看。

天色幽暗。白墙黑瓦朦朦胧胧。那条狭窄的青石小巷被拉得很长，好像水墨画里一根长长的黑色线条，被拉向村子的另一头，一直拉到天边。

豆花担停放在青石弄巷的一个转角。一只圆木桶，另一只是方木箱，木箱上是同样四四方方的木格，上面放一些碗碟勺子，几个装调料用的玻璃瓶子。

卖豆花的男人干瘦干瘦的，个子矮小，像小孩儿扮成的老头儿。他的头也小，额上堆满皱纹，尖尖的下巴上一撮黄刺刺的胡子，一双与他的脸不相称的眼睛却非常灵活，总是瞪着，眨也不眨地看着周围的一切。

他挑着豆花担的时候，两眼盯着两边斑驳的灰墙或前面的石板路，撅着屁股，弓腰驼背，摇来晃去。我总是纳闷儿，这个男人为什么要一大早起床，一年四季走村串巷卖豆花。他瘦得几乎皮包骨头，春秋穿一件肥大的黑衣服，

冬天是破旧的老棉袄；遇到下雨天，还会穿蓑衣戴斗笠——那模样儿，像是田野里的稻草人，或是从褪色古画里走下来的渔翁民夫。他的头上总是戴着帽子，夏天一顶草帽，冬天瓜皮帽，我后来才知道，他的头早秃了，只在最顶上剩五六根枯黄的头发。

他的真名王阿毛，村里人叫他"豆花佬"。

"豆花佬"见到小青，似乎很高兴，咧着嘴笑，伸出一双像鸡爪子的手，摸摸她的长辫子。小青也不躲闪，只羞涩地低下头，一声不吭。

"豆花佬"把豆花装进一次性塑料碗里，配好调料。一碗是咸的，滴上酱油、麻油，加味精、葱末儿、豆豉或豆酱；另一碗是甜的，加白砂糖或红糖。

在小青回屋前，我必须回到被窝里。我虽然假装睡着，闭眼躺在床上，却依稀能感到有一缕阳光从木格子窗透进来，照到小房间的白墙上，照到桌子和我的小床上。阳光里飞舞着无数尘埃，像许许多多的小虫子在嗡嗡叫。

从小我就对声音很敏感，因为我的左耳屏下有一只拴马桩耳，学名副耳——听爸爸说，那是我的第三只聪明耳。开始觉得很丑陋的副耳，后来反而成为我的骄傲，所以一直留着。

每天早上醒来，我就能听到各种声音：公鸡的打鸣声，母鸡的咯咯叫声，树枝上小鸟的叫声。院子里的树上，经常有麻雀、黄鹂、松鸦和布谷鸟光顾。一只野八哥，甚至能把小猫的叫声模仿得惟妙惟肖。王家人喜欢养家禽家畜：小鸡儿、小兔儿、小鹅儿，所以经常能听到院子里小动物的吵闹声。

我会特别留意周围细小的声音：猫走路的声音，老鼠窸窸窣窣爬动的声音。我对狗吠声和水流声特别敏感。晚上，附近不时响起的狗吠声使我心惊肉跳，而窗外和门口水圳的流水声使我安静，像母亲的呢喃，给我莫大的慰藉，使我恬然入睡。

我对气味和色彩同样特别敏感。我时常能闻到各种气味：砖头石块和飘在空中灰尘的泥土味，桌椅板凳和木墙屋柱的烂木头味，潮湿水汽的霉味，烂油臭汁和烟酒的混合味，还有一股刺鼻的尿臊味。自从记事起，我一睁开眼睛，就能看到头顶飘着的气球和身边摆放的毛绒玩具，一大堆衣服：绒褂裤，印花斜纹布的棉袄，棉裤筒。房间里还总有一股奶粉味。

这座老式的砖瓦房对我来说像童话里的古堡。窗户都很小，虽然也有阳光照进来，却总是阴暗阴凉的。厨房里是老式的灶台。水缸和盆就放在门口的房檐下，水缸盖着盖子，可以用勺子舀水洗脸。另一个房间，通向阁楼的楼梯下，有鸡笼鸭笼和猪圈。刚孵出来的小鸡，绒毛柔柔的，黄黄的，跟着母鸡啄食。一只肥猫，有一双金黄的眼睛和一身狼毫似的毛，又馋又懒，很会巴结人，却讨厌抓老鼠，经常在院子踱去踱来。

那院子很大，有点破旧，堆着坛坛罐罐。一眼水井，以前有井栏井绳，用水桶打水。后来加了盖，用手摇式的装置压出水来。旁边洗衣用的石板上面，长着一层厚厚的青苔。院里可以晾衣服，一根绳子从树枝上牵到墙的另一边。

房檐下的走廊，是跨院的两间小房。外间整整齐齐地摆着书桌、椅子、书架，只是落满灰土。我原本与哥哥王家玉睡一个房间。家玉是一个胖胖的小男孩儿，很淘气，一天到晚在外面跑，跑得汗流浃背，仿佛一只冒着热气儿的包子——当然他长得并不像包子，算不上清秀，也不算难看，应该说虎头虎脑，还是挺可爱的。王家人上上下下围着他转，把好吃的、好玩的，把原来属于我的一半都给了他。我有一种失落感和被忽视感。

直到有一天，他背着书包去上学。

他背着书包的样子真神气！他是小学生了，那个身份，让我对哥哥家玉有了异样的感觉。

哥哥去村小后，我到另一间与姑姑小青同住。家玉上学的第一天，小青就辍学了。

小青已经十四五岁了，但看上去仍像个没有长大的小姑娘，瘦瘦小小的，一双瘦骨嶙峋的小手，脸白得发青，鼻尖有点红，尖尖的下巴，两片薄嘴唇，一个小酒窝。这张小脸上，却长着一双出奇的大眼睛，一排小刷子似的长睫毛，呼扇呼扇的，透亮的眼睛水汪汪的，像眼底下的两个泪坑儿。如果不是脸上有几颗黑芝麻似的雀斑，倒是有点俊。

小青虽然脸小头小，却有一头浓密的乌发。她喜欢把自己的乌发梳成两条狗尾巴似的辫子，头前留一排刘海儿，辫子上扎绒绳，没事的时候，她把大辫子甩到前面来，两手玩着辫梢。

我闭着眼睛装睡的时候，阁楼上传来一阵尖叫声。那是妈妈——后来我知道应该叫她小姨——在叫醒哥哥，催促他上学。家玉和我一样喜欢睡懒觉。

一阵男孩子的嘟哝声后面，是噼噼啪啪的脚步声。

小青回来了，用尖尖的手指头触摸我的小耳朵，然后一把将我揪出被窝，笑眯眯的：

"小懒猪，该起床啦！"

我已经学会自己穿衣服了。小青是个急性子，嫌我慢，三两下就帮我穿好衣服，然后给我梳头。端出梳头匣子来，从里面拿出牛角梳子，把我的头发散开来，慢慢地梳。她自己坐在床沿上，把我夹在她的两腿间。我的两只

胳膊正好架在她的两腿上，两手摸着她的膝盖，像两块瘦瘦的石头。

那碗冒着白烟儿的热腾腾的豆花就放在小桌上。那是我的早餐，有时候配个鸡蛋、馒头或油条，有时候是焦酥果子和炸油饼。自从家玉上学，我的早餐也丰盛了。

我的小脑壳里还响着"豆花"的叫卖声。小青似乎看出我的心思，用手指一戳我的脑门，笑道：

"快把豆花食了，姑姑带侬去嬉。"

她盯着我。我咕噜咕噜地喝。一大碗带咸卤汁、葱花味和豆子清香的豆花很快进入我的肚子。那时候弄不明白，我的那一碗豆花总是比别人满，并且用三个"银角子"就够了，而别人的，要五个"银角子"。

那卖豆花的老人与小青的特殊关系，我后来才知道。

"豆花，豆花，豆花儿——！"

屋里很静，街巷也很静。除了偶尔传来的狗叫声令人不安，一切都显得安静祥和。

好像是为了追逐豆花的叫卖声，吃过早餐后，小青也带我出门。刚开始，她拉着我的手步行，然后，我开始耍赖，要小青背我。小青的脊背薄薄的，脖子细细的，但是踏实温暖。她的身子像一只小小的船，载着我摇摇晃晃前行。

穿过弯弯曲曲的青石板路和鹅卵石街巷，偌大的田园村是一个神奇的世界，对我来说，几乎就是我的童年。

田园村是个千年古村，由四个自然村组成，约2500户，本地居民近6000人。南宋末，有王氏，性至孝，父丧，因葬父于附近的凤凰山，誓不应选，庐于其墓侧，守孝三年，为环溪王氏始迁祖。

田园村是江南古村落的典型代表。村里有潺潺的小溪，清澈的池塘，弯曲的卵石街巷，长满青苔的斑驳陆离的老房子，供着祖先牌位的祠堂和百年的古樟，还有古井古桥古民居。村里的建筑有浙中民居特点：粉壁黛瓦马头墙，石库台门天井院，木雕牛腿冬瓜梁，山水人物雕满堂。

田园村格局很有特色，南望蜀山、葛仙，双峰插屏；西有凤凰山之端首，北接云黄圣地。古村落由西向东犹如一只横陈的火腿。东端有聚德堂、新德堂、聚星堂，位于腿爪；西头有慎可公祠、培德堂、大官殿、文昌桥、关帝庙等建筑，位于火腿股部位；村中央分布三十多座厅祠，并在东塘塍和大园之间设商店、茶馆、饮食店、杂货店等，俗称火腿心。村内街巷纵横，临街分布祠堂、店铺、药店。

　　田园村土地肥沃，这里的土地，土质黑，带沙性，适合种植稻、麦、糖蔗、番薯、豆类、玉米和蔬菜。粮食加工、养猪、腌制火腿、酿酒、贩卖六陈笋干百货是村民的副业。王家祠堂的台门上写着"诒厥孙谋，以燕翼子"。田园村的先民，耕读为业，节俭持家，诗礼传承，哺育子孙，福泽绵延。

　　田园村所以物产丰稔，与村里的水利大有关系。村庄与水颇有渊源，暗含江南水乡的韵味。村庄的水系规划独特。东溪和西面的环溪两水交汇，和村前中溪贯通，形成溪流环抱之势。村北环溪出口，三水交汇，出水口建回龙寺、文昌阁、新殿和大官殿，环溪上有锁龙桥。从东溪西瀛下金乌堰分流出一股水圳，和西面环溪引水的分水圳穿过村中央，注入池塘，两水双向回环，既有交融之涵，又能互补倒流，属于水系典范。村西面环溪，有蜀墅塘清丝枧，自清丝枧下，环溪干流引出一分水圳灌溉田畈，农业生产旱涝保收。村民原先还在清丝枧下的岩石上建筑了一座水碓房，以拦水坝上冲刷跌宕下来的湍急水流产生的势能带动水碓砻谷舂米。

　　村庄开渠引水，与村内的七八口池塘相通。水口古樟如伞盖，家家户户门前清水环绕，村中有两口古井，一口八角井系陪嫁井，另一口在环溪中，实为水仓，水仓在溪底部，用圆木围成水井，上面加木盖，平时用砂石铺盖无影无形，与溪滩融为一体，大旱之年取水，车水不竭。碧绿的襟溪之水，自西向东，重重曲曲，穿村而过，把错落有致的古民居连在一起。家家户户门前屋后都有水圳，水圳连着溪流和池塘，水中鱼虾嬉戏，倒映黑瓦白墙，显得古朴典雅，整洁明快。

　　这一切，都是在我长大以后一次次回田园村后，才弄清楚的，许多是父亲教给我的。

　　田园村留给我印象最深刻的，却是豆花和水圳。

　　"豆花，豆花，豆花儿——！"

　　那时候我总是纳闷儿，豆子怎么会开花呢？后来，我长大了，读了诗：

　　"红豆生南国，春来发几枝。愿君多采撷，此物最相思。"

　　红豆会相思，想来黄豆也会开花，开出可以吃的美丽的白花。

第二章　樟树、女人和狗

被王家奶奶叫"老嬷嬷"的，是王家太婆。

太婆已经老得不能再老了，她的个子，即使在我这样的小孩眼里，也是矮得不能再矮，像年画里不成比例的老寿星。她总是迈着半大脚丫，在家里颤颤巍巍地走来走去，神经质地晃着头。那头颅也是出奇的小，顶着一头浓密的白发，显得很滑稽；一张皱巴巴的老脸，使她的头看上去像个核桃，只是那核桃被敲了一下，凹进去一块，那凹进去的黑洞就是她的嘴。

虽然脸上五官已经模糊不清，老人却有一双明亮的小眼睛。那双细眯的眼睛时常发出奇异的光，盯着人看。

在最初模糊的记忆里，我便要面对那张模糊的脸和那双老鼠似的眼睛。我坐在老式的摇车或火桶里，王家太婆坐在对面的藤椅上，一老一小，四眼对视。藤椅边放着一把藤杖，那藤杖是老人用来驱赶野狗的。老太太讨厌狗，家里可以养鸡养鸭和别的禽畜，就是不能养狗。

老宅东头，临水圳的一间屋子是小客堂。一张八仙桌，几条木凳。木墙边放着簸箕、箩筐、锄头、铁铲和别的家什农具。还有坐在门边藤椅上的老人和拐杖。

王家太婆像个守护神一样守着我，不让附近的野狗靠近。

"讨债鬼！又一个讨债鬼！"老太太盯着我，嘟哝着，声音细得像蚊子。她的嘴发出咕噜声，大概是在抱怨。

她总是抱怨，像九斤老太，重重复复，絮絮叨叨。每天早上，呼噜呼噜喝完端上来的豆花，老太太就开始抱怨，不是嫌弃豆花太老就是太嫩，不是太咸太甜就是太淡，不是太冰就是太烫。真正的豆花，要用老田畈里产的黄豆做出来才地道，要用八角井里的水做出来的才好吃。

原来田园村里有两眼古井，一口八角井是老祖宗王家太婆的陪嫁井，就在村口大樟树脚。古井冬暖夏凉，井沿的青石坚硬如铁；沿口一圈，有深浅不一的槽痕，这些槽痕是被井绳一点点磨出来的。

　　老太婆抱怨最多的还是王家奶奶。原来王家奶奶并不是老太婆的"媳妇"，而是老太婆的小女儿，她们不是婆媳而是母女。老太婆一定生了不少儿女，但最后只养活了两个，大女儿嫁到杭州去了，留下小女儿继承家业。

　　老太婆抱怨自己的女儿，不让她吃老街的白切羊肉。实际上，老太婆的一口牙齿早已掉光了，一张嘴瘪进去，吃东西不再是咬或是嚼，而是磨，即便是老街上的美食"千张"，也不见得嚼得动。老太婆嚷嚷着要镶假牙，女儿愣是不肯；老太婆要孙子再生一个曾孙，女儿也不愿意督促。养猪不愿意养，百子灯的手艺不愿意学，总之，这个小女儿是一无是处！

　　王家奶奶嫌弃母亲，说她多管闲事，"口舌吭骨头"（说话没准的意思）；老太婆骂女儿"弗灵清"（不明事理的意思），是个"磅秤鸡"（傻女人的意思）。

　　在这个家里，没有人，只有姑姑小青愿意听老人抱怨诉苦。

　　"太婆，侬再食一碗豆花。要活到年底大年祭，让侬亲手点亮百子灯。"

　　老太婆的头摇得像拨浪鼓似的。以前，她有力气的时候，总是躲在阁楼上做百子灯。

　　老太婆已经不指望小女儿能"善待自己"了。她也是见过大世面的人，在省城杭州，见过不少"大人物"；她的女婿，还是铁路上开火车的司机，吃国家的商品粮、白米面。

　　老太婆拉着小青，要给远嫁杭州的大女儿写信。

　　小青蹲在地上，把信笺放在矮凳上，歪着头，咬着圆珠笔，一会儿问这个，一会儿问那个，在信纸上涂涂改改。她连初中都没毕业，好多字不会写。

　　"读书不知意，等于啃树皮。"坐在藤椅上的老人用拐杖戳戳小青的辫子，叹了口气。

　　除了小青，再没人搭理老太婆。老人坐在客堂门口，躺在藤椅上晒太阳，一言不发。客堂门口，三层石台阶与街面相连。台阶下，就是与街巷平行的水圳。那条在我童年记忆里很大的水圳，实际上只是一米来宽的小水沟，那里有游鱼水草，还有从上游流下来的菜叶树枝。

　　老太婆就那样盯着看。水圳里的水一直流着，流过了春夏秋冬，她干瘪的嘴磨着，磨掉了最后的岁月。

　　有一天，老太婆忽然不见了，像一片叶子，随着门口水圳里的水流走了。

　　不知道老太太什么时候没有的，只记得那一天，姑姑小青眼泪汪汪的，抱着我，一边抹着眼泪，一边说"太太过辈了"。

在田园村，老人去世不叫死，叫"过辈"。在农村，一位八九十岁的老人去世并不是值得悲伤的事，而是"喜事"——红白喜事中的"白事"。

老宅里，一天到晚有陌生客人进进出出。院子里还摆了十几桌酒席。那些陌生人好吃好喝，吃饱喝足以后，脸色涨红，挺着肚子，懒洋洋地靠在椅子上有说有笑。

我在一双双大人的长腿间走来走去，瞧热闹。大约是嫌我碍事，他们把我关进了小房间，把我最喜欢吃的鸭舌端进来。

姑姑小青陪着我吃，啃着馒头，抽抽搭搭的。似乎没有人伤心，只有小青一个人伤心。原来在小青的心里，老太太也是她的保护神。

我不知道发生了什么事，只知道那一阵热闹过后，门口的台阶前再也看不到太婆的影子了。老太太本就是影子一样的存在，她在与不在，没有人在意。

老太太在的时候，家里人不敢养狗，附近的狗也不敢叫。老太太一走，家里就多了一条小黄狗。那条狗是哥哥王家玉养的。哥哥是全家的宠宝，虽然是早产儿，在保育箱里待了一个月，面黄肌瘦的，后来却被养得白白胖胖。他长得虎头虎脑，顽皮得很，喜欢养猫啊、兔啊、金鱼啊这些宠物。

我虽然讨厌狗，但我更喜欢曾经与我同吃同睡的哥哥，所以对他养狗，我也不敢有什么意见。哥哥上学，那条小黄狗就在老宅和外面到处撒欢儿，像个小霸王，欺负鸡鸭。家里的气氛与以往大不相同。老宅四周和门口的街巷上，野狗也多了起来。

有一天，那条小黄狗终于惹出事端。

这一天，附近的街角出现了一个陌生的女人，那女人鬼鬼祟祟的，似乎在打听什么。小黄看见她，狂吠不止，一直把她撵到村东北的半月塘。小黄的后面跟着许多野狗，其中的一只还把那女人咬了。

那日黄昏，我与小青从外面逛街回来，看见王家奶奶和妈妈坐在客堂里，面色凝重，似乎在小声嘀咕些什么。

妈妈——后来我才叫她小姨——是个三十来岁的妇女，胖胖的，大脸盘，牙齿稀疏，肩背像男人般的厚实，短发有几处已发黄，使她看起来比实际年龄要大些。坐在她对面的王家奶奶是个瘦小的半老妇人，头发灰白，一口细牙有一大半是龋齿，已经发黑。

小姨一见小青，狠狠地瞪了一眼。

小青哆哆嗦嗦地躲到一边——那时候，我还不知道她为什么那么怕她嫂子。小青的身份很特殊，夹在母亲与嫂子之间。

原来家里有老太太罩着，谁也不敢造次。老太太去了以后，王家奶奶在与儿媳的较量中落了下风。她自己不会农活，家务也不擅长，只能在村里一家纸箱厂糊纸盒挣些辛苦钱。家里的财政大权已经交给儿媳。

也难怪，自己的儿子不争气，年近三十才娶了媳妇。这个媳妇虽然脾气有点大，但是毕竟给自己生了孙子，续了香火，儿媳还是很能干的，里里外外一把手，平时抠抠搜搜，也是为了这个家。

"别人家的孩子，还是多上点心。"王家奶奶看了我一眼说道，声音细细的。

"别人家的孩子，也用不着像菩萨一样供着！小青十五岁了，没事做，让她带带妞儿，是应该的。"小姨话里有话。

王家奶奶的眼光落在小青身上，幽幽的："这事不是小青的错。是小黄惹出来的祸！"

"怎么是小黄的错？小黄从来不会对熟人叫。那女人不是田园村的，是她自己找上门来。小黄只是赶她走，是别人家的狗把她咬了。再说，我已经带她去朱医生那里打了狂犬疫苗，还给了她两百块钱。"小姨连珠炮似的，好像很生气。

王家奶奶从裤兜里掏出一沓钱，交给儿媳，不再说话。

她们的话有些无厘头。我虽然似懂非懂，但那陌生的女人却闯进我心里，隐隐约约觉得那陌生女人与我有某种联系。想象她被狗撵着跑的狼狈样子，于是对狗更是充满恐惧。那些野狗，会对着你狂吠，会冲上来撕扯你的裤管，咬你的脚。

所以我一见到前面有狗，就绕道跑开，看到狗在打架，心里便慌得七上八下。

闲来无事，小青带我去看"豆花佬"做豆花。

"豆花佬"的家在村东头。几间临水圳的简陋瓦房，一个小院树影婆娑，虫儿鸟儿啾鸣着。院子里有一架石磨，竹竿架上，挂着色泽金黄的豆腐皮。屋子里弥漫着热腾腾的白雾，看不真切，只隐约看见中央一口大柴灶，四口平底锅，摆几个大桶、木板和石块。

这是一个简单的豆腐皮家庭作坊，加工豆花、豆浆、豆腐皮和香干。原料就是黄豆和水。剥壳、浸豆、淘豆、磨豆、煮浆、过滤、加热、揭皮、晾干、收卷、整理，一天到晚，那个小个子男人，像上了发条的齿轮一刻也不得停息。院子里老式的石磨陪伴了他几十年，添豆，磨豆，手上的皮磨掉一层又一层。

石磨吱吱嘎嘎响个不停，在漆黑的夜里显得单调沉闷。

用小勺子把头天浸泡好的黄豆，一勺勺喂进石磨洞眼——这是技术活，很有讲究，太干太湿太粗都不行，不知道"豆花佬"一个人是怎么干的。清晨两三点就得起床，将磨好的豆浆倒入烧得滚烫的灶台大锅，熬煮翻滚，大锅煮开，慢慢往浆里添盐卤，手里拿着卤水小碗，眼睛紧盯，凝结起一片白晃晃的豆花。用纱布包、大豆腐桶、压制用的木板石块，就能进一步加工豆腐或豆腐皮。下午两三点，挑着做好的豆腐皮到佛堂镇上或其他的集市叫卖。

"一轮磨上流琼液，百沸汤中滚雪花。"听起来很有诗意，可做豆花、豆腐皮和豆干，真是件苦差事！

那一日，我们去看"豆花佬"的豆腐坊，顺便逛了村东头火腿厂，又回来晚了——要是在以往，并不会挨骂，可那一天，小姨似乎特别生气，一再责问小青去哪儿了。

"要是再看见你去王阿毛家，我就打断你的腿骨！"

那一天，我被那些野狗吓得迷糊了，晚上做起了噩梦。

我好像很困，却睡不着，不知不觉闭上眼睛，钻进被窝，两手抱住头，深深地埋在大腿上，眼前却是一片迷乱，好像还醒着，又像在似睡非睡的梦中。雷声响了，从远处隆隆地响过来。外面的天空像泼墨一样的黑，浓云跟着闪电，就像一队黑色的恶鬼大踏步从天边压下来。随着闪电雷声，豆大的雨点滴落下来，噼噼啪啪地打落在砖地上，地上的雨水越来越多了，水圳里的水涨高了，漫过了台阶。水溅到屋里来，溅到衣服裤脚上。

我想躲雨，可是附近并没有躲雨的地方。整条街巷都是人家的后墙。格子窗外黑漆漆的，没有鸟雀叽叽喳喳的叫声，只有那群野狗在狂吠。微风吹来，我在淅沥的雨中冻得发抖。

白天在街巷到处撒欢儿，花光了我所有力气，这一刻，我耷拉着脑袋蜷缩一角。

我尿床，打起寒战，病了，浑身没有力气。小青扶我起来，给我脱了湿的鞋，换了干的衣服，把我安置在床上躺下来。裹在软绵绵的被里，我的确很舒服，不由得闭上眼睛，又睡着了。醒来的时候，依然觉得热，踢开了被。

原本漆黑的屋里，点亮了灯。王家奶奶、小姨和姑姑小青围在床边。

王家奶奶再忙，总是牵挂着我。她用手摸摸我的胳膊，再将嘴唇贴住我的额头，轻声叫道："呀！发烧了！"

小青说要送我到小外公那里去打针——她嘴里的小外公就是村里朱医生。

"我不要我不要！"听说要打针，我就叫起来。我最怕打针，还怕吃朱医生给的苦苦的药汤。

小姨正在气头上，说："省省吧，多喝几口水就好了。"

"别人家的孩子，我们总得多上点心。"王家奶奶低声道，"妞儿身上这么热，不知道烧到多少摄氏度了。"

"我哪里不上心了？谁家小孩没有个头疼脑热的？这孩子，一点儿都不好带，真没让我少操心！"小姨的声音有些尖利，"想当初，家玉也是这样，早产，黄疸，三天两头生病，天天熬夜，熬到天亮，不好带！"

笨嘴拙舌的王家奶奶不知如何回应。

"我记得抽屉里还有山栀子。"小姨白了小青一眼，那意思是："你还站在这里干吗，还不去拿?!"

"山栀子"是朱医生的偏方。棕褐色的山栀子有一种奇怪的味道。山栀子剪开，剥去硬壳，捣碎，研粉，再抓一小撮绿茶，泡出茶水。山栀子粉与热茶水调成糊状，包裹好，敷在手心脚心，睡一觉，烧就退了。山栀子糊糊就像一坨黄软的粪便，一不小心就会漏出，黏在衣服被单上。干硬的山栀子糊糊洗去后，手心脚心会留下深蓝的印，就像婴儿身上的胎记。

我一听"山栀子"，马上拧起眉毛，噘起嘴，大叫着"不要不要！"

小青翻箱倒柜，找来找去，也没找到"山栀子"。

"家玉当初是不好带。自从他认樟树为娘，身体好多了，再也没有生过病！"王家奶奶瞥了儿媳一眼。

"都什么时候了，还这么迷信？这事，还得麻烦小外公。"小姨依然没有好声气。

王家奶奶从裤兜里掏出一沓五元十元的零钞，塞给小青。小青悄悄地出了门。

小青回来时，天已经蒙蒙亮。她从朱医生那里配了中草药。

虽然配了药，小姨还是顺了王家奶奶的意。三个女人轮流背着我，来到村西头的大樟树脚。她们围着大樟树绕了三圈，点上香蜡，又烧些纸钱，算是让我认大樟树为娘。

那时候，那棵五百年的大樟树还没有挂上古树名木保护的牌子，枝杈上倒是挂了些写着名字的红布带。那是村里别家的孩子的父母挂的。

后来我知道，在田园村及附近，几乎每个村落的村口水口都有樟树的身影。原来樟树是省树也是市树，是重要的绿化树种，是一级保护的名木。香樟的木质纹理细密美观，不蛀虫，耐水湿，是造船、家具、建筑、雕刻的优质材料。樟树有芳香气味，根枝和干提炼的樟脑樟油，是医药化工原料。

樟树是最古老的树种，在浙江省广为种植，荫庇大地，惠及世代。樟树形态优雅，舒展自如，清香袭人，与人朝夕相见，与小桥流水相得益彰，是天人合一的象征。无论是鹤发童颜新枝繁叶，还是老残奇躯枯骸幻影，一棵棵樟树生死相恋，连理相拥，阅尽人间的风霜雨雪刀光剑影，遍尝世间的沧桑冷暖。

田园村的这棵香樟，高达三十几米，胸径达八米，端庄雄伟。树下还有一眼八角古井。据说这眼古井，也有五百多年的历史，古井水清如镜，从不枯竭，久旱不雨仍可汲水。

每天早晚，井台边总是围满人群。田间地头劳作的人在此歇息，年轻的男女在这里约会，打情骂俏。老人摆一把茶几、一壶香片茶和一包烟，打开话匣，要在藤椅上躺好久。这里，夏日可听蛙声蝉鸣，冬日可看雪压枝头、喜鹊筑巢，推着独轮车的男人走向长满青苔的弯曲的卵石街巷，消失在斑驳的老房子里。一泓小溪，流向远处清澈的池塘。

第三章 培德堂里的木匠

说来奇怪，自从那天早上认樟树为娘，高烧很快就退了。

一定是朱医生的汤药起了作用，我的身体渐渐好转，至少，夜里不再做噩梦。

小姨禁止小青去村东头，我们就往村西头跑。村西有我的"樟树娘"，名正言顺。

"妞儿，我们去培德堂嬉。舅舅在那儿干活儿呢！"

培德堂在樟树脚附近，是田园村有名的老宅，它布局规整，三雕精工，曲线优美，工匠营造技艺高超。这栋建筑坐北朝南，前中后三进，总面积达一千二百平方米。磨砖清水墙砌筑的门脸儿，装饰着精美绝伦的砖石雕，大门青石匾额题"绵延庆泽"，上方的龙凤板上浮雕"孔子问道""舜耕历山"等圣贤典故；侧门青石匾额题"继善""成性"，浮雕是"陶渊明赏菊""周敦颐爱莲"等四爱图；封檐下装饰一组夔龙纹和狮子，也是精美的圆雕砖雕。前门厅堂中央挂"惟勤"木刻镏金匾，由曾任翰林院庶吉士的王氏侄孙王芳题赠。

大堂正中，高高悬挂的"培德堂"镏金匾，是时任江苏巡抚林则徐题赠的，款识"道光乙未岁"，押"少穆林则徐"方印。传说道光十五年（1835），苏州城内瘟疫四起，迅速传染，患者上吐下泻。官府无可奈何，城内浙江义乌人开的"慎可火腿行"老板颇懂医道，从《本草纲目拾遗》中得知火腿爪可治疗腹泻，便命人将火腿行内猪爪全部截下，煮汤研粉，分给患者服用。患者病情大好，瘟疫得到控制。江苏巡抚林则徐遂书匾额相赠。

这些知识，都是我后来故地重游时，父亲教给我的。

那时候，对一个第一次走进老宅的四五岁女孩来说，培德堂巨型屋柱撑起的穹顶，繁复的桁梁牛腿具有震撼的效果。我几乎不敢仰面观看，注意力被离地一米左右的画像吸引住了。

"他是谁？"

"他是宗泽公，金华火腿的祖师爷。"

原来，新中国成立前的田园村，杀猪卖肉、专营腌制火腿有三十家。家家都挂宗泽像。金华火腿出义乌，义乌火腿出田园。

培德堂刚被列为市级文保单位，正在修葺，到处是刨花、锯末、残砖碎瓦，显得有些杂乱。

大门进去，小院子前面有一棵不知道什么树，长了小小的绿叶。地上，冬天干枯的落叶，有的烂了。靠墙停着一排摩托车和自行车。廊檐和扶栏上，架着木头梯子。前后厅屋，二进庭廊，后进厢房，都有戴着红色头盔或黄色安全帽的人在忙碌。他们是佛堂古镇修复古建的老木匠。其中木工参与修缮的，包含门脸儿、雕花构件、木格花窗、龙凤贴金彩画。这些需要精雕细琢的东西，是整个工程里最繁重、技术难度最高的。近十名木工已经工作数月，修葺工程接近尾声。

院子一侧，前厅一个二十来平方米的工棚成了简易的工作室。木工桌上放着工具箱和木工工具：推刨、手锯、凿子、牵钻、锛刀、墨斗、铁锤、钢尺、斧头。

在这里忙碌的五六个木匠，都是舅舅的师兄弟。

一个瘸腿的老头儿，有着雪白的胡子，铁青的脸带些愠怒，扬眉昂首，一只手背在身后，另一只手不时地擤擤鼻子，走来走去，是他们的师父。这位师父来自佛堂镇的一个木匠世家，世世代代子承父业。他爷爷的木匠手艺，在佛堂、兰溪等地曾名噪一时，年轻时在兰溪还当过类似后来建筑行业协会会长之类的官，曾有一年，共参与造了三处"十八间"。

一位皮肤黝黑的木匠，双手粗糙，正手持毛刷，细心拂去一面镂空"跑马板"上的灰尘。另一位同样黝黑，头耷拉着，右耳下一条深深的伤口红红的，像另外一张嘴——他坐在角落里，笑眯眯的，很古怪地歪着头，用一个指头支着他的双重下巴颏，翘起胡子，好像在思考高深的问题。

一位三十七八岁的木匠正在刨木头，布满干燥粗糙纹路的手像铁钳子，一身灰布工装沾满木屑尘土。他个子高高，壮硕，国字脸，板寸头。

小青走过去，叫了声"舅舅"——对所有亲戚，小青都是按王家玉排辈称呼。

那木匠哼了一声，抬起头，瞥了我俩一眼，没回应。他撇撇嘴，嘴角上扬——后来我知道，那是他的习惯性动作，看上去很有些骄傲——不知是对自己的木匠手艺，还是见多识广的学问。

小青讨了没趣，拉着我悻悻走开。

晌午时分，进来一位五十岁左右的男人，头发微卷，络腮胡子连到耳根儿，下巴刮得清虚虚的。他走到舅舅身边，嘀咕了几句，就急匆匆要走。

走到我们身边时，小青叫了声"姨夫"。络腮胡子男人伸出黑黢黢的手摸了摸我的下巴。

木匠师傅们去吃中饭。他们吃住都在厢房里，一张简易的桌子，几碟小菜、一壶老酒，通常就是他们的中餐晚餐。

第二天，我们又去培德堂。

培德堂来了一位陌生女人，穿青灰色工装，三十来岁，胖胖的，一张同样胖嘟嘟的圆脸，修眉下一双明亮的大眼睛，笑起来甜甜的，很和蔼的样子。她的慈眉善目中，偶尔也会掠过一丝忧戚。

她是不是他们说起过的那个被小黄撵的"陌生女人"？

一定不是的，三岁以前的事我记不得了。这个女人，也许很早以前在哪里见过，可我总想不起来。

也许我们之间，有一种奇特的缘分。

果然，那女人一见我，就蹲下来，把我搂在怀里，轻声问道：

"妞儿，还记得我吗？"

我摇头。

"舅妈，典典哪里记得你？当初你抱她来田园村，她还是小老鼠一样的小不点呢！"小青用手比画着。

"也是。"那女人笑了，露出一口洁白的牙齿，伸出柔软的手，摸摸我的"第三只耳朵"，脸上露出淡淡的忧伤。"可怜的人儿，苦命的妞儿，以后——你会有好日子过的。"

她站起来，转头对着小青。

"小青，你叫她典典。谁起的名字？"

"朱师母，王老师给起的名儿。"小青答。

"喔，原来是小外婆。这名儿起得好。我记得妞儿四岁，也该上学了。"

"上学的事由嫂子决定。我也不清楚。"

"也是。妞儿最后给小姑还是三姑还说不定呢。"女人想了想说道，"小青，我有一个姐姐在佛堂镇幼儿园教书，要是妞儿想去，我可以说一声。"

她们之间的对话我完全听不懂，只知道她们在谈论我的事。

面对陌生人，我总是有些惶恐。

穿工装的胖女人走到木匠舅舅身边。

"英俊，大姑父打电话，叫我来抢馒头。"

大姑父是指那个络腮胡子的男人，原来他是给人造房子的泥瓦匠。

"抢馒头？特地大老远跑来抢馒头？"

"我回月亮湾看看爸妈，给雪莲和雪玫送些衣物和吃的，顺道来看看你。"

雪莲和雪玫是他们的一对女儿，是我的二表姐和三表姐。

"我晓得，你是特地来看妞儿的。"木匠舅舅说道。

"我真是来抢馒头的。厂里的姐妹听说田园村好几户人家葺新屋，要抛馒头，都嚷嚷着要来。大姑只准我请假，抢了馒头分给大家。"

"那两箩筐馒头要过我和你大姑父的手，到时候给你留几对。"

"那些馒头东家要留着的。抢着的馒头才利市。"舅妈道。

"后天才是吉日，到时候你再跑一趟。"

"大姑不定会准假。说实话，英俊，我是来看你和妞儿的。你有多长时间没回家了？抽空看看爸妈，也看看姐妹俩。"

"这里的活儿还得干个把月，干完还要修王家宗祠。今年田园村大年祭，冬月初八。"

"英俊，我就是为这事找你的。你别磨蹭，培德堂和祠堂的木工活抓紧点。到时候演戏，要抽出时间排练。大姑的意思，只要是演戏，她一定准假。另外，以后不管是属于三姑还是小姑，妞儿都是你外甥女。你照看着点，给她讲讲故事。"

叫舅妈的女人笑嘻嘻地走了，临走不忘吩咐小青，给她多抢几对馒头。

早上吃的豆花已消化得差不多了。肚子咕噜噜响，我想起香喷喷的馒头，咽着口水。

那馒头我已经在老太太"过辈"的时候吃过了。与别处的馒头不同，这种馒头是一种经过老面发酵后制作的，松软可口，用力一捏，"噗"的一声冒气，手掌大变成一小坨。这种馒头有一股麦香，男女老幼、本地外地人都喜欢。

我长大了才知道，那叫作吴店馒头的很有些来历，已有一百多年的历史。这种馒头中间用羊驼红印一个"福"字，寓意福运降临、洪福齐天，又喜气又好吃。它是义西南，特别是田园村一带民间祭神祭祖时必备的供品，也是过年过节、嫁囡娶亲、添丁祝寿、宗族续谱、操办丧事必备的食品。

此外，这种馒头也是新房落成典礼上必不可少的东西。在田园村，甚至在整个义乌东阳一带，自古就有"新屋架桁抛馒头"的习俗。架桁立栋日，东家要举行上梁仪式，礼成，请泥瓦匠和木匠各提一大箩筐盖着"大吉、大利"的红印馒头，在梁上抛掷。先向东家拉扯的被单抛，然后，按东西南北中的顺序，向围观祝贺的人群抛，边抛边唱《立梁歌》：

> 头对馒头抛房主，先吉先利是自家。
> 一对馒头抛到东，代代子孙做国公。
> 一对馒头抛到南，代代子孙中状元。
> 一对馒头抛到西，代代子孙着锦衣。
> 一对馒头抛到北，代代子孙富又贵。
> 一对馒头抛到中，子孙万代福禄丰。

歌毕，泥瓦匠木匠扯开嗓子喊"紫薇拱照，万事兴隆！"房东领着众人齐声应和："好啊！"随着鞭炮声，一对对馒头抛向四面八方。村中老少，路过的行人兴高采烈，闹哄哄抢"上梁馒头"。有时候，一些富裕的人家，除了馒头，还有花生锦糖甘果等吉利的彩头。

一夜睡眠，我就把馒头忘了。我只记得那一天来培德堂的女人。那胖乎乎的圆脸女人笑起来甜甜的，给我从没有过的安全感。

再去培德堂时，木匠舅舅不再那么严肃，见到我就咧开嘴笑，露出一口纠结的牙齿，其中的几颗发黑发黄。

原来田园村附近的土质肥沃，适合种甘蔗。这里的人糖吃多了，普遍有龋齿。我的牙齿后来经常出毛病，也是因为田园村的水喝多了。

如果不是那口牙齿，木匠舅舅的长相完全配得上他的名字。

木匠舅舅一定想起了舅妈的吩咐，放下工具，和小青说话。

"舅舅，这培德堂是谁造的？"

"是慎可公造的。乾隆四十五年（1780），他创立了慎可火腿行。他的儿子王恒魁、王恒玺，将火腿商号开到了杭州苏州，并且还在苏州开了金华会馆呢！"

"那少穆林则徐是什么意思？"

"你连林则徐是谁都不知道？几年书白读了！"舅舅撇嘴，又露出不屑的眼神。

"林则徐我知道，禁鸦片，虎门销烟。我只是不知道，那'少穆'是什么意思。"

"林则徐，字元抚，又字少穆、石麟，晚号俟村老人、俟村退叟、七十二峰退叟、瓶泉居士、栎社散人。他是政治家、文学家、思想家，民族英雄！"

"舅舅，你真有学问。你的木匠手艺更高超，十里八乡有名。"

小青还是乖巧，把话题引到舅舅感兴趣的木工手艺上。

谁都喜欢听恭维话，木匠舅舅一高兴，干脆坐在板凳上，跟我们拉呱。

古时木匠分"五作"：水作、春作、小木、高料（造房子木匠）、圆木（制作粪桶的木匠）。水作造船，当之无愧坐上座。其次是春作，制作农具。小木制作家具。陈师傅的爷爷和爸爸都就是本地小有名气的春作，受到大家尊敬。陈师傅刚出道时，也制作农具和维修。

我已从高料到小木，现在跟师傅学春作。我的小木已有些名气。红木家具厂还请我当师傅哩。制作红木家具：八仙桌、太师椅、茶几、书案，你以为那么容易？红花梨、黄花梨、红酸枝、紫檀、黑檀分得清吗？明清式宫廷家具，木质一般为紫檀，如今紫檀稀缺，市场上很难再买到正宗紫檀家具了。千金易得，紫檀难买。还有各种图案的雕刻，你看那些龙凤板是不是镂空的？这叫空雕，是明式家具主要的雕花方式。你看那"八仙过海"的图案下面是不是还有案板？那叫浮雕，是清代家具的主要雕花方式。不同的雕花方式，考验的是手艺人的水平。好木料才能用浮雕，一不小心，浮雕便会变成空雕。

现在从事木业的，开料、刨面、打眼等工序全部用上了电动工具，他们不再有耐心，为了一张桌子、一把椅子画上半天草图，为一个图案细细雕琢上若干天。你看这些木匠工具，别说外行人，就连有些年轻木匠也不认得了。

木艺是纯手工活，传统工艺讲究"锛、砍、刮、拉、凿"。别的不说，这纯粹的榫卯结构已经很少有人会做了。凸出的地方叫榫，凹下去的地方叫卯。"开榫打卯"，构件上利用凹凸相接的方式进行组装。熟练的木匠，仅凭眼力和经验就能在木器凿出卯眼来。现代家具用胶水、铁钉，看似结实，但遇外力发生歪扭是无法恢复的。而这种榫卯结构看上去"松散"，但部件经过组装后，严丝合缝，遇外力若发生移位，经过轻微摇动可自动恢复原状。老木匠讲究一料、二线、三凿眼、四组装，每个程序都得过细，差之毫厘，失之千里。

古建筑修缮更难。斗拱和雕刻是古建筑修复中比较复杂的技艺。为学好这门技术，我借了许多古建筑书籍。看着生涩难懂，一个字、一个词地"抠"，总能学会。既要学点技术，更要大量实践练习。比如斗拱制作，既要用到立体几何和解析几何，还要凭多年累积的手法和眼法，保证斗拱原汁原味，外观、尺寸、比例都不能走样。

你说，古人是不是很伟大？那时候没有大机械、没有电动工具，他们是怎么完成这么宏大的工程的？还有这些石砖上的纹样，是怎么做到这么精美一致的？

我就是想跟师傅学一辈子，做古建筑修复匠人。这些古建，房梁结构复杂，牵一发而动全身。支撑屋顶梁架的叫立柱，最外一层屋檐下称檐柱，在檐柱以里位于内侧的柱子称金柱。你看这根立柱，材质是落叶松，全长3米，烂了近1米，如不及时修复，建筑就得不到支撑。作为木匠，要经常到木材市场走走，用一双慧眼快速找到与尺寸相匹配的同等木材。回到现场，用千斤顶把金柱连接的地方顶起来，切割掉腐烂的柱子，在原柱和新木头上做出榫卯结构，将两者完美对接，再用铁箍固定、刷防锈漆、仿原始颜色，金柱墩接才算完成。

"明代建筑房梁多为复杂的斗拱结构。众多木质榫卯结构，环环相扣，换任何一个部件都需要大拆。要用同样的木材加以精确复制，最终成功替换掉腐坏的原件。还有，穿插枋、额枋都要在一条水平线上，尺寸差一分一毫都不行。你说，我这个木匠舅舅厉不厉害？"

木匠舅舅的话，不但小青听得云里雾里，我更是鸭子听天。

说起自己的手艺，木匠舅舅滔滔不绝，也不管小青爱不爱听。

舅舅，我不是来听你吹大牛的。我想知道，什么时候可以抢馒头！

明天，明天就是吉日。

第二天果然是一个阳光明媚的日子。村西头很热闹。有几户葺新屋的人家抛馒头。

小青完全不是平时羞涩柔弱的样子，很灵活，在拥挤的人群里上蹿下跳，抢了十几对馒头。她递给我一个，留几对给舅妈，剩下的用衣服兜着拿回家。

结果，她被自己的嫂子骂了一顿。馒头一个没吃，还把头皮磕破了。

第四章　佛堂古镇

过了立冬，依然还是秋天的气候。白天如果有太阳，天气依然暖和，只是早晚有些冷。

早上起床时，小青给我穿上大红花袄，仔仔细细梳理我的头发，编角丫辫儿。她自己在夹袄外面罩一件薄薄的棉背心，又穿上新布鞋。她耳朵的耳垂上扎了个洞，用一根红线穿过。那个耳洞，就像她的第三只耳朵，使我感到很亲切。

小青用手拨了拨我的第三只耳朵，悄悄地说：

"妞儿，我们今天去佛堂嬉。"

我还是第一次去佛堂古镇。佛堂，那是一个遥远的地方，一个花花绿绿的世界，就像乡下人第一次去大上海，或像成年人第一次漂洋过海去往另一个国度。

我很兴奋，心里想着那个陌生的女人——在田园村口月牙塘被黄狗撵的女人，培德堂里那个圆脸、说话又甜又糯的女人，也许她们就在镇上。

早饭后，我们开始长途旅行。我又蹦又跳，走在前面。出村的机耕路外就是通往佛堂的公路，挑担的、骑自行车摩托车的，人来车往。这天是佛堂赶集的日子。

小青背着我。她的背是那么单薄，脖子细细的，但是很温暖。

小青像出笼的小鸟，叽叽喳喳，时而轻轻哼唱，时而轻声细语。她又变成了"话篓子"，说着不知从哪里听来的童谣。

"自家麦磨自家牛，自家新妇摇罗头。"

"金鹡鸰，银鹡鸰，飞来飞去飞义乌。"

"端午馄饨夏至面。七月半，糖梗两节半。"

…………

说是长途旅行，实际上只有几里地，很快就到了。

佛堂镇历史悠久，钟灵毓秀，曾是浙东四大名镇，也是中国历史文化名镇。这里出土过新石器时代的石斧石锛和青铜剑。"佛堂"一名始于南北朝梁"普通元年"，沿袭至今近 1500 年。据说，当年达摩云游至此，见百姓被洪水围困，投磬为渡，于江左建渡磬寺，于是取名佛堂。

古镇位于江东岸的冲积小平原上，在怀曲渧位落基，丘陵地带的群山远朝近屏，众多的川溪环流。古镇历史，与义乌江有着千丝万缕的联系。义乌江流经佛堂，江面宽阔，江水平缓，伏虎桥、万善桥、渡磬桥飞架而过；画江梅柳、浮桥修竹、老松古刹、吴水垂杨，给老镇增添几许秀气。临水而生船埠和水运码头，给古镇带来繁华。

明末清初，就有人从这里出发，漂洋过海与波斯人贸易。明清时已是非常发达的商埠。清代中叶至民国，金华、兰溪、杭州、徽闽赣及其省内绍兴宁波等均在此设商号会馆。茶馆、酒肆、客栈、钱庄应有尽有，商贾云集，灯红酒绿。古镇的百年老店，有磐石丁氏的长新、义和、六顺。商会街有安徽商人的"新安会馆"，众多徽商中，经营笔墨和红描字纸的胡开文墨庄最为著名，还有安徽歙县人开的"吴德兴布店"。中药铺中，宁波慈溪人沈春华在清道光年间开的"沈太和""沈协和"影响最大。磐石丁氏与人合办的"寿春堂"，前店后堂，全盛时居东阳义乌浦江三县国医馆榜首。王氏火腿行，曾获 1929 年西湖博览会甲级特等奖。民国初年（1912），清末秀才朱氏创办书局及印刷厂，翻刻石印的众多古籍至今还存于图书馆中。古镇还开办了全县第一家电灯公司，第一家洋袜厂，新生第一台婺剧戏班。

古镇沿江，由石头砌成江堤，四五百米长的江边曾有十六处码头：竹园码头、盐埠头、浮桥头、新码头、狗市码头等。古时候，江边桅杆林立，炊烟缭绕，挑夫、船夫、轿夫、牛车夫，熙来攘往，穿行其中，背包拉货，装上卸下，把茶叶、药材、禽蛋、牛羊、鱼秧、酒酱、棉花、蚕丝、绸缎、灯笼、木器、锡箔、扇骨和其他百杂通过兰溪运出去，又把一部分货物，如锡锭、香烟、火柴、洋布、颜料、肥皂、淮猪、湖羊等，自钱塘江运入。

佛堂最著名的老街，三纵三横。横街是连接直街和各沿江码头人货分离的主要通道。直街是主街，长一公里，把古镇分为东西两片。最高点名盐店脚建一横街，有意折一下呈"之"字形。还有许多副街。大文头、人民巷、共和巷、石草田、大成弄、金宅弄，纵横交错的街巷呈网格状，又像一条鲤鱼——鲤鱼口在老市基，直街是鱼的脊背，分布两旁的东西两条副街和横街是鱼的肋骨，临街的屋宇，连栋的飞檐翘角鳞次栉比，就是鱼的鳞身。

佛堂古镇就是我童年的梦。在梦里，那些历尽风霜的墙壁、岁月蹉跎的石阶、古朴的门廊画栋，房檐相接的古巷依稀浮现，而韵味悠长的婺剧、花

鼓戏和小锣书在耳边回响。老街宁静而沧桑，老街上的茶馆，老人喝茶闲聊，用大壶的滚水沏茶。中街的"和记酒楼"，正宗的千张面香味醇厚。万善茶楼上，喝茶的人坐在太师椅上，面前的八仙桌摆着茶壶和兰花，木轩窗口，斑驳的人影移动。河埠头的竹竿晾晒青鱼，磨刀老人在夕阳下吆喝，竹排勾画出水乡风情。

这是江南的水乡，数只渔船漂过烟雨迷蒙的江南民居，神秘悠远，古风犹存。夜色朦胧，渔舟泊岸，渔火闪烁，渔歌唱晚，船上湖岸灯火辉映。秋老瑟瑟风，云深雨蒙蒙。清溪隐隐，飞桥迷离，晚烟晨雾，恍若尘世之间，又在尘世之外。村落深幽，隔岸人家，有如在画。半烟半雨溪桥畔，渔翁醉着无人唤。

十几年以后，当我再次回到佛堂挽着父亲手穿行大街小巷的时候，我才对这个千年古镇有了大概的了解。那时候，古镇街巷蜿蜒曲折，交错延伸，犹如"龙门阵"，在我眼里犹如迷宫，依稀而模糊。我只记得马头墙和白壁青瓦，鹅卵石街道和古色古香的木牌门，门板儿还是老式的，一扇一扇扣上去。从十字街头到浮桥外，遮阳花布下的摆着小食品小糕点的摊位，引得娃娃馋嘴，家长驻足。狭窄的街道两边是百年手工老店：麦芽糖、冻米糖、猫耳朵、芙蓉糕、鸡子糕、回族糕、酥饼、六分饼、芝麻糖、连环糕、红糖麻花、红糖核桃、花生糖、桃酥、油枣。拱桥边，新老市基的石子路上，有很多好吃的东西，本地的土特产和传统糕点。食品如柴叶豆腐、黄荆糕、橡子豆腐、凉粉、腊肉、火腿、薯片、甜酒、拉面、手牵面、索面。还有手工制作的竹木制品、仿古服装、麻绳和草鞋。

小青背着我，沿着弯弯曲曲的卵石路向前走。旁边的小巷里传来有节奏的弹棉花的声音和"唧唧砰，唧唧砰"的渔鼓声。等那些声音安静下来，弄堂尽头又忽地传来"嘣"的一声巨响。一阵青烟冒过，几个顽皮的村野娃娃聚在那里看热闹。

小青放下我，跑到弄堂尽头，一会儿又转回来，夹袄衣角围成的兜里有一把白花花的东西。看着让人直流口水。

"妞儿，你吃吧。这是爆玉米花。"

"你也吃。"

"你吃，我不饿。"

"要钱吗？"

"不要钱。是爆米花佬送的。"

香甜的爆米花又松又软，黏着小青身上的体香汗汁，含在嘴里，瞬间就化了。

转过弄堂，来到一条大街上。临街的店面门口挂着红灯笼。门面儿不大，东西很多，看得人眼花缭乱。铜烛台、铜勺、铜制品茶具、樟木箱、喜鞋、喜服、喜蛋、红绿花生、铜线绣缝的大红喜字、各式丝线绣包、大小脚盆，还有老式的珠儿、箱儿、盖儿、匣儿、凿儿、刨儿、小船儿、钩儿、球儿、刀儿、小台桌儿、玉儿、铜钱儿、木脚盆桶儿、秤锤儿、耳朵挖儿、袜儿、鞋儿、碟儿、碗儿、刷儿、小镬儿、灯盏儿、小套鞋儿，数也数不过来。

原来这儿是古老的婚庆街，红白喜事用品，一站式购齐。

田园村一带，民间嫁女时除金银饰品，还喜欢定做一套锡器作为嫁妆。日常实用的锡器制品有：酒壶、茶壶、油壶、暖壶、蜡壶、酒海、双壶、锡盆、锡杯等，工艺品有：灯光烛台、宝壶香炉、麒麟狮象、白鹤凤凰孔雀、观音和财神等。

前面是花布店和喜品店，一家家挨着，里面挂着一匹匹古色布料和棉麻绸缎时装。

喜品店门口，一位绣娘临街而坐，用一根绣花针在织布上飞快穿梭。旁边坐着两位老太太，似乎在叨叨着邻家儿女的婚配喜忧。绣娘娴雅静幽，旁若无人，一针一线，化作喜鹊梅枝的缕缕花香。

小青叫了一声"四姐"。那绣娘抬起头，莞尔一笑。

绣娘二十来岁，小巧玲珑，眉眼儿与小青长得很像。

"真是个漂亮的小娘，小青，她是你侄女?"绣娘的眼睛落在我身上，声音柔柔的，甜甜的。

"是——另一个姨娘的。"小青吞吞吐吐，似乎有难言之隐。看着旁边坐着的两位老太太，把后面的话咽下去。

"噢，是别人家的孩子。小青，你可得上点心啊。"

小青听到"别人家孩子"的话，红通通的脸暗了些。

"小青，你来看四姐，四姐很高兴。"绣娘放下绣针织布，摸摸小青的辫子。

"四姐，我到剧院去看阿娘!"

"前些日子贾师傅过辈，阿娘去送，不知道有没有回来。"绣娘忽然想起什么，站起身走进店里，出来时手里拿着一沓钱，塞到小青手里。

小青推脱一阵，把纸币还给四姐，"银角子"塞进衣兜。

"四姐，你什么时候坐花轿?"

"四姐不会忘了你的。小青，到时候请你吃喜糖，坐在四姐身边。"

小青娇羞地笑着，仿佛自己就是那个要出阁的大姑娘。

小青的四姐，不但会绣花，而且有一手做布鞋的好手艺。刺绣活，主要体现在状元帽、花枕头、花涎兜、戏装等许多种不同花样的穿戴及装饰品之中。布鞋是姑娘出嫁时少不了的嫁妆之一。从前的姑娘，会亲手做几十双或上百双单鞋、棉鞋和童鞋作嫁妆，作为新娘见面礼赠送亲朋好友。搓麻线，纳鞋底，做鞋圈，绱鞋和楦鞋，做布鞋并不容易，需要心灵手巧，与刺绣一样，是田园一带流行的民间传统工艺。

不知不觉间，就到了大成路。整个街道，大多是白墙黑瓦的徽派建筑。两边商铺卖啥的都有，前段大多是服装店。

拐过弯，就是新华剧院。

新华剧院是古镇最鲜明的文化地标。它的前身是20世纪30年代由商会搭建的一个戏台子，也是全县第一个戏台。当时的戏台，有里外雨台之分。外雨台台柱上写一副对联："看戏的会是你我他，演戏的都是疯癫傻。"横批："仰观俯察。"里雨台的对联则为："三五步走完上京赶考千里路，五六十扮演将帅出征百万兵。"横批："人生如戏。"

后来，剧院用来放电影，演出本地的婺剧和曲艺。再后来，它是专门用来演义乌道情的剧场。

新华剧院的"老面孔"透出几分沧桑：圆弧形的屋脊线，三个拱形门，斑驳的灰墙，中央拱门上方是工农兵的浮雕。

我们从一旁的拱形门走进去。里面很宽敞，几排柱子，柱子间放四方桌椅，桌子上放着茶壶茶杯。剧院里正有演出，坐满了中老年人。

前方正中央的戏台上，一个五十来岁的妇人正在说小锣书。一手一面小铜锣和一副三夹板，另一手拿一块花手帕。她穿着薄薄的红缎子花袄，扁扁的圆脸儿有一处酒窝，随说唱声打旋儿，笑的时候左嘴角向上牵，露出一排细牙，左边有一颗镶金。她的头发梳成麻花髻，髻上插几朵兰花。

我们站得远，看不真切，只觉得她一会儿哭，一会儿笑。也听不懂她的唱词，只听得她一会儿吊嗓子般高唱，一会儿又哼哼唧唧在述说。

"她在唱什么？"我问。

"花名宝卷。"小青答。

"她是谁？"

"她是我阿娘。"

我后来才知道，阿娘——也就是小青生母的身世。

小青的阿娘，从小喜欢听戏文曲艺，每晚在村口的大樟树下听道情，让她觉得很满足很过瘾。她 13 岁开始学唱道情，16 岁出师。师傅故去后，又学花鼓。没有对子搭档，又去学小锣书，拜佛堂乃至整个义乌最有名的贾好笑为师。

贾好笑，别称"佛堂麻痢"，因为脸上有麻点，才得这个江湖诨名，他演出时穿青布长衫，很有范儿，在佛堂古镇乃至全市非常有名，几乎家喻户晓。他自幼喜爱民间艺术，17 岁学艺，拜杭州艺人为师，擅长小锣书，自编自演，唱词幽默风趣，群众十分喜欢。

小锣书，又名小热昏，流行于上海、杭州等地，前身是清末的"说朝报"。义乌小锣书，源于清末民初的"醒世谈笑"，伴奏乐器是一面小铜锣，以说带唱，语言通俗诙谐，生动幽默。

贾好笑的小锣书，原是他走村串巷卖"梨膏糖"的一种表演方式。用中草药纯手工熬制的梨膏糖有止咳化痰、消炎祛火、清肺润喉的功能，源于唐朝，历史悠久。贾家四代做梨膏糖，他唱小锣书，经常即兴随编一些生活的滑稽笑料。唱罢小锣书就开始说书，说到紧要关头，等观众聚集成群，就打开箱子，兜售梨膏糖。卖完糖再说一会儿书，再到关键时又刹住卖糖。有时候为了烘托气氛，他还会耍酷——捡起假牙，吹了一口，又迅速装上，继续演出，逗得众人大笑。

过一会儿，唱小锣书的妇人下得台来，给听众续茶水，把四方桌擦得干净铮亮。

小青阿娘在新华剧院唱小锣书，还负责烧开水、打扫卫生。她又在剧院门口摆个摊儿，卖梨膏糖和黄荆糕。

等忙完了，小青阿娘才走过来，把我们拉到旁边的角落。

她的面容，这时才看得真切。她的耳朵也打了洞，挂着两个银耳坠，随着头部的摆动摇晃。再顺着肩膀向下看，她的手腕上有一条青色的伤痕。她的眼睛很特别，其中一只像是假的，里面装着一个玻璃球，四周似乎黏着白色的眼屎。乍一看，她的脸凶巴巴的。

她伸手来摸我的脸，我吓得躲在小青的身后。

"青儿，你现在是别人家的孩子了。以后少来看我。这里人多嘴杂。"老妇人低声。

"阿娘，我是你女儿。我记得，小时候，你穿蓝布大褂，手提一个脏了的长布口袋，袋里装一把胡琴，教我鼓唱戏文。你给人缝补衣服，赚一袋花生

和蜜枣。晚上，在灯底下，你教姐姐做布鞋，教我描红摹字。你还叫我心
肝儿。"

"你现在还是阿娘的心肝儿。我记得把奶头塞到你的嘴里，你咕嘟咕嘟地
吸呀吸呀，吃了一大顿奶，立刻睡着了，过了很久才醒来，也不哭了。小青，
别怪阿娘，都怪家里穷，最不济的时候，一年垒六次灶，还租住过祠堂。你
爹苦出身，是个不错的老实人，我才嫁了他。你那些姐姐，上三年就再没去
上学，干活儿贴补家用。小青，这是你的命，生好的命，钉定的秤。小青，
你千万不要怪阿娘——"

"阿娘，我不怪你。"

"牛食稻秆鸡食谷，各有各的福。种田弗好害一春，教子不好害一生。我
高兴的是，你四个姐姐都有出息，嫁了好人家。一家囡百家求，一家成功九
十九家休。做女儿的，迟早是人家的人。男依勤，田头地角出金银，女依勤，
衣裳鞋袜样样新。"

那妇人掏出一块手绢，抓了一把"银角子"，叫小青买些糖果糕点给我
吃。糖果店就在梨膏糖的摊位边上。

小青买了块黄金糕，塞给我。

"贾师傅过去一年了。这门手艺总得有人传下。以后少来找我，有事到塘
下洋外婆家找你爹。"妇人道。

妇人掀着包钱手绢，想了想，一把全塞进小青的衣兜，又吩咐我们中午
去吃千张面。

小青站着不愿意离开。那妇人转过头来向我笑。

一缕阳光从拱顶上泻下来，正照到她的脸上，她的眼睛一闪动，眼泪似
乎透过又湿又长的睫毛流下来了。她笑嘻嘻，斜着眼看。那髻上插的兰花发
出清幽幽的香气。

这一刻，那只瞎眼不再丑陋，使我害怕。她的脸也不再凶巴巴的，反而
有些好看了。

"过两天是十月十，到时候人山人海，人挤人，人堆人。你带着妞儿，不
要来凑热闹。要是把她弄丢了，怎赔得起！老老实实在家待着。"

农历十月十是佛堂传统的庙会。新中国成立后演变为由政府组织的物
资交流盛会。后来内容不断增加，演戏、放电影、文化活动丰富多彩，成
为古镇规模最大的民间传统节日。赶会的人员来自周边各县市，人数多时
达二三十万，大街小巷都是川流的人群。

门口一条春风秋雨巷，楼头满座南腔北调人。

28

从新华剧院出来，我们在小吃摊上吃一碗千张面。小青并没有回去的意思，要带我去看码头。

依稀从身后传来小锣书的声音，渐渐消失了。

主街通往浮桥头的小道边，有个布艺店。老板娘是个穿旗袍的女人，二十七八岁，小巧丰满。

小青见老板娘，叫大姐。

"小青，你今年多大了？"

"大姐，你真是贵人多忘事。小青十五了。"

"不是大姐忘事，嫁出去的女儿泼出去的水，我不能再多顾娘家的事。大姐店里的旗袍，还有其他的服装，都是从你大姨厂里拿的。我跟你大姨说一声，明年十六，你可以去她厂里打工了。"

小青没有回答，看着大姐回到店里，背起我，来到江边。

江堤上有棵大樟树，胸径达一米八左右，有着八百多年历史，高耸的枝干显得有几分古朴和神秘。不远处，有一对穿红色外套的情侣，在暖暖的金色光晕中，站在江岸石壁上。

小青的脸上又泛起红晕。

我们一直沿江走。江畔有云水浮桥。

太阳已近从正顶向西坠下，光线斜斜从西面洒向江面，粼粼的波光熠熠生辉。江面如镜，浩瀚的苍穹，蔚蓝色的天空，如絮的白云，都倒挂在水中。江对面是白墙黑瓦红楼和高低错落的树。风吹过疏朗细枝，拨动涟漪。江水拍打堤岸，如古井旁妇人的捣衣声。江西岸的村落、浮桥、铁索、松木舟、石杜桥墩，都融入夕阳下的水墨画里。

第五章　榨糖季

农历十月十，田园村的成年人都去佛堂参加交流会，俗称"赶兴头"。

姑姑小青没有去。她因此伤心了好几天。

我有些纳闷儿，想着，小青之所以不高兴，肯定和我一样，是因为早上没吃到那香糯的豆花。一连十几天，那豆花的叫卖声消失了，小巷里，再也见不到那个挑豆花担老人的身影。我睡觉的小房间里，不再有豆香奶香，而是一股说不出的怪味，那是从木格窗里飘进来的院子里青苔的霉味、腐烂食物的馊味和潮湿水圳的鱼腥味。

多想让小青背着我到佛堂古镇去嬉啊！我的小脑瓜里，还装着那个"陌生的女人"。我以为把她忘了，可是夜里一做梦，还是梦到她。我希望能到佛堂或者培德堂里去寻找。

这天早上，小青显得很兴奋。原来她得到允许，可以带我去塘下洋。

小青的外婆家塘下洋又叫青村，曾是义乌的四大官村，是历史悠久的古村落。七八百年前，江南名儒、元代诗人金涓隐居蜀塘畔，他的子孙后来迁居于此。它是千年水利工程蜀墅塘大坝下的第一个村落，所以得名塘下洋。

古村在蜀墅塘北面的沃野平畴落基，从蜀墅塘流出的环溪从村东西两面流过，引分水圳入村，从家家户户门前屋后流过，注入村内十几口池塘。村内还有明代古井，蜀洋桥，清代八字折边石拱桥。通往金华东阳的古驿道演变成后来的老街。街边有砖木结构的商贾宅院，粉墙黛瓦，雕镂满堂，前厅后堂，重厢跨院，火巷拱券相连。

村民以金姓为主，从事种植、酿酒、腌腊业和豆腐制作，尤以酿酒业著称。明清时期最负盛名的"昌盛""振泰"两家酒坊，生产味道醇厚的黄酒——双腊、陈白字、顶陈、陈甘生、五加皮、状元红，除在佛堂老街开店，还销往金华兰溪和徽州。陈白字、陈甘生在 1929 年第一届西湖万国博览会获金奖。新中国成立后，公私合营创办第一家国营酒厂，生产有乾元、聚源、古风。

这些是我长大后才知道的事。那时候，离田园村只有几里地的塘下洋还是很陌生的存在。每一次，拓展我童年世界的探险之旅，都是值得期待的。

太阳出来后我们才出发，穿过大樟树脚的街巷和培德堂，来到机耕路上。

早上的天气有些冷，屋檐下挂着细细的冰凌，水圳浅的地方，结了一层薄薄的冰。小青穿起了那件平时很少穿的大红花袄，下身一条肥肥的散腿裤。她的腿很瘦，风一吹裤子，就晃荡起来。实际上，她浑身都瘦，后脊背平板儿似的，从袖子里伸出的手指，不是纤细的那种，而是像枯枝。那小平板儿似的背影，每次蹲下来让我伏在她的背上，搂着她细细的脖子，我都有些于心不忍。

可是小青一定要我这样做。她很兴奋，早上连辫子也没梳。

这是冬至前后的榨糖季。这样的季节，在佛堂古镇，在田园村附近一带，是比过年还欢快闹猛的。十一月起霜后，榨糖季就开始了，附近村庄逐渐萌动，糖农们也陆续吆喝起来。田野里，大批的蔗林成熟，一眼望去，像漫无边际的竹林。到处是糖蔗和红糖加工作坊，干冷的空气中飘着一丝丝甜香。

"为什么叫'炸'糖？"我的小脑瓜充满问号，总想把它们拉直。我以为，是像过年时放鞭炮，把小鞭炮丢到水圳里，把水"炸"开。

"是'榨'，压榨的'榨'。榨糖用的是青皮糖梗，过去用木车牛力绞取蔗汁，用铁锅熬制。熬出来的就是砂糖。"

"为什么叫'砂糖'？"

"我也不晓得。也许它们像江滩上的沙子，有一股泥土味儿，所以叫砂糖，也叫乌糖。砂糖就是红糖。你吃的甜豆花，放的就是砂糖。那些'鸡毛换糖'用的生姜糖，梨膏糖都是用砂糖做的。那些大肚婆怀孕生小孩，都要吃，很补。这些都是阿爹告诉我的。"

小青似乎什么都懂，我很是钦佩。

我们边走边说，驱赶旅途的寂寞。

太阳已经升高了，天气暖和了许多。路旁的桂花树，桂花早已谢了，但是我分明闻到了小青身上淡淡的桂花香。她的脸粉嘟嘟的，鼻头两边沾了尘土，鼻尖和嘴唇上边渗着小小的汗珠，模样儿俏皮又好看。

太阳像个懒洋洋的气球悬在空中。朦胧的光线下，远处的高压电线看上去像蜘蛛网。起伏的山坡，有一层层石砌的梯田，上面有一片片还没有收割的甘蔗林。土路好像永远也走不到头，路边枯黄的草地上，有一堆堆枯树枝和稻草垛，边上停着几辆自行车。

我们拐进了田间小路。小路两边的田畴，是一畦畦的稻茬、一个个晶亮

亮的水洼、一排排果树。绿茵茵的田垄菜地间，散布着荷塘。虽然荷秆倒伏，那些枯萎发黄的荷叶还透出点点顽强的绿色。听到脚步声，荷塘里的稻秧鸡扑棱着翅膀掠过水面，钻进草叶茭白丛里。田塍间，挑担荷锄的农人在忙碌，在收割糖蔗。其中的一位老农，穿着土布衣服，在挖坑，把青皮甘蔗深埋。青皮糖梗可以榨糖，也可以直接出售。集市上，经常可以看到有人拉着三轮车叫卖。而糖梗埋在田间泥土里，随时可以挖出来吃，或是待来年春节再出售。

小路尽头出现一座古建筑，黑色的屋脊，鹅黄色的围墙，正面是八字形的大台门，船篷形的轩廊。

"谁住在里面？"我好奇地问。

"是关公爷爷。那是关帝庙。关公爷爷也叫关帝，他是财神爷。"

"姑姑，你也有爷爷吗？"

"有啊。还有奶奶，外公外婆。我外公外婆就住在前面的村子里。酿酒，养猪，腌火腿，做豆腐，榨糖。阿爹的手艺就是从外公那里学的。"

"外公外婆是谁？"

"外公是妈妈的爸爸，外婆是妈妈的妈妈。"

"我也有外公外婆吗？"

"有啊。你忘了，上次我们去佛堂，就准备去来着。沿义乌江一直走，就到你外婆家的月亮湾了。"

"我怎么没见过？"

"到时候他们会来看你的。他们都活着，活得好好的。不像我，再也见不到外公外婆了。再说，他们活着，也不见得会认我。他们姓金，我姓王。"

"我姓什么？"

"应该姓蒋。或者姓吴，姓王。我也说不清。"

小青的话，我许多听不懂，越听越迷糊。

我还想问个明白，可是没有时间了，因为我们的目的地到了。

低缓的山坡上，有二三十间低矮的老房子，石子砌的围墙上贴着招贴画。画上写着"乌伤农业、美丽田园、秋实榨糖厂"的字样——那些字我并不认识，是从小青的嘴里得知的。

小青有个习惯，不论到何处，只要我在身边，遇到她认得的字就低声念出来，不认识的就咽下去。

黑色的瓦楞间冒出白烟，像灶台上的水汽给人踏实的温暖感。一侧的铁皮大门敞开着，载着糖蔗的三轮车、独轮车进进出出。那些老式的独轮车来一辆去一辆，被扭着屁股的人推着，吱吱嘎嘎地响。院子里的果树下，用塑料布支起的帐篷里，堆放一摞摞的糖梗，竖放横卧，二三十根一捆。泥土上，还有装满甘蔗渣的编织袋。

矮墙后面的坡地上，堆着干柴劈开的木头垛儿。那块空地，长满比墙高的草。似乎还有一个牛棚。原来以前用大水牛吱吱咯咯榨糖，现在虽然用上机器，但是停电时候还用得着。听小青说，她小时候还看见过木车牛力绞糖。两个硬木滚筒，滚筒上端做成两个合缝的齿轮状，一根长长的弯木作杠杆，在牛力的牵引下同时转动，糖蔗从两个木滚筒间隙喂进去，滚筒转动，糖梗压碎，糖水绞出来，沿着水槽流入糖缸。

榨糖厂里面很嘈杂。院子里似乎有个大水槽，一根根橡皮管盘曲着。排气扇呼呼地扇着，发电机马达的声音，机器的响声，像轰隆隆的打雷声。

所有的门都是敞开的。我们走进旁边的房间。房间里有一架木梯，墙角放着铅桶、橡胶桶和木桶，地上散落碎叶烟头。一群脸色黝黑、胡子拉碴的男人进进出出。有几个坐在旧沙发上乐呵呵地说笑，递烟抽烟拉家常，不时地拿起桌子上的小酒瓶喝上两口。

喝酒为的是取暖。天阴的时候，山坡上风挺大，吹得一侧的铁皮门哐哐直响。他们吃住在厂里，每到榨糖季，他们必须通宵达旦地干。

小青把我放下，拉着我的手，推开玻璃门，走进盖圆弧形棚顶的大房间。里面暖融融的，烟雾水汽蒸腾，弥漫着浓浓的糖香。

这儿大概就是熬糖的大车间了。几个头戴旅行帽、穿藏青色的大褂的榨糖师傅在忙碌。十口大铁锅，从大到小，一字排开，最前面的大锅里浮起一层层泡沫。糖浆从一口锅舀出倒进另一口锅里，越到后面，锅里的糖浆越黏稠。这是土法制糖，是最原始的方法。

有三四个工人在劳动。其中一个干巴瘦的老人，工作服肥大得拖地，一刻不停走来走去，拿一把大铁锹在不同的锅里搅拌。旁边的人不时地在问他话——显然他是这里的大师傅。

帽檐下的那张脸似曾相识，我认出来了，是卖豆花的老头儿。

小青的嘴唇动了动，没有叫出声。

老头儿神情漠然，装作不认识小青。看到躲在小青身后的我，点点头，严厉的脸挤出一丝笑容，他的嘴咧着，露出一口发黄发黑的牙齿，其中还有一颗标志性的虎牙。

老头依然忙他的。

我们走进隔壁的一个房间。几个箩筐装着细沙似的红糖。还有几个筐里，

是用来装粘糖浆的麻花、酥饼、核桃仁、泡桐和芝麻。靠墙有一排像草席那么大的铅皮台子，台子上撒了一层薄薄的芝麻。一个铁篮子从最后一口糖锅里捞出来，上面装着粘了糖浆的麻花、泡桐、酥饼，倒在台子上，用三齿耙扒开了。稍稍干一些，装在塑料瓶、瓷瓶里或陶罐里。

粘了糖浆的麻花，又红又香又脆。田园村的人叫"千金糕"

"妞儿，要吃千金糕吗?"

我摇着头，嘴里溢满口水，不自觉地吞咽着——我的身高刚好够得上台面。那些"千金糕"充满诱惑。

"阿爹是大师傅。这里的师傅我都认得。吃吧。没关系。"

小青从台子上取一块，放在我手里。咬一口，嘴里满是焦香味。

一转身，看见小老头走进来。他鸡爪似的手高高扬起，食指中指弯曲，朝小青的后脑勺重重地敲下去。

父亲的"栗凿"，大部分小孩都吃过的东西，一敲一个大包。

第二次扬起的时候，一个三十来岁中年妇人冲进来，把老头的手拉住。

"她偷吃人家的东西，这还了得!"小老头气鼓鼓的。

"阿毛师傅，我认得的，她是你的千金。"那胖乎乎的中年妇人很和善。她背着一个挎包，包里装钱，因为随时有人进来，买那些粘了糖浆的麻花之类成片半成品。原来她是老板娘。

小青使劲咬着嘴唇，泪眼汪汪的，不说话。随手掏出衣兜里的手帕，那里面包着的是她姐姐和母亲送给她的银角子。

"老板娘，她不是我女儿，是别人家的千金。是我女儿，也不该偷吃东西。"小老头把手轻轻放下。

"小孩子，吃点没关系。来这里的大人，都可以吃点拿点。阿毛师傅，你太顶真了。"

"别人吃得，就她不能吃。我是大师傅，不能开这个口子。"

老板娘把小青拉到一边，用手摸摸她头上的辫子，附在她耳边嘀咕了什么。

小青拉着我的手，来到另一个房间。

"小青，你爹就这脾气，别往心里去。说起来，我还是你姨娘。这里有一罐'千金糕'，算我送你的。"

"姨娘，我不能要。"

"听话，拿着。一定要付钱，我会从你爹的工钱里扣。拿着!"

时候不早了，我们该回去了。天阴下来，看上去要下雨。

我们依依不舍地离开。

回头看时，那个小老头还在榨糖厂的铁皮门边站着，冷风嗖嗖的，吹得他单薄的身子瑟瑟发抖。

我忽然间觉得身上涌起一股暖流。

第六章　乡　医

门口的水圳，清冽的水汩汩流着。日子也像那水圳里的水一样平静，不曾泛起一丝的涟漪。

可在我的小脑壳里，一切并不像表面那样平静。我总是纳闷儿，姑姑小青并没有偷吃"千金糕"，那个卖豆花的老头却要用"栗凿"敲她的后脑勺；那个老头儿明明一副凶巴巴的样子，小青却还是不记恨，抹干眼角的泪水，装出一副笑脸贴上去；我总是纳闷儿，小青，还有别的孩子，都有外公外婆，而我从来没有见过他们。小青虽然在家里常常挨骂受委屈，但她还有阿娘、姐姐。我的阿娘、姐姐在哪里呢？

也许我真的是樟树娘生的？

一开始，我隐隐约约觉得，那个曾经给我换过尿布、喂过奶粉的女人是妈妈。后来知道，她不是，她只是我的小姨。

也有一个女人经常来看我。那个女人与小姨长得很像，只是比她个子高些，一头半黄半黑的头发，偏方的脸，颧骨凸出，很有些男人的气概和模样。她通常在周末来看我，一开始是骑摩托车，后来开一辆皮卡车。每次来，都带一大堆吃穿的东西——奶粉、糕点、绒毛玩具、小人书、红袄棉鞋、绒衣绒裤。她把我搂在怀里，又是亲又是抚摸，叫我的小名，很亲昵的样子。我知道，她是想与我建立一种亲密的关系，可在我心里，总有些隔膜，有些别扭。

有一天，大概是冬至过后的一个早晨，那女人又来了。

两个女人就在院子里说话。小青到街面上给我买早点。我悄悄地钻出被窝，贴着墙根听。我知道她们是在谈论我的事。

开始时声音很轻，悄悄议论，后面，她们的声音越来越高，尖利激烈，好像在争吵。

"一奶同胞的姐妹，你那点心思我还不晓得？"是那个女人的声音，责问的口气有些强硬，给人一种压迫感。

"当初嫂子把她送来，我一直把她当你的孩子养。养着养着就养出了感情。我是动过心思，希望给家玉要个妹妹。可是，姐，一想到你，我就把那念头掐了。"小姨在辩解。

"家玉是我外甥，当初在保育箱里待着，那可怜样，谁不心疼？——我带来的那些东西，让自家外甥揩点油，很正常……"

"姐，你真是错怪我了。你没养过孩子，吃喝拉撒，头疼脑热，处处要钱——你给我的那些，根本不够用。我还得往里倒贴。"

"要钱你就明说。下月起，每月再给你增加三五百的。"

"不是钱的事。多那几个子儿管什么用？家里的男人不争气，一个是酒葫芦，另一个像木头疙瘩——眼看着别人家葺新屋造洋房。这一家子，还住在老古董一样的破房里，我心里好受吗？"

"这些个我也不怪你。家家有本难念的经。要不是生意忙，得一个人撑起一家店，从睁眼忙到闭眼，我早就接她去县城了。我怪你的是小孩都快五岁了，为什么不送她去幼儿园？"

"姐，你又错怪我了。我送去过。小孩哭闹得厉害，把老师的脸都抓破了。我想着，小青辍学在家，也没事，让她带。没想到越带越野。也不是小青的错，别看这孩子文文弱弱的，心思多得很，鬼精鬼精的。老太太的眼睛多毒——她一看就说，'这孩子，将来不是省油的灯，有一天被她卖了还得给她数钱'。再说，姐，你自己晓得的，小孩还没报户口，幼儿园太远，在村东头，她又怕狗，第一次去哭得昏天黑地的。村幼儿园，本村的孩子有优惠，外地的孩子要贵些。镇上的幼儿园更贵，还要专门一人伺候，每天接送。"

"什么事情都可以耽误，小孩读书的事千万不能耽误！要多少钱，你就直说！"

"不是钱不钱的事。我找过园长。她不肯收。我有个主意。把小孩送到小外婆那里去。她本是幼儿园老师，退休在家，闲得无聊，又很喜欢孩子——做生意很难，挣俩辛苦钱，谁都不容易！"

院子里的说话声小了。一阵细语后，是愉快的笑声。

吃过早饭，我就被送到"小外婆"家里。

"小外婆"就是王老师。她的家在水圳上游，村口半月塘边上，一栋祖上留下的砖木结构老宅，二进的老宅建在高高台阶上，青石台门的门楣上刻着"耕读诗书"的字样。青石板的小院里有一棵老桂花树，一口养着荷花的鱼池，池边一排兰花盆——一切都显得明净整洁。

王老师六十来岁，中等个子，一头花白头发齐刷刷梳向脑后，戴一副黑

框眼镜，身上的青布褂子熨烫得板板的，像她白净的圆脸，一尘不染。

小青见到她，一会儿叫"小外婆"，一会儿叫"师母"，亲昵得很。

她们早已认识了。小青以前常带我来王老师家。后来次数少了，因为半月塘边，台门前的大明堂里，经常有成群的野狗出没，对进出村的陌生人狂吠。

王老师似乎很欢迎我的到来。她蹲下来，搂着我，把头埋在她的前胸擦来擦去，伸手调顺我揉乱的刘海儿，然后仰起头来看着我笑。

"小不点，晓得吗，你的名字还是我给起的呢。你妈妈开一辆江铃宝典的皮卡车，就停在大明堂里。你站在车后面，用手抠那个'典'字。你出生那年，闹非典——所以我给你取名'典典'。我只是不晓得你的姓，姓吴姓王还是姓蒋。"

"我也不晓得。"我说。

"那就姓蒋。"

她把小茶几和凳子搬到院子里，又拿出一大堆小人书和儿童玩具，从我的姓名开始教起。这个只有一个学生的幼儿园就算开张了。

在我的记忆里，那所有着高高的台阶和青石门楣的二进老宅，那个开着荷花鱼游虾戏的池子，那个总是散发桂花兰花香味的院子，就是我人生的启蒙，是我童年的短暂乐园。我记得，那张被当作书桌的小茶几上，总是摆放着各种东西：奶粉、黑糖水、糕点、铅笔橡皮和纸张。还有她订了一整年的《儿童世界》。

王老师心肠好，有耐心，声音柔柔糯糯的，说的是却是一口田园本地的普通话——后来，当我回到城里上学时，费了很大的劲才把田园村的普通话纠正过来。

义乌话属吴语区，是浙江南区吴语婺州片中的一个小分支。义乌话与以上海话、苏州话为代表的"吴侬软语"不同，方言中有大量的入声调，念白"梆梆"作响，外地人听起来很不悦耳。都说听苏州人吵架似情人蜜语，而听义乌人说情话，却如吵架一般。

尽管如此，却不影响义乌方言与上海话、苏州话乃同宗的事实，其实在某些字的发音上，两者还约略有些相似处。

义乌话中，"我"为"阿""阿侬"，"你"为"侬""尔侬"。"我们"为"阿拉""阿拉干"。"吃"一律称之为"食"——食饭、食酒、食茶、食烟、食素、食肉、食菜。"玩"不叫"玩"，叫"嬉"。"不"为"弗"。称"找"为"寻"。称"疯"为"癫"。称"筷子"为"箸"，称"爹娘"为"爷娘"。

称老妇人为"老嬷",称年轻未出嫁女子为"小娘"。"睡觉"为"眠",过夜为"宿夜"。"造房"为"葺屋"。称"辣""烫""冰"等感觉时,则会在这些词语后面加一个"侬"字——"辣侬""烫侬""冰侬"。

再说,义乌人说的话,义乌人也不见得能完全听懂。义乌十八腔,隔溪不一样。东乡人听西乡人说话,半懂不懂,南乡人听北乡人说话,懵懵懂懂。

王老师的普通话里,就夹杂很多的南乡佛堂古镇一带特有的方言。

王老师出生在田园村,嫁到赤岸镇东朱。她的三个儿子都住在佛堂镇上,是镇上呼风唤雨的能人,在佛堂老街,是一只只"鼎",乡镇的领导都敬他们三分。

王老师是家里的独女,为了继承祖传的老房子,全家从赤岸东朱迁到田园村。妇唱夫随,她的丈夫朱医生也来到田园村。

赤岸镇东朱也是个千年古村落,有朱、丁、毛三姓,以朱姓为主。朱姓始祖号野塘山人,葬于梅溪野塘,自称梅溪朱氏。因其地在蒲墟之东,所以称东朱。东朱村三面环山,依山傍水,呈燕窝状,在低洼盆地内,从外面看,只见树木不见房屋。村里有泉井、池塘、水圳,水系发达,家家户户门前屋后清水环流。古村屋宇连栋,飞檐翘角,村舍俨然,民风淳朴,仿佛世外桃源。梅溪还曾有著名的十景:象山书舍、东门农庄、梅涧渔矶、雪峰樵唱、石壁清风,鹰岩白雪、溪峡桂花、莹亭皎月、西泉漾碧、荷塘映翠。

村东北有元代名医朱丹溪古墓,呈圆锥形,墓碑用须弥座,墓地用石墁地,四周围设栏杆,墓前设祭拜台。墓园内有禅名寺,石拱桥。朱丹溪是元代四大名医之一,时人称"朱一帖""朱半仙",创立"滋阴学说",著述甚丰。

朱医生自称是朱丹溪的后裔,常把"滋阴""元气"一类的词挂在口头上。年少时,朱医生在佛堂老街的寿春堂药房当学徒,打杂跑腿搞卫生,给客人送药。四年时间,学会辨认各种中草药和基本药理,成了半个郎中,回东朱当了村里的"赤脚医生",取得行医资格。全家迁到田园后,继续当医生。退休后,他在老街的村医疗室旁开了间中药铺,中西并重,尤其擅长中医的针灸、正骨、推拿和草药。他精研医理,医德仁心,求诊者络绎不绝。几个儿子要他去镇上开药店,都被他婉拒,他舍不得离开田园村的老宅。

我记事起,小青就经常带着我去朱医生的药房。那药房里摆满药瓶药罐,总有一股浓浓的酒精和汤药味。我怕闻药味,又害怕打针,不敢去,但是又不愿意违逆姑姑小青。

朱医生年近古稀,高瘦个子,有点儿驼背,头发浓密,留两撇灰白胡子,

白皙的圆脸慈眉善目，说话慢条斯理。看见我和小青，就像见到熟悉的客人，慢悠悠踱到面前，一会儿摘下眼镜，一会儿又戴上，不停地点头，还会摸我的脸和额头。有空也会跟我们说几句。只是这样的时间很少，他的药房总是有人进进出出。药房隔壁是一个茶馆，一天到晚有老人坐在那里喝茶闲聊、谈天说地。

大部分空闲时间，朱医生坐在桌子后面看书，时不时仰起头来看天，镜片闪闪发光，眼睛炯炯有神。

平时一向很严肃的朱医生，见到小青就会露出笑容。原来朱家只有儿子，没有女儿。一开始，朱医生想认小青做女儿继承家业，因小青文化程度太低，初中没毕业，只得作罢。

朱医生的药铺对小青来说很亲切，三天两头泡在那里。小青和她的几个姐姐出麻疹闹天花，都是朱医生治好的。王家卖的改良版的梨膏糖，用的也是朱医生的配方。

我原来整天黏着小青，成了她的"拖油瓶"。她把我搁在王老师那儿，就算解放了，跑到老街上玩耍，在朱医生的药房里，缠着朱医生教她扎针、涂药膏。小青快十六岁了，长得比同龄人瘦小，毕竟还是贪玩儿，她与那些刚刚放学的十一二岁的女孩踢毽子、跳绳，忘了接小孩的事。

我不用背书包上学，中午在王老师家里吃。下午放学，我试着独自回家。

从半月塘的台门到家里的老屋，不过百十来米。王老师笑眯眯地站在台门口，用鼓励的眼神目送我。除了狗，并没有什么不安全的因素。我最怕的就是狗，街巷上的狗不少。在田园村，好些人家养狗。佛堂镇曾有狗市码头，而田园村的狗肉和白切羊肉一样出名。

我小心翼翼地躲避着那些土狗，成功几次后，胆子也越来越大。

可是总有不走运的时候。那一天黄昏，我沿着水圳边的石板路往前走的时候，突然从旁边的巷子里蹿出一条大黑狗。我拼命向前跑，可是穿得鼓鼓囊囊的跑不快。那些狗并不见得会咬人，可汪汪的狂吠、时刻准备扑上来的样子使我惊恐万分，两只小脚丫也不听使唤了。

转过一个墙角，我跌倒在地上，头磕在水圳边的锋利的尖石上。

我"哇哇"大哭，本能地用手护住脸。一股黏糊糊的东西从鼻翼旁流下，一直流到下巴，流进嘴里。我的眼前红彤彤的一片。

我迷迷糊糊地记得有人把我抱回家。我听见小姨在尖叫，她的嗓子都要喊破了。灰暗中，面孔扭曲得狰狞的她拿起扫帚柄，要抽打小青。

小青也不躲闪，捂住头，低声抽泣。

王家奶奶冲过来，一把夺下扫帚，歇斯底里地喊着，声音比小姨的还要尖利。

"又不是小青的错！她是我女儿，有错用不着你来教训！"

"你护着！你护着！别人家的孩子，破了相，她拿什么陪人家！"

我被送到朱医生的药房里。

我似乎是昏了过去，眼睛半张半闭，朦朦胧胧感到一双柔软的大手在我脸上擦洗涂抹，又隐隐约约听见小青在与朱医生对话。

"幸好！幸好！没什么大事——"

"小外公，你一定要救救她，也救救我——要是妞儿破了相，脸上留下疤痕，我扣出眼珠也赔不了……"

"小青，你相信朱医生、相信你义父、你阿爷我吗?"

"我信。"

"这就是了！妞儿没事的，有我朱某人的药膏，保证她的脸像镜子一样平，像婴儿时一样样。别哭了，回家，安安心心睡觉。"

"阿爷，我晓得隔壁房间有床。你让我睡，我要守着妞儿!"

第七章　外公与蜀墅塘

平时有空，王老师经常到药房里帮朱医生忙。她因为没有把我安全护送回家，有些歉疚，到药房里来与小青一起照顾我。

一天下午，朱医生的药房里来了一位陌生的客人。

那人七十来岁，身材瘦高，黄蓝相间的格子毛绒衫外面套一件灰色羊毛背心，外披着一件黄色的呢子大衣，头上戴一顶时尚干净的宽檐呢帽，帽子下长方形的脸黑里透红，大眼睛大鼻子，看上去精神矍铄。

陌生的客人走到我床边，居高临下，用一种奇怪的眼神凝视良久，用食指弹掉长长的烟灰，转身走开。

小青一声声地叫陌生老人"外公"。

伤疤愈合，早已无碍。我一骨碌从床上爬起来，与小青到外间玩耍。一边玩耍，一边斜睨着那位神秘的老人。

那老人就在隔壁的小房间里，那是朱医生的会客室，一张小茶几，两把红木椅子。

朱医生见到客人，似乎很高兴，忙不迭地倒茶递烟。他自己是不吸烟的，并且对抽烟的人很反感，见到抽烟的病人就要训斥几句，等病人把烟掐灭了，才愿意坐下来给人问诊号脉。可是，见到那位老人，朱医生不但不阻止，还拿出烟灰缸，没等对方抽完，又递上一支。

那陌生老人似乎烟瘾极大，烟不离手。

我有些纳闷儿，那陌生老头何以有如此"派头"，连一向威严的朱医生都要敬他三分。

我后来才知道，那被小青一口口叫"外公"的老人，原来是朱医生同母异父的哥哥，也就是我的"外公"。

关于外公的身世，我也是长大后才知道的。

外公的父亲，也就是外太公，脑子有名的活络，他小时候在地主家放牛，当长工——本地人叫站年。一年到头放牛、割草、抱小孩、收稻谷、摘绿豆，起早摸黑，晴雨无歇做苦力。他可不愿意一辈子当"田乌龟"，于是把当长工所得的几石稻谷分给叔伯堂兄，留少部分给刚娶的妻子，自己闯荡江湖去了。他当过泥水匠、篾匠和木匠，经常与一帮匠人互通信息，谁家需要做家具准备盖房子，就上门找活儿干。他曾在富阳一带做活儿，后来又去金华皮箱店里当学徒，烧饭扫地打杂，做油漆工，给马桶木箱脚盆等日用品刷油漆。中间回佛堂镇里，在伯父的南货店帮忙，做蜜枣、火腿和丝绸布匹的生意。随后，他自己跑到江西做生意，在江西庐山九江那一带，一待就是七八年。最后回到兰溪码头，收购贩卖红糖蜜枣。

那时的兰溪比较繁华，有"小上海"之称。他逛窑子，赌博，把以前挣的家业败光，在老家留三间楼房给儿子，一脚蹬西。他去世后，妻子改嫁。

外公原来的几个兄弟，相继夭亡。佛堂田园一带盛产红糖，比较富裕，原是有钱到乡公所交壮丁费，就不用去当兵，乡公所完不成壮丁任务才买丁。外太公长年在外，有钱也对几个儿子不管不顾。外公的一个兄长抽壮丁睡觉时候扎瞎了一只眼睛，被日本人杀害。另一个不愿去，直到四个人夹着他、卡住脖子往死里打才乖乖就范。到部队后他又逃跑，脱离队伍，为活命沦为街头乞丐，不知所终。

外公13岁高小毕业，在县城西门街当学徒，在猪鬃厂整理产品。他却羡慕几个哥哥，喜欢当兵，就自己跑到兵营里去。经过六个月训练，什么轻机枪、驳壳枪、步枪、迫击炮、跳木马翻越障碍、近身格斗之类，样样学会了，想着上前线，却已是全国解放了。

1950年1月，外公回家，摆水果摊，去杭州闯荡——退伍兵坐火车不用车票，从杭州、上海拿东西到义乌卖。然后是回村，当农会干部，为村里造土地册、户口册，参加水库建设。抗美援朝开始后，主动报名，参加华东军区第一野战军，15斤米、4颗手榴弹和1个水壶捆在身上，坐火车过鸭绿江。

外公一直珍藏当兵时的帽子衣服上还有部队番号和名字，他与儿女讲起连续行军三天三夜、登上摩天岭、上甘岭的经历，充满自豪。

战争结束复员回家，外公到民政局报到，上级安排他在镇里的糖厂上班。他不愿意受拘束，过按部就班的生活，回到村里，先后当了多年的生产队长、村主任和支书。

外公是不轻易走亲戚的，田园村却是经常来。田园是他外婆家，只是外婆家早已没人了。

他到田园村来，也不到女儿家，而是到朱医生的药房。

他通常下午来，晚上回去。有时候，如果遇到周末，就带上他的大外孙，

也就是我的大表哥。大表哥是外公外婆一手带大的，大部分时间住在月亮湾外婆家。

冬日的下午，太阳一晒，就暖和起来。外公脱了呢大衣，朱医生脱了白大褂，两个头发花白的老人坐着喝茶聊天，毫不顾忌旁边的两个女孩子。

"大哥，这次到田园，有何公干？"朱医生有些书生气。

"是蜀墅塘的事。冬天农闲，蜀墅塘、清丝枧、环溪，这些水利工程得治治了。"

"我也听说了。前天，王主任到我这里配药，说起这事，让我给您打电话，劳您大驾。我说，您这样的大人物，田园四个村，总得委托某位村领导去请您。"

蜀墅塘为古代重要的水利工程，由王槐倡建，他的永康籍好友康侯帮助设计。南宋淳熙十三年，也就是 1186 年秋冬，义乌大旱，庄稼枯死，百姓食不果腹，曾任大理寺卿、已经 86 岁高龄的王槐辞官回乡，打开自家粮仓赈济乡民，主持修建了蜀墅塘。

蜀墅塘分上下塘，集雨面积达 25 平方千米，能灌溉六千亩水田，堤坝中有三个木窦，也就是木制的引水沟。墅塘以蜀山为天然屏障，靠山筑坝，塘堤中段的底部建有人工放水用的硼井；塘坝东西两侧的护堤建有渠道，可以调节库容和泄洪；下游的灌溉分水系统分为三枧九圳，各枧都设堰筑坝，开渠引流。

蜀墅塘大坝设计精妙，主堤与蜀山呈 37 度角，以缓解流水对大坝的冲击。源自八宝山的环溪流经廿八都的上陈、雅端、神坛村注入蜀墅塘，又经过塘下洋、田园、毛陈流入义乌江。环溪流过处，地势平坦开阔，有良田千顷，土地肥沃，都得蜀墅塘的灌溉之利。

蜀墅塘被认为中国乃至世界上最早的山地型水库的鼻祖，有义乌"都江堰"的美誉。古代建筑等级森严，"墅"是普通百姓能够修建的最高规格的建筑，祖先们希望后代子孙都能住上"别墅"，因此取名"蜀墅"，希望家乡能像当时的天府之国——川蜀那样富裕。

王槐因修建蜀墅塘而被宋理宗封为"塘神"。他的后裔王氏子孙一直守护着蜀墅塘，选塘长和理事十人，统一管理，负责蓄水、放水和分水。二月起蓄水，六月放水前，罐区各村鸣锣通告，蓄水放水均有严格规例。

以前，冬天枯水期，村民牵来耕牛在塘内搅动，现在则是用机械的办法定期排沙清淤，修理堤坝枧圳。

"这辈子，我最值得骄傲的事，除了当兵，就是治水。我当了十年的村长，十年的村支书，管的就是修堤筑坝、蓄水放水灌溉。我姓吴，我母亲姓王，也是田园村的。蜀墅塘与我也有瓜葛。"

"是啊，大哥。田园村丰衣足食，全靠有塘水之利。要说这蜀墅塘，跟我们朱家也有关系。先祖朱震亨虽是一介布衣，但也是蜀墅塘的修建者。元至正四年夏，洪水冲毁堤坝，良田淹没失收。朱震亨本人虽'无一弓之田'的灌溉之利，主动带头出资，召集附近村民，农人力役，缙绅出资，共筹得四千缗、劳力万工，从秋八月开始，花三个月完工。说到治理水利的名人，老朱家还有。朱之锡，清代水利名臣，任兵部尚书，总督河道，治理黄河淮河运河凡十年，因劳累过度死于任上。雍正赐封治河四大王，建'嘉应观'飨祭，乾隆追封'助顺永宁侯'。据传，清顺治曾亲授'渔印'给朱之锡，其带渔印回家，设计修建了湖南堰水利工程，带领百姓从事渔业。陇头朱以养殖鱼花出名。以前，陇头朱的农家，一大半曾到外地挑过鱼花养过鱼。你还记得吗，年轻时，我们也一起跟西乡一带的人去挑鱼花。"

"唉！一晃就老了！老朱，你还有个药房，每天给人号脉抓药，处处受人尊敬。哪像我，一无所有。一个田乌龟，三间破房子。儿子儿子不成器，四个女儿，个个对我有看法。"

"大哥，这药铺，正是我的一块心病。三个儿子，都在佛堂镇上，办厂的办厂，开公司的开公司，将来也没有个接手的人。"

"老朱，儿辈是不能指望了，看看孙辈。我有个主意，我的大外孙，马上就要考大学了，如果学医，将来倒是可以接你的班。只是，他的成绩不太好，在上溪念职高，能不能考上大学还没个数。"

"大哥，你是说倍磊街的大外甥？你的大女婿，做泥水匠的那个，我认得的。陈家的孩子，高高大大，在外婆家长大，是你最宠爱的。算了算了，你最喜欢当兵的，你的小舅子都被你送进兵营，这个孩子，将来八成是要当兵去的。"

"那倒也是。我还有两个孙女。大的初中毕业，马上考高中，成绩很好，将来如果考大学，就让她学中医，说不定将来可以接你的班。"

"我认得的，英俊的大女儿。英俊做木工，跌跤受伤，常到我这里拿药。"

"可惜是个女孩子。两个孙女，我的心病。唉，老朱，女孩子，迟早是人家的。"

"四个女儿，大哥，好福气啊！不像我，三个光榔头，操不完的心，我是甩手掌柜，幸亏你弟媳王老师能干！大哥，我们是好兄弟。有句话，我不知

当讲不当讲。你呀，什么都好，就是这重男轻女的毛病改不了！"

"老朱。我也不是重男轻女。当兵需要男的，耕田犁地、抽水、挑鱼花、哪一样都需要壮劳力。田园村，义乌南乡，那么多田地，总得有人种。你说，我们农民总是离不开一亩三分地，离不开猪糖粮。山多地少人口多，百姓要勤俭，务粮为本。我的名字叫务本。什么叫务本？种田就是务本。粮食还是我们的命根子，水利是农业的根本。"

"女的也可以，犁耙耕耖，嫂子哪一样不如你？依我看，田里的活儿，你还不如她！前些年，你当兵四年，又去新安江、乌溪江修水库几年，又去江西伐木、修公路，走南闯北，回村后忙于在村里村外治水，一个家不是嫂子撑起来的？你的大女儿，是镇工业园区办厂能人，远近闻名。我那几个儿子，虽说也是十八力，也是不如她！"

"也是。我也知道有这臭毛病。就像抽烟，想改一时也改不了。"外公一支支抽烟，面前的烟灰缸，已经塞满了烟蒂。

"那你是认了那个外孙女了？"朱医生指指在门外玩耍的我。

外公没有回答，笑嘻嘻的。他穿上外套戴上帽子，走出来。我们四目相对时，外公用开始时怪异的眼光看着我，点点头，又摇头。

天黑了，他挺直腰板往前走，消失在远处的小巷里。

第八章　外公的长江

　　东阳江源自磐安大盘山，流经东阳义乌，穿过佛堂古镇，汇入兰溪、金华江后折向西北流入钱塘江。流经义乌的一段又叫义乌江。

　　义乌江全长近 40 公里，流经义乌的七个镇街，进入金华境内。它是义乌的母亲河，江水蜿蜒，清波荡漾，从一汪清泉汇聚成波澜壮阔之景。听外公说，过去，义乌江畔还有桑田麦地，夹岸桑树数十里，稻黍麦浪夕阳中。江的中下游，溪渡摆船，舴艋摇桨，老鹰击水，大雁南飞，鸬鹚弄波。流经佛堂古镇，有跨江而铺的浮桥，风借水势，拍打在负载着桥板的船舷上，镇住船只的是横贯桥两头的粗大铁索，在船只之间，荡下去浸在江水里。

　　义乌江是两岸村落的大水口。村民引入江水，于是村内村外，池塘沟渠水井棋布，养鱼种藕，灌溉农田。只是义乌江流经的都是缓坡地区，江两岸常受洪涝之灾。新中国成立前，有一年发大水，冲垮房屋，农田受淹，禽畜死伤不计其数。新中国成立后，筑堤固坝，修了很多水利设施，涝灾很少，倒是旱灾频繁。遇到干旱年份，村民便通过"打江车"抗旱。所谓"打江车"，就是用木制水车接龙。

　　江岸农民向江中"打江车"取水时，用几部水车将江水传送到高处旱地上，由多户农民轮流车水灌溉。青壮年踏车抗旱，老幼妇送茶送饭，江边地头，遍搭凉棚，热闹壮观。为计数量，也为减轻劳动时的劳累辛苦，轮流车水的人唱起了民歌《打车子》。打车子又称数车子，唱腔高亢，声调洪亮。1956 年，它作为优秀民歌，被选送到杭州参加浙江省民歌大赛，获一等奖。

　　　　头回里格车子过一来嗨，
　　　　头回车子哪一双个两踩过，
　　　　头回车子一两零三来，
　　　　头回车子哪个二双四踩过，
　　　　头回车子二三零五来，

头回车子哪个三双哪六踩过，
头回车子三四零七来。

头回车子哪双八踩过，
头回车子四五零九来，
头回里格五双哪十踩过啰。
二回里格车子另一啰嗨，
二回车子哪一双个两踩过，
二回车子一两零三来，
二回车子哪个二双四踩过，
二回车子二三零五来，
二回哪个三双六踩过，
二回三四零七来，
二回四双哪八踩过，
二回一回另九啰，
二回里格五双哪十踩过啰。
三回里格车子另一啰嗨，
三回哪一双个两踩过，
三回哩格一二零三来
三回哪二双四踩过，
三回哩格二三零五来，
三回车子哪个三双哪六踩过，
三回车子三四零七来，
三回车子哪双八踩过，
三回车子四五零九来，
三回里格五双哪十踩过啰。
…………

十回里格车子满百啰呵！
呵噢！呵噢！呵噢！……

　　姑姑小青不见了。或者说，暂时消失了——她被剥夺了接送和陪伴我的
权利，我不知道那是不是对她惩罚的一部分。

我脸上的伤疤还没有完全抹平，用不着到王老师那里上课。

有人消失，也有人接纳我。

有人到田园村来，接我到外婆家住几天。那是外公外婆，或者整个家族接纳我的开始。

来人是一个十七八岁大男孩，穿青白相间的学生服，瘦瘦高高的，比外公还高半个头，乌黑的头发微卷，剑眉下一双大得出奇的眼睛，厚嘴唇上方已长出毛茸茸的黑胡须；一张偏圆的方脸，憨厚质朴，英俊帅气，又稚气未脱。

我一见到就喜欢上了他。他是倍磊街大姨的儿子，在上溪读高中，周末早上，特地从外公家赶来。田园村离月亮湾的外公家只有七八里地。他一定是怕我在自行车的后座上坐不稳，所以步行过来。

大表哥背起我就走，大步流星，穿过樟树脚和培德堂，走上出村的土路。他看上去瘦，骨架儿却很大，伏在他厚实的肩背上，又踏实又温暖。

穿过一个陌生的村落，走上一条公路。那是佛堂通往上溪的公路。

表哥的脚步慢下来，小心翼翼避开来来往往的汽车和摩托车。

因为我总是问个不停，一直沉默的他，话也渐渐多起来。

"妞儿，你看，那是舅妈的老家毛陈。"

"哪个舅妈？"

"就是舅舅的老婆。你见过她的。"

我想起了那个圆脸的柔声细语的女人。

"她不是住在外婆家吗？"

"毛陈是她的娘家。"

公路的南面出现一个湖泊，弯曲而狭长，湖的两边有几个村落。

"那是舟墟湖，湖西就是二姨家舟墟村。"

"哪个周？"

"不是姓周的周，是舟船的舟，就是船。妞儿，你坐过船吗？"

我一时答不上话来。我坐过船吗？朦朦胧胧地记得，似乎是坐过的。

那是在我三岁以前，有人带我去旅行。河上的小船，后来我知道那是小火轮，走得似乎比水牛还慢。一排排长条儿的硬板凳上，大家伙随便站着，或席地而坐，船上装着拿到城里卖的猪鹅鸡鸭，还有青菜豆角。有人抽着卷烟儿，讲着叽里呱啦的难懂方言。刺鼻的旱烟味儿，家禽动物的臭味儿，人体散发出的狐臭味儿，各种味儿熏得人头晕眼花。

还有绍兴运河上的乌篷船，东海上开往普陀山的大船。那些记忆是极其模糊的，像在梦中，似真似幻，费很大劲才能想起一点点，或许长大后就完全记不得了。

说到船，大男孩却兴奋起来。

前方出现一座跨江大桥。一条土路与公路交叉，土路往东北，通往佛堂古镇，往西南，通往外公家。岔路口就是二姨家舟墟村。长大后我经常来这个村，到二表哥家拜年，打乒乓球。这儿地势平坦，土地肥沃，有义乌第二大名湖——舟墟湖，是标准的鱼米之乡。

"前面就是东阳江了，也叫义乌江。"

"为什么有两个名字？"

"地图上应该是东阳江，义乌人宁肯叫它义乌江。义乌城里，有世界知名的大市场，县城的名气大了，江的名称也改了。外公外婆，还把义乌江叫'长江'哩！"

"为什么叫它'长江'？"

"我也不知道。老一辈的人叫惯了，一直这么叫。像长江、黄河，义乌江就是我们的母亲河。下游是兰江、富春江、钱塘江，一直通往东海。"

说到外公的江，大男孩滔滔不绝，不经意讲起他的童年，讲起外公说给他听的那些与义乌江有关的故事。

原来他一直在外公家长大，与外公一起在江畔开闸放水，与舅舅一起捞鱼摸虾。他就是这条江的儿子。

似乎是为了让我看清江的面貌，我们离开土路，走到江边，沿着坑坑洼洼的小道向前走。虽然是枯水期，江面依然显得浩阔，江水在冬日的暖阳下泛着粼粼波光。

"舟墟是什么意思？"我脑子里依然在想船的事。

"舟墟就是船儿靠泊的地方。是船坞的废墟，或许是码头。过去，到佛堂来做生意的那些人就把船停在这儿。"

"我怎么没看到船？"

"现在没了。过去是有的。听外公讲，很久以前，越王勾践与吴国打仗，三百舟船停在这儿，陈兵誓师送行。外公家侯芹村，过去是客栈驿站的意思，就是现在的军人接待站。侯芹村附近，有月亮湾码头。江对岸下游，有马渚渡、杭坞头。古书记载，附近有千兵桥头、射箭亭之类。古时候这里可能是战场。我也说不清，我的历史不太好。我喜欢数学，喜欢武术，刀枪棍棒。外公是老兵，舅公也是老兵，听说还参加过唐山大地震的救援呢。将来有一天，我也要当兵去！"

　　义乌江在前面拐了两个弯，真的像一弯月亮。过月亮湾有大片的江滩，田畴纵横。

　　外公家名叫"侯芹村"，一个江边的大村落，就在月亮湾内侧。村中央有两口大池塘。一条土路从两口池塘间穿过，通往一栋陈旧的砖木结构的老房子。老房子分成三间，前间是客厅，木楼梯通向阁楼；中间是厨房，猪圈、锅灶几乎挨在一起，后间摆放农具家什。老房子阴暗，有一股潮湿的霉味。附近有一个杂草丛生的院子、几栋砖瓦房，年久失修，墙壁、屋顶已坍塌。

　　晚上，我就睡在阁楼靠窗的木板床上。

　　小床的对面有一张稍大一点的床。那里睡一位老太太。他们教我叫她"外太婆"。

　　外太婆胖胖的，脸上和露出来的地方都是褶皱，迈着大脚丫走路时前倾，微微驼背。虽然鸡皮鹤发，但是显得很活跃，到处走来走去，指指点点，一开口就是"阿拉干小凤过去怎么怎么"。听说年轻时，她是个很强势的女人。眼下九十几岁了，依然耳不聋眼不花，精气神十足，一日三餐自理，甚至还能穿针引线做手工活。一到晚上，她还在电灯下纳鞋底、裁鞋帮，做布鞋——那是她拿手的工艺绝活儿，上户鞋，是新娘出嫁必备的给亲戚的礼物。

　　她的小儿子是一位军人，从深圳回来看她，要接她去深圳养老。她不去，宁肯住在女儿家。

　　外太婆住在江对面的缸窑村，娘家是离缸窑不远的何店。何店村依山傍水，处于义乌江和吴溪、铜溪三水交汇处。村东南的义乌江，江面辽阔，烟波浩渺，何店先祖称之为云水。

　　和注视水圳的那位老太太一样，在我的生命里，外太婆的出现和消失同样短暂。她"过辈"时，中午还在自家吃自己做的饭菜，晚上就睡过去了，毫无痛苦。

　　可那些天，外太婆就睡在我对面。我有些认床。晚上，听着外面鸡鸣狗吠声，翻来覆去睡不着。

　　我搬到舅舅家的新房去住。舅舅家在池塘的另一头，四间三层楼，空荡荡的。二表姐三表姐在倍磊街上学。

　　周末，舅妈——那个圆脸的女人出现了。她是服装厂女工，晚上骑自行车回家。她带回一些毛绒玩具，几件厚厚的冬装，一些搽脸的药膏和一袋袋零食，见到我，很高兴很亲昵的样子。

　　"妞儿，你还记得我吗？"她蹲下来把我搂在怀里，用她胖嘟嘟软绵绵的

手摸我的脸颊。她的眼光里有一种怜恤，有一种淡淡的忧伤。

我喜欢与她一起睡。可是她只能偶尔回来，第二天一大早赶回去。她要上夜班，还要参加戏班子的排练。

木匠舅舅也很少回家。他骑摩托车，带着气泵、锯子等木工工具，住一夜，第二天一早就出门。

舅妈不回来的时候，外婆过来陪睡。

外婆瘦瘦的，小脸，短发，头发花白，模样儿一点不像外太婆。

新房很干净，四周的弄堂狭窄。房间很安静，我却睡不好。过去熟悉的伙伴消失了，这里很少见到熟悉的面孔。

外婆总是很忙，白天在田地里忙碌，吃饭时才回来一趟。

外婆带我去菜园子。菜园子在江滩上，四周是水渠、水沟、荷塘和一片片茂密的树林。一垄垄菜畦上，种着辣椒、茄子、黄瓜、西红柿、菠菜、花生、玉米和莴苣。虽然冬天的小草枯黄，树木光秃秃，春夏的瓜秧已经枯萎，但这里的蔬菜依然生机盎然。外婆种的菜，除了儿子家的一日三餐，多余的，就拿到村口或佛堂镇上售卖。有时候，几个女儿来时各家分一些。

出村的土路弯弯曲曲，一直延伸到江边。我背着背篓，去外婆的菜园子帮外婆摘菜。我玩泥巴，又缠着外婆讲故事。

外婆不会，外公才会讲故事。外公是故事篓子。

"外婆，你会打江车吗？"

外婆不会讲故事，但她会唱歌谣。外太婆很开明，让外婆读了几年书——她能把贴在门上对联的字念出来。年轻时，她像男人一样在田里干活儿，踩木制的水车。

外婆轻轻哼起来，轻得几乎听不见。

> 头回里格车子过一来嗨，
> 头回车子哪一双个两踩过，
> 头回车子一两零三来，
> 头回车子哪个二双四踩过，
> 头回车子二三零五来，
> 头回车子哪个三双哪六踩过，
> 头回车子三四零七来。
> …………

我盼望着周末，因为周末像节日，老屋新房都热闹起来。两个表姐回来了，安安静静待在房间里看书。三位表哥也到外婆家来。三个大男孩中的两个——大表哥二表哥都在外婆家长大。

舟墟的二表哥，个子不高，圆脸，额头宽，发际线靠后，平时不说话，一说话就很有哲理。他的学习成绩很好，与二表姐一样读初中。小表哥家玉，从小一起睡一起打闹，已经很熟悉了。家玉老是嘲笑我，说我是"跟屁虫"。

我的性格更像男孩子，剪掉辫子，留起短发，为的是不让刘海儿触及脸上的伤疤。

大表哥是头儿，我们三个都是跟班。大表哥带我们去田野里玩耍。

田野里有许多荷塘。荷塘的水抽干了，有人在厚厚的淤泥里挖藕。塘边草丛里躲着受惊的秧鸡。大表哥带我们挖泥鳅，捉黄鳝。他像个老练的渔翁，穿着皮裤下塘捕鱼，用一把齿耙，在鱼塘边的堤坝草丛间寻找漏网的龟鳖。他能分清草龟、金钱龟、鳄龟，知道斑鳖和黄金鳖是野生的还是散养的。他能根据泥沼上的脚印判断乌龟的藏身处。他下浅水，用兜网捕鱼。他小心翼翼，连泥带水一股脑儿捧起，泥鳅"哗啦"一声冲进鱼篓笼底。这里的水田，土质肥沃，食物丰富，是泥鳅的大本营，一年四季都可以看到它们的身影。初冬开沟排水，田沟里多的是泥鳅。

最高兴的是到江边玩耍。大表哥学着大人钓鱼：一条矮凳，细细的竹竿，用芦苇秆制成鱼漂，缝衣针在灯焰上弯成鱼钩，从外婆的菜园里挖来蚯蚓。鲫鱼、鲤鱼、石斑鱼很少，都是一些小小的杂鱼，上钩以后挣扎，大表哥像舅舅一样撇撇嘴，又扔回江里。

二表哥和家玉在打水漂，泛起的水波把鱼儿都吓跑了。

"表哥，你钓的鱼儿，还不够我们塞牙缝的。听说你是浪里白条，有本事你游到对岸去！"二表哥坏坏地笑着，显然在用激将法。

"你以为我不敢?!"大表哥气鼓鼓的，扔下鱼竿，就在沙堆上，"哼哼哈嘿"练起了拳脚，然后脱掉衣服，走到水边。

"夏天水满才行，冬天水浅，游过去也不叫本事。"大表哥回过头，知道上了表弟的当。

一阵阵冷风吹来。大表哥穿上衣服，还在瑟瑟发抖。

我们来到江堤上。那儿有一棵大樟树，四个小孩也合抱不过来。樟树一定是很老了，中间是空的，树干褶皱焦黑，似乎被雷电劈中过。

二表哥、家玉从近处的树林里捡来一些干树枝，用稻草引燃。我们在树底下烤火。一只松鼠在树梢间跳跃，附近的草丛里，蹿出一只野兔。

火越烧越旺，浓烟蹿上去，袅袅的，在田野和江岸上弥散开来。

远远的，我听见菜园子的方向传来尖叫声。外婆拿着一根竹鞭，气呼呼地向这边跑来。

大表哥用衣服把火苗打灭。三个男孩，嘻嘻哈哈地奔跑，躲进附近的树林。

第九章　大年祭

在外婆家住了大半个月，我被送回田园村。田园村的大年祭马上要开始了。

大年祭是田园村世代传承的民俗活动，一般在丰收之年或十秩之年的农历冬月初八举行，全村男女老幼都要参加，并邀请远方的亲朋好友来观礼。这一年，田园村的稻米粮油获得大丰收，村社企业生意红火，王氏一族又要举行颁谱仪式，所以格外隆重。四个村的村主任一合计，准备大干一场。

大年祭的各种活动，从农历冬月初八开始，一直持续到腊月。除田园村自己准备的节目，还邀请了四邻八乡的各个团队。东乡的十字莲花、十三甲，南乡的拉线狮子、大德龙灯、八角塔灯，北乡的叠罗汉，西乡的踩高跷。佛堂镇、田园村属南乡，抬阁跷和摇旱船最有名。当然，龙灯表演是少不了的，到时候，一些民间的戏班还要斗戏，连演半个月的婺剧。

南乡赤岸镇的拉线狮子，是起源于清康雍年间的民间艺术。表演时，三到九只"狮子"安装于一个长方形的狮房内，下方配二根木杠，分别由四位壮汉扛在肩上。狮房上方，装有一根木制臂杆，向前延伸，顶端挂一彩球。狮子的头、颈、四肢及脊梁等处，都装有"拉线"，每根拉线由专人负责拉动；每只狮子或上或下，或前或后，由拉线人所拉线的长短距离决定。乐队的先锋唢呐一响，扛狮房的壮汉马上停住脚步，同时用"担柱"垂直将原来扛在肩上的狮房顶牢。狮房里的狮子，在乐队指挥下，冲出狮房，去争抢木制臂杆前端上下左右灵活多变的那个绣球。

枫溪走马灯始于明代，是道具"马"与"走马"紧密结合的一种典型民间灯舞。道具"马"的马身是竹编的两只兜，马首竹扎，马脖子由竹圈连接，裱上饰纸，栽上尾巴，表演时缚在腰间，俨然如胯下马。表演者是数十位10—12岁少年儿童，男女各半，一式古装，天真活泼，灵活矫健。表演者腰缚竹马身，手执马首，随着简单的鼓点，踩着轻盈的步子，走出十几种花样：龙马威、龙马布阵、三角柱、十字金花、大连环、龙马竞捕、龙凤赛、龙马

腾飞。

秋千旱船是古镇佛堂保留节目。早些年，古镇江岸船舶如蚁，后来，码头消失，从事船筏运输的码头工人后裔就发展出了秋千旱船的形式，怀念过去的岁月。从传统木制手推船到后来的铁制电瓶自动船，从简陋单一的岸船到后来的何仙姑船、雪里梅船、白蛇青蛇船，从原先的几十人到后来的近百人，秋千旱船不断完善壮大，它是农历"十月十"和国际小商品博览会踩街活动必演的节目。

我照例去上课，只上半天。

王老师决定放半个月的假。她要在家准备招待客人，到时候，她的三个儿子、孙子孙女，一大家子都要来。一向做事严谨、足不出户的朱医生也打算把药店交给手下人打理，坐堂半天，半天时间采买招待客人的"年货"，给王老师搭把手。朱医生很是自豪，因为有两个演出团队——东朱的长旗会和戏班子是他出面邀请的。赤岸东朱的"四迎"——迎长旗、迎纸马、迎胡公、迎銮驾——都很有名，而东朱的婺剧团更有名，是金华历史最悠久的村级婺剧团之一。

大年祭的准备工作半个月前就开始了。田园村越来越热闹，变得熟悉又陌生。鱼鳞状的街巷，家家户户的门前屋后、廊带腰檐都挂满了灯笼。红红的灯笼与青石弄堂、粉墙黛瓦映衬，组成一幅色彩斑斓宁静祥和的油画。池塘里的鱼儿也变成金色和红色。一到晚上，灯影倒映在水里，那长长的水圳便像一条光带，流淌着红红的火雨。

那些灯大小不同，形状各异，有些我后来才知道名字。大点的，是宅院街巷挂的大灯笼，鼓鼓的，像个大气球，小而低矮的民居挂小灯笼，筒状的。有一种灯笼叫行灯，里面点蜡烛，外罩灯壳儿，风吹不灭，用毛竹编制，用白纸红纸糊裱，写上堂号或画上图案，涂上清漆，古时候用于照明打更，后来用于民间的红白喜事，或是山庄农家乐客栈店堂的装修。还有在水上漂的莲花灯，手提的西瓜灯、南瓜灯、丝瓜灯，千奇百怪。

最有趣的是百子灯，那是王家太婆的发明。明洪武年间，王氏太婆用红嫁衣为儿孙们做灯，称"红衣灯"，寓意"百业兴旺子孙满堂"。在一根长竹竿前端，挂一盏主灯，竹竿的左右各分五个丫，各挂五盏灯，合称"一树灯"。每树灯有十一盏，代表同一个太公名下的十个房，"一树抽百丫，一祖繁百子"。所以，田园村民称"百子灯"。后来，红纸取代红布，在王氏子孙中流传，在大年祭或春节使用。灯的形状也有演变，有四角、六角、八角形，俗称"火炮筒"，随后逐步发展成在灯罩上用绣花针绣出的吉祥花纹图案。

"百子灯"以造型别致、色彩晶莹、小巧玲珑而著称。它做工考究，针绣均一，图案精美，无骨灯身浑然一体。

老屋的阁楼上就有一盏百子灯，是过辈的老太婆做的。姑姑小青拆下一盏小的，叫她四姐在上面绣了哪吒的图案，给我当玩具。

一到晚上，我就提着"百子灯"到处转悠。大街小巷挤满了看灯的人，我的百子灯很是新鲜，惹人注目。有脚踩风火轮的哪吒陪伴，我不再惧怕附近到处出没的土狗。

冬天的夜晚有些冷，青石板被水圳里的水洒洗过了，有的地方结成薄薄的冰，鼻子里吸溜着清鼻涕，心里却是热乎乎暖融融的。

我脸上的疤痕渐渐抹平了，夜里睡在老屋小房间里的常做噩梦也不再有了。我只是纳闷儿，这些日子，怎么没见着姑姑小青。

也许大人们认为我已经长大了，外出活动，不再需要有人陪伴。

周末，大表哥二表哥来了。我喜欢跟男孩子玩耍，可两个表哥根本不理我。二表哥在老屋里待不住，一来就"上蹿下跳"，到外面燃烟火、放鞭炮。家玉原本是很喜欢我的，到什么地方都带着我。可能是受了二表哥的影响，不再理我，刚刚答应的事，过一会儿又忘了。

"小屁孩，跟屁虫，别黏着我，自己玩去!"家玉学着二表哥的样子，撇着嘴，仿佛自己是个成年人了。

也难怪，作为王家最小的一辈，他刚入了族谱。

再说，两位表哥都分配了任务。他们要参加迎长旗、抬阁跷。

抬阁跷源于佛堂古镇的双林寺。游行队伍中有开路先锋、堂灯、阁跷队、响叉队，阁跷最是引人注目，它是一个特制的小平台，台上站二名至三名装扮成历史人物的童男童女，由四位亲戚家人抬着行进。家玉在其中扮演一个很重要的角色：銮驾上的罗汉童子。到时候由他父亲、爷爷和姨夫抬，因此兴奋得忘乎所以。

只有大表哥愿意搭理我。他带我去"慎可公祠"看祭猪。

慎可公祠是田园村的王家大祠堂。大年祭最重要的祭祖仪式在这里举行。

田园村的大年祭，用的是民间祭祀中最高规格的"少牢"，一般这么高的规格，也只有在迎龙灯、庙宇奠基落成、家族颁发谱牒大典时才有。作为供品的全猪全羊的陈放也很有讲究：将猪羊宰杀后，去毛洗净，安放在红漆木架上，羊的胴体要涂上羊血，与猪并置，猪羊头上披红挂绿，装扮得喜庆祥和。供祭时，猪头高昂，嘴套一红漆镶金边的口圈，旁边挂吉祥如意的对联；猪身雪白，腿围大红双喜字，佩戴耳环，腰身围着一块描龙绣凤的锦缎，背插五色彩旗，臀部上方缚着插有鲜花的花瓶，猪尾系流苏。仪式中，族长或族中德高望重者为司仪，斋戒沐浴净手，在八仙桌上陈五色供品，持香请五方司神，祝祷祭拜，礼毕送神归位，燃放爆竹。

祠堂里的供品，要到整个大年祭结束才落架。

一大早，祠堂门口就聚满看热闹的人群，争先恐后往里挤。前一天，这里刚举行过颁谱仪式，地上全是烟花爆竹的碎屑，空气中弥漫着浓浓的火药味。我骑在大表哥的肩上，被挤得东摇西晃。幸亏大表哥个子高，我才能看见里面的东西。即使这样，透过那些不断跳起的后脑勺，我也只是隐隐约约看个大概。高高的立柱间挂满灯笼，一排排巨型的蜡烛燃烧着。在袅袅的烟雾间，我看见架子上那头像大象一样白白胖胖的大肥猪。

那头猪，足有一千多斤。后来从大人的嘴里得知，那头猪是"豆花佬"王阿毛养了三年的年猪。第一年，舍不得杀。第二年，屠夫已经上门了，豆花佬躺在猪身上，又不让杀了。到第三年，小猪圈都快容不下了，负责大年祭的"理事"排队上门，豆花佬才答应献出来当供猪。

大表哥虽然身高力大，可是温良谦恭，不一会儿便被挤到一边的角落。

越来越多的人涌进来，大家推推搡搡。祠堂里很嘈杂，汗臭烟味刺鼻。

"不好玩！一点儿也不好玩！"黑压压的后脑勺挡住了我的视线，我不满地大声嘟哝。

"妞儿，我们去看外公好不好？"

大樟树脚的培德堂里，正在举行另一场祭祀大典。那是为了祭祀火腿的发明者宗泽。

金华火腿名列中国三大名腿之首，也是世界名腿之一。一千年前，宋代抗金名将宗泽得胜而归，乡亲们争送猪腿以慰劳将士，因路途遥远，遂撒盐腌制以便携带。宗泽以腌腿犒劳将士，其肉色鲜红似火，取下做菜，香气袭人，大慰乡思，得赐御名"火腿"。

培德堂修葺一新，屋檐拱顶下挂着灯笼，合抱的立柱篆刻新的楹联。正厅墙上，原来少穆林则徐的画像边，又挂上宗泽公的荣像。二三十位穿着大褂的人儿排成几列，一会儿鞠躬作揖，一会儿双膝跪地，三拜九叩。他们是金华火腿腌制技艺的传承人，两位宗氏家族的后裔，以及部分火腿厂的代表，一起祭拜了金华火腿行业祖师爷宗泽。

这些人里，以田园村王氏一族为主。几个村主任认为外公治理环溪水圳有功，特邀请他参加王氏祠堂的祭祖仪式。外公是田园村的外甥加亲家，拗不过，只好答应参加培德堂里的大典。

大表哥只是来看外公的，对培德堂里的祭祀大典并不感兴趣。他的兴趣在其他的表演上。整个田园村，各种好戏大戏正轮番上演。

大表哥最喜欢的是迎龙灯和社戏。

前一晚上，来自西乡上溪的五色龙灯首先登场。龙灯出迎，有一整套吉祥礼仪，包括出迎时间、请龙路、祭祀、起步、行走路线、接龙、送龙珠等。五色龙灯，最大特点是五条龙灯同时出迎，青红黑白黄，分别代表东西南北中，五个方位，象征四海一家、天下和合。龙灯出迎仪式十分隆重，五位司仪由年高德望者担任，头天斋戒沐浴、身穿礼服、在五龙殿前摆下香案，焚香祝祷，祭天地请财神，再至宗祠祭祖。祷告完毕，五色龙头朝宗祠牌位点三点，三声铳响出迎开始，一时鼓乐喧天，鞭炮齐鸣，锣钹铿锵，号角长鸣，狮子开道，旌旗先行，宫灯再随，古亭紧跟，五色龙灯压阵，火燎照明，一路浩浩荡荡，沿途群众鸣放礼炮，夹道观看，一时蔚为大观。

接下来是一连半个月的社戏上演。村西头的大明堂里，临时的大戏台早已搭建好。这天上午，是下午开戏前的暖场。请来演出的团队是北乡的叠罗汉和西乡的踩高跷。

叠罗汉是在北乡东乡盛行的民间活动，八里桥头，花溪，新厅，油碑塘，这几个村的罗汉班最有名。叠罗汉源于明朝嘉靖年间戚继光招募的义乌兵，结合武术套路、战时阵法和后来的杂耍技艺。北乡东乡一带的人，常练少林派罗汉拳，最后，在戚家军阵法中融入舞蹈器乐，发展成令人叹为观止的表演形式。罗汉班，由一村一族组成，常有三代同班四代同阵的。叠罗汉世代相传，古代用于护家护村，炫耀家族力量，现代则是逢年过节喜庆时候登场，渲染气氛。

大明堂上，两个罗汉班在斗阵。新厅的罗汉班上场，表演走阵、滚叉、拳术和刀棍；鼓乐声中，四五十个穿戴黄头巾、黄衣裤、红马夹的壮汉，手持器械穿插走动，摆出各种阵容：一字长蛇阵、蜈蚣阵、梅花阵、盾牌阵、八卦阵和十八罗汉阵。

另一边是八里桥头的罗汉班，表演比走阵更惊险的叠罗汉："立牌坊""树亭阁""观音坐殿""观音渡船"。一般要叠到四五层，高的七八层。一个身姿矫健的小孩，从成人的腰膝肩膀上层层上爬，一直爬到最高层，然后面带笑容，手甩拂尘，做出各种花样动作。比如把脖子里的项圈甩得高高的，又不偏不倚落回来，甩头摇晃；或者表演"金鸡独立""一柱擎天"等杂技动作。

围观的群众发出阵阵呐喊，如山呼海啸。

接着是西乡的踩高跷。踩高跷者，脚绑长木跷，高踞众人，鹤立鸡群，

在西乡后宅一带俗称"长脚侬"。这项运动，有八百多年历史，代代相传，最早源于迎胡公时进行的"缚柴脚"游戏，后来发展成高跷表演。西乡高跷队，每逢节庆便整装出发，行走四方，从乡村走向城市，最后走出了吉尼斯世界纪录。这里的人，三四岁开始学练，五六岁便能单独行走。踩高跷者，男女老幼混合，幼者五六岁，长者七八十岁，他们头戴公子帽，上穿黄马褂，下穿红色高脚裤，双脚绑缚高 1—1.6 米木制跷棍，且歌且舞，走出各种样式——单排、双排、"S"形插花、"Z"字形、"人"字形。边走阵，边做出高难度的劈腿、踢踏等舞蹈动作。其中还有戏曲表演，如：《管甫送》《闹天宫》《八仙过海》《水漫金山》。

下午，真正的大戏开锣。几个民间的草台班子轮流上演婺剧。

已有五百年历史的婺剧是金华的地方戏，却是徽戏的正宗、京剧的祖宗和南戏的活化石，有三千曲牌，八百剧目，六种声腔。在义乌乡间的祠堂庙宇中，大多有一方戏台，节日喜庆寿诞庙会，热热闹闹演婺剧，举族共赏，阖乡同庆。戏台上锣鼓喧天，上演忠臣孝子生离死别，春秋轮转人事迭代。婺剧根植义乌人的血脉和乡土，大锣大鼓，大红大绿，色彩强烈，声腔激越高昂，动作大开大合，很有特色。

婺剧源头在金华义乌。金衢盆地的农人，终年劳作，春种秋收，冬天才得空闲，稍事休息，便有节庆娱乐迎神赛会。老百姓背着锄头劳作，在田间地头高吟低唱，草根的乡土气质便融入婺剧中。五谷丰登庆三熟，十月农闲戏一场。义乌民间，不算专业剧团，有一百多个业余戏班子，一年 365 天，几乎天天有戏——设戏台演百戏，你方唱罢我登场。

大年祭整整热闹了一个月，有四个戏班子被邀请，最有名的是佛堂镇雅西村的傅家班。最早的傅家班班主，是不折不扣的戏痴，散尽家财，带领一帮草根农民，演遍八婺，留下许多传世名伶。傅家班能演 30 多个正本、100 多个折子戏。

此外还有胡家班、朱家班、陈家班。演的戏有：《宝莲灯》《鱼藏剑》《火烧子都》《沙陀国》《三打陶三春》。

第一个登场的傅家班，要演：《杨门女将》《天女散花》《斩吕布》《相国志》《断桥》《小尼姑下山》和其他折子戏。舅舅舅母都在这个戏班子里。

舅舅是司鼓，大鼓小鼓一人敲。拿手的《闹花台》，雨点般的鼓声，轰隆隆像打雷。他偶尔也在开幕戏《八仙》中出场：跳魁星，跳加官，跳财神。舅舅喜欢"面壳儿"，演一出戏，就画一张脸谱，然后用木头雕刻出来。婺剧脸谱最大的特点是通过色彩、图案、文字等不同组合，把人物的个性甚至背景故事直观生动展示出来。他平时也喜欢制作各种小玩意儿，比如会走的兔子，神奇的鲁班锁。

舅妈也是老资格的演员了，开始演小喽啰，慢慢地，饰演一些更重要的角色，戏份渐渐增加。

下午两点，从四面八方赶来的戏迷占据了戏台前的一排排桌椅。他们大多数是中老年人。

大表哥并不是正宗的戏迷，只是受他母亲影响，多少有些喜欢。他站在戏台下，只是为给舅舅、舅妈捧场。而我，则完全不是为了看戏，而是为了戏台前那些好玩的东西。戏台前，有出售棒棒糖的货郎担，有各种美食小吃，有杂耍艺人的表演。

我骑在大表哥的肩膀上，瞧一会儿戏台上的花花绿绿，然后，像那些放学的孩子一样东奔西窜。大表哥紧跟在我后面，不停地掏钱。等我把各种零食都吃遍，下午的戏也结束了。

晚上，大表哥依然带我来到戏台前，晚上人多，站在最后一排。

看一会儿，表哥突然放下我。

"妞儿，你在这儿站着别动，我到后台找舅舅，商量点事。"

旁边一个女的凑过来。

"帅哥，你把小姑娘交给我。我看着，你放心去。"

那个女的已经在离我们不远的地方站了很久。她一会儿看戏，一会儿转头，好奇地盯着我们看。

灯光灰暗，看不清她的脸，只能看清她穿的青灰色厂服。她的声音柔柔的，似乎还挂着笑容，没有恶意。

"好的。大姐，谢谢你。就一刻钟，我马上就回来。"表哥盯着厂服看了一会儿，绕过人群，走向戏台后面。

第十章　外公的四个女儿

　　星期六晚上，王家老宅里宾客如云。几乎每个角落都有人，大家走来走去，大声交谈。这样热闹的场景，老太婆"过辈"时有过一次。黑压压的客人围坐着，食酒猜拳，吆五喝六。茶炊在炉子上噗噗地响，屋子里飘着香喷喷热烘烘的味道。

　　院子里摆着三张大圆桌，桌上是大碗的酱香牛肉、红烧猪肉、椒盐狗肉、杂汤肉饼、泥鳅螺蛳，还有田园村出产的白切羊肉和千张。

　　王家奶奶自然是好客的，有时"好客"得过分。她是老太婆的小女儿，从小娇生惯养，后来招婿，生了一个儿子，为王家续了香火。祖上留下的家底不算不厚，只是她不擅理财，坐吃山空，虽然只剩老屋这么个空壳子，大手大脚的毛病依然改不了。田里的活儿不会干，靠在纸箱厂打零工，挣点小钱贴补家用。逢年过节，依然要买菜烧菜，大鱼大肉，招待客人。

　　老太婆辈分很高，远亲旧戚自然不少。丈夫家的叔伯堂兄就在田园村，偶尔也要喊过来一起吃。还有儿子的一帮酒肉朋友。

　　在王家奶奶的这些亲戚中，我只认得她的姐姐。那老妇人矮矮胖胖的，穿金戴银，梳着麻花髻，说话像炒豆子。她带着一大家子从萧山过来，一连吃喝几天，临走还带些土特产回去——全鸡全鸭、红糖蜜枣、索面、馒头、红馃，那些东西比她拿来的东西多了好几倍。

　　王家奶奶不知怎么想的，也许她想着，祖上留下的一半家产本该有姐姐的份。

　　当然，最不能怠慢的还是儿媳娘家的客人。平时抠抠搜搜没关系，这样的时候总得奢侈一回。再说，客人大包小包地送来，于情理于面子，都得好好招待一次。

　　老屋最大的一间房子、对着院子的客堂摆了一张八仙桌，一张小圆桌。八仙桌上坐着四姐妹与她们的丈夫。有一位在宁波上班，没有来。大姨夫是泥水匠，就是那位下巴刮得清虚虚、稀疏头发微卷的男人。坐旁边的二姨夫胖胖的，一个将军肚，肥头大耳，一个大耳垂又厚又长，看上去像弥勒菩萨；他是个小包工头，承包工程，给人刷油漆涂料。

外婆没来。本来是用车去接的，可家里有一群鸡鸭，晚上村里要迎龙灯，也有客人要招待。外太婆也没来——乡下的习俗，老人不能留宿，万一出意外，节外生枝，会惹出一堆麻烦。

小姨当初嫁到田园村，闹了点小矛盾，于是外公很少到小女儿家吃饭。这次一再邀请，才勉强答应来。

大年祭时王家的晚餐聚会，很是引人注目。老宅的院子外面，停了三辆车，一辆越野悍马，两辆皮卡车，还有几辆摩托车和自行车。

一辆皮卡车是二姨夫的。另一辆是妈妈的。她来到田园村，一下车，抱抱我，就去忙别的事。那个时候，我对这位在城里做生意的妈妈有些生分。

而对那位开坦克似的悍马车的大姨更是陌生。

大姨的身材，有些像外公，只是线条柔和些。她后来总是嫌自己太胖，嚷嚷着要减肥，却没时间也没行动。在我看来，她那样的微胖女人才是漂亮的。她面庞丰满，鼻子又高又直，额头宽广，如果生在上海滩，一定是丰盈富态的优雅女人。当她穿上旗袍的时候，曲线毕露，风姿绰约，像抱着琵琶的苏州评弹女。

当然，那时我见到的大姨，跟生活在小城的半老徐娘一样，多少有些俗艳。

大姨在佛堂镇开一家服装厂，又在城里开了一家公司。她是吴家的老大姐，在镇上在县城里也是小有名气的女强人。长大后，我才对大姨的传奇经历有所了解。她是与义乌国际商贸城同时崛起的。开始是贩卖"山货"的"敲糖帮"，经常与人玩"猫抓老鼠"的游戏。经营"山货"的人，被关押是常事，有的还要被罚款挨批斗。"敲糖帮"贩卖纽扣，一粒纽扣仅赚一分钱。一只旅行袋可装一万粒，一袋能赚一百元。三四天来回一趟，一趟带上两三只旅行袋，就能赚上两三百元。她与那些走南闯北的义乌人一样，"背"袜子、"扛"拉链，即便是盈利几厘几毫的吸管、气球、钢针生意也做，不放过任何赚钱的机会。

大姨已在城里站稳脚跟，花钱买了居民户口。本来，她是用不着这样"苦哈哈"奋斗的。外公是抗美援朝的老兵，政府给他安排了城里的工作，味精厂或糖厂上班。一家人本来可以去城里安家，吃现成的白米白面，可外公执意回村当农民。作为家里老大，大姨没少吃苦，所以一直对自己的父亲有看法。

更大的矛盾，是因为读书引起的。大姨和舅舅同时进学校读书，唯一的一个高中名额，让给了弟弟。按她的成绩，能读高中，考大学就不是难事，而弟弟不争气，并没有考上大学。

大姨指责父亲重男轻女。父女俩面和心不和，心里有疙瘩。

我还是很高兴，因为那个星期六，大姨把大表姐也带来了。

我还是第一次见到在寄宿学校读书的大表姐。

大表姐当然是全场最漂亮的。她是带着吴越风情和茉莉花香的少女，头戴蚕花的越国西施。她五官精致，有一双特别聪明灵慧富有神采的大眼睛，一头如云秀发浓黑稠密，如画中仕女，刘海儿齐着眉毛，发辫垂到腰间。

院子里的客人早已开吃。客堂里的两桌，因为等外公，迟了些。

外公在正对大门的太师椅上就座。三个女婿四个女儿依次排开。

王家爷爷端着酒杯过来敬酒。他已经喝得醉醺醺的了，脸呈猪肝色，连酒渣鼻头的那个瘊子也是红的。

"亲家，难得，难得。食酒，食酒，干一杯——"王家爷爷结结巴巴，手哆嗦着，顾自把一碗酒咕噜下去，踉踉跄跄又走出去。

木匠舅舅和舅妈急匆匆走进来。因为马上要登台，他们不能参加聚餐。他们与别的戏子住在一起。演员演出前，吃得素，比如说藕，是散喉的，许多油腻的家常菜都不能吃。

英俊见到大姐，只点下头，算是打招呼。

倒是舅妈客客气气。

"爸爸在，四位姑姑，三位姑丈都在，我以茶代酒，敬大家三杯。"

夫妻俩敬完酒茶，又急匆匆走出去。

"老爸，我们多久没见面了？想不到今天，吴家四姐妹，我们吴家人在小妹家团聚。老爸，我代表四姐妹敬你三杯。"大姨站起来，嫣然一笑。

"大姐，你只能代表你们陈家人。我们几个，自己会敬老爸。"妈妈站起来说道。在四姐妹中，只有妈妈能与大姨抗衡，争辩几句。

二姨小姨沉默，点头附和。二姨坐在二姨夫边上，是个脸扁扁的女人，一口牙齿稀疏，有些外凸，与其他三姐妹都不像。

"我是大姐，是家中的老大，怎么不能代表了？"大姨眉毛一挑，冷笑道，"老爸，不是我说你，你把英俊惯坏了。这样的时候，他们夫妻俩无论如何该多陪陪你。戏班子也不是少他们两个就演不了。"

"大姐，别忘了，你自己也是戏迷！"妈妈又顶了一句。

"我喜欢的是越剧。越剧才好听，糯糯的，梁山伯祝英台，许仙白娘子，才子佳人。"大姨笑嘻嘻的。她经常去绍兴柯桥进布料，自以为与越剧有很深的缘分。

"婺剧，哼——瞎三话四，还是草台班，一帮泥腿子搞搞的，一群土八路，一群土老帽儿。"

"话可不能这么说。婺剧、徽戏里保留了许多古老的好东西，值得京戏很好地借鉴。京戏是从徽戏发展而来的，好像人是从猴子变来的，今天的人，有些方面还得向猴子学习。"外公淡淡地插了一句。

桌子上的几个男人都不说话，默默喝酒吃菜。倒是几个女人活跃，叽叽喳喳，小声说些什么，一会儿争吵，一会儿亲昵；脸一会儿阴，一会儿阳。阴的时候醋里泡过，带些酸味，垂着眼皮叹息，愁眉不展；阳的时候勉强笑着。只有大姨笑得放肆，一对凤眼亮晶晶的，大笑时，眼泪都挤出来了。

其他的几位，在外公目光注视下，各怀心事，或呆呆地望着窗外，或默默吃菜。

这边，小孩围着圆桌，三个表姐、三个表哥加上我。

大表姐在外国语学校就读。那所学校，是远近闻名的"贵族学校"。就像她母亲在那一桌抢占话语权，这一桌，大表姐也是老大，脸上带着骄傲的神气。每吃一道菜，她都夹得很少，或者只用筷子点一点，娇贵地翘着小手指。她在哥哥那里撒娇，一会儿又指挥起哥哥来。大表哥总是对她的要求百依百顺。

这一桌，只能听到大表姐的笑声和叽里呱啦的说话声。

胖胖的二表姐和瘦削的小表姐开始当听客，有些害羞，后来话也多了。

女孩子叽叽喳喳，说着辫子、头发、衣服和学习上的事，偶尔看我一眼。

小孩吃饭快。两个小表哥嘀嘀咕咕地商量事，吃到一半就开溜。这两天，哥哥家玉总是神神道道的，干什么事都不带上我。他们急着吃完饭，跑出去燃放鞭炮，迎长旗，与自己的同学一起看热闹。

大表哥正襟危坐，不像学生，倒像个小大人，不停地给我夹菜。

那边，大姨夫、二姨夫和家玉的父亲起身离去。他们要赶往外公家迎龙灯。月亮湾的板凳龙，外公和舅舅两家，加起来有三条板凳。舅舅演戏，迎龙灯的事就交给三位姐夫妹夫。大姨夫、二姨夫、家玉父亲，一人一条。

他们把大表哥也带走了。大表哥算是半个月亮湾人，是迎龙头的替补。

大表哥一走，三位表姐一哄而散。周末夜晚，是她们难得放松的时间，第二天，她们就要各自回学校。

八仙桌上，大姨似乎与外公又起了冲突。外公凶狠地咆哮着，涨红了脸，腮帮子颤抖着，闭着眼睛，似乎把胡须也咬住了。

我越来越不自在，连忙跑开去，在陌生人中间，寻找姑姑小青。

里里外外找一遍，终于在厨房里找到她。

厨房里有一个老式的灶台，灶台对面有一个煤气灶，都开着火。王家奶奶忙着炒菜。平时来客人，都是儿媳负责烧菜。今天儿媳要陪娘家客人，奶奶只好赶鸭子上架。整个下午，小青都帮着择菜洗菜，端菜上桌。

这会儿，小青在炉膛前烧火，拿着一个煨焦的红薯，津津有味地吃着，眼神却是幽幽的，仿佛有什么心事。

"姑姑，这些天你干吗去了？"

"我四姐结婚。我坐花轿儿去了。"小青的脸泛起红晕，那红晕在火光的照耀下，散开了，使小青显得格外娇俏。

"你怎么不陪我嬉。我要跟你去嬉。"

"你小姨，我嫂子——"小青欲言又止，忽然间捏了一下我的脸蛋，站起来，露出坚定的眼神。

"妞儿，我带你看戏去。看白娘子和许仙。"

王家奶奶看了我们一眼。"去吧去吧。把妞儿照顾好！"

在去王家祠堂大明堂的路上，小青讲白蛇许仙的故事。她去过杭州姨娘家，知道断桥、雷峰塔和涌金门。她为被压在雷峰塔下的白娘子愤愤不平。

我们来到戏台前。看夜戏的人很多，里三层外三层，根本挤不进去。

小青个儿矮，即使骑在她的肩膀上，我还是什么也看不见。远远地，只能听见戏台上锵锵的锣鼓声和咿咿呀呀的唱曲声。

我不在乎能不能看到戏，只想买零食玩具。小青给我买了一包棉花糖和一个泥人，就再也掏不出"银角子"了。她是真的想看戏。

我们在乌压压人群外面转了几圈，也找不到好位置。

正在小青急得直跺脚的时候，旁边有人拍了拍她的肩膀。

"小妹妹，我要走了，这条凳给你！"

影影绰绰，我又看见那个似曾见过的女人。只是这一次，她留下一条凳子，转身就走。戏台前的凳子，放在那儿，自会有人收拾。

小青站在条凳上，又把我抱起来。我们终于能看清整个舞台了。

舞台上，扮演怯弱可怜样许仙的演员，正表演扑、跌、翻、腾一系列惊人技巧。气鼓鼓凶巴巴的小青在追杀他，那男演员忽然间全身平直向前方腾空跃起，然后背朝下，直直地落下，他表演的正是婺剧中最精妙的绝技——"飞僵尸"。

脚下的凳子在摇晃。

"不好看，一点儿都不好看！"小青嘟哝起来，跳下凳子。"妞儿，我们还是去看迎龙灯。"

早有告示贴出，田园村大年祭，附近几个村的板凳龙要来同贺。

已有一千多年历史的迎龙灯，是一项约定俗成的民俗活动，在东阳义乌甚至整个八婺都很流行。一般正月初八起灯，元宵节后散灯。其他节庆日子也迎，比如清明灯、重阳灯、老婆灯、童子灯。

义乌流行的板凳龙，由龙头龙尾龙身组成。龙身由一条条灯板连接，每张灯板长约2.5米、宽约0.2米，中间安红灯笼两盏；灯板两端钻圆孔，两节灯板对准圆孔，插木梢固定，各节灯板间可以小幅转动。整条龙，需要雕刻的部分，均用樟木。龙头翘首曲身，含珠舞爪，红绸绣幕披挂于身，四周围绕琉璃，悬挂彩球，内点蜡烛；龙尾雕工精细，朱漆描金，神态活现；龙宫分设两殿，多层结构，雕梁画栋，翘角飞檐，碧瓦红柱，复檐回廊，浮雕壁画点缀其间。灯头龙头、宫殿与龙尾之间，由诸式板灯串联而成。不同的龙灯有不同的灯式，有龙节灯、花篮灯、花金钱灯、长方柱灯、圆抱筐灯、人物灯等。

每条龙灯少则上百桥灯板，多则千桥以上。迎龙灯时，每户人家至少派一名强壮男子，随带板凳式灯板。各家灯板连接，点亮红灯笼，加上龙头龙尾，拼成一条长长的板凳巨龙，蜿蜒四五里。出迎仪式隆重，提前几日摆香案，祭祀天地祖宗，通知沿途各个村庄。三声震耳欲聋的铳响过后，旗牌灯前导，龙头龙身随后，一时号角冲天，喜气洋洋浩浩荡荡，巨龙蜿蜒，飞霞流彩。所经之处，全村男女老幼手提行灯夹道相迎。龙灯行至各村晒场或开阔地，都要嬉舞一番，龙头高昂，龙身腾挪，龙尾翩翩，一时火花翻江，玉龙倒海，谓之"盘龙"。

晚上八点，月亮湾的龙灯来到戏台前。戏台前天真顽皮的儿童聚拢，欢呼雀跃。

在龙灯队伍的前面，我看见二表哥、家玉在迎牌灯。

"妞儿，你看！那是谁？"小青突然大叫道。

"大表哥！"我脱口而出。

只见那平时羞涩腼腆的大男孩，头裹黄巾，腰里系着一根宽皮带，别着一把砍刀，斜挎装着蜡烛的布袋，同四五个青壮，高擎龙头、大踏步走来，他双眼炯炯有神，显得英气勃勃。

而那龙头，披着五彩绸缎，挂着铜铃，豹眼鼓凸，越发威武。

小青露出羡慕崇拜的眼神，脸上的红晕，像一朵花一样绽开。

第十一章　沉默的父亲

十五年前的冬月，是个下雪天。

那个时候，王家太婆刚过完八十大寿，身体康健，耳聪目明。除了窝在阁楼上编织灯笼——那个似乎永远也编不好编不完的百子灯——几乎无所事事。

像往常一样，她一早起来，就去开东屋的门。家门口的水圳，水汩汩流着。积了一层薄雪的石阶上，放着一个包裹。老太太用藤杖拨了拨，那包裹忽然动起来。她把手伸进包裹，厚厚的棉絮里有一个肉团，暖暖的。或许是受了冰冷的手的刺激，肉团忽然间发出"嘤嘤"的哭声。

那哭声，在黎明的寂静中显得格外清脆。

包裹里有一个女婴。

把自家婴儿丢弃的人肯定蓄谋已久。他们通常经过长时间的思考、观察，选择那些只有儿子没有女儿，或者是没有生育的人家。有些还知根知底，对那户人家的家底和人品都有了解，因为对弃婴而言，有时候与第二次投胎没什么两样。

通往东边的青石小巷，留着一行新鲜的脚印。

老太婆望着那行脚印，点点头又摇摇头。以她八十年的人生经历，她大概能猜出包裹中女婴的来历。

老太婆希望家里人丁兴旺热热闹闹，可老宅一直冷冷清清的。她不能埋怨上门女婿，只怪自己女儿的肚子不争气，生下一个儿子，再也没有动静了。

"罪过罪过！讨债鬼！一个讨债鬼！"老太婆嘴里嘟哝，心里却很高兴。

她急匆匆地上楼，把家里两口子叫醒。

老宅里一阵忙乱。大家伙把婴儿抱进屋，生火，换尿布，穿衣服，喂奶。

那个女婴就是小青。

对小青的到来，王家奶奶自然是很欢迎的。她已经四十来岁，对自己的肚子，对嗜酒成性的丈夫已经不抱希望。母亲絮絮叨叨，三天两头埋怨，王家奶奶也是不怕家丑外扬，把要领养一个女儿的愿望到处宣讲。

这下可好，儿子恒兴有了妹妹一辈子有个伴儿，自己身上的担子也轻了不少。

她的丈夫站在一旁，面色凝重，看着两个女人在女婴身上忙碌，咧了咧嘴，露出一丝不易觉察的笑容，悄悄走开。

没什么可惊奇的，似乎一切都在他的预料之中。

对小青的到来，王家爷爷不置可否。他也姓王，出生在田园村东头一个很大的家族里，有四五个兄弟，堂兄叔伯孙侄几十个。他来到这一家，生了个儿子，完成了传宗接代的任务。

或许，王家爷爷对小青是疼爱的，只是，他从不把这种疼爱表现出来。事实上，作为倒插门的女婿，他在家里并没有多少话语权。他似乎是可有可无的存在。

他总是沉默，沉默得像院子里早已废弃的石磨。

这个快六十岁的男人，看上去比他的实际年龄要老些。他并不算矮，只是长年穿一件青灰的中山装而显得矮瘦；一张黝黑的圆脸，酒渣鼻子上有一个瘊子；瘊子上有几根毛，黄灰色的。他的须发也是黄灰色的，与烟斗里冒出来的烟一个颜色。在家的时候，他习惯坐在窗户边上抽烟，鼓脸瞪眼地咳嗽，那咳嗽声很奇怪，像狗叫。有时候，他会在窗口或随便什么地方站住，长时间地呆立着，或闭眼或抬头，一动不动，像一根木头。

一年中的大部分时间，他都在外面忙碌。一家六口，十几亩责任田，还有几亩自留地，犁耙耕耖，谷米豆麦，梨果糖蔗，全是他一个人。风吹雨淋，太阳暴晒，他身上裸露的部分油黑发亮，成了真正的田乌龟。

遇到农闲，他就到村里的火腿厂帮忙，虽然只是短工，却是火腿厂的大师傅。

田园村有一家很大的火腿厂，还有一些小作坊。

村里许多人家养猪，养的是金华"两头乌"，专门用于腌制金华火腿。

有"中华熊猫猪"之誉的"两头乌"，脸黑黝黝的，尾巴黑而长，只有身体白如雪，健硕又生猛，通常要养满一年才出栏。"两头乌"体型大小适中，骨细，皮薄，肥瘦适度，肉质细嫩，腿心饱满，是腌制金华火腿的上好原料。猪必须在立冬和次年立春之间屠宰，腌制火腿用的后腿要求爪白，脚直，腿形完好无损，重量在6—7.5公斤。

金华火腿以鲜艳的色泽、独特的芳香、诱人的风味、美观的外形，即色、香、味、形"四绝"而闻名天下，是我国腌腊肉制品中的精品。早在唐代，

金华已有了火腿的腌制工艺。及至明代，金华火腿被列为贡品，其生产遍布金华地区的东阳、义乌、永康等地。

金华火腿腌制工艺繁复精细，自有一整套低温腌制、中温脱水、高温发酵的特殊工艺。制作火腿的工序尤为复杂，前后经过整修、腌制、洗晒、整形、发酵、堆叠、分级等48道工序，至少历时一年，才能制作完成。将腌好后的火腿挂到开阔的晾晒场，确保阳光与微风，蒸发掉火腿的潮气，使之呈现漂亮的绯红色泽。

给腿上盐，是定火腿基调的关键。往火腿上撒下盐，看似随意，分量拿捏却是毕生的经验总结。

王家爷爷就是火腿厂的撒盐师傅。遇到他在火腿厂上班的时候，小青就带上我去玩耍。车间里，层层的火腿堆叠着，长着苔藓一样的霉菌，有一股潮湿的咸味。外面的大晒场上，一排排铁架木架上，挂着白里透红的火腿，太阳下一片绯红色泽，煞是壮观。

除了养猪、腌制火腿，王家爷爷的另一个任务就是酿酒。

义乌南乡非常流行红曲酒。这里的人一生与这种酒结缘：满月酒，周岁酒，生日酒，定亲酒，交杯酒，回门酒，庆功酒，感恩酒。民间喜庆，婚丧喜宴，走亲访友，从呱呱坠地到老死"过辈"，人的一生都与酒联系在一起。

这种用谷物酿造的米酒，源于朱丹溪的丹溪酒。朱丹溪从医四十余年，将红曲酒用于中药，当引子。他在《本草衍义补遗》中写道："红曲，活血消食，健脾暖胃，治赤白痢、下水谷，陈久者良。酿酒，破血行药势，杀山岚瘴气，治打扑伤损。"李时珍在《本草纲目》中评价红曲时说："此乃人窥造化之巧者也，奇药也。"

立冬至立春是酿红曲酒的最佳时间。将精选的上好糯米浸泡在清水中，24小时后沥干，蒸成熟饭。将红曲用水冲泡一小时备用，当热饭摊至温热，再将红曲清水加入缸中搅拌，调成粥状，开始发酵糖化。此时酒缸不加盖，保持周围空气流通。1—2天后，酒香盈室。酒缸内的发酵物像馒头一样隆起，贴近可以听到里面发酵的声音。以后，每隔几天用"酒耙"或木棍打一次"耙"。待酒缸内出现沉淀，甜酒转酽，再把酒缸密封两个月左右，即可榨取酒液。接着将蒸酒装坛，放置于阴凉干燥清净处储藏。新酒略带朱红色，存放一年后转为黄色或橙色，透明澄澈清亮。馥郁芬芳的色泽与香味令红曲酒甘洌醇厚，越陈越香。

田园村一带，地势开阔平坦，水土丰厚，暖热而湿度较大，使空气中微生物菌体较多。蜀墅塘、环溪和水圳里的水被称为"酒之血"，能使黄酒更加芬芳浓郁、醇厚绵长。

红曲与酒药都是王家爷爷自制的。他去西乡学酿青柴滚酒。此酒呈琥珀色，醇厚甘甜，酒精度不高，适合大众饮用，是甜酒酿露和高粱烧的合成品。他又去北乡学做高粱烧。

他烧酒，酿酒，喝酒，总之，他是个酒葫芦，从早上睁眼开始，喝到晚上闭眼，然后醉醺醺地上床。通常一天三顿，遇到有客人或是干体力活劳累，那就五六顿或不计其数。

他在田里种糯米、高粱和糖梗。糖梗用于榨糖。糯米和高粱全部用来酿酒。

他的裤管总是卷着，衣服上沾满泥土。他的脸也是泥土色的，只有在喝了酒之后才变成猪肝色。

老宅里总有一股酒的味道。杂草丛生的院子的一角堆着十几个酒坛子。地窖里埋着酒，原本用来盛水的水缸也用来盛酒。

或许是因为痴迷酒精，所以他对传宗接代的事也就马虎了。

对小青的到来，当哥哥的王恒兴是欢迎的。只是，他也不知道如何疼爱这个妹妹。

那时他已十七八岁了，母亲和奶奶百般宠溺，初中没毕业就开始"闯荡社会"，成了田园老街上的小混混。结交一帮酒肉朋友，不是替人收债打架斗殴，就是泡在麻将馆或是台球房里，推牌九、搓麻将、打红五、斗地主，样样精通。

小青的到来，这个当哥哥的坏习惯收敛了不少。他知道该如何照顾心疼这个比自己少十几岁的妹妹了。

他到三十岁才娶媳妇。生了儿子当了父亲后，真正改过自新，脱胎换骨。他跟着大姨夫、二姨夫干泥水装修的活儿，搬砖砌墙，刷油漆刷涂料。

这位圆脸、厚嘴唇、看上去憨憨的男人，不到四十岁，就有了圆圆的将军肚。

人的禀性总是难改。他有一个无法改掉的毛病，就是对别人家的事比对自己家的事更关心。大年祭前后的一个月，没有正经干过泥水装修活儿，不是在杀猪宰羊的地方，就是在编谱修牒的现场。

田园村的王氏，许多是后来的移民。他从修谱牒的现场了解到，自己不但是土居，而且是慎可公的儿子王恒魁、王恒玺的嫡系后裔，而且中间都带一个"恒"字。这是相当令人振奋的好事，他为别人、为公家做事的心肠更"热"了。

可是，等大年祭结束回家，等待他的，是妻子的一顿顿劈头盖脸的数落。

争吵异常激烈。厨房里的碗碟像长了翅膀飞来飞去。一阵噼里啪啦的碎裂声后，是杀猪似的号叫。那号叫声撕心裂肺，半里外的人家都能听见。

王家奶奶冲出来拉架，可她个子小，根本拉不住。

儿媳躺在地上，撒泼打滚。也难怪她发火，丈夫无偿务工，还拉上父亲一起去帮忙。家里没有一分入账，还花光了原有的积蓄。

大吃大喝时是痛快，可事后一算账，难免心疼。

过了腊八就是年关，一家人的用度总是使管家的人操心焦虑。

又是踹又是踢，家玉的父亲从来没有发过这么大的火。

女人的脾气无处发泄时，就会迁怒他人。小姨责怪自己的丈夫护着"外人"。

那外人不是别人，就是姑姑小青。那一天晚上看龙灯，她很晚才回家。妻子在丈夫面前唠叨了一个晚上。

丈夫一直忍着。半个月后，大概是因为给小青买了两件新衣服，家庭的火药桶又炸了。

小青不见了。一家子四处寻找，也找不到。

小年夜，小青终于回来了。与她一起来的，还有豆花佬。

大家伙围着小青。小青像个犯了错的小学生，低下头不说话。

豆花佬显然还在气头上，盯着小青，两眼冒火。

豆花佬鸡爪似的手高高扬起，食指和中指弯曲——那架势，分明是要给小青吃最重的栗凿。

小青一猫腰，躲过了。

豆花佬操起旁边的扫帚，就要打小青的腿骨。

王家奶奶一把拉住小青，把她护在身后。

"阿毛兄，别，别打。怪我，怪我这个酒糊涂。没有照顾好她。"王家爷爷结结巴巴，半天憋出一句话，鼻子上的痦子连同那几根毛都在颤抖。

"是啊，阿毛，小青是我女儿，比亲囡还要亲，像小公主一样宠着。是我这个当妈的没当好。是我们没照顾好她。伤了小青的心。"王家奶奶眼泪汪汪的。

"是啊是啊，阿毛叔。骂几句就算了，打是千万别打了。你不晓得，我们家玉不听话，我都要打他屁股，却从来没有动过小青一根毛发。恒兴疼她，我这个做嫂子的也疼她。你就放心好了。"

豆花佬嘟哝着，不知道在嘀咕什么，那声音低沉，使人听来耳朵嗡嗡的。

他站在那里，显得更加干瘦，那几根灰毛已经雪白，使他看上去更加苍老。他的小眼睛骨碌碌地转动，疑神疑鬼地东张西望。然后突然间停住，用手捂着脸。

泪水透过他的手，顺着两颊往下流。那眼泪，使人的心口堵得慌！

豆花佬的嘴唇又动了动，想说什么，终于没有说出来。他弓着腰，转身离去。

暮色降临。青石板巷的尽头，孤单的豆花佬的身影越来越细越来越小，最后消失在远处。

第十二章　第三只耳朵

迎龙灯，迎长旗，走亲戚，大鱼大肉地待客。与大年祭相比，这个年就显得冷清了些。实际上它还是很热闹的，只是我长了一岁，身体长高，心里却似乎少了些什么。

豆花的叫卖声再次响起，小青却不见了。

过完年，小青十六岁。她要到镇上的服装厂去打工。

"妞儿，我要上班去了，不能再照顾你送你上学了。你是小姑娘，会自己照顾自己了，是不是？"

"姑姑，谁叫你去上班的？"

"阿爹。"

"那个卖豆花的？"

小青点点头，似乎看出我的心思。

"我有两个爸爸。妞儿，你也有。你的爸爸很快就会来看你了。听说，你要到城里去上学了——"

我还是纳闷儿，姑姑有两个爸爸，我的爸爸在哪里呢？

我的父亲终于来了。

实际上，他早已出现在我的生活里。只是，三岁以前，他在我的记忆里是很模糊的。

他是个四十岁左右的中年人，中等偏高的身材，习惯穿瘦身的西装和风衣，显得高大修长。与狭长的脸不相称的是他的宽额淡眉，还有一双略带忧郁的沉思的眼睛。他惯常的动作是一甩长发，面带微笑地用低沉的声音讲话。

每个周末，他都会来看我，穿一身褪色的工作服，头发蓬乱，下巴留着硬硬的胡楂，显得疲惫苍老。他来得匆忙，去得也匆忙，不过，他每次来，都会带一大堆礼物。记忆最深刻的礼物是一个八音盒。那八音盒是一驾马车，马车上坐着一个美丽的公主和一位英俊的王子；上好发条，马车上的几个小矮人就会敲打键盘，叮叮咚咚，一遍遍唱曲儿。还有一些毛绒玩具，儿童漫画书。最多的是海鲜——鳗鱼、鲳鱼、黄鱼、海带、紫菜，那些是送给外公外婆、王家爷爷奶奶、朱医生和王老师的。于是他的身上便有了海鲜的味道。不，应该说是海洋的气息。我总是纳闷儿，是不是流向大海的水又被他带回来了。

见得次数多了，那中年男人不再陌生。他苍白的脸虽然谈不上俊美，却有一种清秀明达的气韵。

他在宁波上班，在一家很大的炼油厂里，是职校的老师。

大年祭后的寒假，他再次出现在田园村。

过完年，他来的次数越来越多，不是周末也来。原来为了结束两地分居的生活，他调回老家了。他没有找到固定的工作，一边帮着妈妈做生意，一边做一份内部杂志的编辑。原来他是化学和计算机老师，也是个小有名气的诗人、作家。

后来，那些关于佛堂古镇、田园村和倍磊老街的风土人情和建筑知识都是他教给我的。

父亲带我去佛堂古镇。每一次去，我都有新的发现。

义乌江，江堤，古镇，老街，古民居，古村落，码头，白墙青瓦——时光重叠在老街的穹顶与江边不舍昼夜的浪花中。关于古镇的记忆往事，沉淀在人心上，雕刻成深深浅浅的岁月痕迹，无声无语，让人静默欢喜。

悠悠千载，临流经年。月亮湾边，双溪流碧，宛转通向江埠。当年水陆，多少舟车商旅。古村街衢，风物沧桑。沿街漫步，蛮石铺地，陌巷凹平，民舍栉比，厅堂宏阔，黛瓦粉墙，牛腿马头，攒簇连绵；亭阁牌坊，古井遗址，零星点缀。穿行古巷纵横，徘徊仰观俯察，或赏雕梁镂壁精工，或思门额对联雅意。旧门藩，老雕砖，旧宅皇皇，可想当年繁华，居民寥寥，难掩今日落寞。

缘溪而行，溪水潺湲不息，小桥隐约引路。双溪玉流，水平波荡漾，秋风小巷，深巷晨炊，甘泉温凉。古井栏前，光阴送尽千家杵，风雨磨莹八角沿。

最后，我们来到田园村外的田野。

那是王家太婆、外太婆的田野，那是王家爷爷奶奶的田野，那是父亲们的田野。

父亲的田野总是充满诗意。

春天的水面，野草才稍稍展出嫣红的叶子，小蜻蜓还未来，早晚就有人来下笼网。更有戴着头灯的捕鱼者，深更半夜，拿着长竿捞网，沿着田埂，

一寸寸地搜索。鳝鱼泥鳅，只要有水，永远都能看到小鱼小虾和小田螺。

一望望的田畴，一口口荷塘，荷叶田田。晴天的池塘，镜子一般，浮着圆溜溜的莲叶，柳枝儿垂在水面，轻轻摇摆，让人心旌摇曳。待到碧绿的大圆叶布满池塘，那云白霞红的荷花，便是清爽明艳、花香阵阵。白色的鹭鸟，在空中摇曳着，穿过田野，翩然划入莲池，入水时翅膀轻轻一举，像刹那盛开的白荷，瞬间没入高高的碧叶，了无行踪。村庄附近白色的鸽子，围着同伴，徘徊流连。我知道，它们在双栖双飞久矣。深褐色的水鸟，拳头大小，像炮弹一样冲进池中，在密密的荷梗间，轻巧穿行。黑腹的秧鸡是最常见的，飞起来不如白鹭优美，略显笨重，经常立在池侧，竖着脖子，一动不动，人近时会突然飞起，彼此吓一跳。有时喜欢在晴朗的天空，一圈圈盘旋，渐高渐远，直成一小点。荷塘也是野鸭子的领地，无论疾风暴雨，冰雪严寒，都能见到它们扑扇着翅膀，觅食嬉戏，毫不畏惧。满耳朵都是吵闹的"嘎嘎"声。稍稍熟悉了它们的身影和叫声，却在春节后的一天，踪迹全无。

最是赏心悦目的秋日，远近的农人就来扯细长白嫩的藕根，这是一道脆嫩可口的小菜。路边散步的行人，在薄薄衣袖间，藏着袋子，走近时将鞋一脱，光脚走进泥沼，不放过每个成熟的脆嫩甘甜的莲蓬。秋天的霜落下来，荷叶渐枯，犹涵往日气势，林立池面，会一直站到新年。清晨第一缕阳光洒过来，叶上那层亮色，比金子还鲜活。

田野缓坡上有小树林、蝴蝶、蜜蜂、天牛、金龟子，无数的昆虫小动物再次栖息，秋天叶落时节，也不消失。初冬薄暮里，一只黄鼠狼，静悄悄地越过沟渠，在桂花树下翻土觅食。它从田边出来，不慌不忙地穿过田塍，来到村边。它已经长得很大了，黄灿灿的毛，竖直洁净，一点都没弄脏。它移居到大樟树脚，翌年夏日，便会有另一只小黄鼠狼出现，它只比一直生活在附近的松鼠稍长，在樟树的枝丫间，上下攀爬，四处仰望。附近公园的灌木丛中，俏生生地飞出一只漂亮的翠鸟，落在水圳和古井的栏杆上，打个照面又飞走了。

父亲带我去放风筝。大樟树脚，培德堂前的大明堂前，偶尔也有风筝摊位。

那卖风筝的人来自东乡，姓朱，听说是风筝的传人，他那千姿百态、式样繁多的风筝多次在大赛中获奖。他在城里的各大公园兜售，有时也到佛堂来。田园村的庙会集庆，也来凑热闹。后来，有一双巧手的木匠舅舅向他学，学会了，随时可以为我扎制。

我穿着鼓鼓囊囊的红花袄，屁颠屁颠地跟在父亲后面，拉扯风筝，在田埂上奔跑。

远处是一片秀水腴田，垂杨色浓，飞烟卷雾。微风中，展匀芳草茸茸绿，湿透夭桃薄薄红，一犁膏脉分春垄。这是农人眼中的田野，湛蓝辽阔的天空，气象万千的白云，延绵的山坡，平整细密的稻田，随风起伏的稻浪，清风带着花草香。霜降一过，丛丛秋花盛开，蜂飞蝶舞；柚子树果实累累，扁豆吐出一串串紫红的花，南瓜冬瓜丝瓜苦瓜，翠绿可爱。银杏树的叶儿落了，似一把把小扇子，附上青色条砖；金银色的桂花缀满枝头，芳香醉人；蔷薇花娇艳绽放，茶树结出密密花苞。小白菜和菠菜的种子已经撒下，等待着冬天的来临……

风筝飞过春夏秋冬，终于在田野的尽头消失了。

父亲蹲下来，摸摸我的头和脸，最后摸到那个耳蜗。

我的脸上比别的孩子多一样东西，那与众不同的东西长在脸上总是使人不安。每次照镜子，总觉得自己丑丑的。那只小耳朵就像丑陋的胎记，无法抹去。

"这是你的第三只耳朵。有三只耳朵的孩子特别聪明。聪者听于无声。这第三只耳朵，是用来听风听雨听自然的，你仔细听，就能听见、听懂世间的一切。"

那一天，我幡然醒悟。我明白了，我并不丑陋，我就是那个与众不同的女孩。我开始细心聆听周围不同的声音。

老屋里有许多声音：老鼠"窸窸窣窣"爬动的声音，鸡鸭鹅、狗吠的声音，酒缸里红曲糯米发酵时的"噗噗"声，火腿在太阳下晒得绯红、油脂渗出的"呲呲"声。春天燕子飞来，叽叽喳喳，开始在房梁、落水管和灯架后筑巢。到处有它们勤劳的身影，每个屋檐都被它们看中。那鸟儿用小嘴一口一口叼来的草枝青苔，和着唾沫垒成的鸟巢。它们不仅搭了窝，还下了四个淡青色的鸟蛋。那是生命的种子。

屋外的水圳汩汩地流淌，逆水而上的游鱼在与水草呢喃。半月塘艳丽的湖蓝色中，红色的锦鲤，一天天长大。粉墙黛瓦间，传来货郎担的叫卖声，孩子们无忧无虑的欢笑声，和低沉沙哑的豆花叫卖声。

大樟树上，喜鹊躲在树荫里，倾听四季更迭、树叶落在地上的声音。大明堂里，鞭炮声、锣鼓唢呐声中，夹杂着戏班子咿咿呀呀的曲声。培德堂牛腿雕花的房檐下，筑巢的燕子和布谷鸟的叫声，又把我引向田野。

还有风的声音。风缓缓地吹，一片片树叶簌簌抖动，撩拨着你的心。大风起时，一条条长长的柳枝，摇甩飞舞，张扬地向你扑来。此刻，你的心却是宁静的。

　　还有雨的声音。空山新雨，松山听溪，鸟鸣春涧。开窗闻草，卧坐看圳，小楼滴雨。农民们穿着蓑衣戴着斗笠，村里的姑娘撑着伞，行走在沾衣欲湿的杏花雨中。斜风细雨中，鸥鹭飞翔。鳜鱼逆水，发出泼刺声。乌云层层压着，点点雨滴成串从楼檐掉下，门前的竹叶却丝毫不动，心仿佛凝住了。雨停时，一双小脚悄悄迈向远处小巷。

　　还有惊蛰春雷的声音。冬眠蛰伏的昆虫开始苏醒，振动翅膀的声音，冰慢慢融化，鱼儿开始游动，漂浮的碎冰，好像是鱼儿在水下背负着种子发芽的声音，露珠在嫩草叶上滚动的声音。翠柳中黄鹂鸣叫。放学的儿童归来，东风中放飞纸鸢。清明时节踏青上坟的乡人，是醒醉的喧哗声。杨花落尽子规啼，谷雨包孕着灌浆拔节抽穗的声音，那是麦粒饱满水稻插、蚕结新茧桑葚熟时田垄间的蛙声。浓荫里的蝉鸣，那是江边水渠水车车水的哗哗声。鸿雁南飞的"呱呱"声里，有秋露落在叶子上和地上的声音。千里沃野，一片银色冰晶熠熠闪光，树叶枯黄，秋菊红叶，片片凋落。

　　还有冰凌掉落的声音。大雪时节，飞花漫漫，水凝成冰。雪的声音，微微闪着白光，如习习寒风中玉鹊翩翩、梨花簌簌的声音。

　　还有夜晚月亮的声音。明月高悬，洒下银色的光芒。石板洁白如霜，如水漫延，天地仿佛融为一体，静谧美好，令人泪落。

　　这一切都是泥土的声音，都是水流的声音。杨花落了，李花开了，义乌江涨水了，带着青草和春泥的气息。那流水，流不尽的是稻米麦豆火腿和黄酒的气息。那流水，是千古流不尽的福泽，足以让生活在田园村的人享用不尽。

　　义乌江涨水了，带着桃花汛，带着梨花雨，带着燕子剪柳的浅唱，带着布谷鸟、喜鹊的啼鸣。月亮湾的春江花月中，有满天的云霞灿烂，有夕阳芳草间的莺飞鱼跃。深巷里传来村姑叫卖杨梅的声音，嫩嫩的很好听。杨梅的色总是那样生动，如处女的羞容，不由人不生出怜香惜玉的情愫。

　　就在那嫩嫩的叫卖声中，天气倏然放晴了。

　　半年很快就过去了。六月末，父亲拎着大包小包，带我去见王老师。

　　王老师推托了很久，还是收下了礼物。她把我读过的那些小人书作为回赠。

　　父亲又是鞠躬，又是拱手作揖，说些"一日为师终身为父"之类的话。

　　"王老师，这两年小女多亏有你照顾，我真是感激不尽。"

"哪儿的话。我还要感谢她的陪伴呢！妞儿很机灵很敏感，我怕自己教不好她。我这里更是简陋，我的水平有限，普通话不准，怕把她教歪了。乡下幼儿园，条件不是很好。"

"王老师，这点我有不同看法。小孩的教育就该接地气，从小接触泥土、田野。泥土、土地，那是他们一辈子的根。田园村就是一所极好的幼儿园，这里的粉墙黛瓦、老屋巷弄和山山水水就是她最好的老师。"

"说的也是。你我是同行，啥事都可以耽搁，小孩的学业不能耽搁。应该送她进正规的学校，过集体生活。"

"王老师，您说得对。过完暑假，我就接她去城里的幼儿园，已经联系好了，直接读大班。明年就可以让她上小学。"

妈妈开着皮卡车来接我。小姨已经把属于我的所有东西打包。

毕竟养了四五年，她哭哭啼啼地抹着眼泪，很是伤心。

在离开田园村进城的那一刻，我也有些依依不舍。

最不舍的，还是像奶奶一样的王老师。皮卡车离开村口的小明堂。

我挥舞小手道别，半月塘边，王老师站在那所老宅前的台阶下，瘦小的身影、苍白的头发倒映在清澈的水面上。

第十三章　女儿们的节日

我回到城里，读幼儿园的最后一个暑假，妈妈带我去外婆家。

大姨前一天打电话，叫我们早一点去。原来她的真正目的，是让我们去看舅妈。

舅妈的表情幽幽的，显然是有事情瞒着大家。原来舅妈已经生病很长时间了。她的房间有一股淡淡的草药味。那些中草药，都是大表姐周末去田园村朱医生那里拿的。舅舅经常不在家，一个星期或半个月回家一次。古建维修的工作不稳定，舅舅拗不过，还是到红木家具厂当大师傅去了，领工资。

舅舅不在家。舅妈见到我很高兴，把我搂在怀里，要给我洗头。妈妈自己一副男人婆的样子，一头短发，平时很少给我梳理。我的头发乱蓬蓬的。

舅妈用一种奇怪的汁液给我洗头。她解开我的角丫辫，边洗边唱。她的手胖嘟嘟的，却异常柔软。洗完后，又给我打辫子。我那头乱蓬蓬的头发变成润滑飘逸的青丝，十几根发辫，俏皮可爱。

我后来才知道，舅妈给我洗头用的是金七叶的青汁液。金七叶是野生小草，长在水边，叶子如茶叶，揉碎后汁如胶水。舅妈早早起床，到江边月亮湾，面对朝霞，口吟洗头歌。前一晚，她又用脸盆接了几滴露水，她说那露水是牛郎织女相会时的眼泪，如抹在眼上和手上，可使人眼明手快。

我后来才明白，吴家姐妹为什么选择这一天团聚。原来这一天是传统的七夕节。

晴朗的夏秋之夜，天上繁星闪耀，一道银河横贯南北，银河两岸，各有一颗闪亮的星星，隔河相望，遥遥相对，那就是牵牛星和织女星。七月初七，人间的喜鹊就要飞上天去，在银河为牛郎织女搭鹊桥相会。民间传说，"七夕节"表达的是已婚男女之间"不离不弃""白头偕老"的一种情感，恪守的是双方对爱的承诺。世间无数的有情男女都会在七夕夜晚对着星空向织女祈祷自己的姻缘美满。织女是一个美丽聪明、心灵手巧的仙女，凡间的女子便在这一天晚上向她乞求得到聪慧的心灵和灵巧的双手，此外还祈求赐给自己美满的姻缘。织女，也是婺女星衍化的女神，民间称七姐、天仙娘娘、七娘妈，是情侣、妇女和儿童的保护神。

七夕也叫"乞巧节"。投针验巧，即是先准备一只面盆，放在天井里，倒入"鸳鸯水"，把白天取的水和夜间取的水混合在一起。也常常把河水、井水混在一起，倒入面盆就算成。面盆和水要露天过夜，经第二天即七月初七白天太阳一晒，到中午或下午就可以"验巧"了。面盆里的水，经过太阳照射，表面慢慢地生成薄膜，于是取缝衣针，轻轻平放在水面上，针不会下沉，水底下，就出现针影。这针影若是笔直的一条，即是"乞巧"失败；若是针影形成各种形状，或弯曲，或一头粗、一头细，或是其他图形，便是"得巧"。

在浙江农村，七夕还有许多习俗。比如祭谢"七娘妈"，专门为孩子举行成人礼而宴请亲友，庆贺一番；保健食俗，几乎家家户户买来中药使君子和石榴；女孩子偷偷躲在长得茂盛的南瓜棚下，待夜深人静之时，听牛郎织女相会时的悄悄话。一项很重要的风俗是扎红头绳，据说，如果是体弱多病的孩子，在七夕将红头绳结七个结，戴在孩子脖子上，上天会保佑孩子健康长寿。

舅妈自己早已洗过头发，擢发乞巧，梳妆打扮一番，乌发在脑后挽成一个髻，显得端庄持重。她在给我洗头梳辫扎红头绳的时候，吴家姐妹都到齐了。

舅舅家很热闹。外婆过来烧菜。八个女人相聚，叽叽喳喳。

谈到七夕的话题，妈妈和大姨先斗起嘴来。

"喜鹊飞到东阳的东白山搭鹊桥，帮助牛郎织女相会。乌鹊，是乌鸦还是喜鹊？过去乌鸦是吉祥鸟，是太阳神，是孝鸟。义乌的乌就是乌鸦的乌。城里有孝子墓，与乌鸦有关。"大姨道。

"乌鸦是丧鸟。过去北方人喜欢乌鸦，南方人喜欢喜鹊。南方人占了上风，乌鸦就被喜鹊取代了。"妈妈抬杠。

"你去问问老爸。过去村里还养牛，那些养牛户，七夕节要换牛索，祭拜'牛郎神'。传说，这一天还是乌龙太子看娘舅的日子，乌龙太子负责行云布雨。上云不落雨，下云发大水。七月七，癞头洗头虱。我比你多吃十几年的饭，七夕的事，比你懂得多！"大姨摆出大姐的派头。

"今天，吴家的女儿都齐了。就差小妹，说到小妹，如果她还活着，小孩也有妞儿那么大了。可怜的小妹！"大姨突然眼泪汪汪的。

原来吴家还有一个小妹。小妹十八九岁时，要远嫁私奔。外公不同意。小妹抑郁成疾。大姨为了救这个小妹，花光了辛辛苦苦积攒起来的二十几

万——那个时候，二十几万能在城里最繁华的朝阳门买几间商铺。虽然后来大姨东山再起，但对小妹早夭的事耿耿于怀，每次家庭聚餐，都要执拗地在餐桌上多放一双筷子。

"我虽然嫁到陈家，还是姓吴的，生是吴家的人，死是吴家的鬼！"大姨莫名气愤。

"大姑，今儿个大家高兴。你别扫了大家的兴。"舅妈打圆场。今天她难得放松，开心异常。"妞儿下半年就去上学了。大家伙都在，今天为她举行一个仪式，算是接纳了妞儿。"

"我就是这个意思。都知道你心灵手巧，今天就让妞儿行拜师礼，跟你学针线女红。不但妞儿要学，其他的女孩子，都要学，都拜你为师。"大姨破涕为笑。

原来田园村一带，农耕时代的习俗浓郁。本地还流传独特的过节方式。刚到学龄的小姑娘，在香案前学穿绣花针、配彩线、行拜师礼；年龄稍长的姑娘则在七夕前早早准备女红乞巧，用心制作方巾、手绢手帕、童帽、绣花鞋、石榴裙、布扇香袋、弓鞋云鞋等，日后这些参加过乞巧的女红，往往是她们定情、相亲出嫁时的礼物或是投师学艺的蓝本。

"大姑，你还说自己新潮，思想先进，你厂里都机器化、用上半自动的缝纫机了。现在的女孩，谁还学过去的那一套？女红针线就算了。要是她们跟我学唱戏，我倒愿意带带她们。"

"好啊好啊，舅妈，我跟你学唱戏。戏班子，大篷车，像吉卜赛人一样流浪！"大表姐欢呼雀跃，马上要单膝跪地行拜师礼。

大姨拍了一下女儿的后脑勺，大表姐吐了一下舌头。

对这个女儿，陈家人万般宠溺。大姨更是把所有希望寄托在女儿身上。大表姐大名叫陈楠，小名叫"男男"，大概开始叫"囡囡"，后来就变成了"男男"。大姨希望女儿像男孩子一样有志气，将来接管公司。大表姐学习成绩优秀，正准备考托福雅思，到英国留学。

"说起来，我自己也没学到家。算了，大家伙高兴高兴。"舅妈忽然没了自信。"楠楠，唱戏的事就算了。要唱戏，也是跟你妈学越剧。舅妈才初中毕业，没什么学问。将来有一天，你留学回来，别鼻孔朝天，还认得我这个舅妈，我就很高兴了。"

婺剧与其他剧种一样，有生旦净末丑。生有小生、正生、老外，旦分作旦、花旦、正旦、武旦、老旦等。在戏班子里，舅妈演三梁旦、小包头，其实就是龙套头儿，带领其他龙套，比一般的龙套好些。舅妈能唱会念会做，功底扎实，十几年了，也只能偶尔演上老旦的角色。这是旦行中唯一不要包头和用针嗓行腔的角色，老龙套，画白眉，满脸皱纹，老态龙钟。

"我就一个舅妈，怎么会不认你。"大表姐翘起兰花指，学唱起来。

"别在这儿卖弄。你这破嗓子！"大姨故作生气。

"应该说是金嗓子。男男，来一首诗词，舅妈最喜欢听你朗诵。"

"好好，这个主意好。今天不比'巧'，比'慧'。女孩子朗诵诗词比赛。"大姨道，"以前七夕，摆鲜花、水果、胭脂粉、纸制花衣裳、刺绣，在香案上比高下，看谁的制作精巧。今天兰月兰夜，吟诗比赛。"

大表姐拍手称快，先朗诵秦观的《鹊桥仙》：

> 纤云弄巧，飞星传恨，银汉迢迢暗度。金风玉露一相逢，便胜却人间无数。柔情似水，佳期如梦，忍顾鹊桥归路。两情若是久长时，又岂在朝朝暮暮。

二表姐：河鼓灵旗动，嫦娥破镜斜。满空天是幕，徐转斗为车。机罢犹安石，桥成不碍槎。谁知观津女，竟夕望云涯。

三表姐：迢迢牵牛星，皎皎河汉女。纤纤擢素手，札札弄机杼。终日不成章，泣涕零如雨。河汉清且浅，相去复几许？盈盈一水间，脉脉不得语。

……

大表姐很兴奋，不停地吟诵诗词。吴家的两个女儿吟了两首，就不念了，坐着，一声不吭，仿佛有什么心事。

后来我才知道她们为什么心事重重。舅妈并不像表面看起来那么好。这个暑假，二表姐三表姐要复习功课、上补习班，还要经常去田园村朱医生那里拿药，每天为母亲熬汤药。

一个多月后是中秋。妈妈又带我去外婆家过。

除了爸爸，所有的人都来了。男人女人，四个女儿三个女婿，和他们的子女。

或许这是最后一次大团聚。大姨要送女儿去英国，大表姐以后很少有这样团聚的机会了。

外婆照例在厨房里烧菜。以往，家里来客人总是舅妈掌勺。舅妈卧病在床，不能起身。她的房间里，中药味越来越浓了。

要喝酒抽烟的男人一桌，剩下的女人一桌。

外公难得在儿子家里吃饭。他住在老屋里，很少到新房来。他与儿子一家并不是很融洽。其中的原因，可能是儿媳生了一双女儿。因为儿媳的关系，他与儿子的关系也变得很紧张。

中秋大团聚，外公不得不来坐坐。他不喝酒，只是不停地抽烟。

很快，外公就与大姨吵了起来。原来，大姨像往常一样，又在桌上多放了一双碗筷。

父女关系本就紧张，一向是针尖对麦芒。那个举动刺痛了外公。外公的脸憋成猪肝色，把筷子一甩，气鼓鼓走了。

大姨夫清虚虚的脸涨得通红。这个老泥水匠，在陈家像只猫，这会儿变成老虎。

"自己的老爸，轮得到你指指画画。这是你的娘家，你也管得太宽了！"

大姨大受委屈。"一家人团聚的日子，叫小妹过来有什么错？我也没说是他害了小妹，只是觉得小妹太可怜了。你说我横挑鼻子竖挑眼。他是老爸、老兵、老支书，我尊敬他。要不，我也不会把儿子交给他带。他什么都好，就是重男轻女！你说说，要不是他重男轻女，弟媳不会过得这么憋屈，也不会生病！"

"病，病，哪壶不开提哪壶！闭上你的乌鸦嘴！"

舅妈从房间里走出来，她刚吃完药躺在床上，病恹恹的样子："大团圆的日子，大家熄熄火。我来陪几位姑姑、姑丈喝几杯。"

屋里的气氛缓和了些。大家推杯换盏，风卷残云，很快就吃完了。

本来，大家的兴趣并不在餐桌上，而是接下来的拜月祭月仪式。

中秋节自古便有祭月、赏月、吃月饼、玩花灯、赏桂花、饮桂花酒的习俗。中秋，出嫁的女儿回家团圆，因此又称"团圆节""女儿节"。秋夕为月光诞辰拜月光，因此有"月光诞"之称。仲秋时节各种瓜果成熟上市，因称"果子节"。

大姨和舅妈已经在门口的弄堂里摆了小方桌和团簸米筛，上面是石榴、枣子、西瓜、菱角、香柚、文旦、香蕉等时鲜水果。月饼是舅舅特地从西乡义亭定制的。

月饼是义亭镇的传统特色产品，义亭人叫起酥，又称胡饼、宫饼、小饼、月团饼等，历史悠久，配方制作工艺独特，色泽金黄，味美酥脆而闻名。

二楼三楼的瓦檐上露台上，灯笼高挂。舅舅开始点香球。在一个大柚子上插满一把把捆扎好的香，点燃后，那一把把香会自动弹开。

一个大香球从二楼垂下。顿时火星点点，香烟袅袅，红烛高燃。小香案上，朝月亮升起的方向放上"月神"牌位。大家饮桂花酒，吃桂花糕和月饼，对着皎皎明月朝天祭拜。

灯光下，舅妈脸上泛起红晕，双眼炯炯有神。

舅妈回房间去了，现场的气氛便变得有些沉闷怪异。

大表姐提议，到月亮湾去赏月放灯。

江南一带，还保留着制灯船的节俗，而中秋燃灯的习俗更盛。每逢中秋节，各家要用竹条扎灯，灯的行头多样，有鱼龙灯、鸟兽灯、花果灯、芝麻灯、蛋壳灯、刨花灯、稻草灯、鱼鳞灯、谷壳灯、瓜子灯、柚子灯、南瓜灯、橘子灯及鸟兽花树灯，数不胜数。所谓柚子灯，是将柚子掏空，刻出简单图案，穿上绳子，内点蜡烛即成，光芒淡雅。南瓜灯、橘子灯也是将瓤掏去而成。虽然朴素，但制作简易，很受欢迎。

舅舅、舅妈早就为我们制作好了灯。一盏莲花灯，几盏小灯，写着"贺中秋"的字样，上面插彩旗系银铃。

我们几个女孩来到月亮湾。江堤上，已有一些儿童手提各式花灯在游嬉玩赏。月亮已从江堤上那棵中空的香樟树后面升起。莲花灯随江水漂去。

月亮湾，有怎样的月亮故事？月亮上真的有嫦娥吗？

我孤零零地站着，抬头望江水明月。那明月中，有一张朦朦胧胧的脸，那是舅妈的圆脸，是那陌生女人的圆脸。

第十四章　穿军装的大男孩

送走大表姐后不久，又送大表哥。

那天一大早，妈妈就起床给我梳妆打扮。前一天，她已经去幼儿园为我请了半天假。

这一天，我们要送大表哥去参军。

冬至前后的天气已经有些寒冷。我穿上了妈妈特地为我买的小皮靴、羽绒花袄，脖子上系红丝巾，头发梳成特别的模样——顶发束住，后面梳四五条小辫，系上红头绳，俏皮可爱。妈妈已经学会为女孩子买衣服，与梳辫子的技巧一样，都是跟舅妈学的。

原来妈妈与舅妈同岁，姑嫂两个的关系一向很好，亲如姐妹。

妈妈自己早就打扮好了，穿上了为过年买的新衣服。

吃过早饭，妈妈一直在打电话。她不知道送大表哥的车子从哪里出发。电话那头传来大姨的声音，叫我们不要去乡下了，就在城里等候。

大表哥要到人武部报到。人武部在火车站不远的宾王桥头，一栋半圆弧的高大建筑。我们住的站前小区，离人武部很近。一大早，我们就听见欢送新兵报到时锵锵的锣鼓声。

按常例，每年的冬季征兵，10月开始报名，11月1号开始分批进行体检，至中旬结束，11月中旬至11月下旬政审，12月1日下达入伍通知书，12月上旬起发放服装，12月中旬开始运兵，12月31日前新兵要出发。

这年9月起，大表哥已是工商学院的学生了，学的是土木工程系的建筑设计专业。工商学院就在义乌城里，大表哥当兵，虽然是在学院里报的名，但他的户籍还在乡下，在倍磊老街。所以，送行的人，还是以村里的人为主。

十点左右，送大表哥的车队到了。两台柳州五菱，车上插满红旗，披着红布红绸，车斗上搭起临时的棚子，坐着锣鼓班，一路吹吹打打——那阵仗，那架势，明显比别的人要高出一大截。

锣鼓班是舅舅请的，是戏班子里一帮朋友，不但乐器比别的车队多了好几样，吹打得也格外卖力。

义乌的锣鼓班，起源于明末清初，已有四百多年的历史。到清末民国初期，各地曾发展到八十多个，其中以福成会锣鼓班最负盛名。"一副箩担装十响，吹拉弹唱喜洋洋"，就是锣鼓班前身的写照。锣鼓班由当地农民自发组成，8—13人，多的可达二三十人，是古时农民们为迎神赛会、庆贺丰年、操办红白喜事、自我娱乐而创办的。后来也用于企业、商铺开张庆典等活动。那会儿，正常开展活动的锣鼓班还有50余个，成员500多人，一直活跃在民间。

舅舅在戏班子里司鼓，平时也喜欢参加锣鼓班的活动。锣鼓班里，有好几个是他的同门师兄弟。

遗憾的是，舅舅不在送行的锣鼓班中。

二姨、小姨一家都来了。只有舅舅、舅妈一家没来。

我心里纳闷，又有些伤心失望。

外公是坐倍磊街的车来的。他穿着一件褪色的军大衣，头戴鸭舌帽，帽檐下那张紫膛脸清瘦矍铄，下巴胡须刮得干干净净，尽管装出一副凝重的表情，一丝笑意还是透过严肃的表情流露出来。

这一天，一定是他生命里最高兴的一天。他最疼爱的大外孙如他所愿，走进了兵营。这个大男孩，小时候几乎天天与外公黏在一起。外公教他在江里游泳，捞鱼摸虾，放水排水，甚至学会了如何与江对面村子的野孩子打架。老人从不拘束孩子顽皮的天性，不过对男孩的身体却是保护得好好的。男孩子长得结实强壮，身上没有一处瘢痕或畸形外伤。

某种意义上，大表哥是大姨置放在外公那里的"抵押物"，也是父女关系的纽带。他们之间的矛盾，很大一部分都是由对大表哥不同的教育方式造成的，两人平时见面，针尖对麦芒，横挑鼻子竖挑眼，也是由大表哥的事引起的。

不过这一天，父女俩某种程度上和解了。外公的那件呢子大衣，就是大姨买的。

大姨开着大乌龟似的悍马，随倍磊街的车队一起来。她穿一身裘皮服装，披红丝巾，乌发挽髻高耸，挂金戴银，原本有些粗糙的脸搽了粉，显得溜光丝滑，格外年轻妩媚。她的脸已经多云转晴，笑意盈盈。

当初的失望一扫而空。儿子终于如父母所愿，走进兵营，并且，儿子不是普通的兵，而是海军，他服役的地方在上海，也令这个当母亲的非常满意。

大姨特地把在英国留学的女儿叫回来，来送哥哥。

兄妹俩平时就很亲昵，在憨厚的哥哥面前，这个又漂亮又任性的妹妹总是肆无忌惮。她冲在前面，抱住哥哥，又是亲又是打，一阵撒娇。有她在，就没有别人的份儿了。

大表哥挣脱妹妹的纠缠，与父母、姨娘和村里来的乡亲叙旧告别。

外公站在一旁，一支支地抽烟。喷出的烟雾里，有一种莫名的喜气。

妈妈急着挤上去与大表哥说话，早就把我丢在一旁。

我个儿矮，只能站在远处看。大表哥似乎看了我一眼。他穿着绿色的军装，胸前戴着大红花；他的脸似乎也被染红了，剑眉下一双大眼睛炯炯有神。他站在那里，肩膀宽阔，高大魁梧，英气勃勃。

我多想让他抱抱我，或者骑在他的背上再走一段乡下的土路啊。

可是我终究只能看见他的背影。他的身边围着太多的人。除了亲戚本家和村里的人，还有他的同班同学、院里和系里的领导。这一次，工商学院与大表哥一样参军的有好几个。

喧闹的锣鼓声越来越响。人武部的门口，送新兵报到的越来越多。黑压压的人群推推搡搡，把我挤出圈子。

我失望地东张西望，忽然间在不远处的人行道上看见一个熟悉的身影。

是姑姑小青。她站在落光了树叶的梧桐树下，显得形单影只。

她似乎瘦了不少，面色偏灰，不过穿着有些肥大的灰色工装，成熟了许多。

"妞儿，你见过大表哥了？"小青把我拉到一边，悄悄说话。

"别叫我'妞儿'，我现在已有大名了。典典，睿典。"

小青羞涩地笑。

"我也是来送大表哥的。论辈分，排亲戚。我还是他的姑姑哩！"小青拧了一下我的鼻子。她的手糙糙的。"他是你表哥，也是我的表侄。我在厂里上班，就在你表哥——你大姨的服装厂里。我是特地请假，来送他的。"

小青说着，把别在身后的手拿出来。那手里，有一朵大红花。

"看见没，这是我亲手做的大红花，用布做的，花了两个晚上。我已经学会穿针引线、踩缝纫机了。"

青色的小脸泛起红晕。小青边说边朝人武部门口张望。

那些黑压压的人群挡住了她的视线。也许她与我一样，只能看见大表哥的背影。她看见的，永远是那个迎龙灯时扛着龙灯头的那个英俊大男孩的背影。

她并不失望。她的心里永远寄托着一个少女的希望。

小青忽然想到了什么，从鼓鼓囊囊的工装里掏出一个东西。

"妞儿，我晓得你一定会来送你大表哥的。过了年，你就要读小学了。姑姑也没什么礼物。就送你一个铅笔盒。记住，好好儿念书，千万不要像姑姑一样——书读不好，以后一辈子就只能踩缝纫机熨衣服了。"

送行的人正在散去，小青一溜烟地跑开。单薄的身影消失在寒风里，消失在落满梧桐树叶的人行道的那一头。

第十五章　清明时节

过完年，我又长一岁。

日子也是越过越快。很快到了清明时节。

春事清明，十分花柳，微雨洒芳，酿造秀色。

乡下的清明时节总是异常令人怀念。田园村的清明节，有许多"花头经"：演清明戏，迎清明灯，放清明筝，剃清明头。"剃过清明头，清健到白头。""食过清明酒，赤脚田里走。"气温逐渐升高，到了农忙，要下田插秧干活儿了。

家家门窗皆插柳。听说，以前还是牛耕的时候，男女老少都会在拂晓早起，把牛羊赶到野外抢吃青草，叫"抢青"，就像城里的人去郊游，叫踏青。小孩扯一根柳条，做成环状戴在头上，像一个花冠；淘气的放牛娃们，会用柳树皮制成柳笛，套在牛角上吹，那柳笛音韵铿锵，清韵撩人，别有一番情趣。

江南碧苍苍，蚕老枇杷黄。只是还没到五月。四月的节气，蚕还未老，村口还有几棵老枇杷树，树上缀满青色的小果，那是早熟的土枇杷。栀子花儿也还未开，而桑树枝头已长出翁郁翠绿的叶子，只是桑葚还是青的，就像那些还没完全成熟的野草莓。

而那些刚刚孵化出来的灰褐色的幼蚕，已在剪得细碎的桑叶上蠢蠢蠕动，"沙沙沙沙"地吃个不停了。

清明时节，梨花开了。一树梨花，一溪水月。听说，十几年前，田园村外的田野上，还有老梨树，长着新芽，开着花儿，那是山花梨，也叫三花梨。梨树在田塍上栽种，曾是农民重要的经济来源，是"摇钱树"。那个时候，田野里到处搭着茅草棚儿，村民夜间看护守候，成熟后摘下到集市上售卖。三花梨与后来的新品种"黄花梨"一样，是熬制梨膏糖的原料。后来，因为梨树茂盛，遮蔽农田采光，影响产量，被砍掉了。

可是那片田野，还是童年的乐园。

我记得，每到清明前后，舅妈领头，吴家四姐妹随后，穿着鲜艳的衣裙，提着竹篮，相约去田埂地头，采摘鲜嫩的马兰头。春天，积雪刚融化不久，田边地角的马兰头便探出细小的嫩芽来。听说，这种随处能找到的小草，是过去饥荒年代当家的野菜，叫救命草。马兰头的再生能力特别强，剪了，过几天又长出新芽；即使用镰刀割，在湿润的土壤中，十几天后也能长出新根。田园村一带的人，拿马兰头当草药，它清香苦涩去油腻，清虚火，有健脾开胃、清肝明目、凉血降压的功效。豆腐马兰头还是这里的一道家常名菜。用沸水焯过的马兰头切碎备用，将豆腐放入油锅内碾碎爆炒两三分钟，加入马兰头，两分钟后就可以起锅。另外，马兰头还可以凉拌，做馅料包饺子，抟汤圆，摊煎饼。

清明节前，外婆开始准备做清明馃和艾草团子。姨娘、舅妈到野外采艾草、采菁。把菁洗净捣烂，配以糯米粉揉匀，做成三角形的馃子，甜的馅料用的是红糖、芝麻、豆沙，咸的用笋末、豆腐、肉丁、咸菜。清明馃形如碧玉，清香扑鼻。以前，这一带农家妇女还会携篮抱婴、互相讨要，俗称讨清明（聪明）。

那些清明馃也用于上坟扫墓，田园村的人叫祭太公，有"清明冬至前三后四"的说法。清明节的七八天，村民挑担携篮，在坟前摆下酒肴祭品，焚化纸钱，祷告默祝，在坟上添一抔新土，在墓周围栽种松柏。

"清明时节雨纷纷，路上行人欲断魂。"清明时节，雨量充沛，沟渠溪流、湖塘水圳清流溢盈，螺蛳纷纷挪窝浅水区。这个时候的螺蛳特别肥美，有"清明螺，抵只鹅"的说法。我记得，扫墓归来，舅妈就会卷起裤脚衣袖，跳进水里，把青褐色的螺蛳大把地捞上来。她一定是做惯了农活，似乎不惧深水冷冽。

在我的记忆里，过去的几个清明时节都是欢快的，因为我能听到舅妈清脆的笑声和甜美的歌声。

这一年的清明节却很特别。我们没有去采艾草、采菁、采马兰头和摘野草莓。

舅妈不见了，过年拜年时就没见过她。我不知道发生了什么。

清明节前一天，妈妈神神秘秘地告诉我，要去医院探望一位病人。

原来舅妈的病越来越重。她已经去过省城和县里的医院，兜兜转转，又回到佛堂镇医院。佛堂镇是古镇、大镇，这里的医院比一般镇一级的卫生院要大得多，叫市第二人民医院。

妈妈把皮卡车停在一个院子里，拉着我的手匆匆往里走。一会儿坐电梯，一会儿走楼梯。医院走廊里，穿白大褂的医生与护士走来走去，显得很匆忙。挂着内科和小儿科门牌的诊室人满为患。输液室里人群簇拥，小儿的哭声和家长的安抚声交杂一起，喧闹不已。

我们来到住院部。一间病房外面，安静的走廊里聚着一群人，外公外婆，三个姨娘和姨夫都在。大家面面相觑，默然不语。还有几张陌生的面孔，大约是舅妈的娘家人。

外公在一旁抽烟，一支接着一支，脸色铁青。舅舅蹲在地上，用手捂住整个头，那垂下的头几乎触到地上。他的两个女儿在大声抽泣，脸上一副无助而惶恐的神情。

妈妈似乎意识到了什么，不等走上前来的小姨与她耳语，扔下手里的果品，张着嘴，泪水夺眶而出。她在原地转了几圈——那样子，只能用热锅上的蚂蚁来形容——嘴里嘟哝着：

"这可咋办？这可咋办？"

我不想看见大人忧戚的面容，沿着走廊跑开。

迎面走来两个人，似乎在拉拉扯扯，争论着什么。是大姨和医生。

大姨在厂里咋呼惯了，嗓门很大，用责怪的语气尖叫。穿白大褂的中年医生不是沉默，就是重复"我们尽力了尽力了"之类的话。

转过墙角，一个陌生的女人突然出现在我眼前。她像是刚从附近的病房里走出来，怕被人看见，就躲在走廊的转角；或者是刻意在等某个人，听到脚步声就悄悄走出病房，偷偷探望。

她瘦瘦高高的，年龄与小姨相仿，或许比小姨要年轻，因为穿着工厂的打工妹才有的工作服，所以显得老了些。她的脸，如果不是偏黄偏瘦，又有泪痕，肯定是俊俏妩媚的。

她穿的工作服，是与小青同一个款式的，绣同样的厂徽。

我一定在哪里见过她。我想起来了，是在田园村大年祭的戏台前。

那陌生的女人用奇怪的眼神凝视着我，似乎想说话又不知怎么说。

她突然蹲下来，把我搂在怀里。她搂得那么紧，几乎要搂得我无法呼吸。

然后，她伸出手来，摩挲着我左耳下的小耳朵，说些不着边际的话，像个疯婆子，语无伦次："妞儿，你叫什么？你去看过舅妈了？你认得我吗？你一定不认得我的。她们说，母亲的奶水很重要，妈妈的乳汁——你已经去念书了，是不是？你是小学生了，7，16，记住这两个数字——7，16，你记住了吗？你可一定要记住啊！"

走廊里传来脚步声。

那女人跳起来，像只小鹿跑开去，一眨眼就消失不见了。

是妈妈在叫我。她让我单独去见舅妈。

病房外，那些我认识的人依然在原地没动。或低语嘀咕，或相拥而泣。

一个护士提着输液瓶走出来。

我一个人走进病房，浓浓的药味里有一种令人不安的气息。两张病床空着，靠窗的病床上躺着一个人，被单外面露出花格子的病号服。

我走近病床，慢慢靠近床头。女病人睁开了眼睛。

"妞儿，还认得舅妈吗？"

我点头又摇头。点头，是我依稀还记得舅妈的声音，那熟悉的甜糯的声音。摇头，是因为舅妈已变得不认识。她圆乎乎胖嘟嘟的脸颊深陷，凹进去一大块；那原来盘在脑后盘成发髻的一头乌发显得蓬乱，散落在枕头上。

舅妈用手肘支撑着，想坐起来。努力了几下，始终没有成功。

她伸出手，在我的脸上抚摸着，食指最后停留在我的小耳朵上。那双手，依然胖嘟嘟软绵绵的，只是手背上满是针孔，贴着纱布。

"你很快就会把舅妈忘记的，是不是？你见过你妈妈了？可怜的妞儿，没有妈妈的孩子多可怜啊！你会幸福的，你有妈妈，有人疼你。她们都会疼你的。"

她闭上了眼睛，平静的脸上有一丝笑意。两颗泪珠从那双妩媚的凤眼里流出，在脸颊上聚合，然后慢慢地滚落到下巴。

一个星期后阴雨天，我去参加舅妈的葬礼。

舅舅捧着骨灰盒。胖嘟嘟的二表姐捧着母亲的肖像，瘦瘦的小表姐拎着花篮。后面是长长的送殡人流，有许多我认识，也有许多我不认识，他们是舅妈娘家人、工厂和戏班子的同事。

我们走过田野，一直走到江边。

月亮湾畔，江边的树林里多了一座孤坟。

雨下着，江水在呜咽；风吹着，树干中空的樟树也在呜咽。

我不知道发生了什么。舅妈走了吗？那个长着甜甜的圆脸、说话柔声细气的女人走了吗？那个在台上咿咿呀呀唱曲儿的戏子，那个带着一群小女孩在田野里采菁、采马兰头的妇女走了吗？那个七夕中秋为我梳妆打扮编辫子的舅妈走了吗？

不管怎么说，我是再也见不到她了。与那喤喤的锣鼓声和欢快的唢呐声一同远逝的，还有我童年对田园的记忆。

第二篇 家园

第一章　大表哥的婚礼

元旦刚过，我们就收到大表哥的喜帖。他的婚礼定在这一年春节。

我在宾王中学读初二，盼望着这个学期快结束，倒不是讨厌越来越难的功课，而是希望早一点见到英俊的新郎和那个幸运的新娘。

大表哥当了两年的兵，又回到工商学院念书。毕业后，他继续自学深造，考出了一级建造师的资格证书，在城里一家非常有名的房产公司上班，是一个重要部门的经理。

在四个女婿当中，外公最器重三女婿——也就是我的父亲。一来父亲的学历最高，顶着诗人作家的头衔，在政府部门做事，是公家人也是文化人；二来，父亲和外公一样，年轻时在外地闯荡，过着夫妻两地分居的生活，直到中年才回到家乡过上稳定的家庭生活。

因为与外公的特殊关系，大表哥每每在人生的重要关口，都要征求父亲的意见，把三姨夫当作他的"人生导师"。也因此，大表哥的许多事我也有所了解。

大表哥和自己母亲的矛盾由来已久，在学业、前途、婚姻各个方面，两人想法相左，意见不一。父亲常常有意无意充当起"灭火队员"的角色。

大表哥热爱部队，本来是想当义务兵继续服役、报考军校，部队领导也很看好他。可大姨硬生生地把他"拽了回来"。这一次是大表哥妥协。念大学，报考建造师，到建筑公司上班，则是大姨让步。丈夫是泥瓦匠，一辈子给人造房架梁，儿子从小喜欢玩泥巴，当个建筑设计师、公司大经理，也不是不光彩的事。

实际上，大姨早就悄悄改了主意，把培养重点转移到女儿身上。她先送女儿去英国，后又送她去澳大利亚。女儿陈楠就读澳大利亚莫纳什大学的艺术设计与建筑学院。为了读书方便，家里特地在墨尔本为她买了房子。女儿陈楠学习成绩优异，独立生活的能力又强，是接班的最佳人选。至于自己辛辛苦苦攒下的这份家业，已经够大了，到时候分一点给儿子，就绰绰有余。

大姨的事业顺风顺水。她把服装厂搬到县城，在城里开了家外贸公司，专门销售服装。家里家外，大姨都是说一不二的女强人。

暂时的相安无事并不能保证不出事。有一天，大表哥把自己的恋情公开，家庭矛盾的导火索又"滋滋"响起来。

原来，大表哥的未婚妻就是大姨公司里的职员，她大学读外贸英语，原在一家大型外贸公司当翻译，后来转当部门主管。大姨常常与她打交道，见她聪明能干，硬生生把她挖过来。那姑娘独当一面，把整个公司撑起来，生意越来越红火。

在公司里，大姨很是倚重她，可是有一天要成自己的儿媳，却不乐意了。原来那姑娘是江西的，个子不高，青皮瘦削，长相平平。

大姨的情绪从未如此激动。她不但自己反对，还动员亲朋好友一起劝阻。

很快，所有人分成两派。男的，外公、父亲、三个姨夫，是支持派；女的，外婆和吴家四姐妹，是反对派。

"娶妻娶德。长相普通有什么关系？娶一个花瓶，放在家里，中看不中用。那小姑娘我见过，本本分分，会做事，我同意！"外公坚定地站在大表哥一边。

"我也不是嫌她长得不好看，是生肖不合。陈骞属龙，她属虎，还大两岁，我和老陈都属虎。一龙三虎，本来家里就不太平，将来更热闹！"大姨不想与外公正面硬杠。

"说来说去，是嫌弃她是外地的，面子上过不去。外地的有什么不好？将来户口一迁，就成新义乌人了。义乌城里，到处是打拼的外地人，最后都会在这里安家落户，成为这座城市的一分子。"父亲说话不温不火。

大姨一向尊重三妹夫，有时连厂里的重大投资也会征求他的意见。不过，这一次她却不以为然了。

"我自己是农民，不会看不起乡下人、外地人。厂里公司里，大多是外地的，我何曾歧视过谁？说到婚姻，总得门当户对。我的儿子，论长相，哪一个不说他是大帅哥？只要我开口，美女大把大把送上门。去年我就推了好几个，女方父母是大老板，上海、杭州、海南都有房子，只要儿子点头，几千万就嫁过来了。我也不是外貌控。长相过得去就行，关键是贤惠，聪明，高智商。学院的教师，医院里的医生，公务员，有的是，随便他挑——"

妈妈原是坚定地站在大姨这边的，后来，看到一个个"临阵倒戈"，也"反水"了，劝起大姐。

"吴家姐妹都是晚婚，二十八九岁才结婚，弄的头发白了，别人家孙子一大把，自己还在吭哧吭哧为儿女操心！红娘公司和城里的相亲会，人满为患，剩男剩女一大堆，很大一部分，是因为父母瞎掺和、打横棍。初恋闹掰，再恋就难。一朝被蛇咬，十年怕井绳，到三十五六岁也不结婚！"

可大姨这次是铁了心，谁劝也没用。

大表哥表面憨厚，这次却不肯妥协。他使出绝招，说女朋友已有身孕，不结婚不行。

大姨对儿子这种"先斩后奏"的做法很是无奈，不再做顽强抵抗。不过，她放出话来，婚礼可以办，不过她不会拿出一个子儿，并且坚决不参加婚礼！

大表哥等着母亲回心转意，想着："饭煮得差不多了，老妈还会让夹生饭出锅不成？"

婚礼选在腊月二十三小年夜。这一天，放寒假的表哥表姐们都有时间参加。

二表姐是成都中医药大学的大三学生，小表姐在北京协和医学院学护理，二表哥在华中师范大学就读，都是大学生，小表哥王家玉最不济，是职校的学生。

大表姐从澳大利亚回来过春节，正好赶上哥哥的婚礼。她是坚定的"拥护派"。

婚宴设在佛堂镇双林路"鸡毛换糖"大酒店里。双林路是古镇的新街，道路宽敞。"鸡毛换糖"是一位衢州江山老板开的连锁酒店，以家常美食著称。

别说是财大气粗的大老板，就是普通人家的喜宴，这样的酒店，也不上档次，甚至有些寒酸。

夜幕降临。亮起的路灯照着街两边一排排的轿车。

酒店一楼的大堂里，新郎和新娘正恭迎鱼贯而入的客人。

大表哥穿黑西装，打红领带，显得英气勃勃。他不停地鞠躬作揖，憨憨的脸上，气质沉稳练达。与身材魁梧、虎背熊腰的新郎比，旁边的新娘要小巧得多，尽管穿着高跟鞋，也只及新郎的肩膀，她穿着白色婚纱，微微隆起的腹部有些肥大，使得她的头小得有些滑稽。她那张笑容洋溢的脸是青色的，有些许的憔悴。

二楼的喜宴大厅里张灯结彩，陆陆续续来了不少客人。过道两边，分别是男女方的客人。总共二十几桌。

女方的客人早到了。他们是被两辆大巴车从江西接来的。

男方这边，是大表哥建筑公司的领导同事，过去的同学战友。

大姨厂里的人没来，靠门厅的酒桌都空着。

二姨、小姨一家早到了。两位表哥都长高了，穿西装打领带，吹了头发，用发蜡抹得锃光瓦亮。没坐一会儿就走了，他们要去当伴郎。二姨的身边坐着两位表姐。二表姐胖胖的，长得很像舅舅，走路行事有些男子气，倒是小表姐长得小巧玲珑，模样儿像外婆。她们一声不吭地东张西望，看见我，显出很高兴的样子。

刚坐定，就看见大姨夫和大表哥急匆匆走过来。

大表哥似乎遇到了烦心事。原来这场婚宴举足轻重的人——他的母亲还没露面。

"别理她！是什么样的菩萨，非得十次八次地去请？"大姨夫气鼓鼓的。看样子，两口子在家里没少为儿子的婚事怄气。

"姐夫，你这话说得，没有双方的父母到场，这婚还怎么结？"二姨道。

"大不了找个人替她！你们三姐妹，谁上都可以，不就是敬个茶过过场吗？"大姨夫依然说着气话。作为工匠，平时他很讲规矩，从来不敢造次。这一次，他一定是被家中"母老虎"惹毛了。

"成何体统！成何体统！我们三姐妹，谁敢坐大姐的位置？"妈妈的语气有些调侃。

"妈妈，我看见大姨的'乌龟壳'了。"我插了一句。

"什么？你怎么不早说？在哪里看见的？"

为了参加这次婚宴，妈妈新买了辆车。当她开的丰田凯美瑞停到车位时，我看见两辆接客用的大巴车边上，停着大姨的越野悍马。

妈妈与两位姨娘嘀咕了一阵，拉着大姨夫，一起走出去。

大表哥有自己的事，也走了。

不断有新的客人到来，大厅里熙熙攘攘，一片喧闹。边上那些陌生的面孔使我很不自在。

两位大学生表姐与我说了几句，似乎再也找不到共同的话题，不再与我说话。我把目光转向别处。里面靠墙的位置，正对门厅的主桌旁，坐着我认识的人：外公外婆、朱医生、王老师、舅舅、父亲、两位姨夫。

只有一位不认识。他瘦瘦高高的，年近六十，头发花白，坐姿笔挺。原来他是外婆的弟弟，我们的舅公。他曾经是位军人，参加过唐山大地震的救援，所在的连队都是功臣，退役后安排到南方工作，在深圳安家。

过去，外太婆去世时，舅公回来处理后事，我见过一次。

外公年轻时在外地工作，作为家中长女的大姨，小时候待在江对面的缸窑村，由她的外婆领大。大姨与大自己八九岁的舅舅关系不错，儿子结婚，外婆和舅舅是计划中要请的客人。外婆不在，舅舅还是要请的。

最重要的上位留给外公。外公的一边坐着外婆和他的兄弟，另一边是朱医生和王老师。朱医生虽然是外公同母异父的兄弟，但是与吴家、王家、陈家关系都很好，平时走得很亲，所以也被邀请。

外公一会儿与朱医生说话，一会儿又把头转向他的舅子，不说话的时候，面色凝重。这几年他老得很快，头发全白，身形也有些佝偻，说话似乎有些吃力，喘息着，脸憋得通红，不停地咳嗽。

坐在他身边的外婆倒是显得年轻，只是看上去有些拘谨，不时地用关切的目光看着自己的丈夫。表哥陈骞是由她拉扯大的，小时候脱得光溜溜，在水缸边洗澡擦身，看着他从一团肉球变成大个子——如果不是外甥一再请，这一次她是不打算来的。舅妈病逝后，一家的关系很有些别扭。父子、父女关系紧张，儿女间的关系也不是很融洽。外婆夹在中间，里外不是人。

外公与木匠舅舅，平时见面很少说话。如果不是婚宴刻意安排，俩人是不愿意同桌的。

那位骄傲的木匠坐在对面，一直沉默不语。三位妹夫在场，父子间的尴尬少了许多。

父亲与两位姨夫在低声交谈。少了定亲挑担环节，他们的角色无足轻重，只剩下喝喜酒的任务了。

边上的酒桌渐渐被客人填满。服务员开始上菜。

婚礼开始了。大表哥平时就节俭，并不想铺张。婚礼不用司仪，婚庆现场全是公司的同事、朋友和亲戚布置。

远处的主席台上，大姨夫和另外的一男一女——来自江西的表嫂的父母，看上去还很年轻——就座。音乐响起，新郎新娘从一侧的长廊里走过来。

新郎的后面，有四位伴郎陪伴。两位是表哥的战友，一位叫蒋保罗，一位叫吴冕。

与这两位身材魁梧的军人比起来，二表哥周骁和小表哥王家玉显得小了一号，拘谨羞涩。

不过，那两位军人出身的伴郎虽然气场强大，他们的风头还是被新娘队伍盖过了。

确切地说，是新娘后面的伴娘。

四位伴娘中的三位，也是普普通通。她们是表嫂的妹妹：一位在广州做外贸生意，另一位也在义乌打拼。

那位引人注目的伴娘就是新郎的妹妹陈楠。她从海外归来，平时说话常常夹杂外语，一口标准的伦敦口音。她长高了，像个模特儿，一身旗袍，亭亭玉立。她有资本骄傲任性，她是学霸，生活优渥，无忧无虑，只负责貌美如花。总之，她成了婚礼上最靓丽的人，仿佛她是新娘，而其他人都是陪衬，是为她而来的。

大表哥从不怕妹妹抢自己的风头。兄妹俩关系一向很亲密，私底下达成默契，不管对方做什么，都坚定地站在对方这边，以便对抗强势的母亲。

新郎新娘走到半道，停下来。看到主席台上就座的人，犹豫了一会儿，继续往前走。

音乐戛然而止。喜宴大厅忽然安静下来。

众人的目光都向门厅里望去。

那里，一身裘衣、披着红丝巾的大姨款款走进来。

大表哥的眼睛里闪着晶莹的光，我看见，分明有两颗泪珠在那儿打转。

第二章 老街与老兵

在佛堂镇西南，有一个千年古村：倍磊。古村落坐北朝南，呈棋盘格局。村里有1座牌坊，2条老街，2座古桥，5座祠堂，7眼古井，8座寺庙，18座民居，20座厅堂，62家老铺，是全国首批历史文化名村。

一条明清老街，从东到西穿村而过。街长约700米，宽4米，以街心亭为中心分南北街。街心亭顶棚设六角藻井，旧时悬一盏琉璃青油灯为路灯，相当于钟鼓楼；亭柱上刻本土进士俞道英的楹联："恩沾比户庶而富，惠及编氓寿且康。"村里的厅堂老宅、祠庙庵堂、牌坊亭阁、池塘泉井和溪渠堰桥，都沿老街修筑。砖木楼房，粉墙黛瓦，石库台门，石雕漏窗，错落马头，一派古风。古民居前厅后堂，左右厢房，合围成三合、四合院，或是三进两院；主厅有敞厅，也有楼下厅，采用抬梁和穿斗结合，在照墙、封檐和马头墙等部位装饰壁画，三雕壁画，四位一体。

古村落东南西北四个村口，曾设四座跨街门楼：东朝阳门，西观澜门，北为泉门，南为敌楼——敌楼高6米，下为四柱亭。东西街的店铺，两三间不等，均为两层，或前店后堂，或上居下堂。除了主街和穿堂里巷，通往村外的巷口设六个栅门，俗称千门，呈拱券形，门开两扇，拱卫巷口。

村民以姓氏为核心分房聚居，经商、行医、耕读。号称四个千石田太公的子孙后代，造了敬慎、懋敬、敬修、敬胜、九思、致和六座厅堂。

倍磊村有张、俞、杨、陈等姓，以陈姓为主。陈氏始祖于南宋咸淳年间从东阳磐安迁来，称颖川陈氏。

古村地处义乌江半月湾马渚渡南岸，明清时期是水运码头，上通佛堂义乌，下行金华兰溪和杭州；水陆交通发达，处于多条通衢大道的交汇点上，通往金华、兰溪、东阳、永康的官道穿境而过。交通优势给古村带来商业繁荣。明初开街，明中叶成重要的商贸集镇，称倍磊街。新中国成立后，农历逢双集，依然是义乌十六个集市之一。

古村有江溪、码头、埠头、池塘、堰硤、沟渠、泉井以及桥梁、龙皇亭

龙王庙，组成"双溪六石汇玉流，五桥四枧把门守"的传统村落水系。东溪源于村南面飞凤山山麓，绕遍大半个村庄，向北转西。村民于东街头出水口，跨街建龙皇亭龙王庙。西溪源于祝坑，经寺口村，流过村西景山脚；村西南角有一座回澜桥，建于明代，清嘉庆重修。西溪沿村而下，沿途分流，灌溉无数良田，最后流到倍磊埠头，在村西北和东溪汇合向西，汇入义乌江。

倍磊古村，自然环境优美，前后有飞凤山、独山，东西有石牛山，南面八宝山，西南层峦叠翠的葛仙峰尽于江边景山，北望则一马平川，隔着湖塘密布的千顷腴田，与义乌江边的月亮湾相接。

双溪玉流，人物常新。东溪又称锦溪，因为最早迁居的渔者杨苇，是元末高士，而后来的抗倭名将陈大成，皆以锦溪为号，志与桑梓山水相依，一文一武，诚与锦溪一样长流。缘东溪而行，溪水潺湲不息，小桥隐约引路。穿行徘徊，仰观俯察，黛瓦粉墙鳞次栉比，皇皇旧宅厅堂宏阔，雕梁镂壁攒簇连绵。亭阁牌坊，街衢形胜，古井古桥，街心亭，节孝坊，仪性堂楼，虎贲劲旅和八角井。

曾经的腴田繁华历历在目，所以倍磊古村又名锦城。

一年前，倍磊老街大表哥陈骞的家里，来了位不速之客。

客人姓吴名冕，是表哥当兵时的战友，一米八五的高个，身材壮硕，面容黝黑，留着一头板寸，走路虎虎生风，说话快人快语，一看就像个北方大汉。

大表哥带战友逛倍磊老街和佛堂古镇。老战友只对与战争有关的古迹感兴趣，大表哥就带他去佛堂镇云黄山麓的日军侵华碉堡遗址。1942年日本侵华，为了掠夺云黄山的萤石矿，在佛堂设矿务所，在云黄山修筑人防工事、炮台，铺设轻便铁路，强迫民夫开采氟石矿。

他们到赤岸乔亭参观为纪念戚家军而修的城墙。乔亭地形独特，北面低山状如巨蟹，两只蟹钳前伸合拢，形成一块低谷，谷地林深树茂，极为幽静；南面山体浑圆，起伏有致。就在两山峡谷中，一座气势宏伟的两檐城楼"凯旋楼"岿然耸立，城楼两侧延伸出一座"长城"，顺势蜿蜒，宛如苍龙下山。站在烽火台上，依着女儿墙，可以远眺北面的蟹形山。

大表哥还特地开车带战友去临海城东南60公里的桃渚镇。桃渚东临港口，形势险要，戚家军在石城建敌台，用于瞭望、烽烟报警，安置守兵和贮藏药械。那里还有戚继光抗倭表功碑，新建敌台，刻有碑记碑文："心在国家而身先士卒，勇不畏难而谋善料敌。"

春节过半，表哥要到建筑公司上班。老战友在他家住了半月，想走不走，欲说不说，一副心事重重的样子。

"吴冕，我们是战友，上海当兵，在同一个班连，坐同一艘舰船出海，同吃同住，生死之交，患难与共，有事你就直说！"表哥道。

"陈哥，还真有事。我这次南下，是完成老爹未了的心意。听父亲说，我祖先是义乌人，四百多年前，随戚继光北上，修筑山海关，戍守长城。此后，祖祖辈辈就生活在长城脚下。"

"来时，你袖子上还戴着黑箍儿，知道你定是有事。"

"是，那会儿老爹刚过世。他是大老粗，斗大的字不识一筐，前些年，他自己也想南下寻亲，终究没有成行。他咽气前，哆哆嗦嗦把祖宗牌位交到我手里，一再叮嘱，要我完成他未了的心愿。"

"咱们当兵的，上级交的任务，一定要不折不扣完成。"

"陈哥，实话实说，我觉着这是不可能完成的任务。四百多年了，从前十八代祖宗的事儿谁搞得清？老爹自己都迷糊，说不清祖宗姓甚名谁。那木牌儿已经朽烂了，字迹模糊。家谱也早弄丢了。听祖辈口口相传，说老祖宗是义乌廿七都廿六都间的人氏，村名不记得，只记得村前有溪，通向江边，坐那江中的船可以到杭州。村民以酿酒制陶采矿为业，还贩卖私盐山货到一个叫兰溪的地方——我觉得，那些都是老爹做梦梦出来的。"

"你千里迢迢寻亲觅祖，岂能空手而回？咱们是铁哥们，你就先住我家，爱住多久就多久，一定要把事情搞出点眉目来。"

"陈哥，你这么一说，我还真不走了。咱当兵的，四海为家。我妹妹已经结婚成家。我现在孤身一人，了无牵挂。此行不达目的，绝不罢休！"

"倍磊就是戚家军义乌兵的发源地，我们就从老街开始。"

原来大表哥陈骞的大伯是老村长，退休后当了倍磊戚家军纪念馆的馆长，人称陈老师，他还负责义乌兵事迹宣讲，传授非遗拳法"继光拳"，每年农历六月六，组织村民制作麦饼纪念先祖。

他们来到村里的戚家军纪念馆。纪念馆在老街上，村文化礼堂内。墙上的壁画和剪纸表现的正是当年抗倭历史。

陈大伯讲起戚家军抗倭历史，如数家珍。

明代嘉靖年间，浙江参将戚继光镇守台州、金华、严州三府，时倭寇侵扰浙江沿海，势甚猖獗。戚继光遂到义乌募兵。嘉靖四十年（1561），戚家军在台州桃渚、圻头、龙山、仙居白水洋、温岭新河一带与倭寇激战，九战九

捷，歼敌五千余。台州大捷，江浙一带倭患肃清。戚家军又转战东南，远赴闽粤，横屿、平海卫、林墩之战，高歌猛进，所向披靡，东南地区倭寇全灭。戚继光扬人之长，避人之短，百战百胜，义乌兵功不可没。徐渭有诗云："群凶万队一时平，沧海无波岭瘴清。帐下共谁擒虎将，江南只数义乌兵。"

义乌兵又随戚继光北上，戍守蓟镇边关长城。当年戚继光在抗倭和戍边过程中，分5次，总共征调了2万多名义乌兵。戚家军中的义乌兵，当时由义乌走到杭州，由杭州坐漕运船，沿南运河过长江，再沿北运河一直到北京通州，在通州码头上岸，再走一百多里地到蓟州，修筑山海关老龙头和长城各段。天下第一关山海关，自古就是战略要地，是明朝抵御北方入侵者的重要关隘。秦皇岛山海关，北依燕山，南襟渤海，在明长城与大海交汇处，有海石城，称为万里长城的"龙头之龙头"。

随戚继光北调的义乌兵称为"南军"。南兵募自浙江，其中义乌人居十之八。为什么要调南兵到北方？有三大目的，一是抗击北方入侵者，二是作为兵样训练北兵，三是戍守长城。浙江南兵没有统一军服，却被朝鲜国王称为"剑阁精兵"。朝鲜著名相臣柳成龙描写南兵："所谓南兵者，乃浙江地方之兵，其兵勇锐无比，不骑马，善用刀枪、火箭、大炮，皆胜于倭。头戴白巾，身以赤、碧、青、黄为衣，皆作半臂，真皆敢死之兵。"万历东征，出兵援朝，南兵是一面旗帜，军纪最优，战斗力最强，粉碎了日本的野心，稳固明朝的领导地位，还为朝鲜训练出一支新军，在世界军事史上占有一席之地。

戚家军北上，练兵之余，整修山海关长城：新建敌台，在险要地段修筑长城复线，建传递军情的烽燧。修筑长城工程浩大，守卫任务艰巨。为稳定军心，也为解决军队粮饷，朝廷实现屯垦政策，允许外地官兵家属随军戍边。长城修好，敌台分到各家各户守卫，义乌兵乃携带家眷在敌台上安家。

后戚继光失势，调任广东，部下纷纷解散，可仍有很大一部分义乌兵选择继续坚守长城。从老龙头段到董家口段，再到板厂峪段，山海关由东向西绵延百里，散落着30多个村庄，村民大多数是明代长城守卫者的后裔。他们在此繁衍生息400多年，20余代，至今没有忘记使命。这些义乌兵，涉及陈、朱、胡、王27个家族，总计数万人。他们在长城脚下开枝散叶，延续血脉，一代代口口相传，依稀记得祖先来自义乌，却不知道去哪里寻根。

陈大伯不知不觉就讲回自己的祖宗，说到颍川陈氏，更是滔滔不绝。

倍磊街的陈氏，因祖上居颍川长社（许昌）而得名，历两汉魏晋迁居洛阳，随晋室南渡，历唐宋元明清几个朝代，形成南方的许多分支。倍磊陈为德三派秋厅支。德三公祠已拆，先是供销社，后为村老年协会。陈氏大祠堂为倍磊街总祠，地处街心，三进三开间，毁于 20 世纪 60 年代。

原来戚继光招募的义乌兵中有很大一部分来自倍磊村。村外有八宝山，上有挖氟石留下的矿洞。嘉靖年间，村民与盗矿者斗殴，族长率领男女老幼，与矿贼浴血搏杀，死伤 1000 多人，由是以强悍知名。陈氏一族，尤其勇武，一人出山，兄弟姐妹齐齐跟上。族中后来出了 7 位将军，武官 20 余位，战死沙场不计其数。最著名的，莫过于陈大成。大成率子侄应募，训练后防守台州，在花街、白水洋、太平乌根岭、福建宁德、福清，领兵屯操，率部下取得了 12 次大捷，为荡平沿海倭寇立下不世之功，是戚将军手下四名猛将之一。

大表哥陈骞瞪大双眼，听得入迷——有些事他也是第一次听说。旁边的吴冕念念不忘寻亲的事。

"听我父亲说，祖上最早两代人曾在浙闽沿海抗倭，也曾参与万历东征，先是跟随一位吴将军，后来追随王将军。"

"你说的吴将军一定是吴惟忠，他出身武举，武艺高强，军事能力突出，当过把总，剿灭山贼倭寇，屡建战功。石城就是他当山海关参将时主持修建的。万历十九年（1591），日本进攻朝鲜，这年冬天、六十岁吴惟忠再次被朝廷征召，作为先锋官，率领三千南兵进入朝鲜。入朝首战平壤战役，吴率敢死队进攻日军占据的牡丹峰，中弹洞胸，血流腹肿，而犹能奋呼督战。至今朝鲜安东忠州七处，有老百姓为吴惟忠所立石碑，安城竹山的碑还在，叫'天朝副总兵吴惟忠德清仁勇碑'。你说的王将军，可能是王必迪，他是吴的继任者，抗倭名将，也曾入朝，留下记录援朝抗倭惨烈的文字：南兵驻守庆州，与贼伊迩，兵寡力疲，不堪屡战，况日夕哨伏，无时休息，异域征夫，每为伤感。"

"这就是了！"吴冕兴奋地叫道。

"先有张、俞、杨，后有金、陈、王。倍磊以陈姓为主。村民中少有'吴'姓。我对颍川陈氏和环溪王氏的抗倭历史很有研究，但对你们吴家的事了解不多。据我所知，吴氏中，还出过一位能臣儒将，叫吴百朋，万历皇帝称他：才堪大用信济世之英贤。扬州之战，吴百朋临危受命，开城纳民，从容不迫，以攻为守，杀得倭寇猝不及防，远遁而去；他为官清廉，巡抚虔州，抗倭平乱六年，离任时，将其按例应得的十七万金悉数交还国库，告别时单车就道，一无所携。义乌吴氏，忠贤辈出，名人荟萃。东乡大元村，是一千户大村落，周围十八村，吴氏繁衍生息，全县东西南北中，均有大元吴氏后裔，故有'吴半县'一说。吴氏至今已繁衍近 40 代，据统计，义乌吴姓人口

达6万余人。四百年了，地名村名改动频繁，要找到你的祖居祖宗，恐怕是大海捞针。"

吴冕露出失望之色。

"天下吴氏本一家。外公就姓吴，有些事问他最清楚。"大表哥插话。

"你外公年纪大、腿脚不便，麻烦他不是很妥。不是我小看，以你外公的文化程度，吴家祖先的事恐怕知道的也不多。我推荐一位，你的三姨夫，找到他，小吴的事就有希望了。"

"这事还得从长计议。吴冕，你先在倍磊街住下，由我大伯陪你到附近的村庄去走走。三姨夫那边，由我负责联系。"

陈大伯嘴里的三姨夫就是我父亲。原来他负责编辑一本杂志，是市府单位临时聘用的人员，与市志办、作协文联、摄影家协会、书画家多有交集。他对义乌的历史人文山川地理颇有研究，常到各地采风。

市志办在编义乌兵历史，前不久举行了长城义乌双向行活动。父亲应邀参加，沿着北京、天津、河北、辽宁一带的长城，重走义乌兵的戍边路，踏上四百余年前义乌兵曾经守过的土地。辽京津边境的长城脚下。曹家房子村、立根台、花户庄、小河口、董家口、城子峪子、板厂峪、龚家楼村等，均是义乌兵后裔聚居古村落。一部分义乌兵后裔，获邀回到老家桑梓行。

读初二的我，功课不是很多。每到周末，父亲到田园、倍磊一带走访，都会带上我。于是我便与父亲一样，无意中介入表哥战友寻根寻祖的事。

陈大伯与父亲早就认识，彼此称"老师"，成了忘年交。

表哥找到解决问题的钥匙，也显得很兴奋。

那北方来的汉子，天天泡在馆里，与陈大伯切磋武功，研究"金台拳""戚家拳"和戚继光的"鸳鸯阵"。

金台拳得名于北宋名将金台，以少林拳为基础，糅众家古拳而成，虚实有度，刚柔并济，自古霸不过羽、拳不过金即是此人。

"戚家拳"由戚继光创编，继承汇总了当时流传的十六家名拳精华，结合戚家军抗倭的实战经验，为戚家军训练的重要内容之一，后来戚继光选择其中精妙的三十二势，载入传世名著《纪效新书》。戚家拳古朴无华，实战性强，缠裹挤靠，刚柔勇猛，踢打摔拿，闪展穿越，动则摧枯拉朽，静则深不可测。戚家拳至今还在河北省巨鹿，北京市通州区，浙江义乌、台州、温州及山东省蓬莱等地流传。据说，陈氏太极拳就是祖师陈王廷，根据戚家拳和自己多年实战之经验编排而成，俗称一路、二路炮锤。

戚家军鸳鸯阵是戚家军抗倭时的一种战斗阵法。东南沿海地区多丘陵沟鑿，河渠纵横，道路窄小，鸳鸯阵是与倭寇作战过程形成的，因形似鸳鸯结伴而得名。鸳鸯阵法，12 人为一队，队长居前，一人手执长牌，另一人执藤牌，后面两位狼筅手，接着四名长枪手，再跟两名短兵手，最后是一名负责伙食的火兵。

整整一个月，吴冕泡在馆里，拳脚功夫有不少长进，寻亲的事却没有一点眉目。他还砍了一整根毛竹，制作了一把狼筅。狼筅是鸳鸯阵中最有力的武器，其顶部装矛头，火烤的侧枝装有倒钩，箭头上涂有毒药，既能防御，也有极强的杀伤力。

周末，表哥邀请父亲，在陈大伯的馆里商量战友吴冕寻根的事。

那北方汉子乐不思蜀，原来他这次南下，就没想着要回去。他打算在南方找工作，长期定居。

大表哥也暗中在为他找工作。吴冕退役后，在北方老家县城的武馆当教练，除了一身腱子肉和拳脚功夫，不会别的，工作并不好找。

"吴冕，让你到工地搬砖、折钢筋，有些委屈你。"

"陈哥，除了一身蛮力，三两下拳脚功夫，我也不会别的。你最好给我在武馆、健身房找份差事。待遇高低，我不会计较。"

"咱们是兄弟，实话会说。我觉得武馆健身房都是临时差事，不是长久之计。我一定得为你找个有前途的——你还记得蒋保罗吗？"

吴冕连连点头。他们曾经是一个连的战友。蒋保罗是北乡八里桥头人，也喜欢武术。他是村里罗汉班的班头，逢年过节，经常带罗汉班去各地演出，那罗汉班原来也是源于戚家军义乌兵的武术游戏，用于训练军纪严明士气高昂的部队。

"保罗在城里成立了一家保安公司，是总经理。他很欢迎老战友加盟。待遇不是很高，固定的工作，稳定。在保罗那里，你一定会得到重用。至于寻亲寻祖的事，还是从长计议。有三姨夫在，一定能找到！"

第三章　缸窑与何店

　　父亲的职业相对自由，可以经常去乡下各处走走。吴冕寻找祖居亲人的事，就从义乌南乡开始。

　　义乌江流过佛堂，江水宁静缓和，两岸杂花生树阡陌如秀，过七八里地，江面陡然开阔，波平如镜，形成了如半个月亮似的地带，那便是诗人笔下"一片平陵寄碧涯，形开新月吐银葩"的月亮湾了。过去的月亮湾，曾经如带的江岸，有银色沙滩，桃林映红，而今，细腻的沙滩不再，江水更深更平静了，岸边的山坡葱郁芬芳，自然错落。流淌的江水，似高高低低的音符，弹奏柔和的乐曲。江水长，江水流，流到马渚点点头。

　　倍磊老街，是名震华夏的义乌兵的发源地。倍磊街，曾有江边埠头，埠头对岸就是马渚渡口。这一片江面，曾经是舟楫林立，渔歌唱晚，"一江萦带东西纬，双艇分津来往梭"。明清时期，那些满载着陶器制品、老酒红糖、火腿粗布的船队，云帆高挂，来来往往。据考证，"马渚渡"一带，是越王勾践"十年生聚、十年教训"，聚积人力物力财力之地。

　　离马渚渡口不远，就是以制陶闻名的几个村落：缸窑、何店、杭畴。

　　义乌自古以来就是一个制陶业非常发达的地区，据考古发现，义乌各地古窑址有24处之多，大多属婺州窑系。历史上，酿酒业的繁荣带动了陶器业酒器业。婺窑在宋元鼎盛，于明清衰落。婺窑以群窑的名目出现，以民窑为主，是百姓定制的民用碗，青瓷青釉，少数豆黄色釉；碗、盆、盘，刻画弦纹、云纹、菱形纹、水波纹、蓖纹、回纹和花卉。

　　九千多年前的新石器时期，生活在这片土地上的人就已经掌握制陶技术。1981年11月，义乌发掘了一座西周末古墓，出土文物100多件，有部分陶纺轮、陶坛、贝壳之类器物，数量之多，全国罕见。而义亭镇缸窑、何店一带的陶艺，自南宋至现在已有八百多年的历史。

　　缸窑村地处义乌市西南丘陵地区，地势东高西低，背靠黄东山，面朝青山倒映的大江，近屏松林茂翠的南山，远朝形同笔架的八宝山，东有上下二塘相连，南面腴田千顷，西南葛仙峰直插云霄。这里盛产陶土，自义亭向南落脉，十里红山到缸窑戛然而止。十里红山出状元、不爱状元爱缸窑。

缸窑古村曾世代以制陶为生，一处处清晰的古窑遗址和随处可见的陶瓷碎片，述说着一段段制陶往事。北宋时期，缸窑村内便有人开始烧窑做缸，三百年前，渐成村落，取名为"缸窑村"。这里有义乌通往金华的古驿道。东金古道位于缸窑村中心，东西贯穿。驿道上有过街凉亭，防火巷，两边是龙窑和陶房。清朝后期，此路段就已用鹅卵石和石板铺设。路的西端搭有凉亭。过去，它是东阳、义乌以及周边村镇的人前往金华府方向的主要交通要道。每逢佛堂、孝顺和低田等地的集市庙会，古驿道上的行人成群结队，络绎不绝。

缸窑濒临大江和马渚渡口，西南有缸窑溪绕流、村内挖塘潴水，湾塘、双叶塘、麻车塘、长塘、深塘分布村南和村西，灌溉水渠和村内用于饮用酿酒水源的龙眼古井串联。村中高卧古老的龙窑，站在窑顶极目远眺，南山作屏，村村相连，景色如画。村西，沿三条主干道，古建筑鱼鳞状分布，有雕刻精细严谨大方的十八间谦受堂和陈氏宗祠。水口、龙窑处几棵高大挺拔古樟树，黄泥陶坛瓦片建筑的陶房分布各处，使得缸窑村古拙凝重而又生机勃勃。

龙窑是烧制陶器窑炉的一大载体，最早出现在商代，因多依山坡之势倾斜砌筑而成，形同卧龙，故名龙窑。从最早的"老窑"到"鹤窑"和南面新建的"中窑"和"新窑"，最后加上1969年在村北郊建的长窑，鼎盛时期的缸窑村，曾先后出现过6座龙窑。从汉代、北宋、清末民初至新中国成立初期，这里的龙窑烈火曾经昼夜不停地燃烧。窑头烟囱冒出的火焰，游若蛟龙，伴随着鼎沸的人声、车轮滚动声，串联起了缸窑陶器文化的发展足迹，撰写一代代缸窑人用火与土淬炼的传奇。窑火兴旺中，周身浸润着陶土味的老工匠们，用传统的手艺，完成了从泥块到百态的塑造，在每个陶器上都留下人工的痕迹。

缸瓦泥房是缸窑村制陶历史的独特建筑结晶。在20世纪60年代，缸窑村的制陶业到了鼎盛时期，成了村民赖以生存的主要经济来源。纵横交错的巷道中，几百号制陶师傅散落其间，有"八位大缸师傅""专做小货师傅""看火师傅"之说。当时，缸窑村成年男子几乎人人都会这门手艺，如今村里在世艺人尚有百名以上，这些制陶师傅成了这项非遗技艺的宝贵传承人。

陶器烧制的第一步，是挖土、和泥、踩踏、捧打、在案板上揉搓成条状，然后放置在匣钵上制成各种器型陶坯，第二步是刻画、晾晒、上釉、再晾干，然后入窑烧制。烧窑柴薪以松木枝为上佳,大约四个昼夜,旺火三个昼夜,然后封上炉膛门,从窑上方的孔道依序往窑内烧火,每个窑孔需烧至陶器发红并开始变紫色,用黏土封孔,再换孔烧,从窑头烧到窑尾,大约需要一昼夜。窑温最好在800—1000摄氏度,太高容易烧裂,太低又烧不透。烧成后闷窑1天至2天,开启炉膛门,将龙窑上方孔盖揭掉,使窑温慢慢下降,冷却后出窑。出窑口在中部,有些有两个出窑口。一般用人工肩挑,指定地方陈放,打上等级印记甲乙丙,外运销售。或在佛堂兰溪等设专卖店,或用机帆船通过水运码头,销往绍兴、桐乡、余姚等地的酒坊、酱醋坊、咸菜腌制坊。所以缸窑生产的陶器以酒坛、榨菜坛、碗、缸、盆、罐等日常器皿为主。

淘泥、裸泥、拉坯、修坯、捺水……如今在缸窑村的制陶工坊中,这种原始的制陶工艺仍在延续。在恰到好处的揉捏旋转间,在忽明忽暗的火光闪耀中,带人邂逅属于缸窑的传奇。

缸窑的村民,有厉、盛、杨、柳、胡、何、赵、方等姓,以陈姓为主。缸窑村的龙窑,原是杭畴人的缸窑厂,缸窑陈是杭畴陈分支。缸窑的陈氏宗祠,白墙黑瓦,飞檐微翘。这所饱经沧桑的老宅,镶嵌在村舍之间。当人们缓缓推开老祠堂古朴而厚重的木门,伴随着吱吱呀呀的声响,时光深处的沧桑巨变在脑海中清晰地浮现出来。这座坐东朝西的徽派古建筑内,安放着关于村庄历史溯源、民俗风情、文明新风等方方面面的书籍和物件。对于传承村庄文脉,村民有着骨子里的使命感。

古民居"谦受堂"由陈恭安、陈恭俊和陈恭渊三兄弟合建,在清代光绪三十一年(1905)动工,于民国四年(1915)竣工,历时10年。谦受堂坐北朝南,二进三大开间,边厢房各六间,全通走廊,共计十八间。二层十余米高的砖木结构建筑,画栋雕梁,大小牛腿一百多,木雕有古人骑狮子、骑鹿、骑麒麟、刘海戏金蟾、秦琼拿双锏、尉迟恭举双锤等形态,用料以樟木和杉木为主,辅以红木。正厅两柱上方各雕有三层镂空大型牛腿,上面均镌刻着微生活景观;天井两旁的16扇隔扇门,刻有西方国家的"罗马字"时鸣钟,巧妙融合了中西文化;用缕丝、竹丝、羊皮、玻璃丝、红纱制成的古老宫灯美轮美奂,别具一格。

谦受堂,用谦恭笑纳诚信,以万德施于同人,在细微处描绘精华,于整体上挥笔大气,是缸窑村标志性古建筑,也是弥足珍贵的历史遗产。除了谦受堂,缸窑村保存完好的徽派民居还有十四间、十六间、陈秉忠宅等四十多处。整个村落古韵幽幽,文化浓郁。

义乌江半月湾，是佛堂镇和义亭镇的分界。何店就在半月湾的西边，和邻村缸窑一样，都是历史悠久的制陶村落，现在的江边，还矗立着一座龙窑。激情燃烧的岁月已经在时代的变迁中远逝，而那些繁盛的记忆，总是有迹可循。在龙窑的周边，曾经围绕有规模的配套用房，如踏泥坊、制坯坊、晾晒场，都还尚好地保存着，只是里面俨然已是现代的加工作坊。不经意间的一瞥，那些陶器堆叠、泥坯混合的建筑，在摇曳的枝叶里，散发着谜一样的陈香。

何店村民主要为何姓，其他有叶、盛、楼、周等 24 姓。过去，村民以粮食加工、榨糖、制陶酿酒为业。这里依山傍水，有吴溪、铜溪自北向南流经村庄，于村东汇入义乌江。义乌江便是是大水口，村民引江水入村，开挖渠塘、水井和沟渠。村内有池塘 16 口。一条明代修建的灌溉水渠随道路回环贯通，石砌的驳岸长一千米，流经每户房前屋后，至今水流清澈。三水交汇于东南义乌江，江面辽阔，烟波浩渺，于是村民称之为"云水"，江对岸上游五百米，就是倍磊埠头和马渚渡口。

何店是义乌最大建制村之一，有 18 个村民小组，自北宋开始至今已有 1000 余年历史。它在五洲大道边上，佛低线公路从村中穿过，村后有义乌江半月湾人工湖，洞溪水系由北向南流经本村的郑塘、水堆塘、中心塘经视畴湖到义乌江。石子儿路，梦回大清，仿佛听到深宅大院里的琅琅读书声，仿佛看见男耕女织的景象。何店位于义西丘陵地带，陶土资源丰富，松林茂密，以耕读制陶为主。村东面沿江堤的丹崖矮山，能有效抵御洪水侵袭。村西则地势开阔平坦。村中有五棵百年古樟树。东西南北向，分别有三四条主干道。北至佛堂、南至金华低田的主街与铜溪平行，主街两侧民居有何大宗祠、三房小宗祠、泸州家庙、六顺堂、街路十八间、九间头、新厅、旧厅、门厅十六间。除了龙窑、制陶工场和古井，村里还有砖瓦房，夯土杂石、陶片垒砌、黄灰墙面的缸瓦泥房。

一幢幢古老的院落错落有致地排列着，那高高的马头墙显得威武霸气，池塘里的倒影特别妩媚。每一幢民宅背后都有一段难忘的历史。在何店众多的古建筑中，最为人称道的便是何氏祠堂。祠堂建于 1638 年 10 月，由该村华辈太公发起，倾一地一族之力，集一地一族之智，直到 1696 年才结顶，1719 年才正式完工，整整建造了 81 年。祠堂为三进五开建筑，依山就势，层层递进。正门进去是戏台和看楼，雕刻精细，飞檐翘起；接着是正厅，正厅开阔明朗，皆由石柱支撑，梁间斗拱雕刻祥云瑞兽；再进后厅别有洞天。整个祠堂，规模不大却具大家气象，结构不繁而见气韵流动。近些年，村民对何店祠堂进行了一系列整葺修缮，彩灯环绕，尤添古色古香，清桐木漆，更显庭院深深。

何店靠江的山背头，还有一条老民巷。人在小的时候，踩在青石板和鹅卵石上，总觉得硌脚，后来觉得，那青石和鹅卵间的青苔和墙面的斑驳，分明才是江南韵味的标配。老民巷有门厅一座，据说始建于1685年，大门肃穆森严，边门青石叠翠，上面分别书"屏岚环翠"和"瑶岫气室"。老民巷尽头，可见靠江的山背，依山傍水；可望群山逶迤，水汽氤氲，云水中，群鸟飞翔，美不胜收。

外太婆的祖居就在何店的老民巷内。她是何店人，嫁到缸窑。

参加完大表哥的婚礼，父亲就被从深圳回来的舅公拉住了。舅公为祖居的事征求父亲的意见，父亲趁机问舅公"义乌兵"的往事。

"我在部队运输连待了十几年，也算一名老兵了。你要问我当兵的事，最合适不过。"舅公道。

"是过去义乌兵的事。"

"你是说新中国成立前的事？1937年卢沟桥事变，父亲就加入了'义乌营'。正式的番号叫'浙江省抗敌自卫队总司令部特务大队'。'义乌营'里，绝大多数是义乌人，他们军纪严明，作风强悍，在钱塘江两岸，在天目山、萧山、浙赣沿线与日本人开战。1942年，县城沦陷。父亲参加了抗日县长吴山民领导的第八大队，在义西的上溪、义亭，在金华兰溪浦江一带与日本人周旋，打了许多胜仗。可惜，新中国成立前夕，父亲就去世了，没享到一天福。我是他的遗腹子。"

"'义乌营'的事以后向舅公讨教。我是想问四百年前戚继光抗倭的往事。"父亲道。

"这一带的村落我都比较熟。我生在缸窑，小时候却是在何店外婆家长住。何氏先祖，柯山何氏伯堂，骁勇善战，曾随戚继光抗倭，屡立奇功、御赐堂匾曰'忠孝'，被授广西松门卫提调指挥，后又派往山海关修筑'老龙头'。听说，清末民初时，何家太公曾坐船通过运河去北方，骑着毛驴到蓟州一带找过义乌兵后裔，可惜没有找到。

"义乌兵中，以陈姓最有名。缸窑陈最早是窑工，从杭畴析居。杭畴陈氏，是唐末避乱从山东迁移来的，而倍磊陈氏是宋时从东阳安文分迁的。天下陈氏本一家。倍磊埠头有舟楫之利，商业发达，当官的也不在少数，都是下层官吏，清后期交通变更，以倍磊弹丸之地，难以承载太多的商业和人口，逐渐衰落，沦为'倍磊角头'。缸窑陈氏文化程度不高，但头脑活络。曾祖在清咸丰年间去兰溪经商。陈氏、何氏，亲帮亲、邻帮邻，族亲老友，陆续有人去兰溪，卖肉、卖陶缸酒坛瓷器、开酒店客栈，当码头工人，当地称为白鲞的咸货。

"小时候，常常坐渡船到江对面去，有时候，没有船，就赤膊游过江去。记得姐姐背着我，去看车水。姐姐姐夫恩重如山，现在是回报的时候。这些年，老房子一直空着。"

舅公走南闯北，很能说。他顺便提出祖宅的事。

"叶落归根，有一天你觉得自己真老了，走不动了，还可以回来。那老房子总得留着，以防万一。"父亲道。

"我已在深圳安家，在东莞佛山都买了房子。女儿在上海工作。老宅用不到了。"舅公道，"我老婆也是何店人。老丈人很开明。祖上的老宅析产，也留她一份。说起来这当中有妈妈的功劳。妈妈是何店人，祖上是大家族，她要强，是她争取来的。"

"你自己有什么打算？"父亲问。

"何店的老宅给村里了。我现在头疼的是缸窑的老宅，大哥二哥都造了新房，这三间老宅是妈妈执意留给我的。我想送给姐姐姐夫。"

"缸窑是乡政府所在地，有中心小学、银行、粮站、卫生院，有黄龙山公园、省农业示范园区，正大力发展乡村旅游，将来只会越来越值钱。"

"集体土地上的老宅，也不是赠送，只是托管。"

父亲听明白舅公的用意。外公外婆是决计不会要那份祖产的。

"我有个主意，老宅暂时交给我大姨托管。大姨家大业大，有能力管好，将来随时可以物归原主。以你和我大姨——你外甥女的关系，交给她管完全可以放心。"

第四章　朱医生的药铺

外公的身体一年不如一年。舅妈病故后的几年，他老得特别快，身子不再挺拔，微微有些佝偻，原本黄灰的头发、胡须变得雪白，远远看去，好像戴了一顶亮晶晶的白帽子。他的眼神也不再犀利，而是温和的，看上去，有一种悲天悯人的忧郁。

他一定是觉得自己对儿媳离世负有若干的责任。可思来想去，也想不出自己错在哪里。或许他的思想深处，是存在着重男轻女的想法的，对生了两个女儿的儿媳很有些冷淡，使她在吴家生活得压抑。

他开始关心起两个孙女的前途，可是他不管怎么努力，与儿子的关系始终无法改善。两人积怨已久，坚冰一时难以融化。

以前，他身体好的时候，每年的春节都亲自去拜年，骑着一辆破旧的自行车，去田园村外婆家上坟，去江对岸的缸窑拜见岳母，与过去的老战友相互串门。后来，他开始深居简出，推掉了所有的邀请，也不再走亲戚，过去偶尔光顾的女儿家也不去了。

他只去一个地方，那就是同母异父的兄弟朱医生那里。

朱医生的药店，现在开在倍磊老街。

三年前，朱医生家发生了一场重大的变故。

有一天，有一个发高烧的病人来找朱医生看病，朱医生问诊把脉，已把中药开了。那病人急着去田里干活儿，坚持要打吊针。朱医生当过赤脚医生，虽然以中医为主，有时也用西药。

正输液呢，那病人突然晕厥。送到佛堂医院，没抢救过来。

医疗调解委员会委托鉴定机构对死者的死亡原因进行司法鉴定，朱医生并没有明显的过错。他的医疗过错程度至多为20%—30%。可赔偿是少不了的，各方面都想息事宁人。死者是田园本村人，大家乡里乡亲，低头不见抬头见。病人家属也没有得寸进尺。但朱医生很有些书生气，不想在自己的医疗生涯中留下污点，愿意多做些赔偿。

王老师也支持丈夫的想法。两位老人不愿意接受儿子们的接济——三个儿子，一碗水很难端平，叫谁出钱都不合适；尤其是王老师，怕弄坏了婆媳关系。她虽然只是个幼儿园老师，文化程度不高，但骨子里还是有文化人的清高。

朱医生的诊所，收入并不高。加上两人的退休金，生活也不是太宽裕。于是王老师把半月塘边上的老宅卖了，作价 80 万，50 万用于医疗赔偿，其他的钱用于诊所搬迁。

那会儿，我听到这个消息的时候，很是伤心了一阵子。我纳闷儿，为什么有时候一些善良的好人总是受到命运的作弄，我伤心的是，以后去田园村，怕是再也见不到王老师了。

好在朱医生并没有回老家东朱。他的中药铺搬到了倍磊老街。

那栋临街的老宅正是大姨家的。大姨家在村西头靠近公路的一口池塘边上，造了一栋新楼。公婆去世后，老街上三间老宅一直空着，当商铺位置有点儿偏，开药房正合适。

从外公家的月亮湾到倍磊，只有两三里地。外公几乎每天穿过那片湖塘密布的田野，到朱医生的药房里去。

父亲受市民间中草药协会的委托，正在采写民间中医方面的文章。朱医生自然是最合适的采访对象，加上去见陈大伯，所以经常去倍磊老街。

父亲与朱医生见面次数越来越多。朱医生对兄长的三姑爷高看一眼，与父亲成了忘年交。遇到周末，父亲就带我一起去。

王老师很欢迎我们的到来。三年前的那场变故并没有留下阴影，她白皙的脸依然温婉，说话糯糯的，露着浅浅的笑意；她的头发虽然白了，但是白得很有诗意，仿佛白色并没有使她显老，反而增添了一种质朴的美感。朱医生还是一副从容不迫的老样子，不是在诊室问诊，就是在书房看书。他的书房里，摞着一大堆中医古籍：《黄帝内经》《伤寒论》《金匮》《经络学》《汤头歌诀》，还有许多杂书：《易经》《庄子》《道德经》《金刚经》《六祖坛经》《心经》《论语》。

两人就吃住在老宅里。这三间砖木结构的房子已经很老了，砖墙斑驳，门板儿黑漆漆的，却很干净整洁，只是有些促狭。边上一间是他们的厨房卧室，中间一间放着老式的曲尺柜台，算是药房。另一间是书房诊室。

王老师现在当朱医生下手，帮助朱医生收拾采回来的草药。来看病的人似乎不多。王老师坐在矮凳上编蒲篓。

蒲篓，也叫蒲袋，是一种用席草茎叶编织成的袋子。过去，在农村实行

联产承包责任制之前，席草在各家自留田栽种，或是到外村购买。席草收割回来后晒干，先将席草放在长条石上，用木槌使劲捶打至扁平柔软后，按席草长短分出不同的规格，再根据长短编织大小型号的蒲篓。编织好的蒲篓，由做鸡毛换糖生意的货郎担，或是专门的采购员前来收购。后来，由供销社和土产公司收购，发往全国各地。

听父亲说，蒲篓在20世纪70年代以前用途很大。蒲篓通风、透气，中药行用它分类储存中草药，可以防霉烂变质。蒲篓可以用来蒸饭、蒸鸡、蒸馒头糕，据说，用蒲篓蒸出来的饭特别清香可口，旧时村民上山砍柴或外出时，还会用蒲篓来装饭菜，便于携带。以前义乌逢年过节，家家户户都要酿酒，把蒲篓放入酒缸，从蒲篓中打出黄酒，可以很好地滤掉酒糟。

过去，在江西、湖南一带农村，人们习惯把盐放到蒲篓里，盐店也喜欢用大蒲篓来装盐，因此蒲篓在当地又叫"盐包"。

可是我还纳闷儿，为什么还要用那么古旧的东西来装草药。大约是陶瓷的药罐儿太重，木柜木架不能承受。另外，朱医生偶尔也去磐安山区采药，这种蒲篓背着轻而方便。

我们轻声交谈，王老师问了一些与学习有关的事，然后沉默，低头编织。

斜侧里间的书房里，传来三个男人的说话声。开始是父亲和朱医生的声音，他们在谈论中草药的事和义乌中医的发展。

已有两千多年的义乌，历史上名医辈出。元代朱丹溪，明代虞抟，民国陈无咎，被世人誉为"义乌医家三溪"。而这中间，朱丹溪最为著名。

朱丹溪是金元四大家之一。他出生书香门第，少时天资聪颖，博览群书，后研习《素问》《难经》，遍访名医，尽得诸家学说妙旨，博采众长又独树一帜，提出"阳常有余，阴常不足"，首创"滋阴泻火论"，著有《格致余论》《局方发挥》《伤寒论辩》《外科精要发挥》《本草衍义补遗》，不但在国内，在日本、东南亚一带也有深远影响。他医术高明，治病往往一帖就见效，人称"朱一帖"。

朱医生很是为自己是朱丹溪后裔自豪。他的医德医术也是有口皆碑。年轻时经常四处采药，与中草药打了一辈子交道。他在自己老家的山坳里建了一个"百草园"，创立"朱氏中草药铺"。后来听从夫人的建议，到人口密集的田园村落户行医。

朱医生继承了许多中草药的传统技艺。

首先是铁皮石斛浸膏技艺。历代名医对铁皮石斛的使用，可追溯至《神农本草经》（约成书于秦汉时期），至今有两千多年的历史。而铁皮石斛浸膏原始组方，可追溯至永徽三年（652）"药王"孙思邈所著的《备急千金要方》，它是中国最早的临床百科全书。其中记载的《填骨丸》一方，使用石斛作为君药，人参、巴戟天等为臣药，被称为"治五劳七伤，补五脏除万病方"。石斛浸膏技艺，从选材、炮制、配料到制膏，有一整套严格的规程，自成一家。浸膏以铁皮石斛为君药，灵芝、西洋参提取物为臣药，凉而不寒，滋阴而不抑阳。

朱氏铁皮石斛浸膏正是源自古法，在古法古方基础上进行创新。古法熬制铁皮石斛浸膏，人参经除去芦头、润软、切片后，经宽汤水煮提取滤液，灵芝用水润软、切丝，用水久煮后过滤取液，再将鲜铁皮石斛清洗、压榨、收集黏液，最后将滤液与黏液混合水煮，凝结成膏。现代熬制技术，同样采用宽汤水煮的工艺，处理好的灵芝利用多功能提取罐，先后分别进行醇提和水提，即"脂水分离"法，充分提取多糖和灵芝三萜等有效成分，提取的滤液备用。鲜铁皮石斛压榨收集黏液，黏液与灵芝水提液混合。铁皮石斛与灵芝的水提混合液，经加热、浓缩，并在浓缩后期加入灵芝醇提清膏，得到清膏。最后将西洋参提取物加入清膏中，升温、浓缩、过滤。浸膏成品为黑亮黏稠的膏状物，带有铁皮石斛的香草味与西洋参特有的甘苦味。

中华民族五千年文明历史灿烂辉煌，孕育了博大精深的中医文化，从神农尝百草，伏羲制九针，内病外治，就是中医理论的精髓之一，其中尤以中药透皮疗法最为常见。早在公元前2世纪，我国医学典籍《黄帝内经·素问》中就有记载，相比传统给药方式，中医非药物贴敷技术属于中医"绿色疗法"，采用中药制剂，通过皮肤的渗透吸收进入病变部位，以达到治疗目的。施药于皮肤九窍，通过反射、渗透、吸收，快速实现局部调理效果与整体调理效应，避免了口服、肌注、输液等西医用药的弊端，是一种方便、安全、经济、高效的治疗方法。

中医的羊氏拔毒疗法就是典型。特色是贴敷疗法与中医经络理论完美结合，采用一按、二搓、三排、四愈步骤，作用于患处表皮，药物以恒定速度，通过皮肤各层直接渗透病灶部位，患者医生可亲眼看到痰湿、痰浊毒素从脊柱、骨节、骨缝、骨膜排出体外。通过脊柱和原始点、阿是穴排毒，调理人体五脏六腑各种疾病，可免除刀割之痛，针刺之楚，吃药之苦。病人花费少，痛苦小，风险低，疗效高。

朱医生自创的敷贴膏，正是这种技艺的运用。用拔毒疗法将体内毒素排出，活血排毒，调理疼痛和各种疑难重症，一膏多治，功效非凡，堪称神奇。

朱医生最出名的，还是他的中药炮制技艺。汤剂、散剂、丸剂、膏剂，尤以丸剂和膏剂的炮制技艺最为著名。传统手工泛丸，传统中药穴位敷贴等中药炮制技艺，都是其有机组成部分。朱氏祖传秘制疗疮膏，配制极为复杂，售出的膏均需自然晒出，人称"功德无量膏"，专治无名肿痛等。他的传统中药穴位敷贴膏，手工配制，使用方便，用于儿童咳嗽、发热、扁桃体炎、咽喉炎、惊厥、夜尿、肥胖等治疗及成人慢性病的治疗，适用面广，效果很好。

朱医生汲取医家三溪之精髓，尤其是陈无咎。陈无咎（1884—1948），是义乌黄山人。他运用解剖、生理诸原理研究《黄帝内经》《难经》《金匮》等医典，并自制中药丸剂，享誉江南，为中药炮制技艺奠定了基础。他又遍访名师并深得真传，创办朱氏中医药铺。

朱医生的绝技还有正骨法。人身最危险的，是骨头伤害。中医正骨，是用推、拽、按、捺等手法治疗骨折、脱臼等疾病。正骨法，一用手指触摸骨折局部，手法由轻逐渐加重，由浅及深了解骨折的情况；二用拔伸牵引，持过骨折近远端，使畸形在原来的位置下，沿肢体纵轴对抗牵引，按正骨步骤改变肢体方向，持续牵引，直到恢复肢体长度；三用旋转屈伸，使用旋转屈伸外展、内收等方法恢复骨折断端。江湖传闻，朱医生有正骨八法，称朱氏绝技，患者拄着拐杖来，蹦蹦跳跳地回。

此外，朱医生还有特制三伏贴，山栀子小儿退烧偏方；用针刺疗法治疗脑血栓、风疙瘩；用草药治疗恶性肿瘤和急慢性肝炎。

在朱医生的药房待久了，连父亲也能认出许多中草药：半枝莲、天冬、桑叶、川贝、党参、黄芪、白术、茯苓、猪苓、薏米、白花蛇舌草、鱼腥草、铁树叶、莪术等。

父亲和朱医生谈医论道的时候，外公在一旁抽烟。只有谈及继承人问题时，外公才插一两句。

原来成都中医药大学就读的二表姐快毕业了，在镇医院实习。外公让大孙女学中医，似乎早就有了打算。说起来，二表姐与小外公朱医生有极深的缘分。母亲生病时，她三天两头去朱医生那里配药。

实际上，舅舅也是朱医生的常客。十个木匠九缺指，还有四肢和头面部的跌打损伤，呼吸和听力器官的损伤。舅舅经常要到朱医生这里拿跌打损伤的药膏，做正骨推拿。

让二表姐当朱医生的学徒，这是父子俩唯一达成一致的地方。

而朱医生，却是时刻担心着手里的绝技手艺没人继承。

"黄帝内经，伤寒金匮，经络汤头，望闻问切，现在的年轻人，不见得有耐心学。真愿意，也不是一天两天学得会。倍磊角儿，小地方，年轻人也待不住。"

"倍磊老街有成片的老房子，将很快批复、成为历史文化名村。这是好消息。老街马上面临改造，老街两边的老房子都要重新整修，将来不会比佛堂古镇差。"

父亲想安慰朱医生，朱医生却想到另一面。

"恐怕我又得搬家了。"

听到搬家两字，我的心里"咯噔"了一下。

"王老师，你们是不是要回赤岸老家去?"

"不是。搬到佛堂老街。到时候，你跟爸爸去田园村，可以到镇上来看我们。"

原来药铺搬到倍磊街只是权宜之计。这三间旧房面积太小，按政策不符合开业条件。朱医生是传统技艺的传承人，又有多种绝技在身，有关部门才勉强同意他把药房开下去。

我后来知道，朱医生把药铺搬到倍磊，还有一个原因，就是让外公来回方便。兄弟俩手足情深，不是万不得已，朱医生还是愿意在倍磊街待下去的。

面对老街拆改，王老师和朱医生终于妥协，愿意接受三个儿子的帮助，在佛堂老街开一间大店面的药房。

只是这样，他们又该折腾一次了。万一折腾不好，药铺会不会就开不下去了? 连我这样的小孩都担心起来。

天擦黑，书房里的谈话声消失了。

外公走出来，从朱医生手里接过早已准备好的中药包。

外公的脸色不太好，一边走一边咳嗽。他似乎有心事瞒着别人，瞒着朱医生和父亲，瞒着所有的人。

望着外公远去的背影，我又为外公的身体担心起来。

第五章　姑姑小青

十几年后，我还依稀记得童年的田园。在田园村的人与事中，我记忆最深的，除了朱医生、王老师、"豆花佬"，就是王家一家人，尤其是姑姑小青。

在大表哥的婚礼上，我见到了小青。

她是很迟才进来的，穿一件过时的红花袄，虽然化了浓妆，却难掩青灰色脸上憔悴的表情。她依然瘦瘦小小的，但成熟了许多，像个饱经世事的妇女。她没有与王家人，也没有与大姨服装厂的人坐在一起，而是与陌生人同桌，坐在靠窗一个谁也不注意的角落里，落落寡合。

她见到我，装作不认识的样子。

有一阵子，她似乎想走过来与我打招呼，但是看见坐在我身边的小姨，又止住了。她好像很怕自己的嫂子，低着头，默默地啃着捏在手里的馒头。

音乐响起，新娘新郎和傧相的队伍走出来。小青抬头，凝视新郎新娘走向主席台，两眼发光；看了一会儿，突然间离开座位，冲了出去。

她脸上郁郁寡欢的神情使我伤心。望着她瘦削的背影消失在大厅的尽头，使我茫然若失。

那个熟悉的小青离我远去了。

平时很少能听到有关她的消息。只有在每年春节去田园村小姨家拜年，我才有机会见到她。

小青在大姨的服装厂打工，踩缝纫机。

我去过大姨的服装厂。服装厂里是流水作业，拉布、裁剪、缝纫、熨烫、检验、仓储、发货，由许多条流水线组成，单单缝纫车间就有很多环节，每一个环节出问题，都会影响整条流水线。那些踩缝纫机的，整天坐在那个木凳子上，坐得腰酸屁股疼。

两年后，小青已经是一名非常熟练的缝纫工了。

五年前的春节，我在王家见到了小青。她与一个左脸颊上有一道疤痕的年轻人坐在一起。那年轻人中等身材，二十来岁，瘦瘦的，如果不是那道不是很明显的疤痕，算得上白净俊俏。那道疤痕，加上他盯着人看时阴郁的眼神，使他看起来有一种凶巴巴的表情。

他也是大姨服装厂的员工，与小青同一条流水线，是名熨烫工。

那是小青第一次把男朋友领回家。男青年显得非常拘谨，怯生生地坐在小青身边，手足无措，沉默不语，别人问一句，他才答一句。长时间闷坐，突然间，伸出筷子，把新端上来的菜夹到小青的碗里，很殷勤的样子。

小青依偎着他，心满意足。

王家人显然已经接纳了年轻人，否则不会让他上桌与姨娘姨夫等一干重要的亲戚同坐。

小青快二十岁了，已经到了谈恋爱的年龄。这一点，王家奶奶与小姨达成共识。不过她们对待这件事也有不同看法，心里各有打算。

这些，从她们在厨房里烧菜时的低声嘀咕中可以听出来。

原来那年轻人不是本地的，是江西老表。

在小姨看来，小青最好找一个本地的，城里的够不上，乡下的也行。乡下的条件也不差，遇到旧村改造的，一拆迁，房子车子都有了；彩礼也丰厚，办嫁妆几乎用不着贴钱。结一门本地的亲戚，多一门亲眷，相互有个照应，以后办点事也方便。嫁外地，几年十几年回娘家一次，等于白养一场。

"你以为本地的好找？本地的后生，眼界可高了！外来的打工妹那么多，本地的好姑娘都剩下了！"王家奶奶叹息。

"也是。像小青这样的，也只能找个外地的。"小姨话里有话。

王家奶奶显然听出儿媳的话外音，克制着。她打着自己的小算盘。

与儿子儿媳面和心不和，王家奶奶早就放弃靠儿子养老的念想。她私底下处处护着小青，显然是把老两口将来的所有希望寄托在女儿身上。

田园村已经启动旧村改造。王家奶奶拿了"老主意"，把老宅给儿子，而旧改属于自己的那些平方米给女儿，给她一个家，可以说两全其美。

那江西老表渐渐也把自己当成上门女婿，平时不在厂里上班的时候，就吃住在王家。他甚至花光几年打工的积蓄买了辆二手轿车，带着小青四处兜风。

第二年去拜年，那年轻人已换了一副模样，俨然已是王家的一分子，像个主人似的招待起客人来。在餐桌上，他大谈特谈自己将来的宏大计划，一会儿要自己去开店做淘宝，一会儿要去城里开饭店，眉飞色舞，夸夸其谈，完全不顾旁人的冷眼，直说得嘴角冒白沫。

那些计划高挂在天上，从来没有实现过。可是那些画饼，在小青看来，

是又香又甜的。

四年前那次见到小青，正好遇到朱医生家遭遇变故。那场变故造成的余波也传到王家。王家过年的气氛不再像往年那样热闹愉快。

小青躲在炉灶间，嘤嘤地抽泣。

"大过年的，哭什么？她还真以为朱医生会认她做干女儿？朱医生也是说说而已，王老师有三个儿子，那栋老宅，不是这次赔偿作价卖了，也不会留给她。"小姨在一旁叨叨。

"小青什么时候想过人家的房子了？她自己有爷娘。"王家奶奶白了儿媳一眼。

因为小青的关系，婆媳关系越发紧张。

"有爷娘也是白生白养。女儿总是人家的，她迟早要嫁到江西去。她自己白长了两颗乌眼珠，你看着，迟早要上江西老表——'那个白骗子'的当。"

"小青的事，也用不到旁人操心。有爷娘在，会给她一个安稳的家。"

有两年时间，我没有在春节见到小青。

原来她跟那个老表到广东打工去了，先是广州，后来是深圳，还是在制衣厂里当缝纫工。

再次见到小青，还是在春节。小青回来了，还带了一个女婴。

小青并没有跟那个江西老表在一起。听妈妈说，她已经与那位老表闹掰了。

小青的生父——"豆花佬"和说小锣书的生母冬至前后相继"过辈"。小青是回来奔丧的。她已经无处可去，又回到了王家。

小青的模样，不再像少女，倒像个三十来岁的中年女人，蓬头垢面，衣衫不整。

虽然是张灯结彩喜气洋洋的春节，家里时刻有亲戚上门，王家的气氛却有些压抑。

小青始终是王家婆媳关系的导火索。那导火索"滋滋"地燃烧着。小姨强压怒火，如果不是有那么多客人坐在客厅里，当时就爆发了。

王家奶奶唉声叹气，如果不是小青还带着女儿，当即就表示要断绝母女关系。

"妈妈，我不会连累你的。我能养活自己，会照顾好自己的孩子。"小青第一次用哀求的语气说话。

"妈妈不是怪你。是怪那个骗子，是他把你害苦了！"王家奶奶怒火中烧，脸上却是哀怜的神情。

"妈，他没有抛弃我。等他办的公司有起色，有了钱，他就会来接我的。"
小青哭哭啼啼，回到自己小时候睡过的房间，不再出门。

那个梳着角丫辫的女孩陪在她身旁，迈着小脚丫，走来走去，东张西望，完全不知道发生了什么。她的模样儿，像极了小青，瘦瘦的，柔弱而俊俏。

大门口的水圳，汩汩流淌。那把老掉牙的躺椅依然在角落里轻轻摇晃。

灰暗中，我似乎又听见脚步声，王家老太太颤巍巍地走来走去，轻声嘀咕：

"讨债鬼！又一个讨债鬼！"

过完春节，小青把女儿寄养在姐姐家里，离开了服装厂，去城里上班。后来听说，她在一家酒店里当服务员。

第六章　吴家儿女

外公抽烟的历史非常漫长，从二十来岁到八十来岁，足有大半个世纪。

妈妈常常讲起她住在乡下时的童年往事，那些往事往往与外公联系在一起。外公青壮年时抽旱烟，那时，外公进进出出，腰里总是别着老式的旱烟袋和旱烟管；旱烟管可伸缩，一头是黄铜烟斗，烟杆是成熟的竹子削成的，一辈子也不会坏，非常耐用。

烟丝是外婆从供销社或代销店里买来的，用老母鸡下的蛋换来的上等烟丝。那时，外婆非常支持外公的吸烟事业。那会儿，外公已是大队长，外婆和她的四个女儿都觉着，高高瘦瘦的外公捏着旱烟管、指点社员干农活的架势非常气派。

后来家里条件好些了，外公开始抽八分、一毛钱的纸烟，接着是带过滤嘴的烟，档次越来越高。时间一长，抽烟的害处显现出来，外婆从激烈的支持派变成温和的反对派。

外婆变成头发灰白的老太婆。过去，她对丈夫言听计从，尊重他的任何决定——倒不是逆来顺受，即便外公的做法有什么不妥，外婆也不会用言语表达出来，而是用行动表示她的看法。外公再不下决心戒烟，对身体的伤害只怕会更严重。外婆勉为其难，履行起监督的职责。

果然，外公收敛了不少。

只不过晚上和早上不抽，蹲厕所时候不抽，饭后睡前不抽。

外婆发现外公仍在不动声色地抽，只是转入"地下"，与她打起了"游击"。他的烟不再放在口袋里，而是分散在几个很秘密的地方：床底下的鞋盒子里，长久不用的花瓶里，阁楼的窗龛中。他想抽烟的时候，总能像魔术师似的变出烟来，躲在某个角落里，美美地抽，鼻孔喷出缕缕欢快的青烟。那青烟一定使他想起战场上硝烟的味道，那味道像多巴胺使他兴奋。

几十年的烟瘾，不是说戒就能戒的。戒烟过程中最难忍受的有两点，一是身体上的，不但咳嗽得更加厉害，而且人也变得萎靡不振，一副病恹恹的样子；另一个是精神上的，不抽烟心里总是痒痒的。

外公戒了几次，都没有戒成，每一次复吸，比前一次瘾更大。

外公藏藏掖掖地抽烟，还是被外婆发现了。她动员四个女儿劝。

四个女儿哪里劝得了，不"助纣为虐"就不错了！那些香烟都是几个女儿女婿孝敬的，大部分高档烟是大姨送的。香烟是缓解父女紧张关系的一剂良药。别的东西不要，唯独香烟外公会笑纳。

于是，那个非常艰难的任务就委托给了外公的兄弟。外公最听朱医生的话。

实际上，要说二手烟最大的受害者，非朱医生莫属，只是他能忍。在朱医生的书房里，外公可以肆无忌惮地抽。每次见面，朱医生也是旁敲侧击，苦口婆心，可是看到兄弟痛苦的样子，又于心不忍。

"一辈子的嗜好，要他戒，等于要他的命。"

"再让他抽烟，那简直是害他！"

"我们是手足兄弟，他有病，只能想办法治。剁掉一只手，也要救活他。"

朱医生只能建议外公用中药戒烟。朱医生动起了脑筋。

先是秘方药汤：清半夏、枇杷叶、前胡、茯苓、橘红、桔梗、川贝、射干、干姜、肉桂细辛。然后是药茶：绿茶、薄荷、藿香、甘草。再是药贴药膏：肉挂、丁香、金银花、菊花、艾叶、紫苏、荷叶、罗汉果、鱼腥草、远志。补气扶正，醒脑提神，解毒祛痰，不仅能辅助戒烟，还可改善由吸烟引起的口干舌燥。

最好的药也治不了一次次复吸。

"朱叔，不是我不信你，治疗不当的话，将会给后续治疗增加更大的难度。"大姨私底下叫朱医生"叔叔"，"老爸听你的话，你劝他去大医院检查检查。"

最精良的机器，运行了八十几年，难免出现各种毛病故障。

CT，胸透，尿检，血检，初步检查的结果使人吓了一跳——外公全身是病，没有一处是完好的。

虽然固执，外公也知道陪伴了自己一辈子的这台机器需要维修了。可他并不知道，是该大拆大卸，还是小修小补。一次次乖乖地上医院，先把身上"水管"疏通了。一根导管样的东西插入血管，在自己的身体里捣鼓，外公也是非常紧张，表情僵硬——他倒不是怕死，而是对那些金属的东西不信任。

身体越好的人，偶尔生一场大病，面临的焦虑和恐惧会比常人大几倍。经过那一番折腾，外公活下去的愿望倒是越来越强烈了。

家里人起初瞒着，后来外公还是知道了大概：血管闭塞，动脉硬化，最严重的是心脏病，非同小可，必须马上治疗！

那一阵子，妈妈一直记挂着外公的病，百度搜索心脏病的病程病理，到处打听好的治疗方法，几乎成了半个专家。大姨的笔记本上增加了心血管专家的通信地址，还有专喊救护车的电话号码。三餐饭后，外公都要吞食五颜六色的精致药片，那些是疏通血管的药物，降血脂、抗血小板、扩张血管的药。

四个女儿围着心胸科的专家，仿佛四个小学生，听专家医生上课。

"轻微的血管堵塞，通过及时的介入可能会疏通，对他这样的患者，最好采用介入治疗……任何手术都有一定的风险，心脏介入治疗只是抢救生命的一种方法，当然特殊治疗，就有特殊的危险，没有100%成功率。真正的急性心肌梗死，如果不介入治疗，死亡率100%，对于血管狭窄程度没有达到50%以上，可以给予抗血小板治疗及调血脂治疗。血管狭窄超过70%且出现临床症状时，就要进行手术或者介入治疗：药物涂层球囊，管腔内放置支架对狭窄或闭塞动脉进行再通、重建、旁路移植等。"

冠脉植入手术，放一个支架的费用大概在三万，包括冠脉造影，球囊扩张的费用，进口支架大概八千，国产支架一千五六，如果再加一个支架，费用大概四万。"以这位病人的严重程度，我们建议做心脏搭桥。手术费用一般在6万到10万块钱之间。这是一种大手术，它需要在全身麻醉、体外循环、心脏停搏的状态下进行手术，手术难度比较大，所以风险也比较高。麻醉环节，有可能出现麻醉意外的风险；手术过程中有可能出现心跳呼吸停止的现象；术后有可能出现心脏复跳困难的问题，或者出现术后感染，以及各种心律失常等严重的并发症，甚至危及患者的生命。

至于采用哪一种，保守治疗还是正常手术，还要征求你们家属的意见……

四姐妹坐在一起，商量为父亲治病的事。经过一番激烈的争论，一致同意，选择为父亲做心脏搭桥手术。

接下来是费用的问题。木匠舅舅首先被撇开。至于撇开的原因，一是父子的疙瘩一直没有解开。二是舅舅对西医的态度。他的大女儿小时候得了顽固性皮肤病，治疗时用了大量激素，结果后来越长越胖，成了大胖墩儿。加上舅妈久病不治，舅舅从此不再相信西医，有任何毛病都去找小外公朱医生。

舅舅反对给外公开胸，坚持要用中医保守治疗。

"老爸生病，做儿女的都有责任。前些年为了老婆，英俊掏空了家底，现在又要供两个女儿上大学，暂时有困难。眼下这副担子，我们四姐妹挑起来。"大姨先开口。

"大姐，要说困难，谁家没有？"小姨说道，知道大姐接下来要说什么。

一算经济账，四姐妹难免出现分歧，各打各的小算盘。平时客客气气，你好我好，暗中较劲攀比。一是比经济：谁家富裕，谁说话的嗓门就大。二是比儿女出息，读的是什么档次的大学。

无论哪一项，大姨都是鳌头独占。二姨夫是小包工头，经济相对活络，二表哥复读一年，考入华中师范大学。一家顺风顺水，妥妥的小康。

小姨家最不济。小表哥家玉读的是职校。论家里的经济更是矮了一大截。到现在还窝在摇摇欲坠的老宅里，旧村改造也无力参加——也难怪，公公婆婆身体不太好，轮流生病，好不容易存下点钱，又流水一样哗哗流走。

"老爸治病的费用，四个女儿平摊。小妹有困难，她那一份，我替她出。"二姨道。

"老爸这次住院，一月两月说不准。公司、厂里、家里，我忙得连轴转，抽不出时间。三位妹妹轮流照顾一下。至于治病的费用，十万八万，不管多少，我全包了。"

"大姐，老爸是大家的老爸，怎么能让你一人破费？"妈妈道，看不惯大姨说话时居高临下的姿态。过去她也是唯大姐马首是瞻，这几年度过创业期，生意蒸蒸日上。四姐妹中，经济实力能与大姐抗衡的，也只有她了——妈妈的性格像大姨，要强，吴家的事，不愿意让大姨专美。

"我知道这几年你的生意好，手里有几个钱。"

"大姐，这跟有没有钱没关系，谁也不愿意摆阔——"

四姐妹闹嚷起来。

外公从里间走出来，瞪大眼睛，咆哮道：

"吵什么吵！我有儿子，用不着出嫁的女儿出钱。大不了，我卖掉这破房子！"

"这破房子值几个钱，还不够你在医院买半张病床！"大姨知道父亲的性格，执拗起来什么都做得出。要真把家里的老宅卖了，到时候父子关系怕是更紧张。再说，那栋老宅是吴家姐妹的根，留着她们童年最美好的记忆，说什么都得保住。

"我不要去医院，那是销金窟——让我死了算了！"

"说什么气话？你当了二十几年的村干部，发号施令惯了，还是这么霸道！这事儿你说了不算。你的病，不治也得治！现在吴家的事，我说了算！"

眼看父女俩又要顶牛，外婆走出来，把外公拉走——她怕他发火，把好事搅黄了，最怕的，是把儿子扯进来。

外婆一出马，大姨也放低了姿态。四姐妹和颜悦色，说话客气了许多。

商量的结果，还是大姨出钱，其他三姐妹负责轮流到医院服侍。

外公手术那天，除了外婆，吴家的人都到场。

木匠舅舅露一下面就走了，他在两个工地间奔忙：一个是城里的，他妹妹家——也就是我家新房装修，另一个在北乡，带领他手下的木匠，修理一所古宅。

手术室门口，还出现了几张陌生面孔，三个西装革履的男人。后来我知道，他们是朱医生王老师的三个儿子——为了给"吴家大伯"治病，他们动用人脉，特地从省城请来主刀医生、一位大专家。

大姨最是活跃，开车送外公进医院，签字，跑上跑下，拉住医生问这问那，弄得医生护士都怕见到她。

心脏搭桥是创伤性手术，通常针对严重的冠状动脉疾病。可能会出现一些意想不到的情况，如心脏骤停、心律不齐等。危险总是存在的。只有当病情相对稳定并转出重症监护室时，危险才会相对降低。因此，有必要请一个专业的团队来治疗。

手术室外面的气氛压抑，几乎令人窒息。四姐妹表情凝重，神色忧虑。

手术时间一般需要三五个小时，医生在外公身上，足足花了八个小时。每延长一分钟，都是对病人家属心里的巨大考验。好不容易传来消息，外公出了手术室，推进 ICU。

术后在 ICU 的时间，病人还处于全身麻醉状态，呼吸被呼吸机代替，并使用某些血管活性药物。要等病人处于相对稳定的血流动力学状态，如心率、呼吸、手指脉搏和血氧等都相对正常，才算脱离危险。

外公还是昏迷不醒。妈妈拿一把折叠躺椅，睡在走廊里，把头埋在衣领里低声抽泣，一会儿又蹲下来，双手合十祈祷，嘴里念念有词。

小姨经济困难，不能多出钱，主动要求多陪护。

我记得，前些年外公住院疏通血管，也大都是小姨和妈妈俩人陪护。那一阵我已经念小学。每天改由爸爸接送，放学后，就随妈妈往医院跑。医院里什么病人都有，一股消毒水和其他各种味道，吃饭也吃不进去，午休也没地方，晚上特别热，找人家的空床，卷个毛巾被睡觉，觉得各种难受委屈，还要每天被外公训斥。晚上的住院部，就是忙乱、呻吟、号哭……那种让人窒息的气氛，使我得了后遗症，视线范围之内不能看见折叠椅，每当看到这类物品，心情就不由自主回想起妈妈窝在折叠椅上那种无助，心情异常低落。

或许是受到医院忧戚紧张感染，担心外公再也醒不过来，晚上我做起了奇怪的梦，梦见外公家的老房子塌了。

对外公来说，那真是一场游走在生死边缘的噩梦。后来，他终于醒了过来。

然而，真正的考验似乎才刚刚开始。

半年后，他的心脏各项指标基本正常，肺又出了大问题。

他的肺，早就查出问题，只是与心脏病比，不算太严重，所以暂时搁置。

螺旋CT检查的结果，外公的肺部有些小结节。对很多吸烟者来说，那是很普遍的。早期的症状和体征不是很明显，有时咳嗽，咳少量痰液，偶见少量咯血；或者乏力、发热、盗汗、食欲减退、体重减轻。后来病变越来越严重，出现胸闷、气急、发绀、皮肤结节性红斑、丘疹，还有眼痛、视力模糊等表现。原本外公的眼睛很好，没有老花，看报纸都不用戴眼镜。

要通过活检，才知道那些肺部结节和肺部囊肿是良性还是恶性的。吴家人决定送外公到上海检查治疗。

可外公像个老小孩，不管吴家姐妹怎么哄，都不愿意上医院再挨一刀。他倒是不怕死，当初搭桥手术住在医院里，还与邻床的病人有说有笑。他是怕死在手术台上或是医院里。他还像他那个时代的人一样，抱着根深蒂固的老观念，要在自己出生的老房子里闭上眼睛。

最后还是大姨出马，请朱医生出面劝说。

好说歹说，外公同意去上海。

大姨提出这次还是她出钱。其他三姐妹都不同意。这一次，再困难，三姐妹都要掏自己的一份。

钱的问题解决，接下来是护理的问题。二姨提出来请一个护工。

大姨不同意："请一个护工，吃住一天得几百元。钱大家分摊没事，关键是护工哪有自家人贴心，那是拿老爸的命开玩笑！"

"大姐，我也知道这个理。上海那么远，你会开车，我和小妹不会，来回坐车就是麻烦事。"二姨为难。

"这事就这么定了！是老爸的命重要，还是家里的鸡毛蒜皮重要？这次，我也排进去轮流。就是把公司和厂丢了，也得把老爸的病治好！"

好在外公在上海医院住了二十一天，就被送回市人民医院。

手术虽然很成功，能不能治愈却是个未知数。

一年内两次大手术，对最强健的人，也是一种摧残打击。外公虚弱不堪，要完全康复，还有很长的路要走。

多次住院转院，陪他在医院进进出出，对四个女儿也是很大的拖累。外公宁可喝朱医生苦涩的汤药，也不愿意在医院里哪怕再待一分钟了！

他听从朱医生的劝告，回到家里，用中草药调理。外公相信他与朱医生的手足情，相信朱医生的医术仁心。

朱医生还送来一大堆中医古书。外公边服药边看书，自我调理，后来还成了抗癌明星。

第七章　城里的家

"孝为百善首，诗书不胜录。人不孝其亲，不如畜与禽。悲乌尚反哺，羔羊尤跪足。人不孝其亲，不如料与木。"

这是我读小学时，语文老师教的课外读物《乌孝词》中的一首。

义乌位于浙江省中部，地处金衢盆地东部，是婺州八县之一，东、南、北三面群山环抱，境内有中低山丘陵岗地和平原，土壤类型多样，光热资源丰富，适合农耕，是典型的农业县。

在世人印象中，义乌是一座新崛起的国际性商贸城，殊不知，在拔地而起的高楼下，蕴藏着数千年的文明脉络。

义乌建县于公元前 222 年，距今已有 2200 多年的历史，古称"乌伤"。秦王嬴政派大将军王翦平定江南，降百越之君，设会稽郡。秦朝的会稽郡，包括从浙中到苏南的吴越两国故地，而乌伤县就是会稽郡的西南重地。

"乌伤"之名，与历史上第一位布衣名人——颜乌有关。战国时期礼崩乐坏，诸侯割据，群雄逐鹿，狼烟四起，天灾人祸致使万民倒悬哀鸿遍野。孔子弟子颜高后人携子从鲁国南下会稽避难。颜氏这一脉，有一箪食一瓢饮而安贫乐道不变其志的颜渊。颜父颜凤，独居荒原耕作，虽然清贫，但阖家团圆，远离战争，过着宁静的生活。怎奈母亲操劳过度离世，父子相依为命，颜父又当爹又当妈，把颜乌拉扯大。颜乌勤劳淳善，为父亲冬暖被窝，夏驱蚊蝇，又救一只受伤的小乌鸦放生，一群群乌鸦遂栖居房前屋后。颜父死，家贫如洗的颜乌用手刨挖三天三夜，鲜血淋漓。那只被救助的母乌鸦领着一群乌鸦，用磨破的喙衔来泥团——帮助筑坟，颜乌悲伤过度而亡，乌鸦又衔土葬之。

清人熊人霖有诗云："秦时孝迹表乌伤，过客停车骈道旁。却问秦王封禅处，乌啼残碣卧斜阳。"

乌伤，县以孝开，冢留秦壤。颜孝子墓旧址，如今是占地 51 亩孝子祠公园。公园内有孝子墓、孝子祠、孝风亭、孝文化广场，孝子祠内有颜乌的孝

行诗文碑记，二十四孝图，群乌助葬雕塑。这个利用自然地形和传统造园手法修建的公园里，有茂林修竹、曲桥荷塘、假山喷泉和随着城市改造迁入的两栋古建筑——怡园和黄大宗祠。

在我读幼儿园、小学的那几年，孝子祠公园曾是春游、秋游的好去处。因为离家近，平时父亲也常常带我去逛：冬天赏梅打雪仗，夏天赏荷听鸟鸣。父亲每次都要在孝子祠前面的照壁前伫立一会儿。那上面"孝德感乌"几个字，是一位曾任国民党高官的将军回义乌省亲寻根时题写，后来我才知道，父亲为什么格外留意，那将军是蒋氏本族人。

孝子祠公园附近，有一口三公顷的池塘，野趣盎然。相传，是当年修筑孝子祠墓时挖泥留下的，名秦塘。如今，那里是一座有莲塘、香樟林、栈桥和亭阁的大公园，大门入口有"乌伤空丞"的刻印，一派秦风汉韵。

孝子祠公园对面，是号称世界超市的义乌发展史上里程碑式的市场——第四代的宾王市场。邑以人名。孝子祠公园所在地，是整个城市的根脉，正芯贵地，义乌人心中的圣地。

这座城市的传奇是从这里开始的。

孝子祠公园不远处就是老火车站。

这座老火车站，曾经是无数追梦人的永远记忆。旧城往事，广场上总是熙熙攘攘，白天迎来送往，晚上灯火阑珊，火车站记录着这座城市一个时代的足迹，浓缩着工业文明转型升级的发展历史，给人留下抹不去的记忆。父亲常常提起，自己少年时就是由这里出发，踏上人生的旅途。义乌人从此出发，踏上漫长的寻梦路，而外乡人，包括世界各地肤色各异的人，带着淘金梦来到这座城市，筑起他们心中的天堂。

由一个不起眼的小站，一跃而成为浙中最大的客流集散中心，老车站经历了多次变迁，见证了一座城市的巨大发展。车站建于1929年12月，在一个名叫小三里塘村附近，规模很小，仅有15平方米的售票房和15平方米的货物仓库。1988年，义乌撤县建市，火车站全面改造，增设了占地3.5万平方米的站前广场。2006年6月16日早上6：05分，随着一声汽笛长鸣，在老火车站停靠的最后一辆运营列车缓缓驶出车站，这个老车站完成了自己的历史使命。

虽然繁华落幕，老车站依然是热闹嘈杂的去处。附近有公交站、长途汽车站、住宅小区、菜市场，还有依托老火车站发展起来的各种工厂、作坊式的工场。虽然铁路移线，新火车站开通，但老火车站原来的业态依旧保存，小巷子里，已经有些年头的旧招牌依然挂着，各种小宾馆、旅店、餐饮、麻将室、药店、电器修理店、家具店、杂货铺应有尽有，各色人群混杂，一到夜晚便格外热闹。

当然，也少不了旧时留下的棚户区：高低起伏的缓坡上，弯弯曲曲的小巷两边，是低矮的砖瓦房、泥坯房、夯土墙。还有一片老机械厂的厂房。

后来，一群年轻人踏入这片旧时光中的老厂房，文创、情怀和梦想落地发芽。老车站·1970文创园应运而生，由它衍生出来的各种商业形态为老车站注入了新的生命力。老火车站改造后的文创园，既有年轻人的创意，也有很多能找到一丝老城的痕迹的老物件。

我家就在老火车站的站前小区，离我就读的镇第二幼儿园和第三小学很近。隔着那条老铁路，就是母亲开店的建材市场。

当父母的总想对子女一碗水端平，但私底下他们总有私淑。四姐妹中，妈妈就是得宠的那位。妈妈虽然像大姨那样要强，性格却不像大姨那样外露、咄咄逼人。高中毕业后，不愿意去大姐厂里，外公就托关系送她进佛堂镇的绒毛厂。

朱医生的大儿子是镇企业办的领导，后来，母亲去城里的房地产公司上班，开店到银行贷款，背后都有朱医生儿子的关系。

妈妈在房地产公司上班，负责建筑材料的采买。一年后，她出来到建材物资市场开店，销售陶瓷卫浴。

从身无分文、白手起家，一间几十平方米的小店面单打独拼，发展到手下有五六名员工、一间几百平方米的大仓库。妈妈像男人一样，东奔西走走南闯北，她独自一人到广东佛山找厂家、签订代理合同，一人骑着摩托车、三轮车，开着皮卡车送货，与房产公司的经理们喝酒喝茶拉关系，冒着风霜雨雪，顶着烈日，到工地客户那里丈量尺寸。我后来才知道，为什么妈妈要把我寄养在小姨家。她根本没有时间照顾我。有时候，我一连几个月不见她的人影。

一开始，她自己在城里也没有固定的住处，到处租房。有一年搬了三次家。最后才在车站路、一个粮食局工作的高中同学那里找到住处。公家的房子，比后面连片棚户区的矮房要好多了。二十几个平方米，一张床，一张餐桌，一个塑料衣柜，厨房就在门口的走廊里，与隔壁一户人家公用。一个走廊连着好几户人家，整栋楼只有公共厕所，时刻散发阴沟里才有的污秽气味。唯一的好处，是楼下有一个很大的封闭庭院，停车很方便。

妈妈很想快点搬离那个逼仄的蜗居，可是，要买房子谈何容易？开店需要大量垫资。父亲在宁波上班，单职工，没赶上福利分房的末班车。他有限的枳蓄，也莫名其妙耗光了。为了结束两地分居局面，父亲回义乌，户籍档案挂在人才办。他的确是个人才，但只是编外人才。他随遇而安，正式的身份是母亲店里的员工，拿父亲的话来说，"是为太太打工！"

母亲一个人住时，小小蜗居没有什么。三口之家却是不行。为了让我上学，她一咬牙一跺脚，在站前小区买了房子。

步入正轨的建材公司经营扩张，买好的房子要装修。经济最困难的时候，外公生病了。

外公并不想子女为他掏钱。他私底下也存了些钱，几十年省吃俭用，加上抗美援朝老兵的补助金，一共八万元。

外公不指望儿子为他养老，那笔钱，即使身患重病，也不轻易动用——当然，即使他肯拿出来看病，也是杯水车薪。

两年前，外公想把那笔钱给三女儿，妈妈没要。外公又给了外甥陈骞。

"外公拿了主意，托我保管，不想让任何人知道，现在正好救你急。"陈骞想把钱转给妈妈。陈骞与他三姨的关系最好，因为每次母子有冲突，妈妈都是坚定地站在大表哥这边。

"你自己外贸公司刚刚开张，急需用钱，还是你留着吧。"妈妈道。

大姨因为儿子婚姻上的违逆，与儿子心存芥蒂。儿媳离职，自己开了家外贸公司，大姨更是气不打一处来。大表哥陈骞并不想在经济上得到上母亲的资助。不过，当母亲的，虽然嘴上不依不饶，心里还是支持儿子的事业的，只是这种支持在经济上大打折扣罢了。

陈骞嘿嘿笑："是外公的主意。他住院前怕自己出意外，一再交代把钱转给你。外婆也说，外公现在每月有一千多元的老兵补助金，够花了。"

妈妈想了想，还是收下来："二老的救命养老钱，怎么能要？我先保管着。"

大表哥相信三姨，有事与妈妈商量，而一些大事情，常常请老爸为他出主意。

因为父亲的关系，我能经常见到大表哥的战友吴冕。

这个身材魁梧、面容黝黑、敦厚呆憨的北方汉子给人一种温暖的安全感，使我心生欢喜。他似乎也很喜欢我，每次来，总带些毛绒玩具、巧克力之类的小东西给我，像个顽皮的大男孩，摸摸我的脸和发辫。

"唉，要是我有这么个聪明漂亮的女儿该多好！"

那句不动声色的恭维话，一下就拉近了他和妈妈的关系。妈妈也很喜欢这个脸上挂着自来熟般笑容的大男孩。

吴冕叫老爸"蒋老师",叫妈妈"蒋师母",毕恭毕敬。

他们来,大多是为了"寻祖寻亲"的事。

"吴冕兄弟,蒋老师瞌眍懵懂的,恐怕早把你的事丢到五台山去了。"妈妈打趣道。

"有眉目了,已经有眉目了。"吴冕笑嘻嘻的,一脸神秘。

最近的一次,我家搬新房,吴冕开着一辆车、带着几个兄弟过来帮忙搬家,顺便寻找出租房。

吴冕在保安公司上班,被委派到一家大公司当门卫。因为生性耿直,六亲不认,得罪不少人。公司员工私底下叫他"阿呆",因为他看上去呆头呆脑傻乎乎的,把一根拦车杆看得很重,不管什么人,没有胸卡证明之类的,一律不让进,天王老子也不行。后来终于得罪了一位高层领导,被开了。

"吴冕,你出事,怎么不跟战友吱一声,说走就走?保罗很生气,叫我劝你一定得回去!"大表哥道。

"蒋保罗对我够照顾了,我不能给战友抹黑。"

"公司老总知道你是冤枉的,点名要你回去,工资加两千。"

"算了,我现在过得挺自在,就不给保罗添麻烦了。"

蒋保罗也曾给吴冕找了一家武馆当教练,吴冕看不惯那些肌肉男的霸道行为,与人打了一架,又被开了。他自己出来找工作,用所有的积蓄买了辆柳州五菱,白天在建材市场拉货,晚上替人开出租车。一有空,他还到建筑工地打零工:搬砖搬水泥——为了挣钱,连打几份工,白天黑夜连轴转,总之,什么赚钱就干什么。

吴冕租住在建材市场附近的一栋出租屋里,五六个人的通铺,晚上呼噜声如雷。眼下他急着挪窝。

我家车站路租的房子还没到期——妈妈怕中途生出各种麻烦,一签就是五年——同学的房子,照样给租金,只是比别人优惠不少。

转租给吴冕,妈妈要把租金免了。

"亲兄弟明算账。租金还是要付的。我看中的是这里的院子,停车方便,安全。"吴冕笑道,"另外,我还想与师母商量个事——你与陈哥唠嗑的话我都听见了,我也想为你做点贡献。"吴冕想把手头的积蓄借给妈妈用。

"吴冕兄弟,你挣的是辛苦钱、血汗钱,我岂能向你伸手?"母亲道。

"师母,是这样。我这个人呢,一不会做生意,二不会理财,那些钱存在银行也多不了几个利息。算我在你公司的投资。"吴冕道,"我在建材市场拉货,卸集装箱,扛沙包水泥瓷砖,知道建材生意好做。哪一天我要买房子了,师母再把钱还我，利息分红什么的，随你算。"

"在一座陌生的城市里打拼，谁都不容易。尤其是你！"大表哥睁大凤眼，一脸严肃。

"陈哥，你说，我们是不是兄弟？你的姨就是我的姨——她暂时有困难，我该不该伸出援手？"

陈骞笑了："兄弟，不是我看不起你，你那几个钱——"

"小瞧我是不？我的手指缝是粗疏，这两年，我还是颇挣了几个——"吴冕认真起来，张大嘴巴，伸出三个指头，"再努力个两三年，我也能攒够首付了。"

"先成家再立业。你的钱要留着买房子。"陈骞道。

"说实话，像蒋老师、蒋师母那么大能耐，也是年近四十才买房有个像样的家。我这样只有一身蛮力的打工仔，只能先漂着。我每天运建材，搬砖背楼，装修豪华的新房看得多了。这座城市越来越繁华，到处是高楼大厦——只是，唉，算了，买房子，对我来说，是猴年马月的事。"

"所以说，你得找个稳定的工作。回保安公司，有保罗在，前途可期。"

"陈哥，说心里话，我还是希望回武馆上班，将来某一天，在这座城里自己开家武馆。可惜，我现在的拳脚功夫越来越生疏了。"

"每年有武林大会。我有朋友在文体局上班，你先报名参加，弄出点名堂来。"

"开武馆那是长远打算。眼下最要紧，是站稳脚跟。老爹去世后，老娘一直在妹妹家。我租一间大一点的房子，是想今年接她到南方来过年。我合计着，再努力打拼几年，在这座城市买房成家，我也算是新义乌人了。"大男孩脸上闪过一丝忧郁。

"兄弟，我的家就是你的家，是你自己见外。让你当我儿子干爹，你都不愿意。"

原来大表哥两年前生了个大胖儿子。当了父亲的他比以前沉稳多了，平时西装革履，讲话有条有理，考虑问题细致周全。

"只怕嫂子不同意。陈哥，你要再是生个女儿，我倒是愿意当她的干爹！"

妈妈把吴冕拉到一边，附在他耳边，小声嘀咕些什么，大男孩脸上，忽然露出羞赧的笑容。

本来还想找老爸商讨寻祖的事，老爸不在，他们只好匆匆离去。

第八章　大陈江畔

我们在城里有一个家，在乡下也有个家。

乡下的家，在大陈江畔。

义乌江和大陈江，是义乌境内的两条大江。众多峰岭丘岗间的溪流，都汇入两江；一南一北，两条江冲刷出金衢盆地东北缘狭长的谷地。

大陈江是浦阳江源流之一，源自六都全章岭大坞尖，穿过苏溪大陈两镇，西北出县境，流经浦江县境东南部，从诸暨安华镇入浦阳江，与富春江汇合，汇入钱塘江而注入东海。

大陈江旧称酥溪。古书记载，乌伤之西北有地，曰酥溪，谓其水甘而腴，类于酥也，或曰，昔者有酥氏居住，故曰酥溪。因为"酥""苏"谐音，后来便演变为苏溪，既是溪名，又是地名。人伴溪居，形成集镇。镇的核心区，是胡宅、蒋宅两村。

一溪如练净，清澈的溪水蜿蜒流淌，两岸群山拥簇，田园相连，村居参差。旧时的苏溪上，有亭有桥。唐代诗人戴叔伦宦游至此，留下著名诗句："苏溪亭上草漫漫，谁倚东风十二阑？燕子不归春事晚，一汀烟雨杏花寒。"明代诗人、江苏高邮人汪广洋，路过苏溪桥时，受同乡戴叔伦的感染，又被诗意盎然的美景勾引，同样留下了一首《过苏溪桥》："石磴盘盘卧湿云，山深瑶草不知春。马头忽见梅如雪，纵有轻寒不着人。空谷无人响暗泉，隔溪茅屋见炊烟。东风故遣飞花出，知是桃园别有天。"

旧时大陈江，上游曾经江宽流缓，两岸绿树成荫，江水清澈见底。1922年、1942年发生两次特大水灾，冲毁良田数千亩，较大的石拱桥六座，两岸民不聊生，几十年一蹶不振。洪灾过后，河床被冲刷竟似原始石滩，到处沙滩漂石堆。

新中国成立后，六七十年代，江的上游，在六都坑山口截流筑坝，造了一座水库，水灾的情况大为改善。

巧溪水库弯曲狭长，蜿蜒群山之间。库东有府君山。北面有海拔八百多

米的龙祈山。对处于金衢盆地的山来说，这样的海拔高度还是少见的。龙祈山是会稽山余脉，这里是千山叠翠，万木峥嵘的丘壑地带。据说，清乾隆下江南时，曾微服私访龙祈山的兴善教寺，并挥毫作诗："此处山野风光秀，佛手迎宾万里香。长瀑笑宴天下客，百鸟欢歌龙王康。"

宋代，龙祈山设置巡检司，元代设龙祈驿，明洪武设龙祈乡巡检司，并载入国史。清代，龙祈山设龙祈镇，下辖七都、八都、九都、十都，是义乌首镇。

龙祈山峡谷内，终年潺潺的溪流，汇入安珠弄、龙祈和反帝三座水库。这里山川相连，丘壑纵横，风景秀美，气象万千。步入其间，奇峰异石，景物天成。登高远眺，重峦叠嶂，林海茫茫，奇石异木、飞瀑流泉点缀其间，恰似毫无人工斧凿的人间仙境。悠远的晨钟，穿透缥缈的晨雾，唤醒村民；金色的阳光，在青山间泛动，在雾海中变幻。白练垂落，峡岸绿树参天，如诗如画。

这里早已成为一处风景名胜。景区内有龙的传说和许多与龙有关的景点：龙泉宝剑，龙宫映辉，报恩涌泉，龙凤婚椅，龙尾山，龙王庙，龙陷浅滩，九龙抢珠。山下同裕村村西头有七百年的樟树王，古樟力挺云天。走进山门，是一片百花园，松涛和着鸟鸣，一望无垠的芝樱花海，波涛翻滚。

最有名的是山中的滴水岩、德胜谭和祈雨台。据说，大宋年间的夏天，金华府八县遭遇百年不遇的干旱，眼看庄稼颗粒无收。体恤百姓的朱太守率领着队伍，浩浩荡荡，来到义乌龙祈山德胜潭祈雨，为民解干旱之苦。

后来龙祈山下的祈雨台，就是为了纪念朱太守而建的。过去祈雨，求雨者须沐浴斋戒，不得带遮阳伞笠，顶着烈日酷暑，携带纸香、鱼兜、陶罐，到龙潭焚香礼拜，入兜于潭，捞取水中虫鱼，装入陶罐，置于预先准备好的松枝搭成的敞篷，里面置放龙灯、香案、供品，向龙头陶瓶朝夕叩拜，直至天降甘霖，求雨"得胜"，然后将虫鱼放生。现在祈雨台上每年举行祈雨仪式，只是村民表达一种天人合一的愿望。

旱灾涝灾，永远是悬在农民头上的两把利剑。以前是水灾，后来用水大增，缺水成了民生的主要问题。

父亲的老家，就在大陈江上游的水库下面，一个名叫"山口蒋"的小村落里。

父亲童年的记忆，大都与大陈江有关。他记得在溪流中捞鱼摸虾，在枫杨林下的草地上放牛放羊。那些童年时的小枫杨树，早已长成郁郁葱葱、遮天蔽日的大树。这儿是典型的丘陵地带，田亩不足，附近的村民就在江滩、滩地上种植很多果树——梨树、李树、桃树、石榴、枣树。一排排一片片，将滩地层层覆盖。从山上远远望去，一溜溜果树将平展的田畈切割成一块块的。金秋，绿得碧翠，黄得灿烂；春天，梨花白雪，桃花人面；初夏，石榴花开如火。而小小的枣花，静静绽放枝头，很不起眼，却有一股特别的幽香，几里路外都能闻到。

溪流对面，有几个沿江的村落。再远处，是龙祈山下的同裕村和颜氏后裔的聚居地三联村。山口蒋的另一边，十里红山坡杨梅岗，如今已建成一个很大的工业园区，名"光电科技小镇"。

我一直把田园村看成自己的出生地，所以对大陈江畔的那个家很是陌生。那个家，在我的记忆里是很模糊的。第一次坐皮卡车去，是在除夕或是正月初一，我被抱在怀里。妈妈粗手大脚，肯定不是照顾婴幼儿的好手，里三层外三层，把我裹得严严实实，捂出一身大汗，燥热难耐，哇哇大哭。

爷爷奶奶七八十岁，都已经很老了。父亲的脸型与奶奶长得很像，又瘦又高——对那个年代出生的人，显得很高了；她的头发灰白，并不显老，只是因为得了轻微的痴呆症，虽然努力表现出高兴的样子，但是看上去仍旧神色木然。

爷爷是个佝偻着腰的小老头，理一个光头，沉默寡言，对小孙女的到来既不高兴也不失望，不置可否。是大伯接待我们，原来父亲排行老三，一个哥哥一个姐姐妹妹。大伯年过花甲，已经当了爷爷——也就是说，我一出生就当了姑姑。

两位老人住在大陈江边。三间平房是 20 世纪 80 年代造的老房子，用沙土石灰红泥夯土垒墙。那些过去被洪水冲出的溪滩地上造起一栋栋新楼。与四周那些三四五层高楼比，三间平房显得非常低矮。

老家很普通，甚至有些寒酸。爷爷有时还要下地干活儿，奶奶从附近锰钢厂丢弃的废渣里捡废铁，做些手工活贴补家用。爷爷奶奶的冷漠是有原因的，他们砸锅卖铁供出的大学生，没有光宗耀祖，娶了一个农村户口的妻子。我也是后来才知道父亲的坎坷经历，他婚姻不顺，四十岁才有了我，这是他成为宠女狂魔的原因。

那时候，我只是纳闷儿，为什么我在田园村有爷爷奶奶，怎么凭空又多出一双爷爷奶奶来。我在城里一个家，在乡下还一个家。田园村，山口蒋，到底哪一个才是我真正的老家？

父亲把大陈江畔的家看得很重。这儿是他的出生地，是他的根。清明祭祖，除夕夜祭祀，是山口蒋一族最隆重的大事，是一定要去的。一座老旧的

土地庙，建在山脚下田畴中的茂密树林里，里面有土地公公土地奶奶的塑像，还有本方的先贤——府君老爷、胡公、朱相公。除夕那天，每户人家都要挑着祭祀用品，无论咿呀读书的学童、荣登金榜的士子还是衣锦还乡的商人，都要到土地庙祭祀，期盼来年风调雨顺国泰民安。然后一家人围坐一起吃团圆饭。

有一阵子，大概是我小学快毕业的时候，父亲回家的次数多了起来。

一个周末，父亲又带我来到山口蒋。接待我们的是一位清秀精干的中年人，叫蒋志明，比父亲稍年轻。他年轻时走南闯北做生意，后回村当了村主任。

村口大晒场的前面，一排低矮的砖瓦房。那是父亲曾经读过书的村小，后来被改造成村里的文化礼堂和村委办公室。

蒋志明笑嘻嘻地叫着"蒋老师"，父亲连连摆手。

原来他们小时候就是玩伴，一起放牛割草，爬墙偷桃，抛掷石子，与溪北村的顽童喊杀喊斗，漫山遍野奔跑。父亲是头儿，蒋志明屁颠屁颠地跟着后面，摇旗呐喊。

蒋志明用近乎崇拜的眼神看着父亲。

"你是山口蒋恢复高考后的第一个大学生，带了好头，在你之后，村里出了十几个大学生，三个研究生。你看那墙上，第一的位置一直留着。明天你就把简历和照片发给我。"

正面墙上是"乡贤榜"，挂着一些简历照片，他们是村里在全国各地工作的"名人"，还有几个抗战的老兵。上排起首的位置空着。

父亲是作家，杂志编辑，在县城里小有名气，文化礼堂落成后，为村图书馆捐赠一大批书籍。

"惭愧惭愧。咱们是兄弟，别叫我老师，做乡贤我还不够格。"父亲笑道。

"论辈分，我得叫你爷爷。论学问，你也够得上'老师'。村里正招才引智，试行'乡贤'治理。第一的位置非你莫属。"蒋主任笑道，"你如果觉得做得不够，眼下正好有个出钱出力的机会。"

村主任提出修土地庙的事。土地庙是几十年前修的，很是破旧，准备重新改造。

"这次，我打算请太公当理事会的'董名'。"村主任嘴里的"太公"，就是我爷爷。

爷爷年近九十，虽然不是年龄最大，但在村里辈分最高。他是村里有名的老实人，木讷寡言，平时村里修桥铺路经常出钱出力。通往溪北，曾有一座非常简陋的石桥，后来被洪水冲塌。新造一座马鞍状的塌水桥，平时水浅时从桥涵下通过，大水时从桥面流过。再后来又造一座普通的水泥桥，都是村民集资。桥头亭子斑驳的功德碑刻着爷爷的名字。爷爷知道两个儿子都不是有钱人，自己唯有多出力。他曾经一个人，默默修了一条上山的土路。

爷爷当"董名"，要出一笔钱才能服众。最后还是父亲掏腰包。

父亲沉吟着，忙转移话题："我这次来，主要还是为了女儿入谱的事。"

父亲说的，是我入蒋氏宗谱的事。

关于宗祠与家谱的知识，都是参与其中的父亲教给我的。

宗谱，是一部记载姓氏来源，历史传承，世系行传，家法家规，人物事迹，宗族产权以及祭祀礼制，传世文章等等以父系为宗族的"史书"。它与国家的正史，地方上的方志，并称为构建中华五千年文明史的三大支柱。义乌民风敦厚勤俭，急公好义，明白事理，耕读为先，民间在新儒学推动下，重建宗族、修宗谱、建宗祠、置族产成为一种时尚。义乌民俗重祭祀，不忘本源，重宗族亲戚关系和人情交往的"人道"。村内族中，红白喜事互相帮忙，亲戚担对担，邻居碗对碗，有"出六进四"的礼数，也就是付出多而收的少。过去，家族内部遇到纠纷，还会请族内尊长调解纠纷，涉及族外矛盾则请士绅评理，称为"讲和事"。

义乌最早的宗谱于明朝开始盛行。各姓氏包括分派，宗谱不下几百种。修谱的条件，首先是这个家族在一个地方生活了若干代，有一定的人口数量；其次是这个家族有几位德高望重能够号召全族的人物——由他们提议，家谱修成概率较高。当然家族要有一定的经济实力，用来支持修谱行为。

族皆有谱，一般二十年续修一次。谱牒修成，同一家族的每个家庭派代表参加，点上香烛，焚钱化纸，磕头礼拜，然后聚餐。参加祭谱的人畅叙家族情谊，商讨家族中可能有的事宜并做出相关决定。颁谱时，常会组织戏剧演出之类的文娱活动。迎谱牒的仪式非常隆重，彩旗飘飘，鼓乐齐鸣，人声鼎沸，鞭炮花朵，营造出喜庆气氛。族长把红绸包裹的家谱分别交给家族的代表。一个宗族共同尊奉一个先祖，谱牒是一个家族的文化认同，上面有族规家训。修谱的目的，是理清家族的传承脉络，把耕读诗书、自强不息的信念一代代传下去。

"蒋氏宗族，自乐安杜陵始已历数千年。从中原至于宜兴、绍兴，传至苏溪，直到今天，共计48代。续修一千多年，先后共修15次。新中国成立前最后一次修谱是1947年。改革开放后，允许修谱。1996年2月在蒋宅修谱。万十六公静之是我们蒋氏始祖，自江苏宜兴至苏溪已有28代，坟墓设在塘里蒋村，农历三月十五为万十六公生日，蒋氏后裔都去祭祀。"

父亲说起修谱之事，如数家珍。

"十年前，台湾回来的蒋公提议重修族谱，我也参加了。那时候，你在宁波上班，有些情况不太了解。我不知道你有一个女儿。你打电话来，我第一时间做核实，虽然她的户籍还没落实，我还是自作主张把你女儿的名字写上了。"蒋志明道，"这里有一个问题，我不知道你老婆的名字有没有写上。不知道你女儿的户口随她还是随你。你女儿入谱，很是费了一番口舌。"

原来妈妈的户口，一直在外公外婆家。前几年，山口蒋村东南，山背的缓坡地被工业园区征收，村集体每人分红，妈妈才把户口迁过来。

"我夫人入谱了。我女儿虽然入谱，但名字写错了。她不叫婷婷，叫典典，那也是她的小名。"父亲道。

"这次不是重修，只是增补。据我所知，北乡这一片由蒋保罗联系，他是蒋氏联谊会副会长，我可以说一声。"

父亲听到蒋保罗的名字，眼睛亮了。他与蒋保罗早已是朋友。

蒋保罗出生的八里桥头村，坐落于大陈镇与苏溪镇的交界处，曾是大陈镇的大村之一。因为临近十个有名"村宅"全在八里路内而得名，过去是义乌的十六集市之一。现在的八里桥头，早已成为大陈镇新行政中心。大陈镇号称"中国衬衫之乡"，是西服衬衫等服装的发源地。蒋保罗退役后，办了几年的服装厂，后去县城办保安公司。他是村委会主任，也是蒋氏家谱编修人之一。

"南宋末年，蒋默自绍兴迁居龙祈乡酥溪，建蒋宅，后裔分布在苏溪新院、蒋宅、塘里蒋、大陈宦塘、八里桥头等；也是南宋末，蒋昌盛迁居六都麻车塘，蒋睪自浦江迁居山塘，再迁居上溪上青寺村。"父亲说起蒋氏源流，滔滔不绝。

原来父亲在杂志编纂过程中，认识了一位家谱研究专家。那人用十多年时间搜集整理了义乌的多种家谱，对义乌各大族的来源和传承了如指掌，成为义乌续修家谱的资料库，当地人称为"谱爷"，周边的一些村庄都请他去指导。因为年纪大，渐渐退出这一行，向人推荐父亲做顾问。

"北乡蒋氏集中，由蒋保罗负责。东西南乡由我负责。你是山口蒋的村主任、负责人，谱中女儿改名的事，还是要与你通个气。"

"我举双手赞成。举手之劳。"志明笑道，

老爸很高兴，答应当乡贤，为土地庙捐款——不过是以他父亲的名义，对老实巴交的爷爷来说，那是他一生最大的荣耀。

他们说笑一阵，走进里间办公室。让我在外面等。我知道，他们还是去商量与我有关的事。

我不知道父亲为什么把我入谱的事看得那么重要。一般情况下，父亲与人交流，谈及家事，从不在我面前隐晦什么，但是谈到我的名字、户籍、户口等一些细节，每当到关键时刻，父亲总是避开我。我那时候并不在意。后来我才知道，其中有一个惊天的秘密——一个足以影响我一生的大秘密。

在我的印象中，父亲是古板的，甚至有些书生气，原则问题不会妥协，但在关系到我前途的事情上，才会放下身段求人。父亲调回老家后，就在街道、派出所、民政局之间穿梭奔忙。有一阵子，他经常去儿童福利院。

父亲总是把户口本放在随身的挎包里。原来那户口本藏着一个秘密。那秘密，与我一生的命运息息相关。

第九章　北　乡

　　金衢盆地那些星罗棋布的古村，仿佛湖面上的洲屿，在蓝天白云下散发静谧而迷人的气息。纯朴的父老乡亲生活在这片土地上。那些古村落，如同母亲的摇篮，储满游子的乡愁牵挂。晨曦晚霞里，绕村而去的江溪流向远处起伏连绵的山峦，近处，斑驳的白墙黑瓦，高耸的砖雕门楼，青苔石板路倒映在如镜的池塘中，历史烟尘扑面而来，像袅袅炊烟，述说着往事。

　　大陈江流过的区域，位于七都到十都，是义乌的北乡。北乡的民俗风光与我童年生活的南乡有很大的不同。这里古属越国，有许多越文化的遗存。北乡最北端的一些村落，邻近绍兴诸暨，风俗习惯与诸暨相近，讲诸暨方言。这里的人，也种稻麦，但是以种植茶叶果树，酿制高粱烧，从事竹编、笋干和藤膏面加工为主。

　　父亲经常去北乡采风，遇到周末，就带上我。他对那些传统的古村落特别感兴趣，平时说话，也是"之乎者也"，一副老夫子的模样。

　　北乡有许多古村落：凰升塘、红峰村、杜门；有许多有趣好玩的地方：马畈、义北、金山、八都水库、勾嵊山；还有美食：高粱烧、糯米麻糍、黑木耳、香菇和甜酒酿。

　　红峰古称白峰，与诸暨牌头镇坑西村交界，背靠勾嵊山，前有师姑坪、天灯盏两座山。群山连绵的勾嵊山海拔 660 米，山巅有王坟岗，传说越王允常葬于此。山中有卧薪尝胆洞、退马坡、龙潭中乌龙居焉，天旱时义乌诸暨的村民都到此求雨。勾嵊山下有古刹，唐元和十三年（818），曹洞宗祖师良价开基，寺旁千年罗汉松一棵。古刹对面有古树群，参天古木荫翳蔽日。源于勾嵊山的清澈溪流终年不绝从村中穿过，汇入池塘。而源自师姑坪、天灯盏的越女溪则自南向北流入浦阳江。

　　红峰村有金、陈、傅三大姓聚族而居。村内街巷纵横，池塘溪渠星罗棋布，四周山峦竹篁松茂，宛如世外桃源。村口金氏宗祠，于明万历年间始建，清末重建，二进三间，两厢四合，雕梁画栋，堂内有八角藻井戏台一座。宗祠旁一棵八百年古银杏。村东水口一座石拱桥，名杨典桥，桥西1100多年的古银杏，每当秋冬落叶时，地上铺着厚厚的黄地毯，吸引无数的"长枪短炮"——老人老狗、古桥古驿道古银杏，构成乌伤大地一大经典美景。

沿白峰岭下的金家门、东大路，过杨典桥和俞家门，是古代乌伤通往会稽郡的驿道，称为秦大路。金家门俞家门都建有台门，沿途十里一长亭，五里一短亭，青石铺路，村口设下马石——东大路先祖傅藻曾受皇封，到此处，文官下轿，武官下马。村落因古驿道而集聚。原自大路傅至诸暨一带的山林皆属杜门傅氏所有。傅氏恢公居东大路，为大路傅始迁祖。先祖傅藻明初入朝为官，任翰林院编修，也当过监察御史和地方大员，与明太祖诗词酬和。洪武十二年（1379），傅藻辞官回乡侍奉母亲，闭门不出，专心著述，培植桃李，建起了名闻遐迩的书院——杜门书院。

父亲去北乡，一个重要的任务就是买茶。

父亲嗜茶，与茶馆里的茶博士、本地的和闽茶商都是至交好友。他的脸总是宽厚仁和的，闲暇时，除了看书写作，就是坐在茶几前品茗，沉默的时候多。不过一有机会，也会在我面前念他的"茶经"。

柴米油盐酱醋茶。茶叶生于青山绿水间，吸天地之精华，聚云雾之甘露，其中有名山大川的气息，诗词书画的神韵，高山流水的琴声。朴实无华的茶叶，一旦融入水中，即刻释放出惊人的魅力。茶香似烟花绽放，瞬间动容，终生难忘。碧绿的嫩芽在水中缓缓舒展，沉浮飘荡，聚散悠然，舞姿翩跹，散发氤氲温暖的气息。茶是中国的国饮。中国人嗜茶，源于上古之时，神农尝百草，一日遇七十毒，得茶而解之的文化传统。自唐以来，茶以清头目，上下好之，庶民日饮数碗，蔚然成风。

"人事谢光阴，俄遭霜露侵。偷存七尺影，分没九泉深。穷途行泣玉，愤路未藏金。茹茶徒有叹，怀橘独伤心。"父亲摇头晃脑。

"谁写的诗？"我问。

"骆宾王。"父亲道。

北乡有万亩林场，千亩茶园。义乌历史上最早的茶园，是唐法轮大师重云的茶园，在北乡的茗平山。"茗平山：在县东北七十里，法轮大师茶园也。"茗平山茶在民国时又称为龙门茶，是古代义乌最好的茶，旧志记载："茶：邑产茶不一处，惟出九都龙门山者，汁浓厚而味甘香，称龙门茶，畅销颇远。"茶：以产于北乡高山者为佳，采自谷雨前者为上。

宋朝，义乌茶文化迎来了第一个高峰。南宋建炎二年（1128），抗金名将宗泽，因守备东京战勋卓著，受到宋高宗的传宣抚谕和御赐茶药。明洪武年间，义乌每年都要向朝廷进贡用纤嫩新芽制成的茶叶，土贡：国朝岁贡新茶芽二斤。从此确立了本土出产的茶叶在中国茶中的地位。新中国成立前，全县有茶园 2300 亩，出现了比较专业的茶叶集市，集中在北乡楂林和南乡低田。楂林市：九都，县北四十五里，三、六、九日，约计市货、茶竹二项，行销较广。新中国成立后，楂林东塘乡宣德里、宦塘、红峰、义北兴起垦荒造园，建造茶厂，极大地带动北乡茶产业的可持续发展。茗平山茶、龙门茶就是后来道人峰茶的前身。道人峰茶业公司逐渐从一家名不见经传的茶叶小作坊，逐步发展成为国家级有机茶出口基地。

父亲担任蒋氏族谱编纂顾问后，去北乡的次数越来越多。

五一前的周末，父亲带我去北乡买清明茶，顺便去看舅舅。

舅妈病逝后，舅舅一度很伤心，意志消沉，不再做红木家具厂的大师傅，而是准备跟随师傅，一起开店。

他的师傅是传统车木制作技艺的传承人。这门技艺具体产生于什么时代已经很难考查了，但据陈师傅说，至少有上百年了。车木也叫木旋，制作过程和金属车床类似，加工出来的是圆木件。"车"是木制的、用脚蹬踏板、用皮带转动的"车床"，不带车刀，只是卡住被切削的木头。操作者手持"车刀"，把转动的木头切削成圆柱、圆形构件，再组装成家具等。通常用于木床、椅脚、栏杆、某些工具的手柄等。车木技艺早年以加工家具为主，20 世纪六七十年代，车木工艺品一直深受人们喜爱。随着板式家具和其他现代家具的兴起，渐渐退出大众生活。

时代变迁，复古装潢、仿古家具又受人追捧，车木工艺也星火燎原。但民间车木艺人为数很少。陈师傅念了三年书后就学做木工，开始给人打家具制作樟木箱。樟木箱生意淡落后，拜师学车木，一做就是二十几年。先在倍磊老街开了家店铺，后来又在佛堂老街设立展示厅。他几十年如一日操持着自己热衷的老行当，加工花柱、扶手、面杆、烛台、花瓶、葫芦、弹棉锤、笔筒、榨糖车木型等工艺制品。传统车木制作技艺以其意到形似，实用精美艺术优势，是古镇活着的民间传统手工技艺。陈师傅忙不过来，年近古稀，准备退隐，苦无人接班。

舅舅有意接手师傅的店铺展厅。不过，在这之前，有一所古宅——凰升塘的一木厅，需要他维修。会榫卯、会雕刻的老木匠越来越少，而要修的木结构老宅越来越多，舅舅一直抽不出时间。

凰升塘在大陈江南岸，村中一条古驿道通往浦江，几条小溪穿村而过。它背靠的凤凰山像一只腾空而起的凤凰，村口的水塘名凰升塘，村名由此而得。村内保存完好的古建筑群，围绕凰升塘和古驿道两侧布局。陈氏家族分房分派聚居，各房派之间隔以巷弄，多有各自的厅堂或堂屋，形成相对集中又较为独立的传统建筑分区。

龙溪陈氏从大陈里迁来，先祖陈如瓒生"兆"辈五子：兆先、兆曾、兆卿、兆芳、兆相，建五福堂，祠名五福祠。龙溪陈氏于清乾隆嘉庆时达到极盛，其子孙建的宅第有：上新屋十八间、九间头、街路顶、上堂屋、小房头，下底厅、二房头等，多分布在村庄南侧。家族聚居形成建筑群落，除三合、四合院外，还有多进院、多轴线的组合，形成丰富的空间形式。

乾隆年间，陈氏濂派族祖喜元建造下厅，先建成 36 间名"惇叙堂"，下厅前设一堵砖砌清水墙照壁。又于清代嘉庆元年（1796）动工兴建一木厅，后子孙繁衍，附建西面重厢。一木厅与下厅均采用十字弄堂，六个五花马头，十个天井布局，风格独特。一下厅与一木厅之间隔以火巷，弄堂口设走马廊。

再建花厅。花厅又名居仁里，一座十八间宅院，前后两座三合院。整个建筑群上下连成一体，相互用"走马楼"连接贯通，雨天不湿鞋走遍几座厅堂，俗称"走马厅"。

由一木厅、下厅、花厅组成的古建筑群，占地近 6000 平方米，共有房屋 108 间，前有宽敞的大明堂。花脊螭龙纹，五花马头墙，曲线优美的冬瓜梁，镂空雕的夔龙剳牵，精致的砖石雕漏窗和木雕牛腿，承重山墙的壁绘梁架，磨砖砌筑的门框，整栋古建筑庄重古朴，气势恢宏。以大厅为核心，围合成中庭廊院式布局的几进四合院，两侧附重厢跨院，巷口辟拱券洞门出入。正厅用材硕大，柱径梁径达五六十厘米，大木和雕刻用材选用硬木香樟木。正厅明次间采用抬梁构架、五架梁前后双步梁、上部构架皆用镂空雕刻的夔龙梁美轮美奂，木雕遍布梁、枋、斗拱牛腿雀替、堂楼前檐天花及所有的槅扇门窗，内容有龙凤、八仙、福禄寿喜、花草虫鱼、珍禽异兽、吉祥八宝、渔樵耕读和神话戏曲人物。

父亲把车停在一木厅前的明堂里，这个宽阔的明堂是村落的核心。

时光流逝了二百余年，古民居经历岁月沧桑，见证了历史。走进这座带有徽派风格的古民居，仿佛穿越时光隧道，回到古代。

几年前，这栋沉浸在历史中的古建筑被挖掘出来，相关部门与陈氏族人决定进行一次大修，恢复了一木厅原有气质，使一道道传奇绽放在世人面前。

维修工程显然已到收尾阶段。几个木匠，或在梯子上刷漆，或在安装调整木构件。舅舅在木工台上雕刻一扇窗户，头发身上沾满木屑。

他抬起头，朝我咧嘴，算是打招呼。对父亲却是视而不见。

父亲已经习惯了舅舅把他当空气，忙着与其他师父打招呼，一边到处溜达，抬头看着梁柱间的牛腿雕镂，目不转睛，像看天的鸭子。

四周忽然间变得寂静，只能听到舅舅手里的刻刀在木质纹理上划过的声音。

随着一阵急促的脚步声，一个身材魁梧的男人走进来。他的身高，足有一米八五，走路虎虎生风，腰板挺直，一张紫铜色的国字脸，紧贴头皮的黑发根根直立，黑西装白衬衫红领带，穿戴一丝不苟。虽然生得剑眉虎目，脸上却有一种商人精明儒雅的气质。

是蒋保罗。他比大表哥要大两岁。一木厅的维修工程，正是他介绍给舅舅的。

"吴师傅，多谢多谢！那茶桌，做得太好了！奇巧古拙，比我以前那些茶桌，好了不知多少倍！"

原来蒋保罗从山上挖了一个大树根，委托舅舅处理。舅舅去掉死皮虫洞，一番加工雕琢，树根焕然一新，成了一张有山有水有缩微园林景观的茶桌。

"吴师傅不愧是鲁班门徒，能工巧匠。一段树根，一块朽木，化腐朽为神奇，佩服！佩服！我没有什么好酬谢的。家里有十五年存的高粱烧，什么时候给你送一坛去。"蒋保罗快人快语，声如洪钟。

舅舅笑了。没有什么比自己的手艺得到别人认可更使他高兴的事了。

工钱他是万万不会收的，那坛老酒却要笑纳，他和他的那帮师兄弟都好这一口。手艺人走南闯北，见多识广，舅舅在家只喝粮食烧的酒，在舅舅看来，多年存的"高粱烧"，比茅台之类要好多了！

舅舅正要与蒋保罗说话，小姨夫急匆匆走进来，与舅舅耳语几句——从南乡开车到北乡，足有七八十里，小姨夫脸上慌张的神情表明，出了什么大事。

果然，舅舅放下刻刀，很快与小姨夫离开了一木厅。

父亲从一边的巷弄里走出来。

蒋保罗一见，大为高兴，又是拱手作揖，又是搂肩捶胸，一口一个"大哥"。

"道人峰老板是我朋友，大哥要买茶，何必开车亲自去，什么时候我拿几罐送你府上去！"

"也不单是为了买茶，顺便来看看一木厅。"父亲笑道。

"要参观一木厅，找我就对了。我就是凰升塘人。小时候和伙伴们在这里捉迷藏。唉，那快乐的童年！"

这下轮到父亲惊讶了。

"是这样，我出生在一木厅，姓陈，后来过继给八里桥头的姨夫，改姓蒋。我在城里有一个家，在乡下也有家——并且不止一个。凰升塘是出生的家，八里桥头是成长的家，宦塘是外婆家。"

"狡兔三窟！"父亲幽了一默。

蒋保罗哈哈大笑："我兄弟是这个村的主任。你老婆舅修一木厅，就是我介绍的。没有比我更了解一木厅了，我带你转转！"

"兆卿儿子陈喜元是贡生，诗礼传家，治家有方，在村庄北面背靠凤凰山'奠厥攸居'。一木厅也是他和他的子孙所建。我是他的嫡系子孙。"蒋保罗边说边走进花厅。

当年，太平天国曾驻扎居仁里，用作军营，至今门楣石柱上还留有"天国同胜"字样，隐约可辨太平军编队记号和太平军首领的七绝诗："文武官员开流绪，河上带丽定乾坤。"

我们走进下厅后进堂楼。原来，20世纪30年代，那位台湾回来寻根的蒋公少年时，曾在东次间正房、他外公陈璪仁皋的私塾内习练文字，直到十三岁才离开。

我们又去看八角井。那是陈氏三房太公陈喜元于清乾隆年间开挖一眼水井，井深八米，井壁用块石砌筑，井圈八边形，井圈刻着"泉石之乐""壬辰"字样。

最后，我们又回到一木厅。

直到这时，蒋保罗才注意到父亲屁股后面的我。

我和蒋保罗早就认识，像以往一样，他总要拿我开几句玩笑。

"小妞儿，一眨眼就长大了。蒋大哥，您女儿将来出嫁，婚礼就由我来操办。我准备在凰升塘筹建一家婚庆公司，纯中式的婚礼，到时候乡亲们聚在一起，大家都沾沾喜气。村里已有多对新人在'一木厅'里喜结良缘了。我也有个女儿，将来女儿出嫁，婚礼一定在这里举行。"

父亲表示，那事儿还早得很。

"的确是，不过几天后就是五一。我外婆家宦塘办开酒节。我现在就正式邀请蒋大哥和女儿参加！"

第十章　宗祠和开酒节

　　义乌最北端，在勾嵊山与道人峰两山之间，有一个蒋姓集聚的村落，名宦塘。宦塘，东邻楂林东塘村、西与诸暨广亭村依山相连，北靠红峰村。

　　宦塘四面环山，有农田五百多亩，水面六十多亩，山林七千多亩，其中毛竹三千多亩。村民祖祖辈辈靠山吃山，植树育林，以松杉毛竹林业为主，也种植水稻、玉米、番薯、高粱、茶叶，饲养桑蚕和生猪。

　　宦塘村附近的白峰岭顶，义乌至绍兴的古道上，有建于明洪武年间的石木鱼凉亭，是古代供过路官员休息和路人免费喝茶洗脸的地方。村口的狮子山黄泥洞，有供奉朱相公的朱公殿。

　　村里新修的宗祠里，竖着一块村史碑。

　　宦塘村，1949 年 6 月成立农会；1951 年 4 月土改，土地进户，每人 3 斗，自给户 5 斗，颁发土地证；1952 年自愿成立互助组，参加农户 150 户；1953年 12 月，成立互拥社、联合社、新新社、继光社 4 个初级社；1956 年并社升级，4 个低级社合并为一个互用合作社；1958 年成立人民公社，村为互用生产队，村里办起幼儿园、公共食堂、吃大锅饭，11 月修水库，占本村土地 11亩；1963 年，开展"小四清"；1965 年，社会主义教育运动，"大四清"、省"四清"工作组温州文成县"四清"工作队进村，重新组织贫下中农农协会。1971 年，修水库，办小学；1972 年，安装高压电，高压柱进村，1974 年，完工通电；1978 年，修公社到村公路，1982 年完工；1991 年，机耕路修建，村民每人助工一工；1992 年，有线电视进村；2000 年，村环境整治，村主干道拓宽，沿缓坡山丘和溪流水圳，建起一栋栋新房别墅。村里办起了服装厂、十字绣加工厂，从事工商。2006 年、2007 年，宦塘先后成为浙江省小康示范村、兴林富民示范村。

　　宦塘村最重要的古建筑是蒋氏宗祠。明洪武六年（1373），万十六公五世孙蒋守正从苏溪渭水塘迁居来，历经六七百年，子孙繁衍。宗祠建于光绪九年（1883），资金来自太公山太公田出租收益累积，加上村民助工。宗祠 1886

年建成，五间三进，砖木结构，前进建供戏班子演戏的万年台，左右两边厢房供妇女看戏；中进供男人娱乐，后改为学堂；后进社神龛供祖宗牌位，朱相公神龛，中间摆龙灯灯头，每年正月初一、清明冬至祭拜。每当村中有学子毕业，祠堂大门就会敞开，由蒋氏太爷爷分馒头，学子们手捧肉碗，以示"承福继德"。

宣统三年（1911），蒋氏宗祠重修。1976年，村里建大礼堂改路，拆去前厅及戏台，变三间二进，宗祠渐渐颓废。后来，蒋氏一族重修族谱时，村民再次捐资重建。新宗祠坐西北朝东南，三间三进，前进天井中建有石柱构成的戏台，供演员化装的水阁楼，保留老戏台的八角藻井、乾坤镜匾额和龙凤板，面板浮雕梅兰竹菊，两侧柱子楹联："盛世衣冠虽效古，阳春曲调总翻新。"后进厅堂里竖着两块石碑：一块是甲申年冬重修时，蒋氏裔孙、台湾回来的蒋公所题："中国心，故乡情"；另一块是诸暨冠山蒋氏敬贺的"荣宗耀祖"碑。

宗祠是老年协会的活动场所。蒋保罗的三舅是老年协会会长。三舅有一个习惯，每天早上在家砍好酿酒蒸饭用的木柴，就到宗祠报到。他开门，打扫卫生，整理好桌椅沏好茶水，等待老年人到来。

三舅格外忙碌。一大早，他就领着村里的十几个老年妇女，买菜、洗菜、切菜，准备晚上盛大的晚宴。三舅每年要组织村老年协会的许多活动：登山，赶庙会。重阳节，为老人祝寿，吃长寿面，分发红包礼品，在宗祠里举行大型宴会——村里六十岁以上的老人免费吃喝，每人还能分得米面粮油。宴席都是由村里的土厨师掌勺，厨房就设在一边的厢房里。

这一天不同的是宦塘村举行五一开酒节暨云溪竹海康养基地落成仪式。除了村里的老人，还有许多外地的客人要来。

父亲和我也在邀请之列。五一一大早，蒋保罗先带我们去登山、挖笋。

与父亲一样，蒋保罗也是蓝天救援队和登山队的成员。登山队几乎爬遍了境内和周边县市所有的山。

一到春假，蒋保罗就会邀请父亲和我去北乡挖笋。北乡群山怀抱，四季碧翠，有云溪竹海。冬去春来，春雨滋润泥土时，深埋泥土的竹鞭经过冬季孕育，春笋露出尖尖的小芽，带着雨珠勃然而发。

蒋保罗是挖笋能手。挖笋可是技术活。一选竹：挖笋前需要选择一两年生的植株；二选地：挖笋时要选择地表的土壤有微微隆起且松动开裂的地方；三选笋结方向：观察笋结的生长方向再下锄，避免盲目开挖。沿着笋尖轻轻向下开挖，边挖边扒开泥土，到竹笋底部时，要用力一锄。

宁可食无肉，不可居无竹。我拿着小锄，在竹林里寻找春笋，想起了范成大的《田园春景》："土膏欲动雨频催，万草千花一饷开。舍后荒畦犹绿秀，邻家鞭笋过墙来。"

有一次，我突发奇想，在竹笋旁插一根小竹片做记号。第二天早上，发现竹笋竟然长高了半米。原来春笋真的可以一夜长成。

五一这天，我们挖完笋，就在保罗的"竹轩山庄"就餐。

宦塘村所在的九都及相邻的八都十都，与诸暨一样，是古老吴越文化发祥地，这里曾是越国古都，是吴越争霸的重要舞台，越文化遗存浓郁。这里山峦连绵，青山绿水间，有上万亩青翠欲滴的竹林，鸟鸣山涧，花草芳香。摘板栗，挖春笋，竹海云游，游步道登山探险，蒋保罗有意在附近打造以"红高粱"为主题的美丽乡村游、古越之都精品线。

竹林深处有人家。竹轩山庄依山而建，有亭台楼阁、酒楼茶馆。

客中常有八珍尝，哪及山家野笋香。蒋保罗招待我们的，竟全是笋菜：鲜笋老腊肉，竹笋老鸭煲，鲫鱼春笋汤，自制的咸菜炒春笋，非常鲜美。

下午我们又去登勾嵊山、道人峰，游越女溪。

匆匆赶到宦塘村时，早已过了晚饭时间。

石狮子蹲守的蒋氏宗祠大门敞开，中厅"缵绪堂"的梁柱间，大红灯笼高挂，人头攒动，一片喧哗。大堂里摆二十几桌，酒席已接近尾声。那些西装革履的客人，拎着大包小包，开始撤离。

三舅见到保罗，责备了几句。

"爬了两座山，下山迟了。"蒋保罗解释着。与父亲一样，蒋保罗不太喜欢迎来送往那一套——迟到，不知是有意还是无意。

保罗三舅当过村主任，又是村老年协会负责人，很有些领导人的派头，握着老爸的手，说些"欢迎蒋老师指导"之类的话。

"村里的干部走了。蒋老师要是早到半小时，还能见到市里镇里来的领导。"三舅因为失去引荐的机会，很是遗憾。

老爸嘿嘿笑。他的样子，不像领导，倒像个蹭饭的。

边上一桌的酒菜原封未动。几个留守的农家厨师刚收拾完旁边桌上的杯盘，站着吃。三舅招呼这些老年妇女热菜，凑桌一起吃。

三舅六十来岁，长得与外甥保罗很像，只是小一号。他已经喝过酒，脸膛红扑扑，一双眼睛骨碌碌地转动，泛着红光。他是个乐天派，一边嘻嘻哈哈与那几个老年妇女说笑——那几个妇女依然站着，不肯上桌——一边忙不迭地把旁边桌上没有开封的酒都搬过来。

桌上摆满菜肴。一种用石磨手工制作的粳米做的头粳面和头粳饼，是宦塘村特色美食。中间摆了五六种酒，瓶装、坛装的，包装精美。

三舅显然是个话痨，说个不停，又是义乌话，又是诸暨话，一会儿是普通话，叽里咕噜。

保罗殷勤翻译。原来义乌、诸暨虽同属于吴越方言，但差别极大。义乌方言我能听懂一些，在我看来，还是诸暨话更好懂。

餐桌上还有一位迟到的客人，六十来岁，原来他是从诸暨大唐冠山赶过来的，是代表冠山蒋氏来贺喜的。

三舅向远道而来的客人介绍保罗，言语间对这位外甥赞不绝口。

他这位外甥，是军人，保安公司总经理，他不满足于继承姨夫的服装厂当大老板，投资凰升塘、宦塘，在云溪竹海开民宿，还在义乌高粱烧发源地之一的宦塘村开了老酒一条街，继承酒文化，使义乌小茅台香飘四方。

"三舅，别只顾吹牛，忘了客人！"保罗打趣道。

"也是。蒋老师是贵客，我们先干三杯！还有旁边这位少女西施，更是怠慢不得！"三舅边斟酒边说。

父亲让我叫他舅舅，老人却要叫他"舅公"。

"今天在蒋氏宗祠里，舅公做主，让这位小美女在祖宗面前拜一拜，就算入籍，入我蒋氏门下了。"

"三舅，她已经入谱、在蒋宅拜过先祖了！"

"那好那好！蒋家又多一位小美女，可喜可喜！既是本家，第一次见面，也得碰碰酒杯。"

我把头摇得拨浪鼓似的。我从不觉得自己漂亮，丑丑的。"舅公"一口一个少女西施，我羞红脸，没喝酒，脸已火辣辣的了。

"这酒喝得，是一种甜酒，登山挖笋劳累，正好解乏。"三舅拿过一个小酒坛。

里面装的是特殊的白酒酿，它采用红花蓼作药引。从山间地头采红花蓼，洗净捣烂，和上米粉，捏成小球状，晒干储存，制作甜酒时随时取用。上等糯米蒸熟，清水冲淋，摊凉，撒上药引，微生物发酵一周后，即可蒸制微甜黏稠的酒酿。酒酿四季皆宜，夏令食用尤佳，里面含十多种氨基酸，有补气养血、助消化、健脾养胃、舒筋活血、祛风除湿等功效。

三舅说着，就要往我前面的酒杯倒，被蒋保罗拦住了。

"三舅，你不能强人所难！人家上初中，是女生，不能喝酒！"保罗道，"再说，恭维一个女生，最好不说人家美女。典典在城里的草堂练书法，写得一手好字，应该叫才女。"

"那你们去过红峰村的金氏宗祠没？我认得中国美院金教授，他是大书法家。什么时候我给蒋家美女——才女引荐一下。"

保罗怕三舅吹更大的牛，想把话题引开。可三舅已把话闸打开，再也关不住了。

"说到少女西施，我想到西施外婆的手艺。想当年，越王勾践卧薪尝胆，忙于操练兵马，所有的家务耕作皆由妇女承当。西施这样的少女负责浣纱纺织，西施的外婆忙耕作，补充粮草酒水。西施外婆住在勾嵊山一带，种植高粱，酿成美酒，送去军营。"

话题终于回到大家正在喝的"酒"上。

原来宦塘村的"高粱烧"已两三百年历史，村里有许多烧酒大户和作坊。

独特的自然环境和传统工艺酿出的"高粱烧"，以本地产的高粱、优质的自流山泉和白药为原料。白药即发酵粉，是用山上采来的草药制成的。精选高粱，蒸熟摊凉，拌入酒药，经过晒干、扬净、清水浸泡、高温煮熟、缸内发酵等多道工序。宦塘高粱酒，用柴火烧制，不加任何香料，色清味厚，口感上佳，不刺喉，喝了不上头不口干，越藏越醇，回味悠长。

蒋保罗在外婆家宦塘投建了一家酒厂，取名"九都酒业"。他认为，民间作坊技艺虽有特色，但质量不稳定含杂醇油、氰化物、塑化剂等杂质。于是在古法技艺基础上，引进现代工艺，改液态酿制为固态，改高温小曲为纯粮中温大曲发酵，严选本地高粱，从高粱粉碎、润粮、蒸煮糊化、摊凉上曲、地缸发酵、蒸馏再蒸馏，每道工序严格把关，统一标准，统一检测，统一商标。

高粱烧是白酒，但与绍兴黄酒工艺相近，他又从绍兴请来酿制黄酒的大师傅。舅甥间虽有分歧，最后还是听保罗的。三舅不得不佩服，外甥保罗有军人风格，雷厉风行，一丝不苟。九都酒业的"高粱烧"被誉为"小茅台"，销往全国，甚至出口海外。

"酒香不怕巷子深。酒香也要勤吆喝！蒋大哥，说到酒文化，我正要向你请教。"

"义乌黄酒属于金华酒，古已闻名。金华酒古法酿造，立冬开始，经过一冬一春，清明前后，经压榨蒸煮的叫熟酒，可以保存多年，没有经过蒸煮的，叫清酒或生酒，必须马上饮用，保存时间较短。小说《金瓶梅》中，曾多次提到金华酒。"

"哦？"蒋保罗瞪大双眼。

"《金瓶梅》第二十四回：'次日饭时，李瓶儿恰待起来，临镜梳头，只见迎春后边拿将饭来。妇人先漱了口，陪西门庆吃了半盏儿，又叫迎春将昨日剩下的金华酒筛来，拿瓯子陪着西门庆，每人吃了两瓯子，方才洗脸梳妆。'金华酒在书中随处可见，31 回、39 回、42 回、43 回、70 回、75 回，都有。盖金华处水脉之地，古越之人，酿酒饮酒成风，至唐五代，民间酒俗更盛。吴越王为偏安江南，岁岁向五代王朝进贡，定制绍兴酒和金华酒。袁枚在《随园食单》中写道：'金华酒，有绍兴之清，无其涩，有女贞之甜，无其俗，亦以陈者为佳。盖金华一路，水清之故也。'"

父亲虽然不是酒鬼，说起酒，也是侃侃而谈。

"蒋老师果然群书博览，知识渊博。不过《金瓶梅》不是正经书，西门庆潘金莲之类，总归不入流。蒋老师，有没有其他历史名人与金华酒有关的?"

"有啊！宋代，宗泽曾将金华酒和火腿运往黄河一带抗金前线，犒劳将士。那千古才女李清照，漂泊寓居金华多日，'只恐双溪舴艋舟，载不动许多愁'，李清照醉醺醺泛舟，喝的正是金华酒！"

蒋保罗正要表示兴奋之情，却被旁边那位诸暨大伯打断了。

原来，他们说话时，旁边俩人边喝边听。那诸暨人生性豪爽耿直，脸上有一种桀骜不羁的神情。他在诸暨大唐镇当过袜厂老板，也算见多识广。

诸暨大伯大着嗓门说话，似乎很生气。他认为李清照喝的应该是"绍兴酒"，而不是"金华酒"。

"唔㑊诸暨木柁，蒋老师是说，金华酒好，绍兴黄酒也不差！"三舅哈哈，打圆场。

俩人叽里咕噜一阵，诸暨人站起来，要与父亲拼酒。他与三舅一样，舌根发硬，已很有些醉意。

保罗借口有事，带我们离开。

开酒节的现场，是进村的一条街。村口有圆拱形气球装饰，街道两边彩旗飘飘，白墙黑瓦，飞檐翘角的仿古建筑构成的三合四合院，原来都是卖酒的商铺。本地和外地的酒家已经入驻。

时间不早，保罗带我们去村文化大礼堂，那里正演越剧《五女拜寿》。请的剧团不是小百花，也不是绍兴诸暨的，而是义乌本地的一帮票友组成的民间剧团：越剧联谊会。

大礼堂里锣鼓喧天，人头攒动。戏台上正演最后一折。长女元芳、四女、五女与各自夫婿一同向二老拜寿。大厅内喜气洋洋，充满天伦之乐。

牡丹竞放笑春风，喜满华堂寿烛红。白首齐眉庆偕老，五女争来拜寿翁。

过一会儿，一位卸完妆的妇女走近我们，正是扮演"杨夫人"的大姨。

第十一章　田园老宅

木匠舅舅被小姨夫王恒兴从北乡凰升塘的一木厅叫出来，两人一路赶往田园村。

看到的景象使人大吃一惊。王家老宅被火烧掉了一半，远离水圳的那一头，院墙和砖墙都塌了，木结构的房梁檐柱东倒西歪，一片焦黑。

舅舅在废墟前沉吟半晌，撇了撇嘴，一声不吭，又骑了摩托车赶往北乡。

一个月前的那场火灾是从堂屋那一头烧起来的。王家老宅的隔壁，住了一位八十岁的老太婆，以前一直烧柴火炉灶，儿孙出于好心，买了液化气灶。老太婆第一次用，手忙脚乱，一不小心引燃柴草。

老宅这片区域，巷弄狭窄，救火车根本开不进。幸亏附近有水圳池塘，喤喤的锣鼓声中，人们一边用抽水机，一边用脸盆脚桶，接起人链水龙传递，人工灭火。

邻居家的老宅被烧光，王家殃及。最好的堂屋和两个房间没了。那两个房间，正是我小时候，小青、家玉和我睡的地方。

没人受伤。一场不起眼的小火灾并不能引起轰动。

小姨夫王恒兴似乎很淡然，站在自家倒塌的房前，双手交叉胸前，脸上似笑非笑。

"没什么大不了的。旧的不去，新的不来。正好，可以去住高楼了。"

原来田园村已经启动旧村改造，分片推进。村边两栋高楼已经开始打桩。老屋和宅基地收归集体，老宅的人只要签字画押，就可以去住高楼。

"说得轻巧！高楼也不是白住，你哪来钱住高楼？房款，电梯费，物业费，这费那费，轮得到你，你也住不起。"小姨白了丈夫一眼，"不当家，不知柴米油盐贵！你还是死了那个心！"

小姨对自己这位扶不上墙的丈夫早已死心。小姨夫虽然不再像以前那样游手好闲，也找些活儿干，挣的钱却只够养活自己；他是甩手掌柜，家里的事不闻不问，一根扫帚倒了也不知道扶，经济上更是一笔糊涂账。

"大不了推倒重来。原拆原建，造三层楼别墅！"恒兴笑嘻嘻的。

他想得太简单了。原拆原建也要审批。要前后左右邻居同意。田园村是纳入保护的千年古村，老宅不能随意拆建，推倒重来根本不可能，村里只同意按原样修回去——即使这样，也只是考虑到火灾引起的特殊情况。

王恒兴傻眼。一家人恓恓惶惶，居无定所。

屋漏偏逢连夜雨。王家爷爷一病不起，不久就去世了。在这个家里，王家爷爷过得最是郁闷，悄无声息，除了喝酒干活儿，没有一点权利。

丧事还是要办的，无非是隆重一点还是简陋一点。王家爷爷的"过辈"真不是时候，王家人只能草草了事。

妈妈带我去田园村奔丧。田园村的老宅，留着童年的记忆，我时刻留意着。

王家气氛很压抑。水圳的水早已没了以前的清澈。站在杂草丛生的院子的瓦砾间，我似乎看见王家太婆迈着小脚丫、拄着拐杖、颤巍巍地走来走去，像九斤老太似的阴魂不散。

丧事办完，吴家四姐妹聚在一起，商量王家的事。

小姨似乎一夜愁白了头，头发蓬乱，牙齿掉了两颗，一张嘴黑洞洞的——四十来岁的她，不像中年妇女，倒像七八十岁的老太婆。

"什么也别说，先把房子弄回去。安居才能乐业！"大姨还是老大，先发言。

"弄什么弄，现在过日子都难！老头子也真是，死也挑'好日子'！"小姨蔫头蔫脑，声音却很尖利，"不是我跑到村委会去吵去闹，房子都不让人造。"

"原地修造没什么不好。这宅基地，虽不是风水宝地，但面积大，改建新楼，大院子，有天有地，接地气！"大姨道。

"村里要原样修回去，不准扩建。还不是'无'字对'苦'字！"

"你傻呀！外立面按老样子，砖木结构，白墙黑瓦，装装样子，内部装修总好按自己喜欢的来！"妈妈道。

"你问他，这个一家之主，有没有能力把屋壳搭回去。"小姨恶狠狠地对旁边的丈夫甩脸色。

"没钱，三姐妹凑凑。我是大姐，出一半。你二姐三姐现在好过了，相信也不会小气！"大姨道。

"我出另一半。"二姨很爽快。

这些年，二姨家里的条件大为改善。二表哥大学毕业，在城里二中当老师。在县城万达广场买了婚房，还在杭州投资，买了一套公寓。

第二篇 家园

159

"我为小妹想办法，把店开起来。城里开不了，就在佛堂新街。打短工能挣几个钱？为别人搬砖还不如为自己搬。"妈妈说道。这几年城里乡下到处盖楼，建材生意好做。妈妈早就劝小姨开一家陶瓷卫浴店。

开店需要投资。最主要的，小姨一家从未做过生意，想想就怕——前怕狼后怕虎，患得患失，一直没能开起来。

小姨看着没用的丈夫，唉声叹气。心里却下定决心，逼上梁山，说什么也要学会做生意。

大姨把目光转向王家奶奶。造房子这样的大事总要征求亲家婆意见，毕竟老人才是真正的主人。

王家奶奶神情木然，低头不说话，眼神幽幽的。她的心思集中在依偎着她的小女孩身上。

豆花佬和老伴儿相继去世，小青把女儿小花接回来，让外婆带。

这些年，王家奶奶靠给人糊纸盒挣些钱，经济不活络，在家中话语权更少，面对儿媳的责备和指桑骂槐，忍气吞声。她心里总是想着，女儿小青有一天能给自己养老送终，给自己遮风挡雨，没想到，这些年她遭的罪受的苦，都是那件漏风的小棉袄带来的。

"我也没别的什么要求。新房造好，留给小青一间，我就心满意足了。"王家奶奶瓮声瓮气地说道。她担心的是女儿小青回来没地方住。

没想到，那句话却成了导火索。

提到小青，小姨暴脾气发作。姑嫂不和，大部分原因是那个江西老表造成的。王家奶奶夹在中间，左右不是，因为小青的男友是她默许才进的家门。按儿媳的意思，早该把老表扫地出门。小青为了母亲，勉强同意与男友断交，私底下却欲断不断，藕断丝连。江西老表毕竟是"小花她爹"，王家奶奶心肠软、耳朵皮更软，下不了狠心。

王家奶奶想着，这老宅，小青也有份。儿媳撒泼打滚，骂小青男友是"白骗"，恨得牙根痒痒，又骂小青的女儿是"野种"。

一个歇斯底里，一个闷头不语。

王恒兴受够了这种夹板气，再也忍不住了。要在平时，他一定会抓住老婆暴揍一顿。这一次，他挥起手臂扬在空中，终于没有落下来。

"你打你打！打老婆你有本事！真有本事，把那个不争气儿子找回来！"小姨伸出头，像个疯婆子。

一句话，把丈夫顶到墙角。

王恒兴垂头丧气，出门寻找儿子去了。他夹在老婆与妹妹中间，也是左右为难。虽然对江西老表不满意，但是对这个小自己十几岁的妹妹还是疼爱有加的，心里比老婆还亲！

但是儿子又是另一码事。

原来表哥王家玉两个月前失踪了。他在城镇职校念书，学习电商物流，却痴迷电脑游戏，晚上躲在被窝里，通宵达旦打"王者"，打到至尊星耀段位，挂了几科，念不下去，辍学了。

王家玉不像妈妈，与姑姑小青很亲近。因为姑姑的缘故，对"姑父"并不反感，相反，还有些崇拜。小青的男友，从十八岁的流水线走出来，也梦想改变自己的命运。他自诩现代青年，不愿意回乡，一直在城里漂泊。他从广州回来，口袋空空，脑子里却装满一个个雄心勃勃的计划。他善于画饼，一张嘴能把稻草说成黄金，能把死人说活。

一番唇舌蛊惑，把家玉迷得神魂颠倒。家玉跟着他去杭州做淘宝。服装生意，第一次进的是女生的打底裤，等了半月，说好的买家并没有出现。王家奶奶私底下给的几万元存款一次性打了水漂。

王家玉蓬头垢面地回来，像街上流浪的乞丐。他回到田园村，看到自家的老房子倒了一半，焦黑一片，头也不回走了。他窝在城里一个叫青岩楼村的一间出租房里，继续做他的淘宝生意。他的合作伙伴，说得天花乱坠的"姑父"却失踪了。那江西老表并没有离开这座城市，过着居无定所的生活，又当滴滴司机，又当快递小哥。

三位姐姐资助，造房子的钱有了。

木匠舅舅完成一木厅的修葺工程，来到妹妹家。他决定先不去师傅那里，先把妹妹家的老房子修好。榫卯结构的老房子，只有他这样的木匠才能修好。

在四姐妹中，小姨与舅舅的关系最要好。吴家的田地很多，木匠舅舅没有工夫干农活，小姨直到二十七八岁才嫁人，很大一部分原因，是为了种哥嫂的责任田。当哥哥的心怀感激内疚，小妹出嫁那天，他背了一里多路，送妹妹上花轿。

妈妈兑现诺言，带小姨做陶瓷生意。小姨家的陶瓷店，在佛堂新街开张。

而表哥王家玉，也是"改邪归正"，在大表哥的劝说下，到表嫂的外贸公司上班，负责在仓库打包装卸。

王家的人和事，那些曾经最亲的人的遭遇有时使人伤心，有时使人温暖甚至刻骨铭心。

那所我曾经生活过的老宅，还能不能恢复原来的样子？有时候我希望它倒塌，有时候又希望它一直留着，永远是古旧纯朴的样子。

第十二章　村主任与陈大宗祠

　　热心肠的大姨，对吴家姐妹的事、对服装厂和公司的事，不再像以前那样喜欢抛头露面、全力以赴。她正为自己的家事烦恼着。

　　最大的烦恼就是儿女婚事。

　　表嫂柯青是江西赣州人。赣州是江西最大的地级市，是客家人南迁的桥头堡。客家文化经赣州一路传到广东福建，形成鲜明的地域特色。她出生在赣南山区一个很普通的村庄，在风景秀丽的桃江河畔，离圩场仅一里地。那里有崇山峻岭，是典型的山地丘陵地貌。峡谷山丘中有许多野生果园——江西省最大的野生水果种子资源库。那里也曾是革命老区，走出许多将军，甚至有开国上将。

　　柯青的祖父和父亲是不同时期的军人。父亲因为文化程度低，退役后回家，生下一双女儿。两姐妹发愤读书，先后考上大学，走出穷山沟。姐妹俩学的都是国际贸易，先后去广州做外贸生意。一个偶然的机遇，在外贸公司做翻译的柯青来到义乌，在一家阿拉伯人开的大公司里上班。她不但会英语、德语，而且自学了阿拉伯语、非洲斯瓦希里、豪萨、阿姆哈拉、祖鲁语、南非荷兰语等小语种，在公司里身兼多职，很受器重。

　　大姨因为公司业务认识柯青，千方百计挖过来。大姨的公司出口服装、小百货。柯青成了公司"元老"，她的姐姐在广州和深圳经营外贸海运，两姐妹对外贸是熟门熟路。大姨的公司一时生意红火。

　　大表哥在建筑公司当经理，空闲时经常去母亲的公司帮忙，两人一来二去就认识了。

　　大姨倚重柯青，很看好她，热心地给她介绍对象。她从来没想到，这个平时在公司和宿舍之间两点一线奔忙、不善恋爱、情感生活乏味的"老姑娘"，竟然在自己的眼皮底下把儿子俘虏了！

　　大姨心态失衡，愤愤不平，动员所有力量来阻止这场"有预谋的婚姻"。

　　偶尔，在妈妈面前，大姨也会不经意间"爆粗口"，骂未来的媳妇为"心机妹"。

"心机妹"也指绿茶妹。"海天盛筵事件"后，绿茶妹一词很是盛行。它是外围女的一种绰号，泛指那些外貌清纯脱俗，总是长发飘飘，在大众前装出楚楚可怜、人畜无害的样子，实际上却是多愁善感而又工于心计。

按这个标准，表嫂无论如何算不上"心机绿茶"。不过，就是在我这个懵懂少女看来，她与大表哥也不是很"登对"。我见过大表哥穿军装的照片，那个帅劲！即使脱了军装，他依然是帅哥一枚！

我自然是希望大表哥找一位长发飘飘的美女的。另一方面，我也同情"表嫂"。她外表普普通通，很纯朴的样子，个子不高，模样儿也不俊俏，做事却是认认真真，毫不做作，非常能干。当她用几乎崇拜的眼神看表哥时，那样子的确楚楚动人。

表嫂笑眯眯的，说话温婉，不卑不亢。我不知道大姨为什么不喜欢她。

大姨虽然是厂长和公司总经理，不只在佛堂镇，就是在城里，也是小有名气的"老板娘"。但是在我看来，她骨子里还是个"农妇"。见多识广的她，文化程度不高，有时候非常迷信，对姻缘、八字、生肖、明媒正娶、门当户对之类深信不疑。

她反对的理由，一是生肖不合。在陈家，表哥陈骞属龙，大姨和大姨夫都属虎。"女朋友"柯青比陈骞大了两岁，也属虎。都说龙虎斗，一家三虎一龙，家里能不热闹？

二是门不当户不对。说实话，这条理由一点儿不充分。说起来，表嫂的学历还比表哥高了一级。虽然表哥考出了建造师，又自学本科，业余读研，一直在增进学历，但是在重第一学历的俗人眼里，总是"低了一等"。实际上，大姨还是嫌弃儿子的女友是"外地人"，没根没基没人脉，家庭普通，并且相貌普通。身为"外貌协会会员"的大姨，嘴里不明说，心里总是犯嘀咕。说句公道话，大表哥要是点个头，城里有的是门当户对长相漂亮的"富二代"送上门来，与陈家强强联手。

就是从小把外甥带大的外婆，对这桩婚事也有看法。第一次上门就有误会，那未来的"外甥媳"看上去不是很健康的样子。原来表嫂柯青在公司里经常熬夜加班，本来瘦瘦的她，脸色惨白，很有些憔悴。

"宁拆十座庙，不破一桩婚。"外婆什么也不说，但眉眼流露出来的东西，还是对大表哥造成了一定压力。

可能，其中不反对的，只有外公和父亲。

虽然外公一言九鼎，定了调，大表哥心里还是打鼓，于是向"三姨夫"

请教。父亲一番"之乎者也"，利弊得失，条分缕析，说了一大通道理，还是让大表哥自己拿主意，说了等于没说！

大表哥最后心里拿定主意。那个春节，带着怀孕的"女朋友"，开车去江西，先认了岳父岳母。

既然生米已经煮成熟饭，再反对也是无济于事。

那个在婚礼上顶着大肚子的新娘，不久就当了真正的"娘"。孙子出生，婆媳间的坚冰慢慢融化。大姨享受着当奶奶的快乐，平时见到儿媳，虽然依然板着面孔，但心里已经慢慢接受她。那个大胖儿子，毕竟流着陈家和吴家的血。

大表哥辞去建筑公司的经理职位，到夫人的公司上班，妇唱夫随。外贸公司生意红火。

公司就开在佛堂镇，因为这里的店面和仓库比县城要便宜。为了儿子将来能上好的幼儿园和学校，他们在镇里买了商品房，又按揭贷款、在国际商贸城附近买了店铺，在城里最好的地段——骆宾王公园附近的"壹号院"买了学区房。

柴米油盐，相敬如宾。大约步入婚姻生活后，人们不再关心外貌长相之类的外在话题，更多的是他们过得好不好，财富积累是快是慢。

热战冷战的硝烟散尽，三年后，平静生活下的家庭内部矛盾再次爆发。

这一次，点燃引信的还是大表哥。

他要回倍磊竞选村主任。求学、当兵、工作，他的户口一直留在村里。

陈大伯陈馆长是老村主任，德高望重。当驻村领导对下一任村主任人选征求老主任意见时，毫不犹豫推荐自己的大侄子。上级一摸底，了解到陈骞是军人党员，政治素质过硬，领导能力突出，非常希望他能出来领导下一届村委。

陈大伯极力鼓动，父亲——也就是他的三姨夫在一边帮腔，大表哥陈骞跃跃欲试。

他公开自己想法时，媳妇第一个跳出来阻挠。自己好不容易从山沟沟里跳出来，丈夫要回乡下农村，这怎么行。

大姨更是反对。当初儿子辞去建筑公司经理职位，到媳妇手下当差，做母亲的就大为恼火。很快，婆媳站到了一起，结成统一战线。

可大表哥心意已决。不出意外，他高票当选。

新官上任三把火。陈骞开始做两件事，一是筹资修复陈大宗祠。

陈氏为邑南之望族，出过名医陈无咎和著名书画篆刻家陈仲芳等名人。

即便现在，陈氏依然为义乌最大的姓氏，占总人口的十分之一。

义乌因孝子而得名，孝文化在这里根深蒂固、枝繁叶茂，成为义乌文化的基因。义乌陈氏作为义乌最大的姓氏族群，在这一方土地上开枝散叶。"孝文化"不仅团结、规范、引导陈氏子弟，培育出许多民间孝文化传播者弘扬者，也对当地居民产生了巨大影响。骆宾王的节义，宗泽、王袆及龚泰的精忠报国，徐侨、黄溍等人的理学成就，吴百朋的功业，朱之锡的治河业绩，都离不开义乌孝文化的熏陶。

义乌陈氏孝文化源远流长，有一千多年的历史，其家训、族谱等家族文献资料中，高度突出"孝"的地位，以"孝"来规范陈氏子弟行为、管理家族事物，体现了忠孝仁义的儒家理念，是研究儒学治家文化的重要资料，具有很高的历史研究价值。义乌陈氏家族始终把孝作为传家之宝，代代相承。族内流传着陈氏族先人衣不解带伺奉病父等许多孝人孝事，不但传承有序，系统完整，更有着自身独特的面貌和与时俱进的创新发展，具有较高的文化价值，包含的内在积极能量，有强烈的价值观、人生观引导作用，也具有一定的社会价值。

公元 822 年，南北朝时期，南陈后主陈叔宝后裔陈旺举家从福建迁移至江西，耕读传家，至第三任家长陈旺之孙陈崇时，家族人口已达千余人，陈崇遂以"孝"为核心，订立了《家法三十三条》《家训十六条》和《家范十二则》。唐僖宗李儇为此赐联"九重天上旌书贵，千古人间义字香"，横批"义氏陈门"，一时成为孝义治家的典范。"义门陈"遂名传天下。宋仁宗时，因家族规模过于庞大而分家，从此"一门繁衍成万户，万户皆为新义门"。

义门陈，游览亭陈，缸窑陈，天下陈氏一家人。虽然其他地方已有陈氏宗祠，但是作为"颍川陈氏"的根据地，陈骞还是打算把早已倾颓的倍磊陈氏大宗祠建起来。

第二件大事自然就是倍磊老街的改造。

倍磊曾是"烟灶达千"的古村。虽曾被拆成四个村，时至今日，依然是拥有四千多人的大村落。村内保留着明清古建筑近百座。倍磊老街，不是一般古镇那种挤挤挨挨、曲曲弯弯的窄街陋巷，而是那种很大气、蕴藏着丰富历史文化内涵的明清商业古街。从村东头进入倍磊街，最先看到的是矗立在村口造型精致庄重的节孝牌坊。过了牌坊，是一座独然屹立、大门洞开的两层碉堡式建筑物——朝阳门。进朝阳门，老街就像一轴斑斓的历史画卷徐徐展开。首先映入眼帘的是飞檐翘角、雕梁画栋的龙皇亭，此亭凌溪跨街而建，水在亭下流，街从亭里过，别具一番诗情画意。穿过龙皇亭，是一眼望不到头的街路。街路左边是倚街而建的店面屋，一间紧接一间；右边是一幢幢明清古建筑，这些古建筑气势恢宏，有些门前还蹲着栩栩如生的石狮子和庄严的旗杆石。

街心殿是这条老街的中间点，也是整个村的中心点。街心殿虽只是一座两层建筑，但由于楼层高，四周建有双层飞檐，加之屋面饰有高高的"歇山顶"和"方天画戟"，显得十分挺拔雄伟。过街心殿，再往前走 250 米左右，是一座临街而建的殿宇"西街殿"。

倍磊村因村内有六块奇石，故名"倍磊"。明代中叶起，这里发展成为商贸集镇，始称"倍磊街"，是义乌商贸文化溯源最早、最完整的文化遗存。倍磊街的商业曾盛极一时，街路两边开满了饭店、酒肆、客栈、茶店、肉铺、当铺、布店、杂货店、南货店、盐坊、豆腐坊、火腿坊、酱坊、铁店、棺材店、药店等。据说光铁店就开过 18 家，一天到晚打铁声不绝于耳。

20 世纪 50 年代，倍磊市场每逢集市日，街上依然人流滚滚、热闹非凡，西街殿侧的米市、猪市、水果市，南横街上的柴市交易十分红火。街上有许多小店名肆：洪元肉店、小忠肉店、松海饭店、四四饭店、六根剃头店、银芝剃头店、铜壶茶店、高高妹酒店、小运台酒坊豆腐店、打银小弟金银首饰店、阿水铁店、小麦磨白铁皮、绍兴詹记行灯店、君鹤师棺材店、四奶师棺材店、老宋糕饼店、芝芝药店、留留小百货店、景寿仙中医门诊部、天台佬西医门诊部等。位于老街西大门旁的米行，是以交易大米为主的粮食交易市场，这个交易场所，因处在观音堂寺庙四周空基上，故称"观音堂米行"。每逢农历逢单的集市，倍磊四邻八乡的农民及来自东阳、永康、金华邻县的粮食商贩都往这里赶，一时间，手提、肩挑、车拉粮食的小商小贩，把 20 亩面积的场地挤得满满的。古时候，倍磊村有大大小小的碾米房 20 多个，村民们将黄澄澄的稻谷变成白花花的大米后，纷纷送至观音堂米市。

有粮就有酒。倍磊村还有众多酒坊，古时，倍磊街产的黄酒被誉为"金华府酒"，畅销全国各地，明朝时，待客会友以喝"金华府酒"为时尚。

古时，倍磊街有"屏南晴翠""东麓朝霞""仙山听梵"等十景，让文人骚客登眺流连、形诸歌啸。如今，倍磊十景虽难寻觅，但遗留的数十幢古建筑和街道依然让人赞叹。村里有"十七祠堂十八庙"。"十七祠堂"分别是：陈大宗祠、巽十九公祠、德三公祠、聪一公祠、聪三公祠、禄七十五公祠、廉堂公祠、一信公祠、合德祠、盛才公祠、百川公祠、九如公祠、美才公祠、报本祠、务本祠、景行公祠及新祠堂。"十八庙"中最有名的是龙王庙、街心庙、灵司公庙。在倍磊街现存的数十幢厅堂祠阁中，最具代表性的建筑是九思堂和仪性堂。九思堂建于清嘉庆三年（1798），寓意为人处世要"九思有益"。仪性堂又名后草园，建于清乾隆五十一年（1786），寓意倍磊人有"重义性格"。两者皆为义乌古代"豪宅"，其建筑集木雕、砖雕、石雕为一体，三进二弄两个大天井，外加边厢、裙厢的厅堂居室构建，围墙内有花园、池塘、水榭、亭阁的全园风格，占地皆一千多平方米。虽经200多年的风雨侵蚀，但历史的尘埃依旧没有淹没它们的风采，整幢建筑精美、雄伟而气派，其设计布局与构思的精妙堪称一绝，令人叹为观止。

一条老街，横贯古今，半街烟火，半街文脉，这便是倍磊老街的风韵。旧时模样在深巷。漫步老街，听着鞋底磕击青石板路面而发出的一声声回响，一如历史的回音。这是一条被时光眷顾的百年老街，有生活、有古迹、有情结。浓浓的市井气息，人来人往的烟火味，声声入耳的吆喝声，一条未经修饰的老街，不做作，不矫枉，在无声处呈现记忆中的古韵，一砖一瓦一椽一木，勾勒出千年文脉。

倍磊村，早已列入第五批中国传统村落名录。现在，是要把它打造成中国历史文化名村。

雄心勃勃的新村长先把媳妇说服了。

儿媳首先"投降叛变"，大姨成为"孤家寡人"。她后来才明白，原来儿媳只是做样子，表面反对，私底下却是支持。

果然是夫唱妇随！

女
儿

第十三章　表姐们

眼看对儿子的事无可奈何，大姨遂把所有的心思和精力放在女儿身上。

几年前，大表姐从澳大利亚莫纳什大学毕业，回国了。

从妈妈和旁人的嘴里，我听到了这位童年记忆中非常骄傲、总是瞧不起人的漂亮女孩的许多奇葩事。

大姨自然是希望大表姐继承自己的事业、接手服装厂和公司的。大姨早过了退休年龄，她想把公司交给女儿，自己退居幕后，"垂帘听政"。

服装生意越来越难做，进货出货，仓储物流，设计销售，工商税务，事情一大堆。最难的是招工。最早的一批员工老了，年轻人不再愿意弯腰曲背，在流水线上度过单调的一生。

工人越来越难管，加上大表姐乱发公主脾气，把人事搞得一团糟。她很快厌倦，撂挑子。

大姨掏钱让大表姐自己开公司。大表姐学的是工业设计，自己也想当"创客"。可她没想到，自己开公司更烦。公司开了一年，关门大吉。

她应聘到中学教书，当美术老师，一开始带着学生参加各种比赛，倒是喜欢。可是学校规章制度太严，天天要打卡坐班，太不自由，她又不干了！

大姨不知道女儿到底想干什么。也许大表姐自己也不知道该干什么。

不管怎么说，大表姐已二十八九岁，她的婚事得先解决。

在家里，大表姐被父亲和哥哥宠得像公主，落下一身公主病。出国七八年，公主病改了不少。在澳大利亚的四年，她就是自己做菜烧饭，自己照顾自己。

只是，随着独立性越来越强，她的心也越来越野。

大姨没想到，女儿洋墨水喝多，反而喝傻了。曾经满心欢喜令人骄傲的"小棉袄"，如今四处漏风，曾经的"小闺密"成了冤家对头。女儿从海归族，变成啃老族、躺平族，渐渐变成不恋不婚族。

大姨也不怕家丑外扬，常常在姐妹面前数落女儿的"恶习"——在她看来，大表姐简直是"无可救药"。

第一大毛病就是晚睡晚起，黑白颠倒，床铺乱得像狗窝。

第二大毛病就是游手好闲，无所事事。为了保持身材，天天练瑜伽，坚持上健身房撸铁，有时候心血来潮，就天南海北，来一趟说走就走的旅行——不是去北方溜冰滑雪，就是去南方放飞心情；不是自驾去西藏，就是在云南丽江寻找小资情调。有时坐游艇飞机出国，一去就是半月一月。

第三大毛病，就是"破坏家庭关系"，制造母子间的紧张气氛。实际上，一个巴掌拍不响，引起"家庭矛盾"得有双方——当然，这一点，大姨是不会承认的。

矛盾的焦点集中在陈骞的儿子身上。外婆远在江西，大姨这个当奶奶的自然义无反顾地当起了"保姆"的角色。孙子与她同吃同睡，与奶奶也很黏，一眼不见，就到处找奶奶。孩子慢慢长大，却是越来越听姑姑的话。除了奶奶，那三岁小孩最亲的就是姑姑——如果说他有十分的爱，有五分甚至六七分都被"刁蛮的姑姑"抢走了。

这是大姨不能容忍的事。就为那份"醋意"，大姨也要想方设法把女儿嫁了。

可是大表姐就是不肯就范。别说嫁人，就是恋爱也不愿意谈！

大姨为了催婚，三十六计都使上了，女儿还是无动于衷，寻找各种理由推托，敷衍了事。她也不说自己坚持不婚主义，就是不想谈恋爱。

大姨是市女企业家协会纺织服装分会的会长，城里的大老板、"老板娘"，那些有房有车有存款，家大业大的"富二代"认识一大堆。陈楠这样又漂亮又优秀的女儿，有得挑。

大姨精挑细选了十个"候选人"，逼着女儿去见面。

其中一位，男方父亲是房地产开发商，杭州、上海、北京都有产业。那男的三十五六岁，看上去高大帅气，戴劳力士，开法拉利。相亲双方在大酒店见面。表姐看那男的，依偎在珠光宝气的母亲身上，甩下"土豪"两字，扭头就走。

不是"土豪"就是"土鳖"，不是"娘炮"就是"奶生"，大姨精挑细选的，一个个被大表姐否决。相亲现场，大表姐伶牙俐齿，往往三言两语就把对方撑得哑口无言。没有一个想深入发展，他们或是被大表姐的美貌吸引，或是被她咄咄逼人的气势吓得知难而退。

"你妹妹的事，我真不想管了！这丫头，怕是吃错药了！"大姨在儿子面前发牢骚。

"一朝被蛇咬，十年怕井绳！"大表哥淡淡地说了一句。

原来陈楠在澳大利亚谈过一个朋友，是个高鼻深目的老外，英国人。大姨坚决反对，她倒不是对那洋女婿不满意，而是不想让她久居国外。女儿远嫁他国，再也不回来，不是白生白养了！

大表姐回国后就赌气，不再恋爱。

"为你妹妹，我真是操碎了心！你们还说我这个当妈的是蛇蝎心肠？"大姨睁大凤眼。

她心里总是不死心，依然是县城相亲大会的主角和各个婚姻介绍所常客，乐此不疲地唱着独角戏。

最后一次，大姨介绍了一位刚分到人民医院的医学博士。大表姐穿着睡衣，蓬头垢面。那眼镜男一句话没说，被吓得"落荒而逃"。

"种瓜得瓜种豆得豆，自己种的果自己尝。"大姨虽然心里这么想，终究还是不肯认输。

那些门当户对、"高大上"的候选人被一个个淘汰，城里的红娘也一个个得罪光了。

大姨把目光收回眼前，留意女儿陈楠自己"心仪"的。她注意到了儿子的战友吴冕。

陈楠每次见到吴冕，一口一个"吴大哥"，叫得那个甜。两人旁若无人地玩闹。在大姨看来，他们"打情骂俏、眉来眼去"，腻歪得很。

大姨本来是反对女儿与吴冕走得太近的，提防着他们之间发生点什么。可是当下急着把女儿嫁出去，一时昏了头，乱了方寸，改变初衷，觉得吴冕对女儿既然有意思，未尝不是一种选择。到时候多一位上门女婿，也多一个"儿子"。

"妈，你别乱点鸳鸯谱。"大表哥凭着直觉，觉得这事根本不可能。倒不是不认可吴冕，而是出于对妹妹的了解。他也不想多一位妹夫，少了一位兄弟。

不过既然母亲提起，自己出于义务责任，也旁敲侧击，做了一次试探。

吴冕的头摇得拨浪鼓似的。他并非没动过那方面的心思，可是一旦要付诸行动，就退缩了。他知道自己根本驾驭不了这位长发飘飘的"漂亮、骄傲的公主！"

"你妹妹，我受不了！"吴冕嘿嘿笑，"我不想少了一位哥们儿。"

大姨只好在女儿面前挑明了。

"吴大哥，哈哈！吴大哥，哈哈，哈哈哈！"陈楠笑得前仰后合。

女儿的心思真是摸不透。

大姨似乎走到绝望的边缘。

她把所有的愤懑不满和怒火撒到丈夫头上。

"狗拿耗子多管闲事！瞎操什么心！儿孙自有儿孙福。"大姨夫说得不咸不淡。

这个泥瓦匠在建筑公司当工头，早出晚归，家里的事，本就是甩手掌柜。如今到了退休年龄，更是不想管——事实上，他想管也管不了。如今一门心思在媳妇的外贸公司里当仓管、司机。

"妈，你辛苦一辈子，该歇歇了。村里在修大宗祠，还缺一大笔资金。你把服装厂转让，捐一部分。如果舍不得，服装厂交给你儿媳管。我出钱，找人写一本《义乌兵后传》。你那戏班子，以后天天有戏唱！"

大表哥一双凤眼，眉眼儿像极母亲。他已过而立之年，憨厚质朴的脸上具有沉稳练达的气质，不再与母亲正面冲突。

大姨叹了口气，到这个年纪，是该少管闲事了，是该抚儿弄孙、颐养天年了。

她决定放手，把所有的一切交给儿子媳妇。她一门心思带孙子，加入婺剧戏班子唱婺剧。市婺剧团排演了一出婺剧《义乌兵》。陈骞找人写剧本，写的是抗战时期"义乌营"的事。

女儿婚姻的事，随她去！大姨有事做，想通了。

不久就有好消息传来，大表姐去缸窑，准备开陶艺馆。玩泥巴，比游手好闲无所事事总要好。陈楠的陶艺馆，打算开在外太婆何小凤留给深圳舅公的祖居里。

缸窑早已不是以前的样子。

当龙窑的炉火重新点燃，缸窑村也迎来了"窑变"。那龙窑中的千年窑火，正将缸窑古村的发展煅得火红。村里修缮了四处古建筑，设立了陶缸陈列馆，新建了古陶主题公园，建起了陶房、小广场、陶博物馆、婺剧文化馆和玉石博物馆。村里成功引入各种商会、旅游开发公司、教育培训机构、非遗文化产业入驻。蝶变的缸窑，看得见缸，望得见窑，看得见乡土，留得住岁月，留得住的记忆，望得见的幸福。这个远近闻名的"陶都"，接连获得中国文化传统古村落、浙江省美丽宜居示范村、浙江省保护利用重点村、浙江省美丽特色精品村的荣誉。

缸窑村的大门有一口大缸，号称"天下第一缸"，上面雕刻着两条龙和一颗龙珠。细看，龙上密密麻麻的花纹，有曲有直。龙的眼睛十分传神，画龙

点睛，使两条龙越发逼真。"大型龙缸"暗藏着水的神话，"龙眼泉水"诉说着水的故事，"缸中捞月"唤醒多少童年的回忆。一幅幅隽永河山乡村烟火，一个个名人逸事传奇人生，墙画和陶画里的故事绵绵、时光幽幽……每一个梦都很守时。霞光扶影秀，炊烟唤君归。山水陪伴，意境交融，生活恬静。

雨后初晴，巷道旁叶片和花苞上的水珠还未滴落，轻轻地步入横平竖直的村巷之中。任由着细雨微风打湿的青砖灰瓦，在丝缕的阳光下泛着湿润的光泽。伴随踏足脚步声，青石巷中的烟雨渐渐升起，悠然爬进了深深庭院的雕花木窗。布满时光痕迹的老墙，泼墨渲染的光影印象，美得恍如梦境。一边触碰历史繁华，沿着巷道穿越千年；一边享受余晖静谧，静静聆听古建筑诉说往事，在缸窑古村的时光便这么缓缓踱过。

五百年古祠堂摇身变成为村文化礼堂，千年文脉有了一个固定的传承地。同陈大宗祠一样，更多以陶文化为主题的旅游开发集中在缸窑古村的西面以及北面。西面以古建筑、陈记酒酿造、婺剧演出、龙眼古井、文化礼堂、农业观光为重要历史因素；北面以陶艺开发为主要项目，整个村落，呈现历史遗迹和现代陶艺相融合的发展态势。

古道凝光，生机盎然，满眼浓绿，流连忘返。漫步乡间小道，听鸟语叽叽喳喳，看藤蔓任性攀附，青苔粘缠在鹅卵石缝，溪水哗哗流淌，清透的空气弥漫乡土的气息。石凳小憩，陪孩子度过玩陶泥的时光，不远处飘来的菜香，不知不觉又到中午……

缸窑古村好似藏在高楼林立中的世外桃源。村后的黄龙山公园，绿植掩映，树木成林。穿过树木茂密的柏油路，缸窑慢慢露出恬静的样子。走在石子和青石板铺就的游步道，连墙角的苔藓似乎都有魔力。秋天至，高粱红，谷子熟，百年老屋经历沧桑。踩着石子路，走在古街上，仿佛能听到深宅大院里的琅琅读书声，看见男耕女织的景象。路边的车马店等待着远行的客商，那些在门口玩耍的小孩，等着妈妈喊回家吃饭，欢快的鸡叫声把人从梦中惊醒。独轮车、稻桶、水车、石磨、花轿，还有五彩的戏装、古朴的陶器、醇香的米酒、甜蜜的月饼、孩童的欢笑，这是缸窑的味道，也是思乡的味道。远去的岁月，叩响一座座青砖黛瓦的老屋，抚摸着缸瓦泥房上留下的岁月痕迹，转身间，一曲优美的婺剧已悄然入梦来……

制陶制缸，那是泥土的艺术，是水与火的艺术。泥土，先于生命而存在。有了火，泥土便有了温度。开垦、混砂、揉捏、成型、煅烧，从原始走向精致，一种名为"陶器"的盛具与生活结下了不解之缘。

水是生命之源，泉是水之灵魂。缸窑村的水更具特色。清代河神朱之锡，曾在缸窑溪治理河道水系，留下缸窑村古木群，清水宜居，文化润泽。深塘的水，映衬静谧之光，天然浴池冰清祛暑。明澈如镜的龙眼古井，井水清澈明亮，冬暖夏凉，终年不涸，是历代村民饮水和酿酒的主要水源。与月亮有个约定的双月谭，与义乌江对面的月亮湾遥相呼应。

"陈楠陶艺馆"很快开张。与那些陶艺大师的创作室、陶艺产品陈列室、传统陶艺示范厅、陶艺体验厅相比，陶艺馆显得很小，但是还是吸引不少喜欢玩陶泥的人。每逢假期和周末，便有不少中小学生络绎不绝地光顾。那个曾经风风火火无比骄傲的女孩，终于找到生命的归宿。她每日安静地坐在工作台前，双眼专注地盯着渐渐成形的坯胎，给每一个来客介绍着这门传承千年的技艺，寒来暑往，乐此不疲。

倍磊老街改造完工后，临街的房子招商引铺。大表哥陈骞很想请小外公到老街来重开药房。

朱医生犹豫着。他已年逾古稀，头发雪白，想退隐，回赤岸东朱老家颐养天年。最后他决定听从王老师的建议，回田园村。

朱家三个儿子已把田园村的老宅买回来。田园村旧村改造，地价房价飙升，当初80万卖掉的老宅，花180万才买回。

儿子们说，哪怕花八百万，也要把老宅买回来，给二老养老。

养老依然是奢望。上门求诊的人太多，朱医生没法收手。再说，他那些神奇的"一剂秘方""朱氏药贴""朱氏正骨法""朱氏针灸"到现在还没找到接班人。

朱医生决定，在田园老街开一家小点的药铺，边养老边行医。

佛堂老街的药铺处理成了难题。当初朱医生是答应留给吴家大女儿的。

问外公，外公说他现在不想为儿孙的事做主了，要朱医生找自己的儿子。

陈师父的车木展馆离朱氏药铺不远。木匠舅舅去老街，找朱叔叔商量女儿的事。

二表姐吴雪莲成都中医药大学毕业后，在镇医院上班。她的口味变重，嗜好麻辣。那个过去的"小胖墩"长成"大胖墩"，一米七的个子，梳着男子一样的大背头，脑后一根辫子，穿上白大褂，越发显得臃肿。她在中医推拿科，用厚厚的手掌给人推拿按摩。那些肩背疼痛、胸椎颈椎出问题的病人上医院，指定要吴医生。业余时间，她忙着跑步减肥，学车考驾照，一时无暇他顾。

"当初我与大哥说好，这间药铺是留给大孙女的。如果她不愿意，我也不

会勉强。现在的年轻人，愿意学这个的很少了。"朱医生道。

"哪里的话，朱叔，这事我们还求之不得呢！等雪莲考出中医执业医师资格证，一定来拜你为师。"

木匠舅舅一脸黢黑，面容沉郁，不再像以前那样骄傲阳光。他又当爹又当妈，拼命挣钱供两个女儿上大学。

以为女儿长大，可以松口气，没想到，恼人的事更多，接踵而至。

三个表姐，年龄差三四岁。二表姐早到婚嫁年龄。

再有一年，小表姐也从北京协和医大的护理专业毕业。她在县城的浙四医院实习。

两姐妹成医护，都是事出有因。也许只有木匠舅舅最清楚姐妹俩内心的秘密。

目睹母亲生病去世，吴家的两个女儿，都想一辈子从事救死扶伤的医疗事业。

第十四章　小青的婚事

舅舅还暂时无暇顾及女儿的工作和婚事，他忙着维修田园村的王家老宅。

半年后，老宅修好了。外立面依旧是白墙黑瓦，飞檐翘角。只有院子新砌的围墙中加了一个气派的台门，雕龙绣凤的铝合金门，代替原来的插栓木门。门前的空地成了一个小广场。临街临巷的木格子窗大多了，阳光照进来，屋里一下子变亮堂。屋里的每个房间都用现代装饰——陶瓷卫浴，木地板，木质家具，布艺沙发，旋转楼梯。

舅舅不愧是能工巧匠，路过的行人，都对这栋新式的合院赞不绝口。

可是，王家来不及摆"乔迁宴"，却迎来了一场丧席。

王家奶奶在住进新房前去世了。

我记得，那年下半年我刚升入高中。周末，我跟着妈妈去参加王家奶奶的葬礼。

是冬至前后的阴雨天，冬日的早晨又湿又冷。送殡队伍中，吴家四姐妹都在，站在披麻戴孝的妇女队伍前面。同样披麻戴孝的小青一手拎着花篮，一手牵着女儿小花，走在前面。小表哥王家玉捧着相框，跟在穿草鞋捧骨灰盒的父亲王恒兴后面。

公墓在离田园村一公里开外的一座低山区上，叫"望月山陵园"。王家奶奶的骨灰与王家爷爷同穴。

送殡的队伍急急忙忙往回赶。走到通往塘下洋的机耕路边时，斜刺里"杀出"一支抢亲的队伍——两辆柳州五菱，其中的一辆，坐着轿夫吹打班。

轿夫吹打班过去是专为民间婚嫁服务的器乐团体，由生活在下层的人士组成，以抬轿吹打作为一种谋生的手段。轿夫班所吹奏的曲牌，统称轿夫调。分大吹打、小吹打。一般由八人以上组成，所用乐器为梨花两把、黄檀木镂空制成的"呱鼓"、小扁鼓、夹板、梆、次钹、撞铃、苟叫锣、号筒和先锋。轿夫吹打主要用于婚嫁，故要边走边吹，只吹不唱。如入宴席，也可以坐着吹奏，通常是上一个菜吹一曲。现在的轿夫吹打班，增加唢呐胡琴之类，与锣鼓班相似。

送殡的"嗖嗖"锣鼓声，一下子被轿夫的吹打声盖过了。

原本一直哭哭啼啼像个泪人儿似的小青和女儿，早已经脱了麻巾孝服，换上了大红花袄。不知是预谋，还是突发状况。众人纳闷间。一个三十来岁的魁梧汉子已经冲过来，一手抱着小青，另一只手抱着小青的女儿，眨眼工夫就把两人"虏"上了车。然后，柳州五菱穿过田间土路，朝塘下洋方向驶去。

定睛细看，那抢亲的不是别人，正是吴冕！

这些年，小青除春节、元宵、清明、端午、中秋、重阳、冬至这些节日回田园村，其他日子都住城里。她在一家大酒店当服务员。因为小花，小青的男友——那个脸上有刀疤的男人经常来纠缠，要来争夺女儿的抚养权。

有一天，那江西老表再次找上门，拉拉扯扯的时候，酒店的保安把老表狠狠地揍了一顿。

那保安就是吴冕。原来他也在这家酒店当兼职保安。

这是一个很普通的英雄救美的故事。不过，有关吴冕与小青的恋爱过程，我只知道这么多。

小青的嫁妆已经放在柳州五菱上：几床被褥，几件冬装，一件条子花纹的衬褂、夹袄背心、鞋子、鞋楦和针线盒子——总之，是佛堂老街上能买到的小玩意儿。最值钱的东西都是王家奶奶留下的。一个祖传的首饰箱，里面有金镯子银镯子，还有二三十个大元宝——过去的银圆。像守财奴一样，那是王家奶奶竭尽所能为女儿准备的一切。她临终前吩咐，把这些东西作为女儿小青的嫁妆。

小青最终没能留在田园村。

我急着回县城学校。后来知道，那"抢亲"车队并不是去往小青的外婆家塘下洋，而是到了倍磊街。由大表哥安排，在戚继光纪念馆完成礼节性的接亲，陈家的人成为吴冕的临时亲人。

倍磊街的婚礼只是象征性的。正式婚礼在北乡凰升塘的一木厅举行。

大表哥陈骞、吴冕、蒋保罗，三个战友相聚。我们全家应邀出席。

冬日美景笙歌奏，骑马抬轿来娶亲。后来，父亲在他的日记里写道："凤冠霞衣，耀眼倾城，蛾眉绛唇，惊为天人，衾被鸾枕，绵延十程。千工轿，万工床，枣桂褥下藏；钟鼓奏，爆竹响，迎娶谁家新娘？"

这首诗穷尽了那场穿越时空的中式婚礼盛况。婚礼热热闹闹拉开序幕。虽然村里已经有多对新人在一木厅里举办了中式婚礼，但是像那天一样的奇特的新郎新娘，以后怕是难得一见了。

"凤凰台上凤凰求，凰升塘里凤凰游。""一木厅"已是省级文保单位，借助古民居的优势，"一木厅"成了凰升塘"高端中式婚礼一站式体验基地"的招牌。在经济快速发展的时代，更多人渴望爱情能像古时那样细水长流，因此，中式婚礼也越来越被年轻人接受和喜爱。凰升塘是大陈镇龙凰旅游精品的节点，村里修缮了古戏台和文化礼堂。

蒋保罗已与多家婚庆公司、婚纱影楼达成了合作意向。这次为战友举办的婚礼，完全是免费的。他还特地邀请了摄影家协会的人来拍照，还有电视台的视频录像直播。

"起轿！"

随着业余司仪蒋保罗的一声吆喝，披挂大红绣球，穿着中式秀禾服的新郎骑着高头大马，昂首阔步走来。披着红盖头的新娘坐则在八抬大轿内，十六名轿夫班成员抬着。在锣鼓齐鸣的喜乐声中，接亲队伍从村口徐徐向村内的"一木厅"移动。在人群的簇拥下，新郎新娘执子之手，跨火盆、跨马鞍、揭盖头、当堂对拜，然后在众"亲友"的欢呼声中进入洞房。一场古色古香的中式婚礼圆满结束。

大花轿中，凤冠霞帔的小青小巧玲珑，白白胖胖，活脱脱一个小媚娘。望着那个与轿夫一同颠轿的兵哥哥，她的眼里满是崇拜。

那个小鼻子小嘴、楚楚可怜的小女孩与妈妈一起坐在轿中，依偎着母亲，第一次露出羞涩的笑容。

她多像童年的我呀！我想起了伏在大表哥的肩背上，去外公家的情景。

而当吴冕把小青的女儿小花像"小公举"一样举过头顶，我的眼泪也唰唰地流下来。

双喜临门。不久就有更好的消息，吴冕寻祖寻根的事有了着落。

城西街道，有一个千年古村落"吴坎头村"。这里的吴氏先祖，于宋淳熙年间，由苏溪八里徙居柳溪槐里吴坎头。吴坎头村小而精致，道路宽敞，在色彩斑斓的草木点缀下，村中白墙黑瓦的古建筑显得整洁雅静。村前古樟树，枝干虬曲苍劲、枝叶繁茂。村东西两条溪水蜿蜒流过，形如二龙戏珠。古人有"槐里八景"诗流传至今。村内随处可见明长城样式的护栏、装饰墙，戚家军的大旗迎风飘扬着

由吴氏宗祠改建而成为吴坎头文化礼堂前厅，端正地挂着吴氏先人的牌匾和画像。礼堂内有戏台，建筑的各个角落，分布着文化活动室。那些牌匾

和画像，那些历史资料和雕像，都在述说吴将军的英勇神武。

吴惟忠，明诰封金吾将军，官拜御寇总兵官，左军都督金事。他随戚继光抗倭，身经百战，屡立战功。戚家军创制出的新式武器"狼筅"和"鸳鸯阵法"，都有吴将军的一份功劳。为了纪念他，吴坎头村修了吴惟忠纪念馆和云峰亭。

吴坎头村正启动旧村改造，村内一派喧闹景象，"轰隆隆"的声音此起彼伏，挖掘机铁臂挥舞，一幢幢危旧房轰然倒下。"灰色"的古村即将发生美丽蜕变，变成一个"金色"的新村。

这一天，吴坎头村举行了一场盛大的家祭。外公作为吴姓中德高望重的人应邀参加。父亲作为寻根有功人士，也在邀请之列。

吴坎头的礼堂内，彩旗飘飘，锣鼓喧天。宗祠戏台上，村民身披戎装，手持长矛，一曲《义乌兵》震动全场，铿锵有力的歌声将家祭仪式推向高潮。

在这场延续几百年的家祭上，来了一位特殊的祭祀者。他就是来自河北秦皇岛董家口村的吴冕。

原来吴冕就是抗倭名将吴惟忠的族裔，吴冕的祖先追随吴将军北上修筑长城，因为不识字，把名字祖籍地址都记错了，弄得后代寻亲，大大费了一番周折。

吴冕既已参加祭祀，顺便也就让自己的老爹入了族谱。

吴冕有了小青和小花，结束漂泊，有了新家。虽然他还租住在城里，没买新房，但他已经成为地地道道的新义乌人了。

第十五章　外婆的菜园子

外公去世了。

他生前最后一件大事，便是应邀参加城西街道吴坎头村的家祭和吴冕的入谱仪式。

外公活了近 88 岁，对一个做过开胸手术——并且不止一次，身上的血液换了好几遍，在呼吸机的维持下才算走出 ICU——身上可能还留有弹片的人来说，算是人间奇迹了。

外公寿终正寝，吴家人也不是十分难过。唯一的遗憾，是他没在家里，而是在医院里闭上了眼睛。他生前一再交代，如果他不行了，一定要把他抬到老宅的床上；弥留之际，他也一再念叨着回家。可是家里人出于孝心，千方百计延长他的生命，让他住在医院里。先是在县城，后来转到佛堂。

他的小孙女是浙医四院心胸科的护士，大孙女是佛堂镇医院的医生，住院是很容易的。

外公生前有点重男轻女的老思想，儿媳生了两个女儿，很不高兴。舅妈病逝后，外公改变了许多，格外疼爱两个孙女和外孙女。

外公被从医院直接送进殡仪馆，躺在冷柜里，择日下葬。

盖棺定论，回顾一生，外公是抗美援朝的老兵，也是老支书，不过最后，加在他身上的头衔只有一个——抗癌明星，他自己却一直认定是地地道道的农民。他为自己是一个农民感到骄傲——一油二盐三酱四醋五茶，六姜七葱八蒜九稻十麦，哪一样不是农民一辈子辛辛苦苦面朝黄土背朝天从土地上刨出来的？

说起来，外公之所以能活那么久，多亏了朱医生的汤药。朱医生在田园村重开药铺，就是想让兄长来回方便些。外公躺在医院里的那段时间，最想念他的也莫过于朱医生了。

朱医生在佛堂与田园村两头奔忙，望闻问切，开方抓药，难得出诊，只能在田园村等着兄长上门。半年前，兄长还会按时来拿药、喝茶。有一阵子，大约两个月，兄长没来。

接着，朱医生听到外公去世的消息。

朱医生参加外公的葬礼，很想送异姓兄长最后一程。他鹤发童颜，身体康健，可毕竟是80岁的老人。外公生前已经指定了四个抬棺人：他的儿子木匠舅舅、我父亲、大表哥陈骞和战友吴冕，连深圳回来的舅公也轮不到。——所谓抬棺，无非把外公的遗体送到殡仪馆，然后打着黑伞把骨灰盒接回来。

外公功德圆满，也留有遗憾。一是没能参加大外孙女陈楠的婚礼，二是没能亲眼见到孙女接管"朱氏药铺"的那一天。

外公的葬礼算得上是白喜。不过大姨还是与村里的领导吵了一架。作为老兵、老村长、老支书，交了大半个世纪的党费，村里抠抠搜搜，只送了一个花圈。在大姨看来，外公虽然够不上申报烈士，村里至少要给他开一个隆重的追悼会。

另一件使大姨不满的，是外公的墓穴。他的墓穴在镇公墓，就是离田园村不远的望月山公墓。墓地紧张，镇里推行树葬、生态葬，外公的墓穴不到半个平方，与密密麻麻的、别的墓穴紧挨着，在一棵小树旁。没有土包墓碑，一块一指方圆的花岗岩上刻着他的名字。就是这块墓地，也是小姨夫开后门争取来的。小姨夫是村里的业余消防员，清明冬至大年初一都要在墓地值班，协助消防。

牢骚归牢骚，外公清白一生寿终正寝，还是吴家人的骄傲。大姨很快把那些不愉快忘了，她已退居三线，除了带孙子学钢琴练武术，便是忙于她的婺剧演出；她自己成立了一个草台班子，排练《义乌营》。

为了防止渗下去的泥水腐蚀骨灰盒，舅舅把他父亲的骨灰转移到一个陶瓷的坛子里，然后深埋。这一切，都是瞒着外婆进行的，怕她伤心。

外婆的确伤心了好一阵，然后慢慢恢复。

她搬离老宅，与舅舅一家同住。

那所砖木结构老宅，也渐渐颓废。

可是，我却永远记得那所老宅和生活在其中的外公外婆。

儿时的记忆，像碎裂的画面，在以后忙碌学习生活缝隙里，时常会冒个泡，初见瞬间似曾相识。而记忆的很大一部分，是南乡的田园。春来草籽花开，夏天蛙鸣瓜香，秋天栗子橘子熟，冬天灶膛里的烤红薯散发香味。

乡下的一年四季，似乎有过不完的节日。过年的一大习俗，便是贴春联。乡下的春联简单，四方或长条的红纸上写上吉利话：迎春接福、一帆风顺、五谷丰登、大展宏图、猪肥牛壮、牛高马大之类，那时候我不知道何为对仗，只是依葫芦画瓢。市面上买来有各种图案，色彩艳丽，有金色的、银色的、平面的、立体的。父母特别是外公外婆喜欢手裁手写的，哪怕写得歪歪扭扭，也会得到恭维赞美。

还有过年时候的忙碌：蒸猪头、煮茶叶蛋、泡发老笋。谢年祭祖时，挂红灯笼，摆放桌台，桌台上摆放茶叶、五谷、年饭、馒头、红馃、水果和酒壶，肉桶中煮熟的猪头公鸡口中，插几根青葱，一家人三拜九叩。过年的美食都有吉利彩头：全鱼是年年有余，板栗炖鸡是大吉大利，蒸年糕是年年高升，红烧肉是红红火火，茶叶蛋是滚元宝。还有许多甜品糕点：芝麻糖、破皮糖、汤圆。

那时候，我最喜欢的一道美食是馒头夹焐肉。所谓馒头，是刚刚出笼的吴店馒头，也就是葺屋架梁时抛的馒头，色泽金黄，香气扑鼻。焐肉就是红烧肉，不同的是它放在锅里与老笋一起煮，煮得烂熟为止。家家户户，过年待客都有这道菜。

吃过年夜饭，鸣放鞭炮，小孩最喜欢。乡下还不禁止，总是比城里热闹。全家守岁，通宵玩大人也不会责备。家里的每个房间的灯蜡点到天亮，亮堂堂红彤彤的，一片温暖色彩。

小孩都有红包可收。最早的红包，是红纸包的纸币和银角子。

元宵前后，是迎龙灯，各个村的板凳龙轮番迎来。

清明过后就是端午节，纪念屈原投汨罗江，江浙一带则是江神潮神伍子胥，赛龙舟迎伍君。五月天气闷热，暑毒盛行，蛇虫出没，瘟疫易发，那时候我在王家老宅，未满周岁，到外婆家"躲午"——端午的谐音。三周岁，我已经记事，端午节打扮得漂漂亮亮，穿戴老虎衣、虎头帽、虎头鞋子，额头上抹上一抹雄黄，眉心点胭脂红。那时候舅妈还年轻，抱着我挨家挨户讨彩，讨回一篮子粽子鸡蛋，分发给亲朋好友。在田园村，在月亮湾，端午的习俗很多，挂艾叶菖蒲、缠五色线、穿五毒衣、戴五时花、贴天师符。外婆会在老宅的各个角落喷洒雄黄酒，驱蚊灭蝇。

最难忘的是，是佛堂老街出售的艾叶菖蒲和各种各样的香袋。朱医生的药铺里也有，那是王老师亲自制作的，里面装的却不是香料而是中药——白芷、黄芩、川芎、甘松、冰片、雄黄之类的药材。还有心灵手巧的舅妈用花布缝的心形香袋，五色线缠成菱形状，拖着长长的穗子，里面的香料是樟脑丸。她郑重其事地挂在我的胸前。

夏天，外婆开始发豆芽。挑些散豆，剔除泥土石子儿，放在盆里，用水浸泡一晚上，把水沥干，放入酒坛，酒坛倒扣，用稻草秸遮盖——有时候，也用木匠舅舅带回来的木屑，因为豆子也要呼吸。接着每天三次给豆子用新鲜的水"洗浴"。几天后豆芽发好，要吃时，从酒坛里取出豆芽，轻轻一捏，去掉豆壳，就是一碗豆芽菜。有时候，外婆也会用绿豆黑豆发芽，绿豆芽、黑豆芽都是很好的一味中药。

新麦登场时节，是外婆做的各种面食面点。

麦子主产区在北方，但听父亲说，以前金衢一带，还有种植麦子，下雪天，白雪覆盖的麦田一垄垄，翻滚的麦浪蕴含丰收的喜悦。北宋寇凖有诗："日暮长廊闻燕语，轻寒微雨麦秋时。"戴叔伦有诗："麦秋桑叶大，梅雨稻田新。"外婆嘴里关于麦子的俗语谚语特多："无酒不请客，无灰不种麦""侬冷盖被、麦冷盖灰"，多嘴多舌的人称"麦磨"，隔壁胖胖的姑嫂称"麦婆"。

"麦到小满日夜黄，麦熟要抢，稻熟要养。"割麦在夏天，毒辣的太阳晒着，弯腰弓背，汗淋淋的，又有麦芒扎人，很是不好受。谷场打麦，乒乒乓乓，又是一派喜庆。农家用麦秆编扇子、草帽、篮子和垫子。

后来种麦的少了，但在婺州乡间，麦食特别多，也特别受欢迎：馒头、馄饨、麦拓糊、麦饼、麦角、麦粿、麦结、麦粉羹、小麦铃。新麦登场，一款特别好吃的点心出笼。麦食，切得有细有粗，如同一条条游动的泥鳅，配南瓜嫩头卷须，滴一两滴香油，对饿汉来说不啻爽口美食。那是外婆的"麦鳅"。

小暑时节新谷登场，外婆准备绿豆汤、凉粉和榛子豆腐。

还有外婆的荞麦老鼠。谜语"背脊花六花，肚下三个疤，名字叫老鼠，不跳也不爬"，说的就是"荞麦老鼠"。荞麦别名乌麦、舌麦、三角麦，比其他麦子晚熟，一年生草本双子叶植物，不像其他禾谷，在新垦地、瘠薄地也能生长。外婆用荞麦来制作"老鼠"。那是秋后常备的待客点心，一碗热腾腾的"荞麦老鼠"，驱赶寒意，温暖四肢。荞麦团和好后，搓成大拇指粗的面条，用快刀斜切，呈菱状，以中指食指夹取面团，在密格子米筛上，顺手轻轻一摁，卷成中空，一只只形状极像老鼠的面疙瘩便出来了。传统做法，水煮时，加入牛肉丝、萝卜丝，和青葱生姜调料，味道鲜美。还有荞麦面、饺子和饼。

由大姨提议，每逢节假日，特别是清明冬至中秋端午，吴家四姐妹，总要去舅舅家聚会，陪陪外婆。四个女儿大包小包回娘家，离开时，每人带回一大筐蔬菜。

外婆的菜园子在月亮湾畔江滩上，菜地里饲养鸡鸭，种果树。

我记忆最深的是外婆菜园的各种瓜，她是种黄瓜和丝瓜的能手。

清明前一周，种一垄黄瓜，浇水施肥十来天，瓜开花生，蜂蝶自来。在黄瓜牵蔓的时候，砍一些树枝，插在黄瓜旁，用草绳把树枝连上牵成网，黄瓜自然生长。初夏时分或是暑假午后，在菜地里随手摘一根，充饥解馋。大表哥是浪里白条，光屁股在江里游泳，上岸偷吃几根，又跳进江里。

人间四月，种一垄黄瓜，田园自在心中。

菜园里，还有叫"金瓜"的南瓜，叫"天萝"的丝瓜——外婆的叫法真是奇葩。

外婆菜园里，夏季的六七月，满眼都是丝瓜，使人想起宋人赵梅隐的《咏丝瓜》：

> 黄花褪束绿身长，白结丝包困晓霜。虚瘦得来成一捻，刚偎人面染脂香。

初夏时节，当火辣辣的阳光照进外婆的竹篱菜园，丝瓜秧就在江滩边灰褐色的泥土上恣意生长。浅绿，细长，外皮上泛起一丝丝脉络，密密的茸毛在阳光下闪着金光，尾尖上金黄色的花略微翘起，俏皮可爱。团团的叶片儿不羁地生长着，一圈圈，悄悄攀爬竹架的藤蔓，是菜园里一道生机勃勃的风景。

丝瓜有三个品种。青皮丝瓜即普通丝瓜，细细长长的，有一层白色的小茸毛，头上一簇淡黄色小花。还有一种与普通丝瓜很像，但长着一圈刺刺的棱角，叫棱角丝瓜，也叫八角瓜。

外婆的菜园正是一个神奇的地方。三角形的竹竿架子上，细小的黄瓜秧子倏忽间长成错落的青皮白皮黄瓜，黄色的花缀在瓜头上，欲落不落，等着下一场夏雨的到来。乡间的蝉鸣声由远及近，一浪高过一浪。村口小池塘边，蛙声阵阵，伴着蝉鸣一唱一和，汇成一首动听的夏日交响曲。两个月前，这里还是各种青菜的领地。待到茄子熟透，茎叶被太阳烤透，在被晒得干裂的土地上，最后一株玉米铲掉，卷心菜又下地了，初雪下降，如花般绽开的翠绿叶子上，结着晶莹的冰雪。

夹竹桃叶子太多，花就开得少，该去掉一些叶。外婆用细绳把枝条捆扎一下，那几棵夹竹桃就不再那么散了。她又给竹篱边的喇叭花牵上一条条细绳子，钉在篱笆墙的高处，早晨的太阳照在竹篱上，红紫黄蓝的喇叭花就全开了。

义乌江流过佛堂，江水宁静，两岸杂花生树、阡陌如秀，流过七八里地外，江面陡然开阔、波平如镜，形成如半个月亮似的风光地带，便是诗人笔下"一片平陵寄碧涯，形开新月吐银葩"的月亮湾了。

月亮湾，村内有东、西两条溪水在民居间蜿蜒流淌，村四周田畈则有数不清的湖、塘、堰，像块块翠玉镶嵌其间，自然景色十分秀美。

外婆家就在月亮湾畔，曾经，如带的岸边，有银色的沙滩，映红的桃林，而今，细腻的沙滩不再，江水更深，却更平静了，岸边的山坡葱郁芬芳自然错落，在江水的流淌中，似高高低低的音符弹奏柔和的乐曲。

踩着青石板路，走在田园和倍磊的古大街上，感受旧时风貌，心也随之飘扬，慢慢地融入其中，好似梦回童年，深宅大院里传来琅琅读书声。那些在门口玩耍的小孩，好像听见外婆在喊回家吃饭。

一切的一切，仿佛是重温清梦。而大樟树上欢快的鸟鸣，把我从梦中惊醒，好像这一切都没走远……

有人说，一个人的童年往往会影响他或她的一生。童年时的记忆泡影，总会不时地在一个人的梦中冒出来。

田园，佛堂，倍磊，月亮湾。这片土地上，我只生活了四五年，却像生活了一辈子。

第三篇 校园

第一章　手　机

"喂——，喂——，……"

有人打电话。电话那头，是一个奇怪的声音，像是从老太婆的喉咙里发出的，沙哑，低沉，苍老。

我拿起手机接听。对方的声音断断续续，叽里呱啦，听不清楚。只知道是个女的，年纪似乎已经很大了。她用的是奇怪的口音——肯定不是本地的方言，本地的各种方言，我多少能听懂一些——她讲的是外省的方言，舌头打卷，嘟噜着。

"……"

手机屏幕上显示的是一个奇怪的手机号码。我从未见过这个号码。没戴眼镜，黑暗中，看不清这个号码是从哪里打来的：河南？云南？山东？广东？山西？广西？

一定是个骚扰电话，或者对方无意间打错了。

我正纳闷儿呢，那挂断的电话又"嘟嘟"响起，带着嗡嗡的杂音。那女人的声音后面还有一个男人的声音，两人似乎在说话。

后半夜我刚刚入睡，不断响起的手机铃声把我惊醒。每当我试图接听，对方又挂断了。

这样折腾几次，我心里"咯噔"一下，忐忑不安，开始发毛。

关机，睡觉，迷迷糊糊进入梦乡。

一开始，我对那个陌生的号码不以为意，但是渐渐地，那夜深人静时打来的电话越发使人不安。好奇心成了我梦魇的一部分。

我不想把这事告诉父母。它是我隐私的一部分。

星期一大早，我穿过小区，步行去学校。

我居住的地方，是离老火车站很近的站前小区。这里的地形高低不平，有洼地有高坡。周围的住宅，也是高低错落，新旧不一，有20世纪六七十年代的棚户区，八九十年代的老小区，也有21世纪初建的高档小区：大都置业、恒安小区。这里有卖家具和酒店厨房用品的专业街，也有少有人光顾的偏僻弄堂，新街老巷，杂乱无章。

站前小区在城中路与站前路之间，是开放的小区，住户居民鱼龙混杂。我家楼前原来是一片空地，前年突然耸立起三栋新楼，是跃层式的，其中两栋楼一直空着，没有人搬进来居住。那些收纸箱收废品大白天进进出出，时常可以听到他们的吆喝声：

"废品——卖伐？回收旧电视、旧冰箱、旧手机、旧摩托车、旧电瓶车啦——"

黎明的街道总是那么干净，那么整洁，整条街道一尘不染，仿佛被水洗过一般。前一晚还是遍地狼藉，一觉醒来就旧貌新颜。黎明前，路灯还亮着，一个身影在寂静无声的街道上晃动。凌晨三四点钟，她就来到这条街道上，晃动双臂，挥动着扫把。那扫把非常破旧，估计也有六七年了。走近时，才能看清，她是一位年满六旬的老妇人，穿着环卫工人的黄马甲，满脸皱纹，弯腰曲背，一手拿着手电筒，一手拿着扫帚，非常认真地扫着。一辆汽车从她身边疾驰而过，车窗飞出一个易拉罐，"刺啦"一声，被另一条道上的车压扁。她弯腰把易拉罐捡起来，塞进随身带的回收袋里。

这一段路，她一天至少来回打扫三次。不论刮风下雨、严寒酷暑，一如既往。扫帚扬起的灰尘飞到她眼里，她揉揉眼睛，继续打扫。一滴滴晶莹的汗珠从她的脸颊上流下来，汗水把她的衣服浸透了。

城中路的这一段，有两行行道树，一排香樟，一排梧桐。临近的孝子祠公园也是树荫婆娑。这儿原是一个生机勃勃的世界。树上生活着许多欢快的动物：鸟类，松鼠。但是她没时间停下来欣赏。秋天梧桐落叶时，每隔一个小时她就要来回扫一次。到了冬天，呵出热气都凝成霜雪，她整个儿变成一个雪人，仿佛一座移动的冰雕，连眉毛头发都成雪白的。雪季，她要二十四小时待命，落雪就得来回扫，室外零下十多摄氏度，一旦结冰，人车打滑摔倒。每到这个时候，妈妈就会送些热茶、围巾和手套之类，并说："外边天冷，您多穿点衣服。"

那个环卫工已经来这座城市很久了，负责我居住的小区城中北路的一段。后来垃圾分类，她就守在一个亭子里，监督投垃圾的小区居民，最后往往还是自己动手分门别类，把一些可以回收的东西归集，送到废品收购站。

那个扫大街的妇女是我晨起见到的第一人。每一次从她身边走过，她都会用一种非常奇怪的眼神盯着我看，脸上似笑非笑，似乎要凑过来与我说话，但欲言又止。

那天早上，我走过她身边时，发现她拿着一部老掉牙的诺基亚手机在咿咿呀呀地说话。那声调语气和口音，竟与我在手机里听到的很像！

想起那个神秘的电话号码，我浮想联翩，走了神。

在校门口与母亲道别，下意识摸了一下校服，发现手机还在口袋里，心里又"咯噔"了一下！想把手机交给妈妈是不可能了。

这手机是我的"宝贝"，也是惹出麻烦的"主儿"。它是引起家庭矛盾的导火索。当初买的时候，父母差点吵起来。

大半年前，父亲就答应给我买手机，那是给我的生日礼物，也是对我升入宾王中学的奖赏。因为母亲的极力反对，父亲并没有兑现他的承诺。

宾王中学离家很近，只有两三站公交的距离。在住读还是走读的问题上，父母有了分歧。离开父母，与一帮同龄的女孩子住在一起，一定是一件非常有趣好玩的事儿。可是开学前的军训结束后，我改变了主意。

那一天军训完，所有人都汗流浃背，从火辣辣的太阳底下回到树荫下休息。一个戴眼镜的小个子男生悄悄走过来，贴近我的胳膊肘，像一条小狗似的嗅了嗅，然后，脸上带着诡异的笑容——那种笑容，是某些有窥探欲、传播欲的人才有的。

那小个子男生突然跑开，脸上依然带着诡异的笑容，那是某种东西得到证实时的快感。

小个子嘀嘀咕咕。男生队伍里爆出一阵嘻哈声。

晚上回到寝室，女同学看我的眼光也变得怪怪的。

原来我腋窝里有一种奇怪的气味，过去并不在意。平时气味很轻，运动流汗后才变得很重。我后来才知道，那是狐臭。狐臭与年龄有关，青春期前后，在13—20岁，狐臭最严重。狐臭属皮下大汗腺分泌，青春期前后体内的激素分泌频繁，导致大汗腺分泌过剩。

我一定要走读。

父亲为了坚定我住读的决心，答应我，买一部手机作为补偿。

以前父亲的钱全部上缴，大部分时间口袋空空，所有的"私房钱"积攒起来，也够不上买一款我中意的手机。这一次，他得了一笔额外的稿费，终于下定决心。

父亲带我去通信市场买手机。这是个专业市场，集中了各种各样的品牌电脑、手机、传真机、复印机等办公设备。

苹果专卖店的老板显然是父亲的老熟人。父亲经常拿旧手机到他这里维

修，更换软硬件。

一番讨价还价。我们选定一款苹果6S。这是过时的迭代产品，刚刚降价，在父亲的经济实力能够承受的范围内。

正准备付款，妈妈打电话来。她的声音尖利、急促，原来，她坚决反对给我买手机，口气非常强硬。

父亲一时陷入尴尬。

"都21世纪了，还抱着如此陈旧的观念！父母为了跟儿女第一时间联络，纷纷给儿女们买起手机来。如今在学校里，就是小学生，手机也是人手一部的通信工具。"

父亲似乎是在自言自语自我辩护，又似乎是在跟老板说话。

"是啊是啊"，那老板附和道。

老板是个四十来岁小个子男人，留一撇小胡子，瞪着一对小眼睛，笑眯眯的。他摆弄手里的ipad，似乎为了显示自己的知识渊博，口吐白沫地说着。他的确是个百事通，上知天文下知地理，中间还知道鸡毛蒜皮。

"近两年，随着手机价格的下降、短信服务的开通和各种功能的完善，手机已成为普遍的联络工具。小学生都有，你女儿都上初中了，更得配一部。我儿子也在宾王中学，说不定是你女儿同学哩。什么手机、电脑、ipad，我都为他配齐了，全副武装。它们是用来学知识的。比如装了这个软件，就能自学各种知识：生物、机械、材料学、制造学、电子学。搜一下纳米，纳米就出来了：纳米衬衣、纳米西装、纳米洗衣机、纳米饮水机、纳米丰胸、纳米隆鼻。"

大米小米，玉米虾米。说了半天，也不知道他说什么"米"。后来才知道，纳米是长度单位，百万分之一毫米。

也不能怪老板怂恿。父亲看着我殷切期盼的眼神，还是掏钱买下了。

对老爸先斩后奏的行为，妈妈甚为不满。虽然手机交到我手里，成为既定事实，妈妈还是约法三章，严格限制我的使用时间。其中的一条，是绝对不能带进卧室。后来这一条款渐渐松动乃至废除，但是带到学校里去，那是万万不允许的。

我不明白妈妈为什么那么强烈反对我拥有手机。她舍得花钱为我买ipad，却说什么也不愿意为我买手机。每次父亲把买手机的事提上日程，她就会用严厉的口气加上挥舞的手势予以否决。

在使用手机的问题上，母亲显然是双重标准。她使用手机的时间，几乎与手机的历史一样长，从大哥大、黑莓手机、诺基亚、摩托罗拉，到三星、苹果，从板砖到超薄，换了十几个。父亲用她剩下的。

母亲是生意人，出门手拿两三个手机，有时候一年要换两三次，花在手机上的钱数以万计。

互联网的崛起，似乎把现实世界和世俗生活"一网打尽"了，而年轻一代，也是对它"一网情深"。打记事起，经常在表哥表姐那里蹭手机蹭电脑的我，也听到过一大堆新名词：886、东东、恐龙、大虾、斑竹、伊妹儿——后来我才知道，恐龙不是龙，大虾不是虾，斑竹不是竹，伊妹儿不是一个妹子。那时候，"滴滴滴滴"，一根线连接另一个世界，拨号上网还是龟速。后来，"三国"之类的电脑游戏，电竞游戏风靡，满大街的网吧里，网瘾少年成群，就像时髦的 CEO、CFO，一抓一大把。

还有安妮宝贝中的女孩，布衣布裙，光脚穿凉鞋，纤细的手腕上戴着银镯子，一头海藻般的头发。

手机，是时代骄子，人类宠儿；那小东西，能文能武、无所不在、无所不知。手机真是蕴含了无尽矿脉的宝藏，里面什么都有：小说、微博、QQ、爱奇艺、《三国》《王者荣耀》、"武侠仙侠"、"热血魔幻"。谁也无法摆脱它的魔力，无论行走江湖，出入餐厅，还是家庭消遣，手持利器，人机合一，头可断，血可流，唯有手机不能丢！只是，当你目不转睛盯着屏幕，直到头昏脑涨，青筋暴突，双眼充血，一股强大的内疚感就会汹涌而来，愧疚，懊悔，无奈。

尽管如此，大街小巷还是充斥着视机如命的"手机控""手机狗"和"低头族"。人群被小小手机隔开了，世界上最远的距离不是天涯海角，而是我在你面前，你却在低头玩手机。

外面的潮流不可避免涌进校园，男生女生，背着书包、手插裤兜、戴上耳机、漫步阳光温暖的草地。"咔嚓咔嚓"，随着树枝断裂似的快门声，一张张卖萌的照片，一段段搞笑的视频传到网上。

对于孩子，特别是中学生，是否可以有一台属于自己的手机，社会上有激烈的辩论，公说公有理婆说婆有理。有人煞有介事地总结了中学生拥有手机的利弊。

利：1. 与家长联系；2. 与同学交流保持友谊；3. 摄影、闹钟、查阅资料等，接触高科技，谁也没有把中学生隔离到手机之外，剥夺他们享受科技进步成果的权利；4. 安全因素，遇到危险时用，一旦出了事故或者紧急情况，孩子就能第一时间联系到家长。

弊：1. 影响学习，学生如果对课堂内容不感兴趣时，会玩游戏发短信；

手机震动，想接又不敢，无法专注，影响课堂纪律；手机屏幕闪亮，寝室里影响他人休息。2. 早恋的帮凶，手机传情，打破时空局限，容易陷入早恋泥潭。3. 查阅资料答案方便，考试作弊。4. 手机辐射影响身体，头晕乏力，失眠脱发，神经衰弱，情绪低落，抑郁焦虑，手臂麻木，视力下降，患上"手机综合征"。5. 手机陷阱，诈骗短信，不良短信防不胜防，女生受骚扰的罪魁祸首。6. 手机偷拍，恶搞视频发到网上，侵犯他人隐私；一些学生用手机整蛊、侮辱同学，招惹是非，引发学校的霸凌事件，同学间口角，引起恶性打架事件小事变大。7. 最大的危害是，如果学生通宵达旦玩网络游戏，学习成绩就会直线下降，甚至走向堕落。

不管怎么说，那小小手机屏幕里藏着的另一个世界，对一个十三四岁鸿蒙初开的少女总是充满诱惑。

那天晚上，我把手机调到震动。可是，手机屏幕的亮光，还是被幽灵般飘过的生活老师发现了。手机被没收，交给班主任老师。

作为家长和监护人，父亲被请到了学校。班主任把学生使用手机的弊端一一罗列。

"学校有规定，不允许学生带手机入校。手机如果被偷，引起互相猜忌，又助长攀比奢侈之风。老师在讲台上滔滔不绝，学生用手机你侬我侬，闹翻了天，这怎么行？"

父亲唯唯诺诺，毕恭毕敬。他虽然有自己的看法，但在老师面前却不敢表达。在孩子教育问题上，家长和老师从来不是处于平等对话的地位。老师的话就是"圣旨"，家长的话大多是"狗屁"。家长是断然不敢得罪学校老师——尤其是班主任老师的。

"是我的错，我的错。"父亲挤出一丝尴尬的笑容。

父亲与我进行简单的沟通。我不得不把那神秘来电的事和盘托出。

"孩子拿到手机只有半个月，新鲜感没过——有与外界沟通的欲望——她的手机里没几个号码——"父亲结结巴巴，不知所云。

"我查过了。那个电话是从广西打来的，一个普通的骚扰电话。"班主任道。

"可孩子不这么看，每个孩子都有好奇心——"父亲似乎还想为站在身边的女儿辩护。

"下不为例。手机可以还给你。按照规章制度，小孩必须做深刻的检查，写一份检讨书。"班主任提出最后的解决方案。

第二章　强　哥

对大多数学子来说，那个读书时最痛恨的地方，也许是毕业后最想念的地方。

同样的，那个读书时最痛恨的老师，也许是毕业后最想念的人。

对我来说，中学阶段最值得想念的，就是班主任老师"强哥"。

"强哥"叫郑伟强。大多数人、大多数场合，他都被称为"强哥"，"强哥"的名声远远超过他的本名。在学校里，上到校长，下到清洁工和门卫保安都叫他"强哥"。家长叫他"强哥"，班里的同学，私底下也叫他"强哥"。

小升初考试时，我就知道将要就读宾王中学。我居住的车站社区，与附近的词林、曲苑、孝子祠社区，属于宾王中学的学区。后来我才发现，有许多学生并不住在学区内，有乡下的、外地的甚至外籍的。

宾王中学是以骆宾王命名的中学。骆宾王被奉为义乌文宗。他是初唐四杰，耿直清高，狂放不羁，天生一副侠骨，一篇讨武檄文让世人惊叹，更使他名垂千古的，是他7岁时脱口而出的诗《咏鹅》，是被联合国教科文组织列入教科书的唯一一首童诗。

这座城市里，到处有骆宾王的影子。他童年居住的村庄，宾王路，骆宾王公园，骆宾王纪念馆博物馆，骆宾王塑像。

宾王中学在宗泽路与工人路交叉口，离老宾王市场与新的国际商贸城都不远。南大门广场的巨石上，刻着"向天歌"三个字。学校主楼的喷泉池中，屹立着"咏鹅"灵璧石雕塑。宾王中学是随着中国小商品城的发展而崛起的，步入21世纪，更如雨后春笋茁壮成长。校园占地8万平方米，建筑面积5万平方米。校内设施一流，功能齐全，布局合理，环境优美。有演示室、实验室、计算机房、演播室于一体的明理楼；有包含室内篮球场、体操场、健身房、报告厅等的体育馆；有富有韵律，流光溢彩，书香墨浓的尚美楼；有供教工休息的园丁楼，供学生住宿的自理楼与自律楼，主要教学场所勤学楼；有供师生用餐的思源馆，具有浓重的现代化气息。

小升初是一道小坎。后来才知道，我能进宾王中学，父母花了不少力气。

从得知我被宾王中学录取的那一刻开始，母亲就四处活动，从教委领导，到她认识的中学老师甚至要好的闺密，一一请教。她挖空心思寻找心仪的班主任，最后得偿所愿。

"强哥"无疑是学校所有班主任中的一只"鼎"。听说，别的班主任带的学生，升入高中的概率最多只有百分之七十几，而"强哥"的学生，升"高"的概率有百分之九十几，也就是说，除非是自己榆木脑袋不开窍，只要是"强哥"教的，没几个会成为"残次品"，进不了高中。

即使是母亲极早行动，我的学号也排到了四十八，差点就被挤出"强哥班"。

强哥年轻时肯定是大帅哥，即使是现在过了四十，也没有成为中年油腻男。乍一看，他有些刻板，甚至刻板得可怕，可那是假象，接触久了才知道，他的严厉中带有温情，是那种儒雅的男人。毕业于浙江师范大学，一直在中学教书，混得不算令人满意：只是班主任、年级组长、语文教研组长。他多才多艺，学校的教学橱窗里贴着他摄影大赛的作品：《醉美绣湖》《童真》《天空之境》《海天一色》《晒秋》。语文、数学、英语、科学、信息和社会，中学的所有课程都难不倒他，他经常参加"智慧教学"优质课展示活动，带领学生参加各种比赛。获奖无数。他孤芳自赏，放荡不羁，嬉笑怒骂，有时候喜欢嘲弄人挖苦人，也许正是因为故意锋芒毕露，得罪了同行。同事们表面上尊敬他，私底下却忌他三分。学校的领导会拍他的肩膀叫他"强哥"，却不敢重用他。

强哥自己是优秀教师，他的夫人是全市最好的中学——绣湖中学的音乐老师，负责学校艺术团，手下有一帮子漂亮得引人注目的女孩子。他夫人长得很苗条很漂亮，走路轻盈得像跳舞，爱打扮，涂口红，穿丝袜，新衣服一套又一套。宾王中学的周年大庆，学校组织艺术演出，强哥的夫人都会过来帮忙。

他们有一对帅气的双胞胎儿子，说起来真是人生的大赢家！

我至今还记得"强哥"的第一课。

"鹅鹅鹅，曲项向天歌。白毛浮绿水，红掌拨清波。"

"强哥"把骆宾王的诗写在黑板上。他的板书飘逸潇洒，大大的，像一只只白天鹅。

"从今天起，从这一刻起，你们就是宾王中学的'鹅'了。注意，是鹅，而不是鸭。如果原来是丑小鸭，我的目的，就是把你们变成'鹅'——不是'呆头鹅'，而是'大白鹅'，是骆宾王笔下那只灵气贯千年的鹅!"

"强哥"开始他海阔天空的演讲。

"白毛浮绿水。"如果把学校的所有的教学手段比喻为"水"的话，那么，这些"水"的根本目标，则是托起学生这只"鹅"，让这只"鹅"全身洁白地展现在世人面前。绿水清波，小溪小涧，大江大河，一直游向大海。如果把"清波"看作涤荡学生心灵和激奋学生智慧的媒介的话，那么，轻灵的"红掌"则无疑是教师的优秀教学方法了。

身小乾坤大，位低心志高，音量九霄外，曲项向天歌。向天歌，歌什么?真善美!

"强哥"接着讲骆宾王的第二首诗《早发诸暨》，他把诗写在黑板上，开始引经据典。

骆宾王怀着兼济天下的雄心进京赶考，却因"对策不合"名落孙山。他驾一叶小舟，回归故里，写下《望乡夕泛》："喜逐行前至，忧从望里宽，今夜南枝鹊，应无绕树难。"亲朋好友出资鼓励，骆宾王再次进京赶考，由大陈江放舟，顺浦阳江而下，经诸暨到杭州，经大运河走上漫漫长路，长歌相伴。

"征夫怀远路，凤驾上危峦。薄烟横绝巘，轻冻涩回湍。野雾连空暗，山风入曙寒。

帝城临瀁濊，禹穴枕江干。橘性行应化，蓬心去不安。独掩穷途泪，长歌行路难。"

诸暨，越国之地也。薄烟横绝巘，"巘"读 yan，第三声，出自郦道元《三峡》，"绝巘多生怪柏"，"绝巘"，绝壁山巅也!"征夫"指什么?傻瓜也知道。"凤驾"是普通的车乘，"入曙寒"是写拂晓风寒，以切题"早发"。"帝城"显指京都长安了。"禹穴"是指传说中大禹归葬之地，越州会稽。作者如此巧妙地完成了身地转换。诗末四句，骆宾王触景生情，抒发感慨，回顾了自己并不平坦的仕途。

那远游之子啊正返乡，坐着平常的车乘，经过险峻的山峦。薄烟飘荡山顶，山溪回旋跌宕，茫茫野雾笼罩，晓风使人微寒。想当初，我还在京都长安，可如今，来到了大禹枕穴之地。是橘树就该应时应地而变，然而，我这知识浅薄的"蓬草"还是惴惴不安。往事历历，令人唏嘘，我虽赴任新职，或许，又只是漫漫长路中难行的一站。长歌当哭，奈何!奈何!

这首诗的整体基调悲壮慷慨，余情绵绵，回响不绝。有研究者认为，这首《早发诸暨》是骆宾王从义乌转诸暨赴临海任上。告别故乡亲友，过诸暨，

经越州剡县，到临海。"夙驾""危峦""绝巘""野雾""山风"，诗中所述所见，都是青山绿水，陆地一程，水路一程，正合浙东唐诗之路。古时候的绍兴诸暨，正是这种水陆兼具的枢纽之地。骆宾王在唐高宗调露二年七月回义乌老家，亲葬母亲，八月到临海出任县令，所以这首《早发诸暨》，大约是写于调露二年，也即公元 680 年。

强哥又写下骆宾王第三首诗歌《咏蝉》：

"露重飞难进，风多响易沉。无人信高洁，谁为表予心。"

然后，大大地发了一通感慨。

教好语文不容易，却也可能是美事。"书读百遍，其义自见。"强哥可不这么认为，他有自己的一套。他挖空心思，殚精竭虑，想把每个学生培养成他想要的样子。

像是黑夜中的一束光，照亮了我前行的道路。

我学习生涯中遇到过几位好老师，"强哥"是最最敬业的一位。他是一名勤快的好老师，无论什么时候，总能看见他帅气而忙碌的背影。他甘愿为集体贡献出自己的全部心血，一心扑在班级管理和教学工作上，专心致志，心无旁骛。每到下课，他的身边就围满了学生，虽然是语文老师，却学识渊博、涉猎广泛，二十四史、古今中外的文学名著烂熟于胸，不但能解答历史地理问题，还经常教大家数学呢！对于一些特殊的题目，总有自己独到的看法和见解，他会细致地、不厌其烦地给我们讲解解题思路。

强哥很幽默，课后经常和同学们开玩笑，以此来缓解紧张的学习氛围。他那富有磁性的男中音也给课堂带来不一样的乐趣。强哥惊人的洞察力也让人拍案叫绝，学生细微的成绩波动都逃不出他的法眼。他经常会把同学们一个个叫进他的办公室，逐一谈话，找到问题的根本所在，对症下药。记得有一次我被他叫去谈话，那时我的成绩下滑得很快，他帮我准确找到问题所在：太过浮躁。他常说："静"能出成绩，屏气凝神，就能摒除杂念和干扰。

我的爱好，写作，诗歌，舞文弄墨，孤高自诩，温情脉脉的"小资情调"，一部分得自父亲"遗传"，另一部分，就是强哥所赐了。

每次写作文，我都得按着太阳穴想半天，而且写着写着就没词了，真是"岂有此理"。强哥就叫我广泛阅读。作文讲究词汇丰富，哪怕中间夹点废话，也算锻炼了遣词造句的能力。我的作文比以前有很大进步。"强哥"常常把它作为范文在语文课上宣读。当然这些文章是被强哥润色过的。他带我去参加全国中学生人文社科知识竞赛。虽然名次不理想，终究获得了一次锻炼的机会。

在这之前，小学阶段，得到最多的表扬是作业写得工整。我学过书法，字迹畅滑秀丽，做作业时，各种符号都像尺量着画，"强哥"表扬说，看我的作业本简直是一种享受。

宾王中学有诗歌、武术传统。有武术、诗歌、书法美术、音乐独唱独奏比赛，还有拓展性课程，消防演练，森山草药种植基地研习活动和夏令营。强哥与父亲讨论，我后来考虑，加入女子篮球队。

我庆幸自己遇到一位帅哥班主任，但很快发现错了。

"强哥"并不像表面看上去那么温文尔雅，有时候脾气"暴躁"得可怕。他站在讲台前，嘴里念念有词，"唰唰"写着板书，后脑勺却好像长了眼睛似的。你要是在下面做些小动作或交头接耳，他手里的粉笔就会突然像离弦之箭飞过来，使人心惊肉跳。

"强哥"一定是自视甚高，遇到自己瞧不起的人事，也会"爆粗口"。

"放屁！"这是他的口头禅之一。

70后"强哥"，并不像表面看上去那样新潮现代，骨子里非常传统，脑子里还有一些"老套的东西"，看到班里打扮得花枝招展的女生和一身昂贵品牌运动服的男生，也会在背后撇嘴，摇头说出另一句口头禅："无根的一代。"

那口气，就像九斤老太念叨"一代不如一代"。

原来，强哥并不是义乌本地的，而是邻县浦江的。

他姓郑，出生在浦江郑宅的郑义门。

郑义门，又称"江南第一家"，位于浦江县郑宅镇，自北宋重和元年（1118）至明朝天顺三年（1459），郑氏家族在此合族同居，历时340余年，被称为"廉俭孝义第一家"。其事载入《宋史》《元史》《明史》。870年前，居住在此的郑氏家族，以孝义治家，自南宋至明代中叶，十五世同居共食，和睦相处。郑义门，历宋、元、明三代，出仕173位官吏，无一贪赃枉法，无不勤政廉政。

明洪武年间，郑氏一族受胡惟庸案牵连，家长郑濂被抓，兄弟六个争相入京替兄承罪。朱元璋不但没有治罪，反而让入京承罪的幼弟郑湜为官，并亲题"江南第一家"。

青山庭院古镇，小桥流水人家，是郑宅风貌写照。"江南第一家"是以"郑氏宗祠"为中心的建筑景观群。古镇入口，九座牌坊矗立。穿过一座座磅礴的门楼牌坊，一座座气势恢宏的古建筑扑面而来。"江南第一家"4A景区，国家级文物保护单位，省廉政建设教育基地，省爱国主义教育基地，是"吴越文化"中"越系文化"中重要的一支。

　　郑宅居民依旧讲孝道、重义气、好读书，镇内四世同住、三世同居的家庭到处都是，特别是，镇里老人还有着很高的地位。至今，每月的初一和十五，郑氏后人还要到宗祠聚餐，特别是春节期间和祭祖日，郑氏家族上万后人齐聚，摆起"百家宴"。

　　家，是中华民族最为根深蒂固的信仰。治国，齐家，修身。家是什么？家是国与身的中介，是个人和社会的桥梁。"江南第一家"，以其完善的礼法合治，成为家国相辅的有力佐证。中华大国，泱泱数千年，治国无不先齐家。孝，礼，义，贞……无论哪一个字，都可归结为一种精神——家的精神。

第三章　春游大寒尖

在强哥看来，校园从来不是封闭的，学生不可能生活在真空中，或者一直待在学校这个"鸟笼"里而不与社会接触。他的教学理念之一是学生应该野蛮体质、强健体魄、锻炼意志。所以他很喜欢组织学生到校外活动——春游秋游，尤其喜欢野营探险、登山一类活动。

原来强哥是民间救援组织——蓝天队队员，只是因为教务繁忙，后来很少参加组织活动。

强哥很为自己的家乡自豪，第一个学期的秋游选择去他的老家浦江。

第一站自然是江南第一家：郑义门、宗祠、九世同堂牌坊群、昌三公祠、孝感泉。还有古镇的各种美食：牛清汤、菜果、发糕、潘周一根面、豆腐皮、灰汤粽和麦饼。

然后是浦江的山水：仙华山、通济湖、神丽峡、白石湾、檀溪。还有江南乔家大院，有婺州第一村之称的新光村，有200年历史的诗社嵩溪村。

强哥无须为活动经费犯愁。宾王中学位于义乌最富裕的学区，许多学生家长是在国际商贸城做生意的大老板。每次班级集体活动，会有许多家长争先恐后踊跃捐资。

所有的学生父母都被拉进群，微信号用真名实姓，冠以某某学生的爸爸妈妈，比如"璐妈、丽妈、叶妈"之类。

八班家长群群主，也是家委会会员之一，叫"宇妈"。宇妈是一个胖胖的女人，脸蛋儿长得妩媚，爱好唱歌跳舞，能说会道，很有些风韵——或者可称为半老徐娘。后来我才知道，原来她是强哥的表姐。宇妈住在父母家里，她的儿子葛天宇凭着外公外婆的关系，入学宾王。

宇妈是个热心肠的女人，在家长群里很有号召力。她顺着强哥授意，组织五一春游，去登大寒尖。初一学习不是很紧张，再不及时"撒野"，恐怕以后一生都没有机会了！

大寒尖在义乌、永康、武义三地交界处，海拔千米，是义乌第一高峰。

嘉庆《义乌县志》载：大寒山，山顶有池，四季不竭，春夏溢出，为瀑布泉。炎热盛夏，停留在山尖上，凉风习习，全身舒畅，煞有寒意，故称大寒尖。

李白有诗《青溪半夜闻笛》：

羌笛梅花引，吴溪陇水情。寒山秋浦月，肠断玉关声。

其中的"寒山"就是指大寒尖。

大寒尖一带，我已经去过许多地方。比如朱医生的老家东朱、朱丹溪陵园、大寒尖脚下的尚阳古街。尚阳古街，南西北三面环山，东南五指山巨掌撑天，南面大寒尖、天龙山群峰连绵、势若屏障，西南虎天山、高寿尖、凉帽尖如同笔架，北倚八宝山、三尖山，东北麻车山后架山相围；形成虎天云岭、五指烟云、宅山大龄、大小枫坑等景观。铁溪源自大寒尖天龙山，流经止方、羊印、尚阳，称后溪；声闻溪源自凉帽尖，从古寺水库流出，流经岭干、大桥、莱山、和尚畈、长畈，向东流，又称前溪。双溪潺潺东流，注入吴溪。

我几次到大寒尖脚下，并没有去攀登。非常期待，兴奋得几夜睡不好。

前一天，去超市买了一大堆零食。爸爸妈妈也很兴奋，准备的东西更多：登山杖、登山鞋、冲锋衣、保暖外套、手电筒、头灯、饮用水、纸巾和垃圾袋。

这是一次大型班级活动，全体学生和家长共同参与。同学们个个全副武装，双肩包里一大堆饮料零食，头巾、围腰之类缠身。

大部分家长自驾车前往。其他没车的，与学生同乘大巴车去。

恒丰旅游公司的大巴车一大早就停在宾王中学的南大门。这辆车上大部分是女生。押车的"宇妈"打扮得花枝招展，笑意盈盈，正站在驾驶座后面大声说话：

"漂亮的女神！英俊的帅哥！小美眉，小帅锅，大家快坐好，放好行李，各就各位！"

差不多坐满了。车子中段，蒯月朋、王丽娜的旁边，还有一个位置空着。

蒯月朋、王丽娜是我最要好的朋友。我们三个，组成班级篮球队的"铁三角"，我打后卫控球，蒯月朋是前锋，王丽娜中锋；班级间的女生组篮球赛，我们经常拿第一。篮球、足球、跳绳和游泳，都是我的爱好，爸爸很支持。

蒯月朋苗条修长，十四岁，差不多已有一米七，一张俊俏的鹅蛋脸，梳一条马尾辫，性格文静，有时候是冷冰冰的。她那奇葩的姓，很难叫。原来她是东阳的，父亲是红木家具厂的老板，听闻"强哥"大名，来宾王借读。蒯月朋是副班长，又是女子篮球队队长，脸上有与她年龄不相称的沉稳。王丽娜则是另一种性格，像个男孩，在球场上横冲直撞。她家里开箱包厂，在国际商贸城有专门销售箱包的摊位。王丽娜长得漂亮，是班花，也是校花。

王丽娜朝我招手的时候，穿得鼓鼓囊囊、像只北极熊的葛天宇一屁股坐进空位。

葛天宇是一个胖墩，脸上带些粉刺。他的长相像极他的妈妈，如果不是脸上那些小疙瘩，也不算很难看。有时候我纳闷儿，他脸皮那么厚，粉刺还能冲破层层阻力长出来。

一定是有他妈罩着，葛天宇才敢如此放肆。

"宇妈"对儿子顽皮的恶作剧装作视而不见。

倒数第二排，倪晓薇一个人坐着，个子小，几乎看不见。她面黄肌瘦，似乎还没长开来。她不像别的同学穿运动装休闲装，而是穿着厚厚的校服，旁边放一个鼓鼓囊囊的书包。别的同学叽叽喳喳说话或者埋头玩手机，她把书包放在膝盖上，拿着一本书，安安静静地看。

我在她身边坐下。倪晓薇腼腆地笑，脸色灰暗，嘴唇苍白。

车子就要开时，一个小个子蹿上来，东张西望一阵，直奔我而来。

小个子叫蒋查浩然，圆溜溜脑壳，薄薄的嘴唇，一双小眼睛很机灵。他个子小，胆子却大，贼眉鼠眼，在教室走廊或操场上，喜欢往女生堆里钻。他父亲就是那位在通信市场卖手机的老板，外地入赘的，母亲是银行柜员。他的名字，是在父姓前面冠以母姓。

"起开。这是女生专列，不允许男生坐！"王丽娜把蒋查浩然拉开，坐到我旁边。

蒋查浩然就是那位军训时把我腋窝的秘密昭告天下的"浑小子"，他一定是看到我脸上厌恶的神情，所以坐到刘叶鸽那里去了。刘叶鸽是班长，文静秀气，学习成绩很好，次次考试全班第一，全年级第二。她父亲是医院的骨科大夫，姓刘，母亲是牙科医生，姓叶。

薇薇往里挪了挪，位置更小。

王丽娜很活跃，打着拍子，号召大家唱歌。原本安安静静的车厢忽然变得喧闹。

十三四岁的夏季只有一个，谁不想过得轰轰烈烈？大家又唱又叫，好快活。车开得飞快，坐在上面，真像鸟在飞翔。

车过佛堂古镇，往左转向赤岸，到东朱，最后到达羊印。

羊印三面环山，是山区小村。羊印村几乎家家户户种杨梅，有杨梅基地300余亩。以前交通不便，收购杨梅的客商很少到村里来，村民们挑着、拉着杨梅到佛堂、赤岸市场上去卖。妈妈认识的泥瓦工木工中有一位羊印人，夏天邀请我们去摘杨梅。村里通自来水，修路植柏后，面貌大变。杨梅收摘季节，前来羊印村品尝杨梅、吃农家餐的市民络绎不绝。

车到目的地，车里的人兴奋得大叫，纷纷下车拍照。

大部队在停车场集合，比原先估计迟了半小时。强哥打前站，规划登山线路，安排安全事项。大型团体活动，计划最周密，也不能按部就班，准时实施。

家长自愿，双亲来的，只需一人登山，另一位开车到下山处等候。妈妈发胖，习惯开车，听说登山很累，终于打了退堂鼓。

学生分成小组，五人一组。女生，我与王丽娜、倪晓薇一组。男生是胖墩和蒋查浩然。对这样的安排，三个女生都很不情愿。胖墩倒是老实，蒋查浩然一会儿跟在王丽娜身后，一会儿贴近我和薇薇。我们都不自觉地躲着他。

"蒋睿典姓'蒋'，我也姓'蒋'，五百年前我们还是本家哩！"蒋查浩然道。

"你姓'查'，是人渣的'渣'！"王丽娜道。

蒋查浩然恨不得点头承认，鬼头鬼脑地笑。他说些打趣的话，嘴如灌蜜。

"薇薇，口渴吗？请喝茶！饿了吗？请吃面包！"蒋查浩然觍着脸，问这问那。

问什么，薇薇都回一句："无可奉告！"

倪晓薇是我的同桌，看上去像个还未发育的小学生。在教室寝室，她都喜欢一个人安安静静待在自己的角落里看书。她的普通话带浓重的地方口音。

原来她是上溪镇人，出生在西乡偏僻的一个山沟里。她能进宾王中学，多亏亲戚的帮忙资助——她的一位表姐大学毕业后在银行上班。

选语文课代表时，强哥征求我的意见，我毫不犹豫推荐了薇薇。我虽然觉得自己的作文写得不差，但薇薇的也不赖——她的作文朴实生动，并且，别的语文方面她比我强。而我生性散漫，不想管人。

都说不漂亮的女孩撒娇成功率比漂亮女孩要高，但薇薇还未到会撒娇的年龄——别说撒娇，就是与男生说话也会脸红。她胆小得很，沉默寡言，偶尔说话，也是细声细气的，生怕伤害了别人的耳朵。

王丽娜却是另一类，活泼好动。她是微胖的美女。肥嘟嘟的脸红扑扑的，灿烂的笑容像美丽的映山红。她的身上有股淡淡的奇香——不是香水味，而是一种阳光的味道。王丽娜穿着裙子，一头长发披下来盖住背包。那头长发飘逸乌亮，让女生看了都会自卑得要去削发，男的看了恨自己的手没有地方贪官的魔掌那么长，只能用眼神去爱抚。王丽娜有一次把乌发染成金黄色，挨了强哥一顿批——王丽娜又是哭又是笑，一顿撒娇，强哥终于没给她处分。

宾王中学纪律管得很严，入学就发学生手册，人手一本，被记处分的后果老师也经常强调。但王丽娜经常做出格的事，仗着自己能唱会跳，是强哥夫人的"宠儿"，强哥也是睁一只眼闭一只眼。

王丽娜背的包也有特色，材料高档，卡通图案，写着"厉害"两字，里面装的是手机、ipad、巧克力、尖叫之类，还有小镜子小梳子一类化妆品。她特别喜欢奇形怪状的包包，与她的性格一样，很有个性。

相形之下，薇薇像根历尽揉搓的面条，平板样的身材，背一个陈旧的书包。那书包像小学生用，磨得发亮，鼓鼓囊囊的——后来才知道，里面除了一个面包一瓶矿泉水，其他的都是书籍作业本。不知道薇薇是怎么想的，这样的时候还想着看书、记笔记，时不时写些沿途的所见所闻，她脑子里一定想着春游后面的那篇一千五百字的作文。

大部队在山下拍了合照，然后出发。

开始的登山游步道并不难走。越往上，山越来越陡。原始的山路越来越窄，大家气喘吁吁，一步一步往上爬。

胖墩葛天宇眼珠子凸出，屁颠屁颠跟在王丽娜后面。不一会儿，他们就离开我们的视线。

我们加快步伐，赶上他们。

山路蜿蜒，掩映绿树丛间。路侧泉水淙淙，不远处瀑布高悬，宛若玉练，落差五十多米的瀑布，一水七折，七泻大飞。峭壁上，有四五棵松树如阳伞张开，树下，迟开的杜鹃花把花瓣散落到草丛间，暗香浮动。

在一处小树林前，王丽娜在爬树。她存心戏弄葛天宇，要他学样。葛天宇是大胖墩，爬一半掉了下来，手掌划了一道口子，流血了。

王丽娜拿出创可贴。几个男生涌过来，对胖墩一顿嬉笑。

"别缠着人家。癞蛤蟆想吃天鹅肉——"

"天下没有不散的宴席——"

"该干吗干吗去！"

胖墩折了锐气，一会儿跟着别的上山队伍走了。

王丽娜有独来独往的个性，越爬越快，远远地甩下众人。

从羊印村出发，经过天龙山到达顶峰的这条路线，沿途的景点有太平天国古城墙、天龙湖、天龙寺和迎客松等。

走到半山腰的天龙湖，我和薇薇拖在后面。只有蒋查浩然跟着，时不时盯着薇薇看。

薇薇的脸色越来越难看，不时俯下身子。

"薇薇，你怎么了？"我问。

薇薇咬着嘴唇，不说话。

学校里发了两套校服，一厚一薄。薇薇上半身穿厚校服，下半身却是薄的。

我看见薇薇的裤子染红了。

初一的女生已经学过生理、心理健康课。诸如呼吸加快、脸红、身体皮肤粉红色、眼睛模糊、瞳孔无意识扩大之类。青春期发育，男女第二性征，生理构造，月经，流血，保健课老师坐在讲台前讲的内容，变成底下的同学笑嘻嘻地窃窃私语："坏事了""身上脏了""倒霉了"。捅破那层窗户纸是不难的，度过心理上的青春躁动却并不容易。

后来我才知道，那是薇薇第一次流血。初潮涌来，惶恐不安。

同寝室女生，月经趋同。我没忘带卫生巾。可是一个男生在身边，却难以启齿。

幸亏我们已经见到了鹅黄的"天龙古寺"石门匾。

薇薇借口上洗手间，解决尴尬。她顺便把裤子洗了，红色印记不再明显，可是裤子变得湿漉漉的。

从天龙寺出来，"拖油瓶"蒋查浩然早已不见踪影。

暮春初夏，山上的天气阴晴不定。一会儿下起毛毛细雨。雨丝越织越密，眼前一片迷蒙，像起了雾。

两人缩在树荫下躲雨。我站着发呆，极目远眺。

女生清纯的身影不见了，心里一片空白。刚才有过的兴奋，都淡漠得感觉不到了，思绪凝住，好像心也被格式化似的。女性的阴柔弱小，此刻被红晕血染，世界一下变得阴暗。远处黑黢黢的山包如同坟墓，风吹竹林的沙沙声，山涧中的水流和鸟鸣都变得阴森森的。这是一个迥然不同的世界，是《盗墓笔记》中的世界。

一个穿蓝天救援队服的人走过来，是爸爸。

大多数同学快要登顶。爸爸折回来寻找我。

"爸爸，薇薇身体不舒服。我们——不想上去了。"我找了薇薇的借口。

是我自己内心退缩，不想登顶了。

"这怎么行！任何事，都不能半途而废！"

爸爸接过薇薇和我的包。他原本想一手拉一个。可薇薇伸出手又缩回去。

爸爸拉着我，我拉着薇薇。我们一口气登上山顶。

四月维夏，五月鸣蜩。初夏时节，大寒山上云雾缥缈，如施粉黛，更显奇秀。山上是原始的风景，山坡上树繁叶茂，有很多难以说出名称的植物。薄雾撩人，微风拂过，吹得人通体舒畅，吹久了还会微有寒意。四周起伏的山峦连绵不绝，蓝天白云如碧波荡漾。脚踏峰顶，极目吴越，一览众山小！此刻，人成了景中景，镜中景。

山顶上的狂欢早已过去。这里狭窄，并不适合拍集体照。随拍的摄影师已经放下相机封镜。在标志性的石碑前，见到我到来的王丽娜非常兴奋，忙着给我拍照。

薇薇似乎一点儿也不高兴，躲在一边，狼吞虎咽地啃馒头。

最早登顶的一批人开始下山。

下山换了一条路。回校的大巴车停在永康一侧的山下。登大寒尖通常有两条路，一条是从枫坑水库源头丫溪村这边，从那里下车徒步登山；另一条是从羊印村这边上山。原来的计划，下山途中在棚户人家吃午饭，划竹筏，参观建在茶山中的茶厂。

午饭时间早过，我和薇薇、王丽娜，最后离开山顶。

下山的路更加难走。刚下过雨，泥泞湿滑。树叶泥土潮湿，没有抓力。到处是瓦砾碎石，一不小心就有可能滚下山坡。

王丽娜在前面探路，指示我们怎样抓住路边的藤蔓借力，人该侧身走。这些登山的技巧我和薇薇都知晓。关键是，我们体力不支，被众人甩下，心里越发焦急，所以时不时滑倒。

下到半山腰，薇薇先是感到腹部一阵阵剧痛，刀绞似的，呻吟不止，然后突然晕倒，昏迷不醒。谷雨节气，雨水偏多。气温时高时低。山上的气温更是变化极大。刚刚还是冷飕飕发抖，过一会儿又是汗流浃背。户外运动者在山野之间活动时，要提前做好准备工作，规划好路线，随身携带好装备，不能冒险到无人管理的深山游玩。防暑降温是这个季节登山的必备。可百密难免一疏，意外总是时时发生。

山域广大，上山下山道路繁多，指示的路标经过风吹雨淋，早已模糊不清。现在困在山上下不去，急需救援。湿热高温，人昏迷不醒，我们不敢轻易挪动薇薇，怕她受到二次伤害。若遇到危险，通常是拨打 110 求救。可这

儿是永康地面，手机信号时断时续，连一向老到的王丽娜也变得六神无主，不知道怎么办了。

而我则只能在一旁跺脚，忍不住泪水涟涟。

正在我们手足无措之际，一行人呼喊着涌上来。其中有爸爸、蒯月朋的父亲和强哥。

强哥一直在忙前忙后。一百多号人都要顾及，真是难为他了。

强哥后面，跟着几个蓝天救援队队员，穿戴暖色的黄衣服和头盔。在那些队员中，我看到了一张黑黢黢汗涔涔的熟悉面孔——铁哥们吴冕，他可是救援队的猛将，精通各种施救措施。我如释重负。

吴冕立刻对薇薇进行检查，发现薇薇应该是中暑加上喘不上气、脱力引起的昏迷。救援很快开始。薇薇被抬到树荫下的一片灌木丛边，掐过人中后，当即给刮痧并服用了藿香正气水。刚刚还是四肢无力、满身冷汗、意识模糊的薇薇慢慢苏醒过来。

为了安全起见，强哥要请人搀扶薇薇下山。薇薇坚持要自己慢慢走。

到了棚户人家，享受的时刻到了。棚户人家实际上是一家农家菜馆，里面棕红的桌椅散发着陈腐味，各种菜肴面点夹杂历史的气息，扑鼻而来。学生和家长在此休息聚餐，好吃好喝的全上了，大家有说有笑，吃得津津有味。

老板娘也特别热情，特地为薇薇烧了一碗鸡蛋青菜面。薇薇父母没来，为了省钱，她没吃早饭，仅有的一点钱只买了一个馒头和一瓶矿泉水。这会儿的确饿了。

薇薇吃完面，气色好多了，又变回那个清秀脱俗的小女孩。走过的人看她一眼，她就羞涩地低下头笑。

薇薇转危为安，我的心情渐渐高兴起来。

透过窗户，可以听见同学们的嬉闹声。

棚户人家边上，有个小湖，下了将近一个钟头的雨使湖水溢满，波光粼粼，如镜如染。有人在乘坐竹筏。有一只空的竹筏正慢慢靠过来，岸上的人兴奋得乱叫。

王丽娜第一个跳上去。

蒋查浩然又黏上了王丽娜。他立在竹筏上，上蹿下跳。

王丽娜突然猛撑竹篙。蒋查浩然一个趔趄，掉落水中。

蒋查浩然会狗刨式，在水里扑腾着，虽然不至于淹死，但王丽娜还是伸出手。蒋查浩然趁机泼水，把王丽娜的裙子弄湿了。

岸上的许多男生在围观，纷纷拿出手机拍照。

王丽娜一撑竹篙，竹筏像离弦之箭向前蹿。那冰肌如雪的女孩子慢慢回眸，向众人挥手，露齿一笑，手抚一下湿湿的头发，一张落寞的脸消融在了夕阳里。

第四章 《盗墓笔记》与《原罪》

再张狂的学生，听到"请家长"这三个字，也是会"瑟瑟发抖"的。

一般开家长会，总是母亲参加。遇到我犯错，或别的什么，则是请父亲——也就是说，无论在家里还是在学校，父亲都是一个"受气包""背锅侠"的角色。

强哥有个习惯，请家长，学生也在场——他认为，当着孩子的面解决问题，效率会更高。殊不知，家长挨批，学生尴尬难受。不过，大多数时候，如果沟通顺畅，效果还是正面的。

上一次在班主任强哥的办公室见到父亲，不是因为犯错，而是别的原因。

父亲负责杂志的编辑，开辟了"校园天地"栏目，专门发表中小学生的文章：诗歌、散文和科普类小作品。并不是所有的学校都对此感兴趣，杂志社在城区挑选了几所定点学校，宾王中学是其中之一。

原来龚校长热心文体事业，与父亲有几分交情，对父亲的杂志很是支持。

父亲到宾王来动员学生写文章约稿，龚校长亲自接待。然后，龚校长又把与班主任联系的任务交给教务主任。教务主任是个面目和善的老头，别的本事没有，涂涂写写却很在行。因此算是父亲的半个笔友。

教务主任大约是出于好心，希望看在校长和自己的"薄面"上，给我一些"特殊的照顾"，于是亲自陪着父亲到强哥的办公室。

结果适得其反。

"咱们已经很久没有出现过大思想家、大哲学家、大科学家、大教育家、大文学家、大经济学家和大艺术家了！至于作家，倒是有那么几个。绝大部分是写手，甚至'写手'也谈不上。应该称为'污手'，浪费纸张——制造出一大堆文字垃圾！"

强哥愤世嫉俗，话里有话。显然，他是有点瞧不起顶着"作家"头衔的父亲的。如果是一位普通家长，倒是更能赢得他的尊重。

可毕竟是通过校长来的，教务主任亲自陪同，出于一般性礼貌，也要接待。

强哥表面上彬彬有礼，有一种江湖人士的豪爽之气，骨子里却是非常骄傲的。知道是校长的意思，起了本能的反感。

天下误会最可怕。强哥误会，是由于他班上学生写的作文，没在杂志上发表，而他的对手，九班班主任兼语文老师指导的两篇文章全登了。

强哥为了避嫌，没有叫我写——他与父亲有几面之缘，多少了解父亲的个性。那篇文章是薇薇写的，规定是千字文，薇薇花一个星期的时间，写了三千多，作为指导老师，强哥一再润色修改，最后却没有刊载。

"文章太长，如果压缩精简，又把精华部分抽调了。杂志版面有限。再说，我是责任编辑，上面有副主编、主编，我说了不算。如此好的文章，争取下一期能登上。"

父亲不厌其烦地解释，很想同强哥推心置腹地交谈；他的态度诚恳谦逊，使用的词语文雅古拙，看出来也非庸俗之辈。

不管怎么说，父亲还有另一个身份：学生家长。

强哥打着哈哈，似乎不介意——其实他心里介意着呢！

或许是那一次，强哥与父亲结了"梁子"。强哥对我的态度似乎也有了转变。

强哥以"我的名次下跌得厉害"，与母亲联手进行一次"挫折教育"，在全班面前批评。我对强哥的好感慢慢消失。

母亲最关心的是我的学习成绩。她的心情随着我排名的变化起伏，时而兴奋，时而沮丧。每次回家，就唠叨个不停。私底下千方百计向成绩好的学生家长请教。

她开始抱怨父亲对我的学习成绩不闻不问。请父亲到班长刘叶鸽的父母那里取经。刘父是一家私立医院的骨科大夫，刘母是牙科医生，夫妇俩一起承包了医院的口腔科，专心经营"叶氏牙科"。正好我的牙齿频频出问题，因为嗜好碳酸饮料，虫牙、蛀牙、牙洞、龋齿，毛病不少，母亲就趁我补牙的机会与叶医生套近乎。

"近朱者赤，近墨者黑"，母亲盲目以为，我成绩不如意，多少与同桌有关。不久，我就换了座位，与班长刘叶鸽同桌。

要我自己选，我更喜欢与蒯月朋或王丽娜做同桌。她们是篮球队队友，也是我最要好的朋友。蒯月朋性格随和，学习成绩也很好；王丽娜性格开朗，在女生中号称"混世魔王"——强哥自然是不会同意的。

现在的同桌倪晓薇学习刻苦，成绩中上。她是内向拘谨的，保守得很，

平时闷头看书写作业，有什么不懂的问她，不是支支吾吾，就是腼腆羞涩地笑。也许她是真的不懂，或者一知半解，并不能给我准确的答案。再说，自从上次她的文章没有刊登，薇薇对我的态度已有微妙的变化。

刘叶鸽自然是欢迎我的。她面容白净，文静秀气，与所有同学都能和平相处。对一个学霸来说，她关心的是学习，而不是与谁同桌。学霸对学渣，总是向下兼容的。

无论与谁同桌，我都没有意见。我的不满，是父母插手太多。并且，这种对父母的不满越来越强烈。拿父母和老师的话来说，我已临近"青春危险期"——在成人的话语体系中，这一时期，问题层出不穷，仿佛严重得像战争，硝烟弥漫。

亲情是世界上最宝贵的东西，亲情中有我们赖以生存的东西：温暖、力量和勇气；亲情也是枷锁，泛滥的亲情中，有害与被害、施虐与受虐，令人难过的是，在这种相互拼杀的关系中的当事人，还自以为是相互爱着。

我最大的愿望，是能够逃离牢笼，强烈要求走读，这样就有"放风透气"的希望。早起晨读，白天有写不完的作业，晚上按时熄灯，寝室里有生活老师盯着。学校食堂的饭菜谈不上好坏，但是千篇一律，天天吃，难免倒胃口。白天忍饥挨饿，每晚睡觉前就吃泡面，弄得房间里有一股泡面的味道。

母亲关心的，只是我的成绩和排名，成绩越好，排名越靠前，越舍得在我身上花钱。

我要买什么书，母亲都答应。因此，我家里的书柜和学校的书桌，塞满各种课外书。

这一次，就是因为阅读课外书引起的。晚自习我在阅读课外书，强哥悄悄走进，把我的书拿走了。

第二天，我和父亲都被请进了强哥的办公室。强哥的办公室，像格子间，四五位老师一起办公，他找人谈话时，其他老师都会主动避开。

"学语文，最重要的是培养阅读能力，帮助孩子拓宽视野、培养文学素养。一本好书可以滋养孩子的精神世界，锻炼孩子的观察力、理解力、想象力和创造力。我根据自己的经验，推荐了十几部中外文学名著。十三四岁的孩子，是黄金阅读期，过了这村没这店了。

"可问题总有两面。初二开始，课业难度陡然增加。特别是女孩子，弄不好成绩会一落千丈。男孩子一开窍，成绩扶摇直上，什么时候开窍都来得及，即便是高二年级幡然醒悟都还来得及。女孩子不同，小学初一有优势，初二开始，这种优势就消失殆尽。数理逻辑的东西，对大多数女孩都是难的，优势转到男孩子方面去了。

当然，我不会放弃任何一个学生的，哪怕是笨蛋、傻瓜，也要想尽办法送他们进最好的学校！"

强哥做了长长的开场白。

父亲坐在他对面，一脸茫然——他还不知道强哥找他来的确切原因。

"你是否听说过'南派三叔'？"强哥开口。

"我爸快九十了，大伯二伯早已过世。家族中没听说有二叔三叔。"父亲有些心不在焉，答非所问。或者他想幽一默，缓解沉重的气氛。

强哥从抽屉里拿出几本书：《盗墓笔记》《原罪》《大侦探柯南》。正是他前一晚收缴的。我在一旁坐着，火辣辣的，脸色通红。

"'南派三叔'是小说作者的笔名，据我所知，三十来岁，本称不上'叔'，因为一部《盗墓笔记》，无数'稻米'为之疯狂。"

"《盗墓笔记》是网络小说，后来纸质出版。小说讲述吴邪、张起灵、吴三省等人进入古墓探险。故事的主人公，姓名奇奇怪怪，什么吴老狗、闷油瓶、胖子、老痒，情节更是光怪陆离。其中有七星鲁王宫、土夫子、战国古墓、帛书、七星疑棺、青眼狐尸、九头蛇柏、明代船墓、暴风雨中的鬼手、幽灵船、勾人魂魄的'海猴子'，奇门遁甲，机关重重。还有六角铃铛、古老的库族、巨大的青铜树，在神秘莫测的秦岭探险，遭遇各种诡异事物——哲罗鲑、黄泉瀑布、尸阵、麒麟竭和烛九阴；云顶天宫，茫茫雪山，地宫墓室，数不胜数的金银财宝，昆仑胎、墙串子、百足神龙、藏尸阁、排道、火山口、门殿、殉葬渠等诡异恐怖之所；十万大山中的魔湖，瑶族古寨，铁人葬，雷王像，石中影，活人祭。"

"嗜血的毛发、移动的铁衣、诡异的浮雕、人皮面具、食人为生的密洛陀，你说，这些恐怖惊悚的怪异事物，除了带来超强的感官刺激，还会有什么？"

"没想到，一个女孩，会对这类书感兴趣。"强哥最后说道。

我很奇怪。强哥看书的速度真是惊人，竟然用一夜时间把几本书翻了一遍。

父亲看了我一眼，张大嘴巴。

"孩子小时候生活在乡下。田园村小姨家和月亮湾外婆家的老宅都很陈旧，或许那样的环境对她的性格起了潜移默化的作用。"父亲道，"也怪我，经常带她去看一些古建筑。"

"喜欢古建筑古文没错，喜欢看书更没错。关键是，这类网络小说，除了

211

带来刺激、浪费时间，不会有任何有价值的阅读体验，更不可能陶冶思想人格！"

"怪我怪我，对孩子看的书，没有严格筛选。"父亲道。

"孩子喜欢写一些东西，不像诗歌，不像散文，倒像是小说。那些文字奇奇怪怪的，我看过，不得不承认，孩子的想象力诡谲非凡。我不反对她写东西，可如果因此耽误学业，考不上理想的高中，上不了大学，我该如何向父母交代？听说，你也曾当过老师？"

"的确。不过我现在为太太打工，编杂志是业余的。一手铜臭生意，一手酸腐文章，一个地道的俗人，"父亲习惯自嘲。

父亲提出要全面了解一下我的学习情况。那正是强哥找他来的目的。

强哥先把我大大夸奖了一番，特别提到书法特长。教室后面的墙上，外面的走廊里挂着我的两幅作品："书山有路勤为径，学海无涯苦作舟。""学而不思则罔，思而不学则殆。"

"当初孩子入学模拟考，130多名。现在的成绩，300名左右。全年级500多名学生，中不溜。努力就有希望，放松就有麻烦，一切皆有可能。"

父亲提出要了解存在的问题。强哥看了我一眼，似乎并不避讳。

"孩子的问题，首先是专注力不够。很敏感，一点小声音就会受惊动。上课发呆、走神、思想开小差、云游天外。或者找理由逃避，一会儿喝水一会儿上厕所。一节课无所谓，可放大到一学期一年，差距就会很大！拖拉、叛逆、不专注、拖延症等不良行为，都有一个漫长的潜伏期。世界上根本就没有'熊孩子'，有的只是'熊家长'。孩子不会无缘无故'堕落'，是被无知的家长养废的。唠叨、说教、打骂、督促、旁敲侧击，也难怪，一旦家中有处于青春期的孩子，家长都会不由自主地头疼焦虑：压力过大，激发叛逆，过度放纵，担心走偏。管与不管，如何管，都成为问题。

"你我都是教师，心理学是我们的必修。在孩子这个年龄，应该是阳光开朗的。池田大作说：'青春是人生之花，是生命的自然表现。'我最担心的是孩子们的心理健康。情绪，幻觉，臆想，抑郁，焦躁，偏执，自卑，孤僻，懦弱，童年的创伤，青春期叛逆，各种心理障碍，'红灯'频现——"

或许是触及敏感的问题，强哥让我到外面的走廊稍等。

他们谈话的声音变得很低。

办公室隔音效果并不是很好，我贴近门缝，能隐隐约约听到一些词语。凭第六感，他们应该在谈论我的身世。

而那正是我最大的心结！当我试图像大侦探柯南一样搞清楚自己的身世之谜，隐约发现自己身上多多少少带着一些"原罪"。

初中新生入学时，要将原小学阶段的学生档案、户口及住宅证上交初级中学查看，达标后，学生凭盖有辖区教育行政学籍管理章与学校章的通知书，在规定时间到学校报到。学校的学籍管理工作由教导处兼管，班主任是本班学籍管理的第一责任人，负责完成本班学生的学籍录入、核对、变动情况。作为班主任的强哥，一定对我的身世有所了解。

过一会儿，我又被叫进去。他们当着我的面，讨论为我补课的事，征求我的意见。

父亲是反对补课的，可他尊重强哥的意见，让他推荐科学和数学的补课老师。

教师是令人尊敬的职业，待遇很高，收入不错。可中学教师特别是班主任通常很忙，周末加班是常态。强哥并不反对其他老师补课——有些老师，在校外上课，赚得盆满钵满。强哥自己小心谨慎，从不去培训机构上课。他似乎干得并不顺心，特级教师没评上，得不到重用。这是他当最后一届班主任，他打算挪窝，到绣湖或者实验中学去任教。

补课的问题很敏感，点到为止。

最后，强哥把书还给我，结束这次不寻常的谈话。

第五章　生日礼物

时间会模糊记忆，磨平所有的伤痕，只留下一片美好。

当我从宁静的睡梦中醒来，睁开双眼，梦境就像电影的结尾一样缓缓落幕。画面淡出，宁静的校园重归一片幽暗。

宾王中学的生活，真是冰火两重天。毕业后回顾起来，一开始要多舒服就有多舒服。这个宽敞整洁的现代化校园，一到秋天就桂花飘香。秋天的夜晚，顶着不断落下来的虫雨，闻着秋风送来的花香，真是惬意。

初一住校，八点半晚自习下课，之后就没有多少作业了。你不想学，老师也不一定会强迫。压力不大，不用挑灯夜读，也无须起早跑操。伙食凑合，老师也有趣。如果好好读书，养成好习惯，用身心去感受那种生活，真的蛮有意思的。在这里，说不定会遇到命中注定的那个人，遇到人生中第一个具有重大意义的机会。

当然，如果怀着另一种心态，怀着追求所谓成功的大目标，那么校园生活就是痛苦的，要多痛苦就有多痛苦。遇到最严的班主任，又恨又爱。如果不爱学习，被老师追着学，就会有各种的纠结，如果是学渣，自然就会产生各种莫名的怨恨，想着一定要早点离开这个鬼地方。

有人的地方就有江湖。校园也不例外。这里有各种老师的奇闻逸事，相互间的错综纠葛。某某老师漂亮，某某老师丑陋，某某老师铁面无私，某某老师喜欢收礼，某某老师性格懦弱、耳根软，某班主任的老公是飞行员，她的女儿在隔壁班——诸如此类，巴拉巴拉，一大堆八卦。

不知道班主任侮辱学生及家长的事有没有发生过，但好生差生区别对待是肯定的。一个明显的事实是，普通的班主任，对班里前半数学生抓得很严，而如果成绩不好的，初三就会被老师放弃。

听学姐们讲，初二最后一段时间可能会累一点点，到初三就要累成狗了。如果要冲击金华一中、义乌中学的话，刷题就会成为普遍。到时候各种卷子像雪片般飞来，如果没点真功夫，就可能被淹没。

总之，宾王还是一所不错的学校，在这里读书压力很大，但是考上好学校的概率更高，这是肯定的。辛苦三年，或者初三一年，应该会有所回报。

迈入青春少女的门槛，"自我"萌芽，童年的天真懵懂渐行渐远，而生活和学习的各种烦恼接踵而至。

升入初三前的这个暑假，也许是我最后放飞自我、任性胡为的假期了。我决定好好利用这个机会。

打从我回到城里，每年的七月中旬，父母都会为我庆生。大多数时候，由我做主，邀请一帮小朋友，一起去"下馆子"，吃牛排、肯德基和麦当劳。我会收到来自小伙伴的许多礼物：书包、铅笔盒、毛绒玩具和书籍：《安徒生全集》《格林童话》《伊索寓言》。

那时候，我是一个骄傲的公主——短发蓝裙、明眸皓齿的白雪公主。

父亲也会想出一些别出心裁的过生日的方式：骑车登山、徒步远足、乡下野炊，或者是出门旅行。我去过北京、上海、南京，去过绍兴兰亭、安徽黄山、云南丽江、厦门鼓浪屿等许多地方。

父亲对我疼爱甚至宠溺。刚回城时候，与父亲睡在一起，每每晚上睡不踏实、哇哇大哭，父亲用手抚摸一下我的头颅，我就能安安静静地睡着。后来，等我稍长，单独睡一个房间。

我特别期待收到父亲的礼物。这一次，他给一本相册，是我童年少年的照片集：放风筝、堆雪人、打雪仗、打篮球、踢足球、溜冰滑雪。照片上的我，笑容灿烂，无忧无虑。

十三四岁的少女，笑容越来越少，心事却越来越多。

儿女的生日，就是母亲的受难日。想到自己初潮来袭的那一天，母亲那殷殷的眼神，每次过生日，总要征求她的意见。

"妈妈，我的生日到底是七月十五还是十六？"

"十五，十六有什么区别？早一天，迟一天，都是过生日。"

"那这一次，你送我什么礼物？"

"书。随你自己买，拿发票到我这里报销。"

母亲有点固执，自以为是，脑子里还全是些观念旧货。唯一值得称道的是会做生意。

每年的压岁钱交给她保管，后来都用来买书——不管花多少钱买什么书，她都不会计较，她自己读书少，或许是一种补偿心理。

其实，我已不在乎母亲的那些礼物，因为生日收到的礼物够多了。

世道变了，女孩比男孩更吃香。蒋家有女初长成。以往没注意的小不点，

渐渐入了他们的"法眼"。

大表哥一家的礼物很别致，他们刚上幼儿园的儿子画了一幅卡通画，送给"表姑"。二表哥在二中教书，当班主任，他写了一封信，鼓励我好好读书，有一天能考上二中。

小表哥王家玉发一个红包。大表姐以前的礼物通常是鲜花，这次送了一个憨态可掬的陶俑。二表姐三表姐送运动服运动鞋，她们知道我喜欢穿运动服——我不喜欢裙子，留短发，像个男孩。

外婆的礼物，是委托母亲在烘焙店里定制的蛋糕。每次生日，收到好几个蛋糕，吃不完一大半扔了，造成极大的浪费。

于是，木匠舅舅干脆给我打一笔钱。

有一笔平生可以自己支配的钱，想着开一个生日Party。想到自己并非能歌善舞，没几个音乐细胞，还是实惠一点，最后决定请最要好的几个女同学撮一顿。

父母很赞成我的想法，说我长大了，应该学会体察人情冷暖、经营人与人之间的关系。

在学校里，女生们要好起来，就用小零食、话梅什么的相互请客，塞来塞去。对女生来说，过生日是人生大事。只要某位同学宣布过生日，一时间，要好的同学就早早准备送礼——有人准备祝福卡，有人准备笔记本，也有人作一首诗。凡是你想到的，别人也会想到，像什么歌谱、书签、祝福卡、铱金钢笔啦，送这类礼物，非重复不可。可送一件别致的礼物，还真是一件伤脑筋的事。

于是我提前宣布，过生日不收礼。只要她们愿意来参加"生日宴"，就是对我最好的祝福。

聚会的地点选在"义乌之心"。它离老火车站不远，是刚刚建成的大型商贸综合体，这座城市最繁华时尚的地方之一。

我选了一家普通的餐厅。我们的兴趣并不在吃上面。

我请了四位同寝室的女同学——刘叶鸽、蒯月朋、王丽娜、倪晓薇。我们曾经同吃一桶泡面，一起在教学楼后面的亭子里分享面包，一起打球，一起学习。

刘叶鸽现在是我的同桌。这位牙科医生的女儿是个大才女，文采好，口才更出众。她的成绩优秀，班级第一，全年级排第二。平时她是内向文静的，说话慢声细语。偶尔也喜欢"撑人"——一口伶牙俐齿，显得有些尖酸刻薄，看人时眼睛比眉毛高——不善伪装，其实是不想与人废话，浪费她的时间。

为了能与她同桌，妈妈费了不少心思，带我去她母亲那里看牙齿，花几千元钱。我写了一幅行书作品《岳阳楼记》，裱好，送给她。刘叶鸽很喜欢我的书法，把那幅字压在家中书桌的玻璃台板下。

可学霸与学渣的鸿沟是不能轻易填平的。即使刘叶鸽愿意教我，对我的学习成绩也不能有多大帮助。说实话，我们的关系可能只比一般的同学要好一点点。她并不是我最要好的朋友，出于礼貌邀请，她不来，也是情理中的事。

原来一放暑假，刘叶鸽就回丽水外婆家去了。她的生日礼物通过她母亲转交给我，一块青田"封门石"，色淡青，如春天萌发的嫩叶。刘叶鸽知道我喜欢书法篆刻，那"封门青"的价格也不会太便宜。

蒯月朋家在东阳，是她父亲开车送她过来的。与我一样，蒯月朋一定是父亲的宠女。那身材高大的中年男人是红木家具厂大老板，抱着一堆礼物进房间，就借口有事出去——后来才知道，他一直在外面等，等到聚餐结束。

蒯月朋的礼物是木雕摆件：一个红木笔筒，一个毛笔架，一个老红木刻的葡萄纹印盒，正好配篆刻印章。蒯月朋成绩优秀，温柔善良，人缘极好。她修长苗条，皮肤白皙，乌发飘柔，一张瓜子脸笑容浅淡，等将来长成了，一定是位气质高雅的模特儿。

王丽娜是第一个到的，原来她是"义乌之心"的常客，刚开张几个月，已经把这里的中西餐厅吃遍了。聚会的中餐馆就是她联系的，选定一个非常隐秘的小包间。

王丽娜穿着平时最喜欢的浅灰色短袖衬衫和背带牛仔短裤。她独往独来，不守纪律，不虚心接受批评，嬉皮笑脸还爱顶嘴。她敢于在指甲上涂五颜六色的指甲油，穿上新裙子之后，永远带着一脸期待别人发现、不怕被指责、为出风头的神情。坐在她后面的很多男生，会对着小镜子认真地往头发上面喷啫喱、专心致志地挤青春痘，最后被老师责骂，而"罪魁祸首"却假装无所谓，抿紧嘴唇，偷着乐。

王家是开箱包厂的，王丽娜送的自然是包包，我觉得那个精致的包包送给成年人更合适，送给一位十三四岁的少女太昂贵了。

薇薇迟到半小时。因为衣着陈旧，她差点被保安拦在门外。她是从乡下坐公交车来的，背着那个陈旧的书包，穿青灰色的制服，像一个厂妹。暑假刚过半月，那张瘦小苍白的脸变得黝黑。原来她这些天在家里一直帮着父母干农活，风吹日晒，一身泥土。

薇薇从鼓鼓囊囊的书包里拿出送给我的礼物——一本银行内部发的笔记

本。很多小女生，总是对于漂亮笔记本和各类文具有执念。我很喜欢薇薇的礼物。可薇薇却觉得寒碜，闷声不响地坐在一边，在这样的场合，她总是显得很拘谨。房间里开着空调，薇薇蜷缩着，似乎有些怕冷。

王丽娜把服务员送上来的菜单推到蒯月朋面前，她虽然平时嘻嘻哈哈，在女生中充当老大，在蒯月朋面前却是小女生的模样。蒯月朋不但在篮球场上是"定海神针"，平时也是一副大姐姐的样子，她长得俏丽，粉扑扑的瓜子脸，嵌着一双丹凤眼，矜持而沉稳。

男生中，只有葛天宇送了礼物：一个毛绒玩具。母亲与"宇妈"是无所不谈的闺密。

上菜的间隙，几位女生叽叽喳喳，点评着收到的那些礼物。

包间的房门开了，探出一颗小脑袋。这位不速之客像只小耗子，尖嘴猴腮，两只招风耳。他一边嘿嘿笑，一边用手指敲了敲木门，贼溜溜的眼睛朝里面飞快一瞟，又把头缩回去。

"查渣，进来！"王丽娜叫道。

蒋查浩然侧身走进，脸上挂着不自然的笑容。

蒋查浩然有个绰号，叫"包打听"——不但班里的事情，整个学校发生的事都清楚。所以对他的不请自来，我一点也不奇怪。

"各位女神，生日快乐！"蒋查浩然掏出一个盒子，里面装着一块智能手表。

"送给谁的？"王丽娜明知故问。

蒋查浩然朝我努努下巴。

"小气鬼！这里有四位女神，要送就每人送一块！这种便宜货——"王丽娜哈哈大笑。

"丽娜，别奚落人。人家是好心好意。"蒯月朋道。

"我备着呢，每人一块——"没想到，蒋查浩然真的是有备而来。他父亲曾在广东开电子厂，做 MP3、MP4、智能电子表之类，家里库存一大堆，有事就到处送人。

蒋查浩然把其他四个盒子放在桌上，转身一溜烟跑了。

半个小时后，他又闯进来，这回，他手里拿的是一个信封，一脸神秘："我奉命飞鸽传书，当一回红娘月老——"

"你哪里是白鸽，你是乌鸦！说，送给谁的？"王丽娜道。

"还有谁？送给妙人儿——"

"谁是妙人儿？"

蒋查浩然朝我努努嘴，又朝薇薇努努嘴。薇薇脸上露出羞涩的笑容——她与蒋查浩然现在是同桌，蒋查浩然对她很有好感。

"妙人儿，当然是指晓薇了。"蒯月朋不禁莞尔。

"今天是睿典的生日，她才是妙人儿。"薇薇低声道，看了蒋查浩然一眼，那温柔的一瞥使对方结巴起来。

"这里有一个，两个，我是说，四个，都是妙人儿——"

信是给我的。

英鸿博。我看见信封上的落款，不禁脸火辣辣的，心儿怦怦直跳。

宾王中学入学考试后，我在教学楼的长廊里，遇见了小学的同桌。三校升入宾王的不少，分在不同的班级。小学同学留下深刻记忆的少之又少，大部分后来渐渐疏远。

那个小学时文静的男生已判若两人。白净的面庞，明亮的眼睛，和小时候相比，眉目舒展了许多，只是略显单薄苍白，穿着朴素校服，毛茸茸的上唇，笑声稚嫩。然后，像所有的少年一样，一天天蜕变。白色的运动鞋，浅蓝色运动服，衬着一张格外白皙、格外英俊的脸，在篮球场上生龙活虎。

英鸿博是真正的学霸，全年级第一名。他已参加了三次科技运动会。

英鸿博，几乎所有少女心中的白马王子。

"贫嘴乌鸦，你的任务完成了，该干吗干吗去！"

王丽娜把蒋查浩然打发走，急切地拆开信封，大声朗读起来：

站在窗边，曾经的阳光
穿过旧排练场的彩色玻璃
在你身上投下斑驳的光影
书页上夹着枯黄的树叶
随意转动一支普通的圆珠笔
送走懵懂的童年记忆

飞花季节，轻轻将你托起
任风儿吹过发际，蓝天下
朵朵白云因你而美丽
回顾公园里那片枫叶
染红了浓浓的秋意
飘落下来，淹没

我们曾经的浅浅足迹

往昔的时光，如深埋的宝藏
就算经过火山熔岩的挤压
依然如霞光熠熠
迎接青春躁动的羽翼
孤独的开始，耐不住寂寞
像那有意露出尾巴的狐狸
萍水相逢只为各奔前程
该感谢陪自己的每一程
向前的秒针，是那断线风筝
刻着相逢，也刻着别离

王丽娜读着的时候，她自己，和坐在一旁矜持的蒯月朋都忽然脸红了。

十三四岁的女孩，围在一起小心翼翼谈论男生，一旦话题指向别人就会放肆而大胆，而轮到自己，既怕被人说"不要脸"、急急忙忙澄清，却又害羞着，偷偷享受那份被谈论带来的兴奋。

青涩的小学女生悄然成长为少女。仿佛经过漫长冬天的蛰伏，在春天的泥土里听见种子萌动的声音。女孩子们谈论起男生时，不再像小学那样，故作毫不在乎不感兴趣，

带有一点点刺激的兴奋。信笺上的诗行足以令几个女生兴奋一个下午。

王丽娜借口上洗手间，把单买了。

生日收到多余的钱，母亲决定捐给儿童福利院。儿童福利院离家不远，在宾王路上，养老院怡乐新村的对面。

过去，父母经常参加爱心义举。母亲把给我买的又很少穿的衣服打包好送去。福利院旧衣服太多了，往往按照废品给卖掉或者堆在那里——毕竟旧衣服会有弊端，万一让孩子感染上感冒病毒等其他疾病，他们担不起责任。于是儿童福利院改变规则，只接受社会团体的捐赠：食品、图书、玩具、日用品和衣物。当然，私人捐钱是可以的。

生日给我带来的兴奋渐渐消散。我心中的凝云越聚越厚。那是对自己的身世疑虑。我的生日究竟是七月十五还是十六？母亲闪烁其词，其中必有

蹊跷。

还有手机里那个奇怪的号码。那个一直存着电话号码，偶尔打进来，打过去却是一片忙音。它不是一个简单的骚扰电话。那个拿着诺基亚手机扫大街的大妈还经常可以看见。

少男少女都有强烈的好奇心。不想揭开，却又抑制不住窥探。

舅妈去世时候出现的女人出现在梦中。生日与自己的身世，成了一个巨大的谜团，一个巨大的阴影。

深埋的阴影会爬上忧郁女生的脸。她的眼睛少了斗志，缺了热情，偶尔，疲惫会像红血丝一样爬满眼球。

第六章　中　考

无忧无虑的日子总是那么短暂，而诚惶诚恐的日子却是那么漫长。

初二一年，不知道是怎么过的，有时候，一睁一闭，就是一个月；有时候，一闭一睁，一天却像一年——真正的度日如年。

初二最大的变化有三个。第一是科学和数学的难度大大增加。第二是考试的次数大大增加，天天有测验，周考，月考，季考，期中，期末，没完没了；一节一节、一章一章、一门一门地考过去，弄得晚上做梦也会梦到考场。每周回学校，我都要买一大堆零食泡面饮料，仿佛它们是灵感的催化剂，而食堂里那些已经吃厌的饭菜非但不能提供营养，反而成了激发灵感的障碍。咖啡成了最关键的饮品，像患了强迫症，我一定要某一品牌的咖啡。到了周中，父亲就送咖啡来，因为遇到考试频繁，那些咖啡——应付考试的"弹药"早就消耗殆尽。

第三是频繁的座位变动。全年级500多名学生，十个班级，分成ABCD，三六九等。一切都由名次决定，每次大考之后，都会重新排一次座位。

学生与学生有竞争，班级与班级有竞争。初二下学期，强哥的脸色就变了，恨不得天天攥着你，"戒尺""飞镖"之类全用上。也难怪，这时候宾王，还比不得实验、绣湖、城南中学，能考上义乌中学的也就几十个。

几个要好的同学已各奔前程。刘叶鸽、蒯月朋进入一百名内，搬出寝室，搬到实验楼那边去住了。进入提高班的条件是第一次月考进前一百名，并且以后一直不能掉下来——从这个角度讲，提高班学生之间的竞争压力也是蛮大的。到了初三，尖子生的作息时间也与众不同，星期天就要回校，下课要到晚九点半。提高班不需要另外交钱，也不和上课时间冲突，学校抽调了专门的老师，用晚自习后的时间给提高班学生上课。

王丽娜的名次没有大的变化，保持在450名到500名之间。这样的名次是最幸福的。理由很奇葩：女孩子天生就笨，没有男孩子聪明，越到高年级，越容易跟不上；成绩吊在车尾，优哉游哉。

我的成绩，像过山车，发挥好的时候进入前 200，不好时掉落到 400 名外。

变化最大的是倪晓薇，仿佛茧中的蚕蛹，初三上学期破蛹而出翩然振翅。她坚持晨练晚跑，变得更瘦，长跑让她的肌肤呈现微黑色，五官渐渐清晰立体——她成了一个爱美的姑娘，不再穿那些廉价得让人看不出年龄段的衣服。大家忽然发现，原来她是个长得很有味道的女生，瘦削的肩膀和下巴，透着几分俊俏。

我是看着她蜕变的。她每天就睡五个小时，一星期干掉一瓶纯黑的苦咖啡！虽然没有进入 100 名，但以她的模考分数，考进二中、大成中学没问题。

每天早上从噩梦中醒来，脑袋总是嗡嗡的。那是强哥不停地在你耳边唠叨！

初三苦？说实话，初三是真苦！不是站着说话不腰疼，真的，我也知道你们的苦楚！不过，人总得有点目标！别说自己不行！别气馁！看看人家倪晓薇，喝苦咖啡喝到流鼻血，熬夜背化学方程式到凌晨三点！凌晨三点，白天还不瞌睡！难道她不是人？她只是有目标有毅力，她只是不怕失败坚持目标！！

初三了，你还在刷手机睡觉混吃等死吗？你甘心别人考七百多分而你只考四五百，就那么没出息没志气？真心告诉你们，奇迹是有的！奇迹需要付出！你必须耐得住寂寞，吃得起苦，还要静得下心来！

那些优秀的人比你努力一百倍，你现在开始努力还不晚。每天进步一点点，奇迹就会发生。别跟我说你因为讨厌哪个老师不学哪科，老师是你爸呀？如果学习不好，甘愿放弃，那就别怪老师当着全班的面把你当反面教材。我也不是教育你们要高尚，你想报复看不起你的老师，就做出来点成绩给他瞧瞧！

你不是学不会，是根本不想学！凭什么不努力？怕失败？算了吧，你都不敢努力！等老了，跟你孙子说，"我当年不是没努力，只是没成功。"假装努力，到时你有脸说吗？

你有毅力吗？你真的没有时间吗？你每天吃饱了看小说、玩手机、打篮球、上网玩游戏，每次人家学习的时候你都在玩！每次人家把错题做三四遍，顺带温习知识点，你却草草了事，下次模考，同样类型的题照样不会做。你还抱怨说："啊呀，我明明会做的。"你真的会做吗？你以为你是天才过目不忘呀！

你还有时间迷茫、打算中考前一个月再努力吗？没时间了！你自己想，

"我聪明，我当然可以。"可以什么呀?!来不及了!初三了，再不努力，你一辈子就跌倒在这个坎儿上了!你们还等什么怕什么呢?就是一天背三十个单词，多做两遍题罢了，会要你命吗?!

"这世界上最激动的事，就是把握自己的人生。你现在就把握着自己的人生。你说，你不是官二代、富二代，将来也不想考上重点高中、考上清华北大、考上985、211，可这些都不应是你懒惰不努力的理由。快中考了，一定要好好地读书，胜败在此一举，如果进不了好学校，那你的一生算是交代了。现在人，只看文凭不看水平，你不努力，爸妈发愁，旁人也替你们忧心忡忡、惶遽不已。"

"别给失败找借口。中考可是比高考还要残酷!到时候，你就会明白高中和职校技校的霄壤之别，重高和普高间的悬殊鸿沟!不学习，中考就是人生分水岭。你们还笑，跟一群智障似的，等有一天，像大妈大爷一样去扫大街的时候，我看你们还笑不笑得出来!"

强哥成了"百管部"的部长，除了上课，每天催人去晨跑，练俯卧撑，好像要培养一个体育健将。他似凶神恶煞，比军训的教官还要严厉。

高强度的练习，只是为了中考体育的40分。

初一初二，副科的音乐美术上的不多，大部分被主课占去了。体育有时候也有，但到中考之前那一段时间，体育课数量增加不少。

对于不喜欢跑步的人来说，简直就是噩梦。

几个800米跑还没达标的女生男生，下课后留下来跑。强哥掐着秒表，在场边大呼小叫。

有一次，我气喘吁吁跑到终点，在一旁休息时葛天宇冲过来，推了我一把。我扑倒在地，手掌擦出血来。

葛天宇发出一阵恶作剧般的狞笑。

强哥装作看不见，他分明是在袒护那个脸上长满疙瘩的该死的"胖墩"!还命令我继续跑。

强哥的理由很充分，加把劲，就能拿到满分40，比吭哧吭哧做题、在试卷面前苦思冥想多拿一分容易得多。

"我——不——愿——意!"我怒吼道，终于爆发。

"擦破点皮算什么——你的腿又不是瘸了!"强哥瞪大眼睛。

"恶魔!"我心里窝火，不停地诅咒，"恶魔!恶魔!"

对强哥最后的好感消失了。

"还有一百来天就要中考，还想拖？还没醒来？你想再来一年？告诉你，吃不了苦，遇到困难就放弃，就这种心态，再来十年你也考不上大学！你要到哪一天才肯努力、奋起直追？——别轻言放弃，从现在开始，拼一把吧！就算到最后没能如愿以偿，至少，你可以告诉自己，'我真的努力了'。到时候，该去哪去哪。别信那种'中高考又不是走向成功的唯一途径'的鬼话。我告诉你，如果不努力，无论走到哪，你都是一个配角，有时候连个配角都没你的份儿。"

最后一个学期，中考倒计时，百日誓师大会在校体育馆召开。这里曾响彻中小学田径运动会和校篮球赛的欢呼声呐喊声，现在，是全年级 500 名学生铿锵有力的"吼声"。

校长、教导主任依次发言。强哥代表普通老师和班主任宣誓。英鸿博、刘叶鸽代表男女学生宣誓。那场面真使人热血沸腾。

分班，占位，冲刺。前一百名的学生中，最优秀的学生已被预录取。在这场掐尖的游戏中，尖子生反而是最轻松的。学校集中所有的优秀老师辅导他们，冲击一中、二中、大成。

剩下的学生，每个班级自行安排。成绩不够好，也不能轻言放弃。

每周六，八班的学生统一到郊区去上课。教室是临时租用的民房，家长凑钱买课桌椅。这一切都用不着强哥操心，他只需安排老师的课表。剩下的交给热心肠的"宇妈"，她只要在群里发一条短信，家长们就会踊跃捐钱捐物！她的儿子胖墩成绩在 300 至 400 之间徘徊，所以跑前跑后，格外勤快。

要把学生的成绩提上去，无非是"压"和"补"这两招。压，就是压课业，压时间。我常常想，这种"压榨"的办法，就像王家院子里的石磨，要把一颗颗黄豆压成豆浆，也像菜市场的绞肉机要把人撕扯成肉末，也像是榨糖机，把我们身上所有的糖汁压出来，最后变成一堆糖壳废渣。

补就是补益——补气补血补脑。茯苓山药，黄芪丹参，冬虫夏草，六个核桃，大量的益智益脑药，脑袋有没有开窍不知道，大把大把花钱是肯定的。

当然，最重要的还是补课。

初二下学期开始，所有学生家长就八仙过海各显神通，妈妈也带我四处补课。她手机的电话本上，有大量培训学校、补课老师的号码。虽然一天 24 小时不停骚扰她，也舍不得删掉。

不知是因为懒，还是不得法，我的英语在 100 分左右徘徊。英语老师急了，找我谈话，告诉我不另辟蹊径真的来不及了！

英语是我的提分项。找了一位英语教师，是一中退下来的特级教师——

说穿了，有个"特级"名义算不得稀奇，关键是他头上还有各种光环。这是一个有酒渣鼻子的老头，四十摄氏度的高温天气还穿一件长袖衬衫，打领带，衣服湿湿地贴在肉上，成了身体的一部分。他不住地拎衣服，以求降温。为了显示自己的博学多才，额头上大汗淋漓，还在口吐白沫、滔滔不绝。在我看来，却是六个指头抓痒——多了一道道；鸡一句，鸭一句，东一榔头西一棒槌，说不到点子上。

从小学去 EF 开始，我一直没停止过英语补课，已经挖不出一点潜力了；又像吃多吃腻了，见到英文就想吐。

数学是我的弱项。在学校后面的"快乐学堂"补课。数学老师是一个胖胖的中年人，来自北方的哈尔滨，辞职后到南方来漂。他上课的秘诀就是做密卷。五月开始，各种各样的押题班就层出不穷，各个学校被抽调去出题的老师们所留下的那些卷子教案，都成了"葵花宝典"。大家都抱着宁可白做三千，也绝不放过一套的心态，机械性地做着一套套的"密卷"。

最后一个学期，我的成绩依然上蹿下跳。如果把每次的排名连成一条曲线，一定像母亲心脏病发作时的心电图。

最后三个月，到了背水一战的阶段，妈妈黔驴技穷，只好求助班主任强哥。

"普高还是有把握的，问题是城里读还是乡下读。孩子的成绩很不稳定，像她的情绪，发挥得好，进二中三中，发挥失常，就可能进五中、六中，甚至可能——"强哥看着母亲脸上焦虑神情，没有说下去。"成败也就是一二十分的事。科学、数学分值高，可到初三基本定型，很难挖潜。孩子喜欢文学历史社会，政治课背诵的多，提个一二十分，比其他课容易多了。"

强哥推荐同一办公室的章老师。

我搬出学生宿舍，住进章老师家里。

章老师本来就是任课老师。她的课，中考只有 100 分，与她的人一样，存在感不强。但是，我对章老师却是印象深刻。她个子不高，衣着朴实，一副与世无争的闲适样子，说话慢条斯理，圆脸上总是挂着慈爱微笑。

章老师鼓励学生发言提问题。她一提问，同学们都纷纷举手回答问题。我由于胆子小，不敢举手。她似乎发现了我的胆怯，就点名叫我回答问题。我战战兢兢地站起来，脸涨得绯红，始终害怕开口。正当我犹豫之时，我听到她和蔼亲切的声音，感到一股暖流涌上心头，鼓起勇气大胆回答了问题。自那以后，我克服了胆怯、害羞的毛病，上课时也敢发表自己的观点了。

后来我知道，她是江苏镇江人，嫁到义乌后一直在中学教书，教过语文英语各门课，是有三十几年教龄的老教师了。

章老师的家在离学校一公里外的一个小区里。这个老小区住着许多像她这样 20 世纪六七十年代出生的老教师。因为是顶层，带阁楼，九十几平方米的公寓，倒不是很逼仄。

我的蜗居比家里的卫生间大一点，只够放一张床和书桌，可比学校六人一间的寝室强多了。因为军训那些天出汗引发的怪味，我一直对住校很反感。那西施疾、美人忧使我对气味敏感，有小洁癖。

章老师的丈夫在外地工作，女儿正在读大学。她和女儿的书房对我敞开，爱读什么书都可以拿。

章老师每天唤我早起，走路上学，有时候陪我跑步。晚上放学后，辅导一小时，政治为主，也辅导英语。睡觉前，她泡一杯暖暖的豆奶，给我按摩手脚。

陌生的环境，陌生的床。这个临时蜗居没有学校紧张的气氛，那些在学校里压抑的思绪像水泡似的冒出来。

晚上，我做了个噩梦——我梦见一所医院。一个婴儿从床上被人抱走。一个背影模糊的陌生女人在嘤嘤哭泣。父亲从背包里拿出户口本，叫我去办什么事。模模糊糊的，在户口本的第二页上，我看到一个陌生的名字：倪雪娟。

妙人儿？倪雪娟？难道这是我的另一个名字？

一个陌生的男人在叫我，我回过头时，那陌生的男人又消失了。

我不知道，这是不是梦，也许，它是真真切切发生过的现实。

我再也睡不着了，悄悄来到阳台上。脚下是黑漆漆的夜。远处是灯光迷蒙的城市。

这是一个陌生的世界。这是一个孤独的世界。这是一个痛苦的世界。如果我现在就跳下去，那痛苦的一切是否就此烟消云散？

背后传来脚步声，穿着睡衣的章老师站在身后，一脸惶恐。

母亲被叫到章老师家里。她们怀疑我得了抑郁症，轻声说话。

"没那么严重，她只是认生。孩子打电话，说住你这里很好，很安全。章老师，真是让你多费心了。"

除了三天两头送吃送喝送礼，母亲不可能做更多。

章老师照顾得愈加殷勤，每晚睡前一杯热乎乎的高乐高或者一杯热牛奶。客厅茶几上的蓝色水晶盘里，盛满水果和奶糖。空气中飘浮着的水果清香和

衣物柔顺剂的味道交织在一起，称得上是温馨的味道。

有一天晚上，我突然开始咳嗽。章老师用温暖的手轻轻抚摸我的额头，说："还好，没发烧。来，我喂你喝点咳嗽药水。"

那和蔼的语气、温暖的话语，像一股暖流注入我空落落的心里。

昏沉的午夜，床边模糊不清的人影，我突然拉住那双手不想松开，然后扑在她的怀里哭起来。

"认干妈？孩子，我自己也有女儿，你将来记得我就够了。我怕你妈会吃醋，我们镇江人喜欢吃醋——"章老师难得幽默了一次。

辅导，安抚，按摩，宣泄。

疲惫消失，可我还是不想马上上床。

我站在阳台上，久久不能平静。五月的风吹在脸上，温暖舒适，让人忍不住想要打哈欠。我蜷缩成一团，像一只太阳下慵懒的猫咪，依偎在墙角。

远处，是城市上面的夜空，希望的星星在闪烁。

第七章　北斗文学社

致远方

其一

窗内，书声琅琅
窗外，我的思绪插上翅膀
飞向远方
寻找那诗与梦的彼岸

那是我渴望的远方
浩浩的黄河长江千年流淌
连绵起伏的群山峰峦叠嶂
胭脂般的丘陵色彩斑斓
戈壁沙漠的驼铃唱响
还有黄灿灿的油菜花绽放

那是我渴慕的远方
那里有春天的桃花源
夏日的蓝天下是蓝锦缎般的湖泊海洋
秋天洁白的云朵
拂过金色的稻菽麦浪，还有
冬天银装素裹的北国风光

终有一天，我会背起行囊
走遍万水千山
寻找那理想的彼岸
那诗与梦的远方

其二

古老的故事刻在青铜甲骨上，
远方的诗歌写在竹简丝帛上
摩崖石刻间
烟云水色迷茫
翰墨挥洒，曲水流觞

黑白两色，气象万千
古老的笔墨是我们心灵的图腾
优美的线条已融入流动的血液
那方方正正的文字
给我温暖，使我坚强

提顿折按，浓淡枯瘦
是我们千年的求索
天地之间，一撇一捺
是顶天立地大写的人
丰神俊逸，挺拔伟岸

终有一天，我会负笈远行
攀登仰之弥高的山巅
寻找马良的神笔
挥洒青春的激情
书写华丽的篇章

　　三中的阶梯教室里，黑压压，坐满了高二高三年级的学生代表，高一年
级的新生，按照蛇形方式排列，鱼贯而入。大讲台前，竖着黑板、投影仪和
幕布。校领导和所有的评委，在主席台上就座，其他参赛同学坐前排。大厅

里直勾勾的目光炙烤着台上的领奖者。所有的人脸都变得模糊，成了漫画上黑白色块。我抬起头仰望着巨大的吊灯悬在棚顶，试图数清那盏花朵造型的吊灯究竟有多少瓣，数到脖子僵硬，才低下头。

可想而知，在这样恐怖而空旷的"大教室"里面进行的任何活动，都有三堂会审的味道。

校大门入口处那巨大的电子屏幕上，不断滚动着首届"北斗杯"诗歌大赛获奖者——十大诗人的姓名。

当"蒋睿典"三字滚过的时候，我的心情怪怪的。

被人众星捧月，连走路都像腾云驾雾，脑子里懵懂一片，有点像在做梦。一颗心吊着，忐忑不安。

一个普通女生，第一次站在炫目的灯光下，肯定会手足无措。幽闭的环境使人感到窒息和压抑，而体育馆、大礼堂、操场那种广大宽敞同样会使我紧张，空落落的无处藏身，因为我从来不是站在舞台中心的角色，而是一位观众，一位旁观者，顶多是一位陪客，像群众演员甲乙丙丁，是被忽略的角色。

我常常感到自己的卑微渺小。回看邈远的波浪，是那平凡大海中的一滴水。

我的学习成绩平平，相貌平平，家庭背景也是平平。

班长、副班长，各种委员组长，都与我无缘，从来是白丁一个。少先队的小队长、中队长都是根据小朋友的表现来选出，如果表现得好就会晋升，至少从一道杠升为两道杠。如果表现得不好，则可能被撤职。我记得，我最大的官，是小学时的语文课代表。

我就读的三小就在老火车站不远的义东路上。小学六年的生活实在乏味单调，各种规矩——比如清晨排队列的时候，班长们会在队伍里来回巡视，哪怕你耳朵痒痒伸手去挠了一下，同样会被训斥。有时候还会被班长从队伍里面揪出来拖到队尾去。

当然也不是没有欢乐的时候，体育课就是其中之一。班里的小朋友熟悉起来，一起跳皮筋，玩"老鹰捉小鸡"，在操场上放肆奔跑。即便有时候撞到高年级同学，被他们的足球砸，或者自己跌倒擦破皮，小朋友们依然玩得不亦乐乎，到处能听到嘻嘻哈哈的玩闹声。

女生真是一种神奇的动物。老师对谁笑一下，都能让其他人非常羡慕。每天放学前，班主任都会总结一天的情况，被批评的孩子懊恼非常，被表扬的则会第一时间冲到爸爸妈妈的怀里，得意扬扬地"显摆"。

我最大的目标就是争取一朵小红花，在红花榜上不至于拖尾巴。

那时候，我时常神情恍惚地沿着学校外的义东路散步，把路两边的小商店一个个认真地看过去，什么都不买，也不停留，就好像领导下基层视察一样，又仿佛是个没有灵魂的局外人，专注地看着小学生们进进出出，在逼仄拥挤的小店里细心专注地挑挑拣拣文具玩具。

还有一字儿排开的小吃摊，小地摊。它们的生意非常红火，虽然每隔一段时间会被学校教导处例行抽风地肃清行动围剿，但是第二天又会陆续出现，"野火烧不尽，春风吹又生"。男孩子喜欢的弹珠和各种卡片，女孩子喜欢的千纸鹤方块纸和幸运星彩条，还有低年级生喜欢的奥特曼、挖掘机、天线宝宝和海绵宝宝，高年级生喜欢的明星照片以及图章。

那些花花绿绿的小玩意儿，那样廉价粗糙的小商品，撑起了一代人的童年。

回到人海，我还是一滴面目模糊的水，与所有普通的女生一样，汇入校园那片平静的海洋。

初中的生活终于泛起一阵波澜。不，应该说是像海啸。海啸来时，狂涛巨浪席卷一切，海啸去时，剩下一片狼藉。

由自卑到自负，再由自负到自卑，我情绪的小舟起起伏伏，在波峰浪谷间颠簸。

不管怎么说，那小舟载着我，度过了人生第一个暗礁险滩。

中考的三天是怎么过来的？一切似乎都在恍惚中。

两位监考老师一进门直皱眉，尚未拆包发卷，教室里已有一个女生昏过去。门外巡查的焦头烂额，瞪眼说："又一个！"苦读九年，真要一展才华时却莫名倒下，的确是一件很痛苦的事情；而且，倒下的，往往是真正能拿高分的人——高分低能也罢，高分却体质不佳者最倒霉。

那个女生不是别人，正是倪晓薇。原来她出水痘，连发了一个星期的高烧。

好在她被救过来，很快返回考场。

看上去公平的考试，其中蕴含不公平。比如，与那些坐着大巴来回奔波的考生比，我们这些在自己熟悉校园考试的，多少有些优势。

试卷拆封后向下递，拿到卷子后，我"唰唰唰"，如有神助。

后来，母亲在向人传授成功秘籍时，依然显得神神秘秘的。

初中最后一个学期，母亲的种种举动令我哭笑不得。我房间的书桌上，点起了文昌灯，二十四小时不灭，白天还好，晚上一直发出昏暗的红光，仿佛祭祖时点的蜡烛，叫人发毛。幸亏我最后两个月住在章老师家里，偶尔回家，只住一两个晚上。

母亲还请了周公和孔子的木雕像，长跪磕头，嘴里念念有词。考试那几天，她天天穿着旗袍——本来就胖，肥大的旗袍更显臃肿——混迹家长群，在校门外翘首观望。那样子，像极一只呆头鹅。

有人说，人生的某段记忆会被抹去。那段时间，我的身体被掏空，记忆丧失，脑子里一片空白，后来怎么也想不起中考是怎样经历的。这真有些诡异，像结束一个噩梦，噩梦的尾声没有尖叫，也没有猛然坐起手抚胸口的大汗淋漓，似乎一切都悄然无声。

死马当作活马医。我平静从容，几乎没什么压力。

倒是等待分数的日子难熬。前几天希望日子过快点，到了中段，又恨不能时光倒流。每晚入睡前，翻来覆去算分数，连一分都不愿放过。考分已成现实，幻想也不存在。可人总是抱着侥幸心理，尤其是成年人，往往一个幻想破灭，另一个又冒出来，如此反复。

成年人总是自以为是，面对孩子，板起面孔训斥，或者絮絮叨叨地说教，说"我吃的盐比你吃的饭还多""我过的桥比你走的路还长"。但在考试这件事上，他们可不敢如此大言不惭。现在的孩子，初中三年的考试或许比他们祖父辈或父辈一辈子经历的要多。他们才真的是"久经考验"。不是"烤焦"就是"烤煳"，或许就像八卦炉里的孙悟空，从猴子"烤成'齐天大圣'"了。

孩子们的心脏已在中高考的两个火炉中炼成金刚。倒是他们父母的心脏像沙雕般脆弱。

查看分数的那天，在强哥的办公室里，一个高大威猛的父亲，看到儿子的分数时，笑容僵硬，下巴翘起，腮帮子努努的，脸色铁青。礼节性谢过老师，带着儿子出去。

不久，走道上传来那父亲低沉沙哑声音："你，你，你……哎！"

彼时，那房间外的走廊如同《盗墓笔记》里阴森恐怖的墓穴甬道，只是我不敢猜测，那对父子是否如同盗墓的"土夫子"一样，经历了大悲大喜。

中考，总是有人欢喜有人愁。

总有人倒霉，比如薇薇。也有人走运，比如王丽娜，她的成绩差强人意，却以体育特长生而不是文艺生进了三中。

蒯月朋参加东阳中考，以她的成绩，轻而易举考上东阳最好的高中：外国语学校。

刘叶鸽提前批进一中，并且与她崇拜的偶像英鸿博做了同学。

蒋查浩然正常发挥，进了三中。最倒霉的是葛天宇，发挥失常，竟然没有过普高的录取分数线。他自己失声大哭，"宇妈"也陪着儿子号啕。

"宇妈"差点没去强哥面前撒泼打滚，强哥很是过意不去，运用他的人脉和经济实力，把葛天宇弄到私立的群星外国语学校，给"宇妈"留一线希望。

真是此一时彼一时。初中毕业典礼后的班级聚会还是"宇妈"召集的，那时的"宇妈"打扮得花枝招展，神采飞扬。

八班的聚会在一家五星级大酒店的演艺厅里举行，所有学生和父母参加，大家又是唱又是跳，互相交换礼物，大吃大喝。男女同学都允许小酌。我第一次喝了大半杯啤酒，敬强哥，与强哥"酒释前嫌"。

强哥一家受邀，他的双胞胎儿子一个打鼓，一个吹唢呐，强哥的夫人跳孔雀舞，出尽风头。中考分流，有近一半的学生不能上高中。强哥班50个学生，除一两个去职高，其他的都上了高中。强哥功德圆满，离开宾王，到绣湖中学去了。

查看分数的那天，父亲大喜过望，而母亲则哇哇大哭。

因为我可以说是那五十人中的幸运儿，刚过六百分，比我平时考的最高分数还高了二十分。章老师教的政治几乎满分，而语文破天荒考了一百三十分，名列全市前五十。填志愿时，听从强哥的建议，我顺利进了第二等级的高中——义乌三中。

开学后不久，我无意间涂鸦写的诗歌获奖，成了校园第一届诗歌大赛的十大诗星。

谁也想不到，第一个打来电话祝贺的，竟是章老师！

有些人相识一辈子也不能成为相知，另一些人在回眸的一瞬间，已走进你的心里。

"我看了你领奖的视频，你好像有点紧张、不自信啊！"章老师一眼看穿我的心理，话中有调侃的味道。

我心里暖暖的。章老师是我情绪极端低落时的倚靠，也许她嘴上没有答应做我的"干妈"，行动上却是承认我这个"女儿"的。

初中同学中，第一个祝贺的是蒯月朋。她在东阳上学，不知道怎么得到这个消息。

后来我知道，是王丽娜告诉她的。

王丽娜一如既往，送我一个新书包，作为贺礼。

蒋查浩然也来凑热闹："我送你一本《泰戈尔诗选》。泰戈尔的诗，喜欢不？大诗人，大才女——唉，不像我，行文枯燥，缺少文采，这辈子也憋不出一行诗。"

"你还是送给薇薇吧。"我说。

薇薇只获得三等奖，那一天在领奖台上，薇薇怯生生的，比我还紧张。

蒋查浩然早已送了薇薇一本，他鬼精鬼精的，不会在一棵树上吊死，总是两头押注。

我最兴奋的，还是收到英鸿博的祝贺，用微信发来的。他一如既往，用的是诗歌。

少女明眸

少女明眸，那清澈的瞳仁里
母亲的泪光闪闪
月亮的歌谣里有淡淡的乳香
温暖的襁褓，宽阔的胸膛
玉手纤纤，牵动
梦中的摇篮。步履蹒跚
赤子的脚丫，走过
光洁的青石板

喜鹊营巢，燕子剪柳
少女的明眸里
有四季的风花雪月
梨花如雪，杏花如雨
蜜蜂嗡嘤，蝴蝶翩跹
风吹过紫藤花的长廊
牧笛悠扬，芦花飞荡
枫叶红时雁飞南

那少女的明眸里
是似水流年。裙裾轻盈
如秋千荡过篱笆墙

溪流潺潺，湖水漾漾
锦鲤戏水，荷花娇艳
一滴露珠滚动
碧琉璃的天空
是蓝天的锦缎

少女的明眸，开启了
少年的心灵之窗
那懵懂的少年已醒来
开始探索历史的真相
烽火狼烟里有丝路驼铃
长河落日里有敦煌飞天
风云雷电，雨雪冰霜
亘古大地，沧海桑田
生命之树郁郁苍苍

日月编织的岁月悠悠
阳光下成长，青春年华
神采飞扬，打开
心灵之窗，仰望
青春的明眸里银河浩瀚
流星雨划过的夜空
嫦娥奔月，彗星闪亮
天问火星，北斗导航

我得承认，英鸿博的诗歌写得不算好。他喜欢的是理科，是数理方面的天才。

三中是省教育厅核准的首批二级普通高中，省特色示范学校，校训是"盛德泽人　弘文有道"，"文史哲艺强文科、德行心理促和谐、排球体育健体魄"是三大特色。三中以人文素养的培育为方向，以"北斗文学社"为载体，形成了具有特色的文化脉络和学校精神，书香四溢，文华生辉，是全国十佳文学校园。三中是"融美于微，寄意于境"的诗意校园，不断追求提升师生的文化素养，净化学校的育人土壤，点亮心中的文学之光！

北斗文学社曾获"全国示范校园文学社团""全国百家文学社团""全国写作才艺大赛教学优秀团体"。文学社社员、学哥学姐还有著作出版。

文学社办有《北斗》期刊，包括组织编辑《军训特刊》《校运会专刊》，施行文学社星级晋升制度，开办广播站，发动全员期刊投稿，组织各级参赛。读书月活动，编制班级手编报，名著品鉴，读书征文，名人探微，经典名片赏析，名家开坛等。

诗歌获奖，我一下子成了"名人"和"忙人"。

首先是参加"北斗文学社"的讲座和研讨会。

一位祖籍义乌、来自上海的著名作家到校举办讲座，与师生开展文学交流。俞作家是北斗文学社顾问，当代著名作家，曾任《萌芽》杂志社副主编、《沪港经济》杂志总编辑，上海市作协理事，著有 10 多部中长篇小说和理论专著。

还有学姐的签名售书活动。那位学姐原是内向女孩，在文学创作中找到了自信。她毕业于三中，就读传媒大学，学习戏剧影视导演专业；她在大学校园里办了汉服社、开微信公众号发布自己的随笔文章，拍摄舞台剧，在喜马拉雅上录制美文，学习生活忙碌而充实。

还有老社员来参加校园文学社团建设研讨会，售卖自己的随笔散文集。他们是省市作家协会会员。

那个过去内向、自卑的女孩忽然变得踌躇满志。不过，在递交申请加入文学社前，我还是决定与父亲商量一下。

令人意外的是，父亲对我诗歌获奖似乎并不是特别高兴——或者他把兴奋劲压抑了，他平时就是不轻易流露感情的，清高孤傲，对加入各种团体抱谨慎态度。

北斗文学社的坚守与高考功利无关，这一点我很欣赏。这是一片难得的土壤。喧嚣的都市生活让我们身心疲惫麻木，总想寻觅一方心灵净土和精神的世外桃源，倾听心灵泉声和长河浪花。

父亲蹲下来，与我平等对话。他总是小心翼翼，保护我内心深处残留的一点灵性。

"我何尝不希望把你心中更多的文学因子，转化为真实可感的故事和浪漫的诗歌？我希望你能把文学潜质转化为特质，个性得到张扬，更希望你成为阳光女孩。真正的文学是需要社会阅历的。喜欢阅读没错，中外名著、庄子老子、玄幻小说也都可以涉猎，不过——"

父亲顿了一下，继续说道，

"你进入三中，有运气的成分，瞎猫碰到死耗子。高中学业会很繁重，学考，高考，数理化和生物，哪一门课都是摆在面前的一座高山。以你现在的基础，恐怕得花很大精力——再说，旁观者清，据我观察，你真正的爱好是书法。不过我的意见仅供参考。你自己做决定，静下心来，听从内心的召唤。"

我还是递交了入社申请。不过，一期《军训特刊》办完后，就把精力转移到学习上了。

第八章　两任班主任

父亲的直觉是对的。高中三年，甚至比初中三年还要紧张，有学考和高考两座高山需要翻越。单学考就不易，ABCD，关系到能否毕业，也关系到将来能否参加"三位一体"。数理化，政史地，语文，英语，生物，劳技，信息，十几门功课，有必修有选修，关键是，三年的课程要在两年甚至一年半之内上完。这节奏，就像一个马拉松选手，既要有跑42千米的耐力，还要用百米跑的速度！

急急急，国人总是急：急于星火、急不可耐、急不暇择、急于求成、急功近利、急如星火、急赤白脸、急三火四、急不择途、急拍繁弦、急不择言、急杵捣心、急抱佛脚、急敛暴征、急痛攻心。他们恨不得把未来三四十年的人生挪到眼前来过，这逻辑是多么荒谬！

对我这样基础并不扎实的女生，高中的节奏速度无疑是很难适应的。

三中是普高中的重点，是省级特色中学，有各种荣誉加身。我只是一个普通的女孩，能上三中本就是奢望，所以心中惴惴不安，似乎在梦中得到了一个不应该得到的魔幻气球，这个气球随时都可能爆裂，醒来时，回到当初的状态。

三中的校园，与宾王的校园并无多大差别——如果有，那就是里面的学生，过去那些懵懂少年，长成了半大孩子。

我对任课老师有一种顽固的执念，遇到喜欢的老师，没兴趣的学科也会变得兴趣盎然；遇到不喜欢的老师，就像被泼了冷水，从头冰到脚，兴趣索然。这就造成了强烈的偏科，讨厌那些不想学的东西，上这样的课，就会昏昏欲睡，打不起精神；老师站在讲台上说得天花乱坠，我的脑子已经云游四海；如果靠前排，就有幻觉——老师说话时的唾沫星子像粉笔灰一样泼洒，那一直盯着我的老师的眼睛，或是恶狠狠的、机警的、嘲弄的、讽刺的、劝诚的、殷切的，有时候甚至是悲悯的。

可是学生很少有选择老师的权利，只能像猫和老鼠的游戏一样，碰运气。

239

班主任也是如此。一个好的班主任，能抵一打好老师。我希望碰到强哥这样的班主任。

录取那天开始，母亲就开始活动，物色合适的人选。

二表哥周骁华中师范大学毕业后，在二中教书。这个中等个子、发际线靠后、满脸书生气的男孩已经小有成就。他没日没夜泡在学校，当几年班主任后升任年级主任，教研组长，教务副主任。二姨夫生意场上历练熏陶了儿子，周骁沉默寡言，沉稳练达，平时对人托付的事情守口如瓶，在校内校外都有极好的人缘。听说，作为中层领导，他还经常与三中的校长一起去开会。

生活就是如此，偶然中有必然，你以为稀松平常的事情，背后可能都有家长挖空心思的运作和七大姑八大姨的撮合帮忙。

二表哥推荐了一位班主任，他自己不便出面，喝酒请客的事就交给了父亲。

某种意义上，班主任决定自己子女的命运，父亲找了一家特色餐馆，特地带来一瓶茅台。

来人并不是强哥那样铁塔般屹立高大帅气的男人，二十八九岁，中等个子，穿蓝色上衣灰色西裤，一头蓬松的乌发一溜儿梳向后脑勺，偏国字的脸，鼻子笔挺，横眉平铺，薄薄的嘴唇，一对不大不小的眼睛透着顽皮狡黠。

一坐下，他就自我介绍：姓傅，名波，北乡九都楂林人，是杜门书院傅藻的后裔——实际上，这些情况早已被父亲掌握。

一聊二聊，竟然是蒋保罗的远房亲戚，两人很快拉近距离。

"听说你也当过老师？"

"是的。还是化学老师。"

原来是同行，气氛变得越发亲切。

不过，亲戚归亲戚，同学归同学，同行归同行，这酒还是要喝过瘾的。

父亲要开茅台，傅老师一下子夺过去，把自己带的高粱烧"啵"地打开——他喜欢喝义乌小茅台、纯粮酿的家乡酒。

平时很少酗酒的父亲，一杯杯地干，为了女儿的前途，也是豁出去了。

傅老师是个酒蒙子，不一会儿就喝得脸红扑扑的，他边喝边拍着胸脯："你我是同行，周骁又是铁哥们，大学四年，同吃同住。你女儿的事，就包在我身上了，我一定尽力而为！"

化学是我最讨厌的学科之一。再说，全班近五十个学生，至少有一大半学生家长与未来的班主任打过招呼。虾有虾路，蟹有蟹路，哪个家长没有拐弯抹角的关系？最后，所有的人还是扯平。

人们厌恶那种特殊的人际关系，但轮到自己又是另一回事。

班主任定下，首先要解决住校还是走读的问题。

三中离家只有三站公交，就在母亲开店的建材市场对面。就是走路也只有二十分钟就可到达。新生报到后就是军训。这年夏天的炎热，后劲十足，不见有半点消退之势。西施难言的隐私——我腋窝下的气味越发浓郁。在家里，我可以每天洗热水澡。学生宿舍，公共澡堂，众目睽睽，多么难堪。

母亲要我住读，我自己坚持走读。

"打死我也不住校！"我说。

母亲妥协。不过，走读还要经过班主任和学校的批准。

四中很快就要并入三中。四中原来的地皮面临旧城棚改拆迁，到时候，三中的学生差不多增加一倍，教学设施、学生宿舍紧张，只要写申请，获批的可能性很大。

慎重起见，母亲拎着大包小包的礼物去找傅老师。傅老师租住在建材市场不远的公寓楼里。似乎是刚刚搬家，房间里乱得一塌糊涂，到处是家具、床褥、书籍和纸张，几乎没有插脚的地方。

走读的事轻松解决。

傅老师是快乐的单身汉，还没当父亲，就是个大男孩。他不但神经大条，生活大条，教学管理也是大条。

说起来，作为班主任，傅老师挺好玩的，很随和也很"邋遢"，有时候懵懂发呆，有时候桀骜不驯。他是与强哥完全不同的类型，没有师道尊严的那一套，上课一本正经板起面孔，下课却与学生嘻嘻哈哈称兄道弟。课余时间，他会与班里的男生一起打篮球、打排球、踢足球。有时候——也许是大部分时间——他会到学生餐厅来吃饭，与男生坐在一起，互相分享各自的"美食"。班里的学生可以随便进出他的办公室，打印作文。

傅老师有两大爱好，一是喜欢捣鼓化学实验室里的瓶瓶罐罐，二是喜欢捣鼓电脑之类的电子设备，坐在电脑前，"啪啪啪"按个不停。从早上偶尔露着的黑眼圈判断，他喜欢《王者荣耀》之类的游戏，据说比学生中最厉害的高手还要高一大截，一晚上就能打通关。不久班级里那些喜欢玩游戏的键盘侠都被他团灭了。

傅老师上课风趣幽默，教学方法灵活多变，三十六计计计精通，尤其善于使用激将法。总的说来，他粗心大条，喜欢散养学生。拿他的话说，就像做化学实验，把该加的试剂都加了，能不能起化学反应只能听天由命；老师只是催化剂，如果学生不是那个料，就没必要白费心机。

总之，他做一个老师该做的，不多做一分；实验室、班级卫生都交给学生，事后也不检查。对班级的排名，他也不是很关心。实际上，他也没时间关心。他忙着恋爱、约会、买房、装修、置办婚礼用品。

他的口头禅是"它不香吗？"

"光盘行动，不要把饭菜大碗大碗地倒掉，像狗狗一样把盘子舔干净，它不香吗？"

"自觉一点，行动起来，把卫生搞好，它不香吗？"

"这道题，这么求解，就这么简单，少喝点可乐奶茶，稍稍动点脑子，如此简单，它不香吗？它不香吗？"

遇到这样的班主任，香是香，不过香过一阵，可能就是别的味道了。

高中老师与初中的比，是完全不同的风格。

比如，长得温婉文静的语文老师，胖胖的，喜欢诗词歌赋，白皙的脸上带着书卷气。她会叫你写文章参加各种比赛，然后不厌其烦地仔细修改。物理老师是个四十多岁的矮个子短发女人，虽然五官模糊，但是性格却像物理定律一样理性，脸上挂着雕塑一般的表情。偶尔，她会在课堂上卷起太阳风暴，见怪不怪地扫你一眼，随手拎起教具往黑板上狠狠地一拍，巨大的响声让底下的学生集体打了一个寒噤。神经质而又善良的地理老师，被大家戏称为"神奇老太"，在地球仪和世界地图间神游，呼风唤雨，海阔天空。政治老师是爱唠叨爱拖堂的中年女人，唇膏涂沫得太过浓烈，上课的时候如果盯着她的两片一张一合的艳丽嘴唇，很快会进入被催眠的境界。而体育老师具有朋克风格，他自己喜欢流浪，也把朋克风带给学生。

老师不同，遇到像傅老师这样的班主任也是理所当然的事。除了生活上给我一些照顾，学习上他并不能提供更多的帮助。

顺理成章，我的学习成绩与班级排名一样，居中下游。

高二，所有的学生打乱，重新分班。

浙江省是高考改革方案试点省份，2017年开始按新的方案进行高考自主命题。没有文理分科，可以在政治、历史、地理、物理、化学、生物、技术这七门中任意选三门，而且选考三门和英语可以考两次，采取赋分制。越来越多的学校加入走班教学行列，必修分层、选修分类和体艺分项，成为教学的基本举措，老师的教学管理难度大大增加，多样化、特色化的后面是复杂化。从必修到选修，从基础课程、拓展课程到卓越课程，对成绩好的学生来说有更大的优势，而对基础差的学生，有时候更加手足无措眼花缭乱。

必考的数语英正常，物理化学生物，勉强及格，我毫不犹豫选择政史地。

傅老师最后一次提供帮助，给父亲打电话，推荐历史老师当班主任的班级。我被编入最后一个班级：20班。这是所有老师最头疼的班级，体育特长生、文艺特长生多，课业成绩不是垫底就是中下游。高中里最被人看不起的就是体育生和自费生。

傅老师的有心无意之举，对我来说吉凶祸福难料。实际上，我的成绩，也没得选。

我的确喜欢历史，家里一大堆历史书籍：《中国通史》《世界通史》《明朝那些事儿》《历史的温度》。可喜欢历史和喜欢历史课老师，是两码事。

母亲一再征求、打听，认可了傅老师的安排。

历史课耿老师，不久就在办公室笑眯眯地接待了母亲。

耿老师小眼睛，单眼皮，是小巧玲珑型的。她的长相，如果是双眼皮，完全符合傅老师嘴里说的"漂亮"俩字。

三中有一百五六十名专职教师，有特级教师、高级教师、中级教师。没有明示标签，本地人的优势就是外地人的弱势。耿老师来自江苏盐城，毕业于名校，是不是引进人才不知道，或者是跟随男友落户义乌。

她还只是中级教师，没评上高级。这或许跟她是女性有关：孕产期差不多休了一个学期，上课时间断断续续。

她是第一次当班主任，战战兢兢，刻板认真过了头。高中阶段，学生压力大，教师，特别是班主任压力更大，不敢懈怠。很多学生到高中成绩骤然下降，高二高三时会断崖式下跌！

她自己刚刚生了个女儿，每天伺候女儿很辛苦，睡眼惺忪，黑眼圈浓重，一副疲惫的样子。有一天，我看见她外套里面露出睡衣，很尴尬的样子。

我原本是有些喜欢耿老师的，可有一天早上晨读，我迟到，在教室门口罚站，自尊心受到伤害，对她的好感顿时消失。

耿老师走两个极端，一旦凭着她随和的个性放任，班级就成龙潭虎穴，而一旦她装出一副冷面孔，歇斯底里发作，班级就会变得静悄悄，一潭死水。

班级之间的竞赛是无处不在的。尖子班、次尖子班、普通班、加强班，班级被冠以各种名称，贴上无形的标签。如果某一次年级统考之后，班级的成绩是年段"尾巴""倒数"，各种吃重的指责让她感到沮丧。只要其他老师瞧她一眼，她就会知道，有多少人在背后议论。

新上任的班主任需要做的工作很多，比如统计班级同学的户籍信息、整理档案、上报少数民族和侨胞人数姓名，等等，每天要安排大量的课外作业——安全教育、防毒知识、消防减灾知识竞赛——给家长做，免得学生分心。

她会把每次学生考试的成绩、班级排名、年纪排名悄悄地发给学生家长。说好的不排名，只是一纸空文。家长们焦虑，到了高中，过去那种拳脚相加言语辱骂之类自然是少了，替代的惩罚换成了另一种温和隐蔽的方式。

班级之间的各种比赛和暗中较量也无时无刻不存在。耿老师对班级的荣誉极为重视。提起 20 班，让人既佩服又无奈，学科竞赛、智力竞赛自然落后，但论体育比赛，在 20 班前面，其他班就完完全全地成为缩头缩脑的手下败将。

平时体育课，大多被别的课霸占，即使上，保守点说，至少有三分之一的学生请假，有的捂着肚子，做痛苦状，有的腿一瘸一拐，说自己刚刚在盥洗室滑倒。

但是一到学校的运动会上，20 班就会生龙活虎。

运动会期间，校门敞开着，进进出出的人很多，还有家长来助兴。开幕式上，20 班男生一色蓝色运动装、白球鞋、棒球帽和白色手套站在体育场中央的草坪上，雄姿英发。女孩穿白衬衫和短裙，打扮得漂漂亮亮的，接受校领导的检阅。每个运动比赛项目，20 班都有精兵强将。

我是《校运会特刊》通讯员，只当一名看客，喜欢站在看台顶端，看他们一圈圈地绕着跑道拼命狂奔，与观众一起激动地喊着口号。抬起头，就能看到三中上面特别蓝的天空，即使周围没有高楼，所有的同学也在远处化成模糊的小点。

校运会，体育特长生居多的 20 班获得了总分第一名，很是为耿老师挣回些面子。

更令人高兴的是，高二时，原本并不在一个班的王丽娜和薇薇又成了同班同学。

王丽娜、倪晓薇住读。中午，我们三个一起去食堂吃饭。

食堂阿姨，四十岁左右的中年妇女，每次见到我，都会露齿而笑，打的饭菜比别人多三分之一。

"是不是你亲戚？你'干妈'？"王丽娜开玩笑。

"什么呀！根本不认识。"

王丽娜无意，我心里却"咯噔"一下。

食堂里的饭菜真心难吃。我们把多余的饭菜给薇薇。薇薇吃得精光，仿佛那是天底下美味。

因为傅老师的推荐，母亲成了家委会的一员，并且当了一个小头目——每星期一个早上，带几个家长检查学校食堂的伙食和采购蔬菜的新鲜度。

有时候，由学校领导带队，母亲会一同去访贫问苦，把家委会筹集的钱物送给家庭困难的学生家庭。

有一次母亲回来，问我班里有没有一个叫倪晓薇的学生。

"有啊。"我说，"她还是我的好朋友哩！"

从母亲那里得知。薇薇的家在上溪黄山一个山沟里，房屋破败，父亲瘫痪在床，一家人靠母亲在镇上一家工厂扫地得到微薄的工资度日。

"这事你可别跟别人说。"母亲道。

我终于明白，薇薇为什么花钱那么抠抠搜搜了。不过，从那一天起，薇薇在我心里似乎高了一大截。

第九章 同桌的你

命运就像童年时玩过的陀螺，被人抽打着，兜兜转转，最后又会回到原点。

确切地说，是回到螺旋曲线上更高水平的原点。

没想到，我又与薇薇同桌了。只是这回，不像过去那样是平起平坐，我们的角色有了很大的变化，薇薇是那个品学兼优的女生，而我是那个学习成绩堪忧的"扶贫对象"。

高一时薇薇在另一个班，是学习委员，成绩在班级甚至是全年级也算名列前茅，各门功课都不错。七选三时，征求她财经大学毕业在银行上班的表姐意见，选了"政史地"。

薇薇是作为优等生被班主任耿老师"争取"过来的。

那时候，耿老师与妈妈的关系还在"蜜月期"。妈妈是家委会的小头目，耿老师顺水推舟，想利用妈妈的人脉搞好与校领导和学生家长的关系。她甚至把每个星期六学生模拟考家长轮流监考的任务交由妈妈安排。

与薇薇同桌，不知是耿老师无心的安排，还是刻意为之。我只知道，这其中，母亲一定起了若干的作用。

母亲对我与谁同桌，有着根深蒂固的执念。初中时，她没少找强哥帮忙换座位，与学习成绩最好的同学坐到一起，最后都能如愿以偿，先是蒯月朋，后来是刘叶鸽。

"要远离那些学习差品行差的，与学习好的同学做朋友。有什么学习问题可以问，耳濡目染，一直熏陶，总能起点作用。"母亲这样教导我。

我想，别的同学的家长一定也是这么教的。

"物以类聚，人以群分，近朱者赤，近墨者黑。交友要谨慎，那些难兄难弟、太保太妹都是一些不学无术的坏朋友，与他们在一起，能有什么出息？"母亲碎碎念。

我自己就是"成绩不好"的那一类，母亲的话不像是善意的劝诫，倒像是在"落井下石"。

记得第一次到三中报到，看到周围全是陌生的面孔，我很是惴惴不安，后来在最后一排边上的一个角落坐下。讲台上的傅老师瞄了我一眼，安排到最前面。

有人脉有关系真好。

我们看世界的时候，总是以为自己站在宇宙的中心，认为所观察的一切如此全面而正确，却忘记了，最大的盲点，其实就是站在中心的自己。小学时候个子矮矮的，却被安排在倒数第二排；现在个子长起来了，却又坐在第一排。有时候想想真滑稽。

不过，排座位真的是有讲究的。我不知道有没有歧视，反正我有时能真切感受到这种歧视。大多数时候，并不是以个子的高矮或别的什么，比如照顾近视眼——听说到了初高中，百分之六七十的学生都是近视或弱视。

是把顽皮的孩子排在前面，还是学习成绩好的排前面？倒数第一排和正数第一排有很大区别吗？实际上，按大小个排列也不见得公平，而如果用随机的抽签，可以保证一时的公平，事后还是好说好商量。世上再微不足道的事情，都有可能别有蕴含，比如班级座位的学问。最让人难过的，不是把人分成三六九等，而是为这种高低之分辩护，用谎言掩盖真相。

班主任总是想着避免差生影响优等生。的确，在生源上，像三中这样的普高与真正好的重点学校总是有一定的差距——学习成绩和学生品行参差不齐。刚开学时班级里那种怯生生的安静，很快就会被喧闹替代。上课时窃窃私语，下课时男女生打成一团，坐后排听不清老师讲课，坐在第一排的也被波及。

那种混乱使班主任有理由相信必须换座。当然，换座的理由总是千奇百怪——比如防止考试时作弊，比如防止言语或暴力伤害，比如防止早恋的萌芽——随便找一个让同学临时换座的理由，大家只能懒洋洋地说"遵命"。

实际上，初中开始，"同桌"的概念已经很模糊，只能说是"邻桌"。因为每个人都是单独一张桌子，换座时候移来移去。书籍文具教辅材料越来越多，还有一天三顿就餐用具——因此，每个教室后面就多了一排柜子，一人一屉，用于放置杂物书籍。

从小到大，自己总是能遇到让人温暖的同桌。当然，我真正的同桌只有一个：小学的同学英鸿博。

小学几年，"同桌"是真正合用一张桌子。小学班主任是从一所乡校调到三小的，黄老师是一个脾气温和严谨负责的年轻女教师。英鸿博是跟着黄老师一起来的。他的父亲是退伍军人，是电力公司的电工；母亲是普通农妇，后来还在母亲开的建材店里当了两年营业员。

英鸿博瘦瘦小小的，理着平头，小脸清秀白皙，大眼睛忽闪忽闪的。那时候，我对这位上课正襟危坐闷声不响、下课却顽皮得要命的男孩并没有多大好感，还在桌子中间画了一条线，严禁他的胳膊肘越过"楚河汉界"。

初中三年，英鸿博完美蜕变。一年四季，他的父亲每天带着他在公园里晨跑，365 天，他每天要做一份试卷。他成了学霸，去了一中，离我越来越远了。

十七岁看起来如此美好：真挚的友情，洒脱的生活，那个清俊优秀的白衣少年还会出现在少女面前吗？那种懵懂的情愫再令人羡慕，也到了不得不割舍的时候。一切都被叫苦不迭的考试烦恼掩盖了。

与我同桌，薇薇似乎并不是特别高兴。我们之间的友谊，因为某些东西的存在而变味了。薇薇长高了些，依然瘦弱，头发黄拉拉的，脸窄窄的，两颊有点陷进去，眉骨突出，还长了个 V 形发尖，而她的眼睛却大得出奇，亮亮的，目光咄咄逼人。

她是学习委员，学习非常努力，可并不是人人都喜欢的女生。

好学生最喜欢互相哭穷。考完试出成绩后互相打听，考得特别好就会说"还行，一般般"，考得一般会说"考砸了"，真考砸了，又假装不在乎，念叨着"我光打游戏了，根本就没复习""考英语时候肚子疼，后半张卷子根本没答，光趴桌子上睡觉了"之类，找回面子上的平衡。

薇薇更是特别，成绩越好，越是把自己蜷缩起来。她胆子特别小，举止谨小慎微，在班里无声无息，像一棵小草。她的表姐结婚后，对她的资助少了。学校暗中给她安排助学金。没有人知道这件事，但她的衣着、饮食和看人时的表情把她的境况暴露无遗。

不久，薇薇就主动要求，搬到后排去坐了。

最要好的女同学王丽娜成了我的同桌。高一时她在一班。我不知道她是作为一名文艺生还是体育特长生进入三中的，她的成绩刚过录取线。不管怎么说，我不该怀疑她是通过不正当途径挤进三中的，毕竟三中只是一所普高，而王丽娜的确在文体上很有天分，在校园的各种文艺会演中很有名气。她的父母财大气粗，很舍得为她花钱。即使是她开着玛莎拉蒂、朝豪门高中开进去，也不是不可能的事。

王丽娜很快进入学校的女子排球队，成了排球馆里最引人注目的女孩。她穿着淡粉色的 T 恤衫，外面套一件白色耐克上衣，顺直的乌发在灯光中散发温柔光泽，偶尔抬头，坦然接受男生的注目礼。她和以前一样引人注目，面若桃花，但过去眉宇间那种孩子气的趾高气扬收敛了不少。

与我这样天资平平、相貌平平的女孩比，王丽娜真是又漂亮又另类，而且她快人快语，常惹些事端，所以成了班中的特色人物。她不喜欢穿校服，像新潮女孩，常穿牛仔背带裙，或耀眼的灯笼裙加薄如蝉翼的披巾，在黑白为主色调的校园内，一身光彩，红得像朵盛开的花。每当她昂首挺胸走过，总会引起周围人的窃窃私语，回头率百分百。

她是无与伦比的女孩，漂亮新潮，像走红的女明星，能歌善舞，演唱流行歌曲时握着话筒捏来捏去，像在捏饭团，一亮嗓子就是高音天籁。她知道云遮月、垂天髻、大波浪等各种发型。她是校艺术团的台柱，人人都觉得她是明星胚子，穿得花红柳绿也很少有人指责。当王丽娜她们手挽手从操场里穿过，往练功房走去，一路谈笑风生，旁若无人，同学们就会以社会上人看影星那样的眼光看她们。

即使是穿普通的校服，王丽娜也显得超凡脱俗。她背着与众不同的花哨书包，书包里装的不是作业本，而是口袋言情小说、服装杂志、化妆品和精致的文具盒。收集漂亮文具渐渐成了她的爱好。如果买到了一支设计独特的自动铅笔，那么做数学题画图时的思路会更顺畅，而一本略带磨砂表面的浅灰色暗格笔记本，就能让她在英语课记笔记的时候更专心。她独自一人流连在各种文具店里面淘宝，然后把那些东西作为礼物赠送……

她似乎每天都戴着耳机在听什么。事后得知，她听的并不是英语，而是摇滚民谣，在嘈杂的背景音乐下，一个男人在用沙哑的声音含糊不清地唱着"我爱……我恨……"

她还有个特点，就是能在男女角色间快速转换。像男孩时，把手抄在裤袋里吹口哨；像女孩时，又娇滴滴的让人心疼。她单纯、真诚、毫无心机，深受男生欢迎，只要她向男生开口，他们总会不折不扣地照办，从没有被拒绝的记录。

她是排球队员，有运动员健美修长的身材，又继承了母亲歌唱的天赋，天生一副好嗓子。男同学比赛时，她是拉拉队长，助威声吊得又高又响。

高一高二，大部分体育课被其他课有意无意"霸占"。真上体育课，其他同学鬼鬼祟祟向体育老师递请假条，王丽娜却从不缺课，即使是在非常时期也不请假。其实，只要她暗示一下，那个剪着莫西干头的"朋克老师"体恤女生，就能免课。

王丽娜原本是坐后排的，她的同桌，都是体育生。

第一位同桌叫姚科达，人称"小姚明"，自己则称是科比的兄弟。他的个子有一米八五。

高中年级，男孩的身高仿佛一夜之间就能蹿上十几二十几厘米，身高超过一米八的不在少数，只是他们大多是身材单薄的"豆芽菜"或"竹竿"。姚科达却是那种胳膊上能隆起鸡蛋大小肌肉的男生。他是校篮球队一号种子，喜欢穿背后印着号码的球衣，球衣又往往大上一号，领子故意竖起来。

进入高中，我和王丽娜一样，已经很少打篮球了。可班级之间的篮球赛还是要看的。如果没有女生在场，男生的比赛到底还是少了点什么。王丽娜指挥两边的拉拉队呐喊，迅速点燃男生们激情的火焰。

白色的运动鞋，浅蓝色的运动服，一张张白皙稚嫩汗漉漉的脸，喘息和争抢，男孩子们跑动时球鞋和地板摩擦发出的尖利声音，运球时篮球撞击地面制造出的咚咚声，都使女孩子心跳加速。姚科达是校园篮球赛"灌篮高手"，脚穿大得出奇的李宁运动鞋，三步上篮，腾空跃起，漂亮的背影在到达最高点之后缓缓落下，出手的篮球转动着，"唰"的一声空心进篮，一气呵成，很是潇洒。进球转身瞬间，在欢呼喝彩声中，他似乎是耀眼的发光体。

姚科达篮球打得好，成绩却很一般，总是在倒数五名间徘徊。他的父亲开了家篮球训练馆。他常常代替老师当裁判，脖子上挂着哨子，满脸是汗，穿着运动背心，几乎是光膀子，夸耀一身腱子肉。他喜欢高仓健那样的硬派小生，平时穿T恤衫牛仔裤，新潮的皮夹克点缀很多花里胡哨的小装饰。他喜欢恶作剧，对着女生哈哈乱笑，笑得十分放肆，笑得令人发怵。这家伙还好卖弄，譬如骑车时摇摇晃晃，半闭眼睛像个醉汉——其实他很清醒，只是装潇洒。

姚科达的朋友都是体育生——学习成绩差的学生被人歧视，他们只好抱团取暖。

姚科达并无恶意，只是多余的精力无处发泄罢了。可王丽娜的父母不这么认为。

王丽娜换了座位，她的同桌变成了王洛阳。王洛阳的身世有些复杂。他是通过关系进来的借读生。

王洛阳是个脸儿黑黑的男生，五官端正，个子不算太高，肩却很宽——这种男生穿军装一定合适，属于英武型。他鼻子大大的，眼睛大大的，眉毛浓浓的，像个古代武士。他的确热爱武术，习练陈氏太极拳、太极剑，耍起"春秋大刀"来虎虎生风，像极了关公。躲避，侧摔，跳跃，俯身，漂亮的回旋踢，这些武术动作驾轻就熟。他似乎还学过少林功夫，挥拳毫不犹豫，凌厉狠绝，带着呼啸的风。他身上有一种旺盛的生命力，而面颊上的汗水让他看起来更像一个充满热血的普通少年。

他的确称得上"武术师"这三个字，有同学看见他在体育用品商店买护腕和护膝，也有同学说他每周有三个晚上在武馆学艺，有点卧薪尝胆的味道。

这座城里生活着许多河南老乡。王洛阳的父亲来自河南温县，在市梅湖体育中心开了家武馆，是小有名气的武术教练，听说是陈式太极拳四大金刚之一王西安的高徒。

人不可貌相，王洛阳表面看上去憨厚平庸，其实脑子很灵，关键时刻从不迷糊。他的学习成绩很好，从未掉出班级前五名。他沉默寡言，懒得搭理你的时候，就俩字："中""孬"。遇到志同道合的朋友，又会口若悬河。

那些会挥拳踢腿的总是令人生畏，他们不是粗俗就是彪悍。王丽娜的父母再次出面，身高一米七的她换到前排，与我同桌。

我自然是非常高兴的，因为王丽娜是我最要好的伙伴。我们在一起，有说不完的悄悄话。

即便在前排，老师的眼皮底下，王丽娜也不安分。也不能怪她，她不管坐哪里，都会成为"动荡"中心，招蜂惹蝶，男生的小纸条像雪片飞来。

没过多久，班主任耿老师就要把我们分开，把我调到后排去。

耿老师开始用的自然是商量的口气。可是我不同意。

又不是我的错，为什么要把板子打到我的屁股上？

我不同意，坚决不同意！

很多年后，我在书中读到一句话，突然想起了年少时那场换座位的闹剧。

那一天我回到教室，发现我的书桌已被移到后排。

我像一只被惹急了的兔子，抬起桌子就挪回前排。

书桌很乱，里面不知道塞了多少东西，不经意一碰，就噼里啪啦掉下来：《读者》《语丝》《国家地理》，一堆杂志、教辅材料和练习册。还有一本带五颜六色封面的言情小说，那是王丽娜借给我的。

我吓了一跳，蹲下来，手忙脚乱地收拾。

教室里爆发出巨大的笑声和尖叫声。

上课不认真，与后面的学生交头接耳，上课打瞌睡——耿老师找了一大堆理由，当着同学的面埋汰我。

我开始顶嘴，"莫须有、恶魔、巫婆"之类，把她撑得吐血！

耿老师的自尊受到伤害，叫人把书桌重新搬到后排。

女老师凶起来像泼妇悍妇，又像一只挑衅的大懒猫，不经意间露出口腔

里尖尖的牙齿。这一刻我真觉得她既刻薄又刁蛮。

我的愤怒达到顶点，头裂炸毛，不知从何而来的力气，端着书桌朝拉扯我的老师撞过去，把她撞到墙角。她的个子小，一个趔趄，差点摔倒。

政教处检查纪律的值日老师刚好经过，把老师送往校医务室。

事情闹大了，惊动了学校领导。外面盛传，说我像拎一只小鸡一样把老师拎起来。

那一刻，我控制不了自己的情绪，无法控制自己的愤怒。冷静下来后，又后悔不迭，不知道如何补救，越发惶恐。

父母出面道歉，说女儿幼稚、还不懂事之类的话。

我自己也道歉。

但是所有人看我的眼光都变了。

有一阵子，连最要好的同学都刻意避开我。我心里委屈，痛哭流涕。依然有人煽风点火，处处找碴儿，步步发难；或者装好心，劝我转班、退学。

我做检讨。耿老师自己也做了检查。校领导说她在特殊时期——潜台词是产后抑郁期，还没有完全恢复。

一场不大不小的风波终于平息。

第十章　密室逃脱

十七岁的高中生，每天有做不完的卷子；十七岁的高中生，有说不尽的烦恼。

那根在他们面前舞动的指挥棒，像拉磨的驴前面的胡萝卜，又像犁地的牛后面的牛鞭。

在最美好的年纪里，他们埋头苦读，应付考试，数理化生技政史地，十几门课程，唯独没有"爱的艺术"这门课。

表面上，我是现实生活中的丑小鸭，心里却是一个无比骄傲的公主！

我从小与水结缘，看过表哥们在江水里扑腾。小学时我就学会了游泳。老火车站附近的高档小区，大都置业里面有露天泳池，我去那儿嬉戏，后来又去梅湖体育馆的游泳池。我最喜欢的运动是游泳。

我希望自己成为安徒生笔下的人鱼公主。可现实中，我成了悲惨世界里的柯赛特，夏洛蒂·勃朗特笔下的简·爱，《红楼梦》里的林黛玉。

自卑和自负，在心里来回拉扯，像海水潮起潮落。自负，是因为自己绝不甘心当那个平庸的女孩；自卑，是因为内心深处无法排解对自己身世的怀疑。

我知道，在学校里，我渐渐成了异端分子。

校园像一座围城，教室像一座密室，四周有无数的守卫：领导，老师，父母，保安。到处是栅栏围墙，围墙上还有蒺藜。学校的气氛越来越压抑，像一个高压气罐，我时时有逃离的冲动。我幻想着躲到一个无人的角落，或者在厚厚的围墙中找到一条裂缝，盼望着从头顶的裂隙中透出一抹亮光——那青春期朦胧的曙光。

所以，当王丽娜决定趁五一假期去放松一下，玩"密室逃脱真人游戏"时，我很快就答应了。

随即又后悔，是担心费用。通常几个要好的女生去玩，是 AA 制。母亲对我的零花钱克扣得很紧，平时充饭卡，也不会超过一百，吃完再充，偶尔还

得问王丽娜甚至薇薇挪用。零花钱更得精打细算，有时候一杯奶茶对我来说也是奢侈。

"别担心，这次有人买单。"王丽娜道。

"谁?"

"蒋查——"

中考时候，蒋查浩然考砸了。本来以他的成绩，进二中、大成是没问题的。在三中，他是属于成绩优秀的那一类。不过他有个毛病，就是没有恒久心，仗着自己脑瓜子灵活，松紧随意，眼看成绩倒退厉害，又努力一阵，冲进前五十。

高一时，他的班主任发觉这个脑子活络的学生突然成了瞌睡虫，作业失误越来越多，就请了他父母。他的父亲是圆滑精明的商人，经常送苹果手机和 ipad 之类给老师，还帮着修理电脑和打印设备，与校领导和老师混得很熟。

蒋查浩然虽然长高不少，但在同龄人中依然矮半个头。他的模样说不上好看，也不能说难看。单薄的身材，朴素的校服，一张苍白的脸，笑声稚嫩，像个初中生。他脸上最大的特点是他的眼睛，一只眼睛像爸爸，另一只像妈妈，算是博采众长。他的性格有些古怪，有时候看上去病恹恹的——据说天才一般说来比庸才容易患病，可他算不上天才，当然也非庸才。这个平时上课喜欢打瞌睡的家伙，有时候又显得很活跃，脚底像安了一个弹簧，走路一蹦一蹦的，精力过剩。他喜欢恶作剧——比如在同学的凳子上撒一把图钉，露出破绽事情败露后又竭力否认；他喜欢看热闹，懒洋洋地靠墙站着，牵起半面嘴角偷看，或者肆无忌惮地偷笑，笑得有些恐怖。

他依然喜欢在女生堆里钻来钻去，给女生取各种绰号，一会儿骂女生"妖精""巫婆"，一会儿又改称"女同胞""女神""美女"。

蒋查浩然虽然学习成绩不错，高二分班时，却没有人愿意接纳他。他的父亲找傅老师喝了一顿酒，被傅老师的 18 班收纳。七选三，蒋查浩然选得是物理、化学、生物，他的理科成绩特别好。

我知道，王丽娜是想让蒋查浩然当金主——就是"冤大头"。

"还有谁?"我问。

"姚科达、王洛阳、倪晓薇。"

姚科达和王洛阳可以理解，他们对王丽娜有着近乎崇拜的好感。姚科达常常有意无意秀他的八块腹肌，看上去粗鲁，毕竟还是灌篮高手，足球健将。而王洛阳看上去冷峻沉默，身上有一种武侠才有的气质，是令许多女生着迷的"神秘王子"。

王丽娜游走于他们之间，游刃有余。

对倪晓薇的参与，我却是吃了一惊。

"蒋查是不是因为薇薇——"我没有说下去。

初中开始，薇薇一直是蒋查浩然的暗恋对象。只是蒋查浩然胆小如鼠，有意追求，却总是畏首畏尾。

"什么呀！人家早已断了那份念想。有人已经移情别恋了！"王丽娜哈哈大笑，"你看现在的薇薇——"

薇薇的确有了很大的变化。现在，她也愿意走出教室，到运动场边为姚科达们呐喊了。而她的同桌姚科达则比原来安静了许多，上课不再吵闹，看薇薇的眼神也是怪怪的。

像薇薇那样的学习尖子，不管长得如何，总是有人喜欢的。

说到那种若有若无的朦胧情愫，我又想起了发生在自己身上的事。

《语丝》《读者》杂志是我借给王丽娜的，王丽娜又借给别的男同学，兜兜转转，最后又偷偷放回我的抽屉里，来还的不知是谁。那天我下意识地拿起杂志，打开一看，不由大惊失色：里面夹了一张纸条。纸条的内容，慌乱中没记住多少，反正是令人心跳脸红的，只记得最末尾的那句话："才女，我将永远喜欢你，永远，总之。"

虽然猜不透是谁写的信，被人追求是令人烦恼的事，也是令人窃喜的事。

"你把王洛阳和蒋查搅在一起，不怕出事？"我说。

那是一个学期前发生的事。体育课，蒋查在女生堆里钻来钻去。正好王洛阳在场。俩人不知为何吵了起来。对于不成熟的孩子来说，任何竞争关系，如果疏导不利，都有极大可能演变成相互间的仇视诋毁。结果场上一片混战。蒋查浩然眼角乌青，颧骨红肿，嘴角是血，仍不服输地骂骂咧咧。父母领他从医院出来时，蒋查浩然脸上的橡皮膏依然贴得横七竖八。

学校本来是要给王洛阳处分的。蒋查的父亲出面求情，免了处分，降格写检讨书。

"哪儿跟哪儿，王洛阳跟蒋查，现在是好得一撇！"王丽娜笑道。

原来手绵滑腻、看起来苍白文弱的蒋查，自称金庸门徒，已经在跟王洛阳学拳脚功夫了！

我们要去的那家密室逃脱游戏馆就是蒋查父亲的朋友开的。别人收费两百，我们打半折，每人一百。我知道，最后还是蒋查的父亲买单。

游戏馆在离建材市场不远的一个文创园内，是由废弃的仓库和厂房改

造的。

老板是个中年油腻大叔，胖乎乎的，脸和肚子都滚圆，头发却稀薄。他开过 KTV、网吧、游戏厅、桌游吧，最后看中了密室逃脱这个新消费"风口"。伴随 KTV、室外拓展、桌游等相关行业的没落，密室逃脱文化逆流而上，成功接起了青年人娱乐方式变革中的大旗。从古墓科考到蛮荒探险，从窃取密电到逃脱监笼，玩家可以在自己喜欢的主题场景中扮演理想中的角色。80 后老去，90 后成为消费主力。

密室逃脱是"非主流"的重资产模式，有电影主题、奇幻魔法、搞笑剧情、逻辑推理、恐怖惊悚、欢乐沉浸式演绎的宝藏主题和牢笼主题。场地建设是密室逃脱行业的"精髓"和竞争力所在。

相比大型游乐园，密室有一些天然优势，比如更加日常和高频的消费。机关形式更加机械、更加自动化的新型密室，是布景环境更加逼真，灯光音响效果更加绚烂的高科技类型密室。

胖老板仿佛自己被困在密室里无法逃脱，絮絮叨叨，自言自语。

"这密室是我自己设计的，绝不照搬别人，也绝不打擦边球，蹭 IP。几百万投资，三天两头的消防、安全检查。回本时间越来越长。90 后也玩腻了。现在不得不依靠你们这些 00 后了。"

胖老板的目光游移不定，不时从王丽娜身上扫过，那怪异的眼神真叫人讨厌！

在学校里，王丽娜不仅仅是排球女将，也玩乒乓球、羽毛球、跳绳、健美操、篮球、轮滑，粉嘟嘟的脸变得紧致，越来越像美女柳岩。

老板一定没想到，王丽娜也是密室逃脱的资深玩家。她读过《法医秦明》《十宗罪》《盗墓笔记》和《灵魂摆渡》，对"仙剑奇侠""鬼吹灯""谎言村""时光城""长风镖局""遗忘镇""青炉染坊""1673 工厂""幻境浮层"和"梨园惊梦"之类如数家珍。她追过芒果 TV 实景古风的真人秀《密室逃脱·暗夜古宅》。机智敏锐冷静聪慧的小王子唐禹哲轻易戳中了她的少女心。接着王丽娜又迷上江湖人称"周大胆"的周艺轩，最后锁定胆大心细、沉着冷静、执行力超强的黄宥明。在网剧《盗墓笔记》中，黄宥明饰演的便是能用鬼玺向地府借阴兵的鲁殇王，顺利拿到了本就属他的鬼玺通关。

我和王丽娜有许多相同的爱好，对老板说的东西多少懂一些。而姚科达、薇薇、王洛阳似乎对老板说的一脸蒙圈、似懂非懂。

这是一间中型密室。开始是 VR、快闪之类，戴着一种特殊的头盔观看，有人在旁白解释。从满目飞扬的白布到阴森诡异的棺木，荧光闪烁，骷髅狰

女儿

笑。中式恐怖屋里，是绝对烧脑的机关布置。恶灵阵中，众人被铁链缚住失去自由，触到机关后，红色液体缓缓流出的那瞬间，一种诡异的气氛油然升起、发酵，一点一点蔓延……

接着是海盗寻宝的主题。独木舟，红树林，舰船，舵轮和铁锚依次闪过。堆满金银珠宝的城堡地下室里，面目狰狞的纸片人在玩扑克游戏。然后是现代化的房间，银灰色的墙四面透光，仔细看时是各种壁画漫画。头顶显现彩虹般的色彩，像是炫目的星光，五颜六色的荧光棒组成飞碟或各种不规则的图形：三角形、五角星、六边形，最后是爱心形状。

"老板，你玩的还是和别人一样的老套套。要看这些，我们自己去电影院！"王丽娜抱怨。

"别急，我这就让你们亲身冒险。"老板答应打开密室。

密室不同于鬼屋，很多密室环境会有一定的背景渲染，但是不一定非常恐怖，主要是为了照顾一些女生和年纪小的玩家。密室游戏，可能是将同伴锁在牢笼中等待营救，也可能是玩家结队探索，一起闯关。按胖老板的说法，玩密室逃脱也逐渐成为年轻人释放压力、娱乐消遣的新选择。尤其是在人们心灵交流越来越少的今天，密室逃脱游戏能够较大限度地调动合作意识和团队默契，拉近人与人之间的心灵距离。

我们各自打扮一番，像简单的 cosplay。我希望自己能打扮成美人鱼。

我、王丽娜、蒋查浩然、王洛阳决定自己进入密室闯关。薇薇胆小，要与姚科达结伴。

我渴望进入那间密室，又希望逃脱。恶灵阵、甬道、通地之穴、十六子连珠、阴兵窖……《盗墓笔记》中描写的东西曾经给我带来神秘的快感。

密室是一间两三百平方米的古风建筑。开始是传统的老宅，门口摆放大红花轿和稻草人。夜晚的深巷里，灯笼高高挂起。巷子头是假面胡同，血迹斑驳的灰墙贴着各种旧报纸，有电报号码一样的数字和蜘蛛网一样的封条。走到尽头，才发现是一条死胡同。四周是红砖墙，高低错落都是铝合金的窗户，根本没有出路。然后突然间，前面亮起幽暗的灯光。铁窗里面的密室里，似乎关着囚徒，一条条铁链从头顶垂下来。旧沙发上，绑缚着一个蓬头垢面的女性，低垂着头，一把剑似乎穿身而过。

我正兀自在黑暗中摸索，背后有什么东西动了一下。

回过头，是一具骷髅。

那骷髅摘下假面。是蒋查浩然，脸上带着怪笑。

"那封信是怎么回事？"

"什么信?"

"那封夹在《读者》中的信。"

"那不是我写的。是王洛阳叫我把杂志放你抽屉里的。"

蒋查浩然刚才一定是想从身后抱住我。他的长鼻子贴近我的腋窝,大口地呼吸。他的恶作剧没有得逞。我不知道是应该厌恶他,怜悯他,还是佩服他的勇气。

蒋查浩然戴上面具,悠然转身,消失了。

侧后方出现一位头戴斗笠的渔夫,然后忽然间,变成佩剑的侠客。

是王洛阳。他似乎一直跟着我。

他突然间在背后抱住我,轻轻地蹭着我的头发。灰暗中,我能看见他毛茸茸的唇须,听见他沉重的呼吸。

我一直很讨厌人挤人的场面,怕被踩脚推搡,讨厌和别人的身体接触,闻到他人的体味…可王洛阳身上那股泥土和阳光的混合味,有一刹那令人陶醉。这个大男孩使我想起大表哥、吴冕和蒋保罗。虽然他们与父亲一样,有男人的胸怀,我却有一种负罪感。

那一刻,我发现自己的身体一直在抖。

如果站在身后的是英鸿博,我一定把持不住自己贴上去。

王洛阳很快就放下我,仿佛只是想把我从骷髅身边解救出来。

"那封信是怎么回事?"我问。

"你认识吴叔叔吗?"王洛阳一脸冷峻。

"哪个吴叔叔?"

"吴冕。他在我爸的武馆里当了几个月的教练,他是我师傅。我们早就认识了——"

"那封信是怎么回事?"

"我准备去报考警察学校,当明星大侦探,福尔摩斯,李昌钰——"王洛阳依然答非所问。

我不打算再追问了。也许那封信不是他写的,也许是他写给王丽娜的。

"走吧,人鱼公主。我们去找其他人。"

出房间往前走。姚科达与薇薇从另一条巷子里走出来,手挽着手。

在身材魁梧的姚科达身边,薇薇像一只小鸟,轻得仿佛一片羽毛。

姚科达的目光有些游移,他们一定刚刚做了什么。薇薇太瘦了,她的肩胛骨硌得人胸口生疼。那个卖火柴的小女孩安安静静地依偎在男孩身边,苍白的小脸变得绯红。

如果薇薇把初吻献给姚科达，我一点也不觉得奇怪。

蒋查浩然从一旁闪出来，脱下骷髅假面，垂下头，一副沮丧的神情。

但他很快抬起头，装出一副若无其事的样子。

他是电脑高手，编程、游戏、机关解锁对他来说都是小菜一碟。

我们很快解开一间间密室的锁。

王丽娜最后走出来。她手提一盏煤油灯，把自己打扮成黑夜里独自行走的神秘老婆婆。

第十一章 心 门

压抑和逃离，成了我十七岁高中生活的主题。

不管怎么说，我还得回到那个令人窒息的校园里去。

就在那次换座风波过后的半个月，有人找我谈话。我被请进了学校的心理辅导室。

心理辅导算是三中的一大特色。学校有心理信箱、心理热线、心理阅览室、电话电脑多媒体等，配套设施齐全。个别辅导室两间，团体辅导室一间。

去心理辅导室的大多是男生和男老师。姚科达和王洛阳就是常客。他们把那里当成健身房。因为那里有跑步机、单车、单站等多种健身器材，把自己弄得气喘吁吁一身臭汗，既能宣泄又能健身。

我和王丽娜去过两次。王丽娜在跟王洛阳学武术，把那里的仿真人当成宣泄和攻击的对象。

暖色调的灯光和墙面，实木地板，温馨优雅内饰环境，过去那曾给我带来宁静舒适感的一切，现在都变得冷冰冰的。

一位五十来岁的妇女从教师办公室走出来，她的脸长长的，棱角分明，很精干，眼睛咄咄逼人。听说她的教龄长得吓人，而且她带的班级绝对样样领先，她教过的学生现在有的是局级领导。

她过去是班主任，后来当专职的心理辅导老师。她是国家二级心理咨询师，发表过多篇高中生人格教育的研究论文。她穿着黑色的呢绒大衣，披一条红色围巾，鲜红的嘴唇在灯光下亮晶晶的。

她迈着优雅的步子走进个别辅导室时，我的心里有种惶惶然的感觉。

"张老师是我的好朋友。她说你很聪明，像你的名字。你的那些获奖作文，我都看了，写得真好——"

教语文的张老师是我唯一欣赏的。她鼓励我参加"叶圣陶杯""语文报杯"等各种作文大赛。都是二等奖三等奖，根本不值一提。

"听说你还是首届十大'北斗'诗人，才女啊！我也喜欢诗词，喜欢李清照。你呢？你是内敛温柔的女孩、坚强的女孩，秀气可爱，性格也好，和你做朋友，是一件令人舒心的事。"

我沉默着，不想说话。

"如果你觉得委屈，就说出来——哭也行；我的年龄刚好当你的妈妈；你不要憋着。耿老师是年轻教师，第一次当班主任。如果方法不当，做事简单粗暴，也是可以原谅的事——谁没有年轻的时候？谁没有十七八岁的青春，犯错没关系，改了就好——"

她问起我的父母，问我的童年。

我觉得她是在刺探我的隐私。我像生物课上显微镜笔下的植物标本。

"你是否觉得在社交场合——我是说在人多的场合——觉得自己很不自然？是否觉得各种聚会很无聊、不愿意参加总想逃避？你是否觉得自己总是羡慕别人的学习成绩、各种特长？你是否觉得自己没有吸引力，比如说觉得自己太胖太瘦太高太矮或太丑？是否觉得自己与众不同，没有归属感，徘徊在群体之外？你是否有孤独感，觉得自己的家庭与别的孩子的家庭不同，为自己的身世烦恼？"

她不是在做心理辅导，而是在做问卷调查，对我的灵魂拷问。

我如坐针毡，只想早点离开。

她还在嘟啵，嘟啵嘟嘟啵嘟，嘟啵个没完！

"有人在用一生的时间治愈不幸的童年。童年时'被遗弃被孤立'的孩子，可能终其一生都无法痊愈……"

"言语暴力会改变儿童大脑对感觉信号的处理回路，改变相关脑区的生理结构。颞上回区域和言语智商有关。父母言语暴力越多，这个区域的增加体积越大。遭受父母言语暴力的人，与目睹家庭暴力造成的伤害不分伯仲。研究表明，经常遭受父母或同学言语暴力的学生，他们的海马体和胼胝体的某些部位体积会减小，而海马体是记忆形成的关键脑区……"

"你是否有自卑的倾向，觉得自己低人一等？'我不行''我很沉闷无聊'的心理暗示，会让自己不自在，变得扭捏不安和不合时宜。陷入孤立陷阱的人，通常会主观地认为自己不受人欢迎，进而感觉被整个世界抛弃。社交孤立陷阱产生的原因，通常是童年时有过被孤立、被边缘化的经历……"

比起逃避，明智的选择是鼓足勇气，尝试克服孤立陷阱。每个人都有黑暗面。孩子攻击性行为的背后，可能隐藏着无处排解的"沮丧感"。失去联系、关系受挫、分离太多、感觉被拒绝、失去挚爱、没有归属感，或者不被人理解。亲子关系里的依恋缺失，是触发沮丧最重要的原因之一……

"攻击性和爱看似是两极，但本质上却有相同之处：它们都是生命的动力，是具有激发作用的东西。但是你应该明白，你攻击他人或自己时，不会带来任何好处，这和爱能带来的正面力量截然相反。我能理解你，我们不会要求你像成年人一样拥有自控力……"

这是不平等的对话。她似乎对我的过去和现在了如指掌。我觉得自己成了一个透明人，在 X 光机下被一览无余。

当我被获准离开，有一种如释重负的感觉。

回到教室，回到校园，那种压抑感又回到身上。没有人包容和善待我，我的心里充满失落和沮丧。父母、老师和同学都在用一种异样的眼光看我，仿佛我的额头上贴着"问题少女""害人精"之类的标签。

周围的一切都变得阴郁灰暗。一只无形的手把我推向深渊，使我陷入无法自拔的困境。

我知道，这一切的始作俑者就是母亲。是她与班主任联手，把我送到心理辅导老师那里去的。

我回到家责问母亲，母亲的脸一下子拉得比驴还长。

"老师也是为你好，批评你几句怎么了？你怎么如此玻璃心？"

"为我好？那是在羞辱我！"

"为了给你擦屁股，我挖空心思找了多少人？学校没给你处分，那是给你表哥、给你父亲面子。真处分你，毕不了业不说，一辈子留下污点——我们一家都是清白本分人，哪知道会出你这样的叛逆！"

"啊！我怎么叛逆了？我遇到的麻烦还不算少吗？"我跳起来，"难道，这一切全是我的错？"

"看看你的成绩！别人家不是 A 就是 B，你呢，全是 D，哪怕有一个 C 也好——你要妈妈的脸往哪儿搁？"

"面子，还是面子！面子，面子值多少钱一斤！"

"这些也就罢了！你还不知道悔改——别人在补课复习，你干啥去了？不求上进的人还去逍遥？密室逃脱，你想逃到哪里去？逃避有什么用？逃避没用，逃避可耻！解决才是王道！"

母亲铁齿钢牙，油盐不进。

母亲变了，变得我不认识了！她过去可不是这样的。十几年了，大部分时间，无论刮风下雨、酷暑严寒，生意再忙，早晚都是她接送。小学时，母亲会将雪白的挂历纸比量定位，然后裁压折痕，把一本本书本小心翼翼包好。她舍得花钱为我买最好的衣服和运动鞋，为我买大堆的书籍和毛绒玩具。她陪我到牙科医生那里，连着几个小时，耐心等待。

不知什么时候开始，她也开始"鸡娃"。我想，如果世界上有"鸡娃比赛"，她肯定是那位"鸡娃冠军"！

"快去写作业！"一回到家，她就催我做作业。

她催她的，我做我的。家长的话，有多少孩子能照做？不是不情愿，就是当耳旁风，甚至还会顶嘴、发脾气。好心的督促，总是让孩子反感。

"催催催，就知道催！别管我，烦死了！"

"你怎么跟父母这样说话的？"

"问你自己，你是怎么说话的，居高临下，硬邦邦的口气——"

"好好说，好好说有用吗？越好好说，你越蹬鼻子上脸，越磨蹭！我不是不想好好说话，是你让我忍无可忍！说十句好话，不如一巴掌，巴掌挥得越高，你们就越乖！听我的，妈妈都是为你好。"

又是为自己的面子！

那时候，母亲的话还不算严厉。那时候，我除了会犯一些马马虎虎的小错误之外，考试成绩基本上稳定在了中上游的水平。那时候，母亲的惩罚还停留在嘴上，不会像有些父母那样采用手动方式打脸、打屁股——有的父母认为那是磨砺孩子心性的手段，实际上除了给孩子的余生留下阴影，没有任何作用！

生活本身就是一种刺激和折磨。那时候的妈妈，不像后来那样，因为开纱窗让一只苍蝇蚊子飞进屋而大发雷霆，也不会因为我顶嘴而横眉立目、身体颤抖仿佛一场地震。那时候，我也能体会母亲的良苦用心：天下父母都不是圣贤，面对作业拖拖拉拉、调皮犯错的孩子，父母偶尔火冲脑门也是可以原谅的。

不做作业，母慈子孝，连搂带抱；一做作业，鸡飞狗跳，嗷嗷直叫！

现在，母亲一说话就"上纲上线"，全是一大通高大上的大道理，仔细想想，一句也无法落到实处，徒然浪费唾沫星子。

"就不！就不！我就不！凭什么？""太难了，我做不到！"

我乱发脾气。随着我顶嘴、反抗的升级，母亲的挖苦、训斥越发严重。她太强势了——用她自己的话说，她的家训就是王道王法！

母亲有一整套歪理邪说，她一定是被那些"鸡娃"的毒鸡汤灌傻了！

家长无缘无故发火，往往殃及孩子。随着年龄的增长，吼叫越来越不起作用，只会恶化亲子关系！家长越是怒骂吼叫，孩子越是性格懦弱！或许父母每次吼了孩子，事后也会自责、懊悔。不管父母以前表扬了多少次，他们说过的伤人的话留下的伤疤依然会时常作痛。即使事后父母通过温情弥补孩子，他们对孩子造成的伤害依然无法烟消云散。

母亲变得越来越暴躁。她还是生意场上的那个女强人，行动上雷厉风行，言语上锱铢必较，甚至连眼神都犀利无比。也许生意场上经历的困苦，生意伙伴和客户的摩擦口角，让一向温柔的她越来越尖酸刻薄了。

一顶嘴就开骂，一言不合直接把晾衣架甩过来，典型的更年期综合征。带娃十几年，一个温柔贤淑的女人变成了河东狮！

最令人难以容忍的是妈妈的恶习，她会时不时闯进我的房间，以整理书桌床铺的名义，偷看我写的日记。

我的房间很大，是卧室也是书房，一张床，两张摞满书籍文具的书桌，一个博古架一样的置物架，一排排放置我外出旅行时收集的纪念品。它是属于我的，虽然床铺乱得像狗窝，东西放得杂乱无章，但我不允许任何人改变任何物件的位置。

我大声抗辩，妈妈理直气壮。

那会儿，那时刻，我觉得妈妈的嘴脸真是狰狞得可怕！

不安与焦虑弥漫整个家庭。父母不停争吵。以前他们也争吵，只是战火很快就平息。现在，他们争吵的次数越来越多，而导火索就是我。排名下跌，找谁补课，所谓早恋，从学校拿回一个"D"，与我有关的所有事情——哪怕一些鸡毛蒜皮的小事都会成为"引信"。

他们吵得特别凶，还互相扔东西，客厅里的花瓶、厨房里的碗碟像长了翅膀在狭窄的空间里飞来飞去。女人哭喊，男人沉默。

父亲一言不发，像一座沉默的山，可发起怒来也令人发怵。而妈妈的发作更可怕，她一发声，全家就得踮起脚尖走路，怕踩到她的雷。

父母争吵，爸爸每次都败阵。他自觉威望大减，绷着脸，不敢看任何人的眼睛。他无奈叹息，和衣倒在沙发上，熬过一个个不眠之夜。

妈妈的歇斯底里，爸爸的软弱无力——我真讨厌这对父母，一刻都不想待在这个家！

可是我能去哪儿呢？

我只能把自己关在房间里。

那一天，父母为我的事又吵了起来。我倚在沙发上看 ipad——这个 ipad 是妈妈为我学英语特地买的。不知为何，母亲又把不顺迁怒到我身上，从我手里夺过平板电脑，狠狠地摔在地板上。

平板电脑破了一角，屏幕撕裂。

我冲进自己的房间，"砰"的一声把门关上。

母亲不依不饶，紧追不放。

爸爸从沙发上跳起来，跟着冲进来，他的第一个反应是紧紧抱住他的女儿，免受进一步伤害，又好像生怕女儿插上翅膀飞离窗户。

父亲拦腰抱起母亲，把她从房间里拉拽出去。

我像暴怒的小母牛，抓起房间里能抓的东西，抛向客厅。我的心脏快要气炸了！

父亲把我从房间里扔出去的东西捡起来，一样样整理好，放回原处，用忧伤无奈的眼神看着我。

房门又一次被关上。

妈妈什么也没说，但她是绝不会罢休的。她不停地摇锁，敲门，用拳头砸。

我是不会开门的。绝不！

漫漫长夜，我失眠哭泣。愤怒与忧伤排山倒海。我的身体滚烫，眼睛火辣辣地疼，像金鱼缸里红彤彤的金鱼。我无处可逃。我可以反复用不屑、挑衅甚至敌对的举止，掩盖自己对可能失去至亲的恐惧，却难以排遣孤独感。我的自尊心不允许我将心事向父亲和盘托出，只能用各种手段伤害自己。在学校里，可以顶撞除朋友之外的所有人；在家里，却无处发泄内心的愤怒。我感到内心深处的孤独，我还是童年时自卑的我。

无处排解的沮丧感变成"攻击性"。我站在镜子前，生气地拿起剪刀，恶狠狠地剪掉了自己额前的乌发。刘海，是王丽娜建议我留的。我喜欢短发，就是想让自己看起来像一个男孩子。因为男孩子更像爸爸，从视觉印象上更符合坚忍不拔的特点。

我粗暴地剪掉了自己的长发，前面部分几乎都快剪秃了。

妈妈推开门，冲进来。她低头时，几缕碎发垂下来，侧脸在发丝后露出柔和的曲线。这个中年妇女，衣衫不整、蓬头垢面的样子，她泪流满面，可是没哭出声，只从胸腔里发出呜噜呜噜的声音。

父亲抓耳挠腮，风度全失。

假惺惺的眼泪，成年人的虚伪！

他们根本理解不了。整个世界在与我为敌。通向客厅的那扇门再次被我关上，反锁。我不会让任何人进来了。我决定自我囚禁，我的心门永远关上了。

被母亲"铁拳"砸破的门只露出一条裂缝。透过裂缝，可以看见父亲坐在门外的一条矮凳上，用手捧着头颅，两行眼泪从指缝里流出来。

他已经在门外坐了三四个小时了，等待我给他开门。

中年男人的崩溃只在一瞬间。

父亲正深陷这样的困境，在青春的叛逆和中老年的更年期中间受着夹板气，左右为难。山口蒋的奶奶不久前刚刚去世，去世前，她饱受老年痴呆和双相情感障碍困扰。一个陌生女人带着我，走在送殡的队列里。父亲抱着奶奶的骨灰盒，孤零零一个人走向公墓。

爷爷已过九十，摔了一跤，瘫痪在床。父亲先是去医院照顾，后来三天两头往乡下跑。请一位保姆一月要五六千。爷爷由大伯照顾，钱还得父亲出。父亲的收入本不高，最近更是拮据。

钱是一种非常神奇的东西。友情，亲情，爱情，各种你以为牢不可破海枯石烂的感情，最终都会被它腐蚀殆尽。明明是因为利益，偏偏大家都不承认，说着"我不在乎钱"，最后还是说明自己从钱里看出了"世界的真相"。无论是夫妻，还是兄弟姐妹，许多事还得用钱解决。

父亲坐在客厅的沙发上沉思，然后把沙发移到一角，落寞无助，掩面抽泣。

一点、两点、三点。这个佝偻身子的男人就那样坐着。低沉的哭泣声断断续续，直到黎明。

我也趴在被窝里，以泪洗面。整个枕头都湿透了。

擦眼泪的纸巾在床上地下落下白花花一片，仿佛能把我的整个身体埋葬。

多么忧伤的女孩！多么孤独的女孩！多么无助的女孩！

我已经被这个世界抛弃了！

白天黑夜颠倒。我不知道那三天三夜怎么熬过来的。似醒非醒，似梦非梦。

有一天晚上醒来，那个奇怪的电话号码又响起了。老妇人的沙哑声音，背后那个男人若有若无的杂音，使我惶恐不安。

我把手机关了。

手机是我与外界唯一的联络。

当我再一次打开手机时，发现有一百多个未接电话：四十个是母亲打的，三十个是父亲打的，三十个是班主任耿老师打的。

还有一个电话，是陈老师打来的。

第十二章　师兄弟

陈老师是我的书法老师。

幼儿园大班开始，父母就送我去"羲颜草堂"学写字。那时或许只为了我端正姿势，将来写字不至于"鸡刨""蟹爬"。不过我也隐隐觉得父母的期待：家里入门的玄关处，贴着书法壁纸，上面是用篆隶行草楷写的"琴棋书画"四字。父亲的书房里，挂着书法条屏。他收藏有"王羲之、颜真卿书法集"和"中国历代传世书法"。他自己也常常铺毫展纸，舞翰弄墨，是个业余的"民间书法家"。

我记得，田园村的街巷，有摆摊写春联对子的民间书画家。老宅木门上处处贴着春联，它们是带人间烟火气的书法。春联、中国结、灯笼和窗花上的那一抹红已经融入我们的血液。而书法艺术，那些在宣纸上晕开的墨色，如同脚下的黑土地，早已浸染了我们的黄皮肤。

小学开始，每到春节，妈妈就催我给爷爷外公家写春联，我总是借故推脱。实在是我对自己的毛笔字没有信心。

最早逼着我写字练习书法的正是母亲。

"羲颜草堂"是这座城市最大的书画培训学校，以书法国画为主，在城里和乡下有不少分校。总部离我居住的小区不过二三十米。一路之隔，是孝子祠公园和市博物馆兼美术馆。

母亲经常去草堂，先认识既是老师又是前台服务的任老师，她是教我硬笔书法的。她从景德镇陶瓷学院毕业后，就来义乌打工，在"羲颜草堂"有七八年了，资质很老。

母亲喜欢跟不同的人聊天，自来熟。任老师是江西老表，好巧不巧，原来她是表嫂柯青的远房表妹！

"哎呀，原来我们是亲戚！"母亲故作惊讶。

我不知道那是真的巧合，还是母亲的刻意安排。

于是我从书法启蒙的孔老师那里转到陈老师门下。

孔老师自称"南漂"，在"羲颜草堂"郁郁不得志，回山东老家去了。

与孔老师一样，陈老师也毕业于中国美院。他三十七八岁，个子中等，下巴留一撮小胡子，脑后梳一根辫子，叼着烟斗，一副酷酷的样子。他教书法，也教画画，他的山水花鸟人物画还在对面的美术馆展出过。

陈老师和任老师在"羲颜草堂"相识相爱，为老板打工几年，然后双双离职，在绣湖旁的湖清门开了一家自己的书画培训班。湖清门集中了许多音乐美术舞蹈和文化课的培训学校。

培训班的生意不错。三年后他们在佛堂镇的恒安小区买了房子——城里的房子买不起，对他们来说，那已经很不容易了。

新房装修，母亲免费提供瓷砖类材料。几年后，他们还带着胖儿子登门致谢。

我一直跟陈老师学。书法A级考出后，陈老师把我当作他的"高徒""得意门生"在教室里"展出"，请我当他的"助教"——当然，那是为了吸引更多的学生。

中考前，在我最迷茫颓废的时候，母亲还打电话求助陈老师，她知道，我最听陈老师的话。

陈老师的年龄介乎父亲和表哥之间。他对我也像一位大叔或大哥。

父亲与陈老师的友谊，是后来建立的，那是一种文人之间的友谊。两人经常一起谈书论画。父亲送陈老师道人峰茶，陈老师送父亲一方端砚。

陈老师收集的砚台中，有许多是他父亲留给他的。他父亲是老知青，十五六岁，先到海南岛五指山，后到西江流域插队——那里属于古端州，民风敦厚，亲和睦融，人情浓郁。他住的集体宿舍是一座古老的陈姓祠堂。那时候，在端州乡村，有些特殊人家的门户必得用黑漆写上诸如"脱胎换骨"之类的对联，虽然斗争之弦绷得很紧，但本村乡亲对涂抹黑对联的家庭并无歧视之心。他父亲开始藏砚，一是为了寄托青春的缅怀，二是送给友人以慰乡思。那时端砚便宜，如非上品，不过十多元而已。

"这块较好，是宋坑石，有两粒石眼。蒋老师深谙书法，我把父亲当年买的端砚送给前辈，万望前辈笑纳。"陈老师说话也带书卷气。

陈老师在广西出生，祖籍却是安徽官庄，闲暇时常去老家。

官庄在皖西万山丛中，逾百年保持农业社会原生态，宗法、乡绅是草根自治基石。在大时代的人物脸谱之下，祠堂、歙砚、宣纸、徽菜，正是这种意象的沉淀。歙砚是四大名砚之一。砚中沉淀乡思。根的真义，是乡土观念，是文化情怀。文化之根在新土壤吸收新养分，才会更苗壮。一个山乡憨孩子，水乡莽少年。读书、描画、做人，人挪活，树挪也活，他一直漂着，自知难以臻达那个境界，却愿意在精神世界印下浅薄的足迹。

父母为我买来笔墨纸砚，镇纸毛毡。

明窗净几，我开始在自己的卧室兼书房中铺毫展纸。

每次假期出门旅行，父母都要带我去参观博物馆、美术馆和各种碑林。

去的最多的是绍兴，开车一个小时，来回很方便。

千年古城绍兴，小桥流水，烟笼人家，水巷乌篷，青石船埠，是一场细雨绵柔的美梦；山中楼台，湖中塔影，白玉长堤听雨眠，一蓑烟雨枕江南。轻舟八尺，低篷三扇，涂桐油黑漆的乌篷船，像精灵般穿梭于水巷之间，一摇一曳，惊醒故事里的江南。江南水巷悠长，淡妆素衣或是穿着凹凸玲珑旗袍的越女娇娃，散发着丁香幽兰的芬芳，撑着油纸伞，走过窄窄的青石板，一起一收，一折一拢，撑起江南的诗情画意，收拢水乡的烟雨情愫。

我们沿着浙东运河旅行。古运河和两岸的古镇构成流动的水墨长卷。粉壁黛瓦马头墙，石库台门天井院，水乡戏台镜湖莲，无不被水墨晕染得美轮美奂。

最后还是回到绍兴，回到兰亭。茂林修竹和林荫下的幽雅小径，明清风格的小园林，亭阁，古驿，碑廊，祠馆，我流连忘返。池水清碧白鹅戏水的鹅池使我想起家乡的骆宾王公园。骆宾王公园也有鹅池。"鹅鹅鹅，曲项向天歌。白毛浮绿水，红掌拨清波。"诗歌启蒙，诗书画同源，也许书法的种子那时候就播下了。

我们特地去蕺山街的题扇桥。王羲之为老妪题扇，人竞买之；他日，老妪又持扇来，王羲之将笔抛飞，急急忙忙闪进躲婆弄。原来"书圣"也是有童心童趣，也食人间烟火的。东晋王氏家族以旷世才情树立起一座"贵越群品，古今莫二"的书法高峰。曲水流觞，饮酒赋诗，"书圣"王羲之与隐逸雅士在兰亭畅叙幽情，留下了不朽名篇和千古书法绝本《兰亭序》，被历代书界奉为极品，"中国行书第一帖"。

我的书法梦就是从兰亭鹅池开始做起的。

母亲是非常支持我学书法的，四处打听，托熟人介绍书法名师。

陈老师介绍诸暨的寿老师，富阳的贝老师和杭州的郭老师。父母带我一一登门拜访。

上一个暑假，我就是在杭州美苑度过的。杭州美苑在萧山，绘画部搬走后，只剩下书法部。书法老师姓郭，来自河南，喜欢喝酒，脸红扑扑的。原来他也是陈老师的师兄弟。郭老师那里场面很大，成人、中小学生、艺考生混杂，上课的也不是他本人，我不想去了。

听从陈老师的建议，我决定艺考。父母或许是抱着"死马当活马医"的心态。至于我自己，说不清自己是出于热爱，或者是为了逃避的另类选择。内心深处，我不情愿回到那囚笼似的校园。任何自由都比不过心的自由。

班级后十名的学生，纷纷选择艺考——播音、国画、西画、美术摄影、舞蹈音乐，等等。少数出于真正的爱好和天赋，绝大多数只是为那一丝缥缈的希望，虽然是孤注一掷式的赌博，可那毕竟还是一线希望。

母亲先征求班主任耿老师的意见，她与耿老师的关系很好。耿老师自己是一个女儿的妈妈。换座风波已过，既往不咎。班里的每位同学都心照不宣。我的心里留下阴影，被揉碎了的自尊心扔到地上，践踏同淤泥，低到不能再低甚至麻木了。

"高中课程已经学完，最后一年复习冲刺。学校没有专门的艺考班。正常的学业不能落下，到时候，我会与任课老师沟通，把复习资料和考卷寄到孩子手上。"

耿老师表示全力支持。不过，她告诉母亲，最好还是征求一下龚老师的意见。

龚老师毕业于中国美院，是学校美术课老师，气质优雅，与王丽娜关系很好。后来我知道，她与大表姐陈楠还是高中同学，经常带学生去缸窑的陶艺馆实习。

龚老师让我参加地区与市级的书法美术类比赛。频频获奖使我信心倍增。高二下学期期末，学校开展送春联活动。学生老师齐上阵。我成了书写春联的"主角"，连班主任和校长都成了我的"拥趸"、要讨取我的"墨宝"。书写几百副春联，虽然连站两三个小时，腰酸背痛，但我一点不觉得累。我的自信心一时爆棚，好像自己已经是美院的学生了，像龚老师那样在美术课上侃侃而谈，点评凡·高、拉斐尔。或者像陈老师那样叼着烟斗挥毫染翰，俨然一个大艺术家！

慎重起见，父亲决定与陈老师商量。

"受人之托，我理所应当为孩子的前途效犬马之劳。"陈老师把"受人之托"四个字说得很重。

和我一样，父亲露出一丝疑惑。

"当初孔老师把孩子转交给我，一再嘱咐，要好好培养——孔老师是书坛高材，眼光独到。这孩子是棵学书法的好苗子！"

"孩子打算艺考，我想听听你的高见。"

"那是好事。"陈老师知道父亲来意，"我的水平，只能教教中小学生。艺考，还得另请高明。我推荐我的师弟，他在美院读书法博士——"

这一年七月初，我就到杭州，见到了陈老师的师兄弟——冉博士。

冉博士三十四五岁，矮墩结实，理着小平头，嘴唇下巴留着胡须，黑黑的，根根分明，又粗又硬。

见到父亲，冉博士拱手作揖，叫着"蒋老师"，请父亲到过道的小茶室喝茶。

冉博士看了一下我随带的书法作品，露出赞许的目光。又问了一下学考成绩。听说是480分左右，微微皱了下眉。

"艺考的路会很难，经济基础决定上层建筑。从某种意义上来说，这是有钱人的游戏！"

冉老师大有丑话说在前头的意思。

"望子成龙，望女成凤，哪个父母不想把自己的子女高高举起？考得上考不上是另一回事。关键是让她磨砺心性，说不定她哪一天就开窍了。"父亲道。

冉博士点头。原来他来自贵州，曾经在一个中学当过老师，后来辞职专心考学，屡败屡战，考了三次才进中国美院，然后升硕读博。

"陈师兄介绍过来的，我自当全力以赴！至于最后的结果，还得看她的慧根和造化！"

问起跟哪些老师学过，提到孔老师、贝老师、寿老师，他都认识——原来都是同门师兄弟。搞书法的，科班出身的人，圈子不大，彼此熟悉的多。

冉老师果然是博士生，精研书法理论，上课侃侃而谈。

临帖修习哪有那么惬意，寒来暑往，墨枯笔秃，手指也磨出老茧针刺……

书法不是单纯的写字，而是艺术。中锋、侧锋、提按、疾涩、积墨、宿墨、焦墨、破墨、浓墨、淡墨、渴墨，疏密避让、虚实向背、行间布白、上下相合。墨法笔法章法，三者有机结合才能表现出书法的气韵。一笔一画蕴含山川大地万千气象，正如晋朝卫夫人的《笔阵图》："横如千里阵云，隐隐然其实有形；点如高峰坠石，磕磕然实如崩也；撇是陆断犀象，折若百钧弩发，竖似万岁枯藤，捺近崩浪雷奔，横折钩俨然劲弩筋节……"

书法艺术中有大美意境。秦篆汉隶如千钧强弩，万石洪钟。汉代《礼器碑》瘦劲如铁、龙舞蛇行，《曹全碑》笔法严谨、典雅秀逸，《张迁碑》方正古朴、雄浑劲挺。南书蕴藉，北书刚强，单是魏晋风骨的碑帖就有十美：魄力雄强，气韵辉穆，笔法跳跃，点画峻厚，意态奇逸，精神飞动，兴趣酣足，

骨法洞达，结构天成，血肉丰美。

书法又不仅仅是艺术，而且是传统文化核心的密码，也是我们民族的根脉，如凝固的史诗之长城，像流动的巨幅画卷大运河，一撇一捺，巨大的人字写在中华大地上。书法，正是我们与母亲大地连接的脐带。书法，那黑白的纽带，洞穿胸肋，将我们的血管与五筋八脉串通一起，将喧闹的生活引向丰富的内心。书法，如行云流水，刚柔相济、动静相宜，引导我们感悟阴阳和合之道……

而且书法蕴藉中国人的人生。从容娴雅的行书，如温柔敦厚的谦谦君子；狂纵奔放的草书，如敦煌飞天歌舞霓裳。一幅作品，字里行间，穿插避让、分寸适度，极具章法，如同过去的文人雅士在灞桥折柳送别。挥毫泼墨，亭台楼阁上的楹联，笔画间有四季的风花雪月，也述说着千年历史的沧桑。深宅大院的青石门楣础柱瓜梁上，镏金匾额的榜书，集字、印、雕、色为一体，融入了中国的辞赋诗文，也传承着千年家训：耕读诗礼，敦伦务本，笃善崇德，也寄托一个家族的夙愿：七叶衍祥，瓜瓞绵绵……

一所著名的中学能够成就一个或多个社区，一所著名大学更是如此。杭州转塘，中国美院的象山校区附近，就有许多高档小区。小区内外，有许多大大小小的培训学校，为无数的莘莘学子提供艺术家的梦想。

冉博士的"铜仁书舍"在美苑附近的一个高档小区内。五楼，三百多平方米的大套间，进门的玄关处放着冉博士导师的书法作品集，走廊过道墙壁挂满书法条屏。一个大阳台改造的教室是周末中小学学生用的。另一个相对宽敞，就是艺考生——包括报考硕士学生的教室。还有三个房间是宿舍，一个男生宿舍，两个女生宿舍。

开始一个月，父母经常开车来看我。

母亲依然自来熟，一边与博士夫人呱啦，一边忙着打扫房间的卫生。艺术家待的地方，总是杂乱无章，墨香与泡面香交融，笔墨纸砚和快餐盒垃圾袋混杂。阳台上衣架凌乱，水渍斑驳。

小阳台的房檐下有一个燕巢。雏燕欲飞，好兆头！母亲脸上荡漾出一丝笑容。

同宿舍三个女生，一个来自金华，学考成绩 500 分左右。她的父母一再探班才定下来让她艺考。她是个文静秀气的女孩，学习刻苦，除了练字，就是拿着 ipad 学英语复习功课。

另一个来自贵州，叫周斌，来自冉老师的老家贵州，瘦瘦小小的，却有巨大的毅力与能量。她一再复读，参加艺考，非中国美院不可，大有不达目的决不罢休的气势。

我们很快成为朋友，一起逛超市，一同点外卖。

冉老师的学生中，还有两位。一位学姐来自上海，已大学毕业参加工作，辞职后想考书法研究生。还有一位来自成都，开了几年餐馆，后来觉得自己还是比较喜欢书法，想进一步进修，考美院的成教学院。

冉老师忙着写博士论文，带儿子打架子鼓；又自己创作，在微拍堂上拍卖。一些具体的课程，是冉博士聘请的另一个老师来教。

从炎热夏天到初凉的秋冬，三个月很快过去。白天是篆隶行草楷，晚上是说文解字，一遍遍背繁体字，第二天早上考试检查。

我不习惯背诵，常常出错。于是罚款，有时几十，有时过百。那个小个子的书法老师定的规矩仿佛是冲着我来的。

果然，艺考的路是用钱堆出来的！破财消灾，既然选择这条路，再难也要走下去，何况这点小小挫折！

晚上通常要到十一二点，然后洗澡睡觉。我有洁癖，只要能洗热水澡，宿舍再拥挤也能忍受。

学习的紧张程度一点不亚于学校。偶尔也有放松的时候——冉博士带我们去参观省博物馆与西泠印社。

临帖，背诵，创作，篆隶行草楷。我不过是从一个牢笼跳到另一个牢笼。

父母来看的次数越来越少。有一天接到妈妈电话，她病了，甲状腺囊肿，需要动手术。

父亲暂时接管建材店，又要到乡下去看爷爷。由几位姨娘轮流到医院照看妈妈。

焦虑迷茫又回到我心上。

有一天晚上，学书法的餐馆老板——那个叫"麻辣烫"的胖子请我们吃夜宵。开车去一条很远的地方，这个小区外面有大排档、烧烤摊。

"麻辣烫"是个大烟枪。周斌似乎不是第一次与胖子出来吃夜宵了。

"你试试？试试有什么关系——"

坐我身边的周斌悄悄地把一根东西递给我。

我第一次尝试抽电子烟。

对书法的热爱，对艺术最初的激情，像电子烟的烟雾烟消云散，只留下寂寞空虚和无聊。

有一天早上醒来，我忽然接到蒯月朋的电话。原来她也在杭州，学英语，准备雅思考试。

我忽然间又兴奋起来。

第十三章　艺考生与电子烟

十二月初回校，准备参加一月的学考选考。一月的选考直接计入高考成绩，重要性不言而喻，对艺考生尤其如此。我选的是英语和政史地。

校园还是那个校园。一种沉闷压抑而又剑拔弩张的气氛笼罩着高三年级。20班的气氛更是诡异。一个个脑袋从书桌上堆得高高的课本、教辅和模拟卷后面露出来，用陌生的眼光看着你。我是艺考生，在感到莫名自豪的同时，也觉得自己成了另类。

班级里还有几位艺考生。最要好的朋友王丽娜不在，她在其他艺训班准备学考艺考。大部分音乐类艺考都集中在下半年的12月到次年的4月，每个省的统考时间和每个学校单独校考的时间都不一样。所以备考前的时间规划和准备都比较重要。

校园的围墙再高，也阻挡不了外面世界吹进来的风。

一粒小小的病菌扰乱了整个世界。整整一年，疫病的阴霾时而聚拢时而驱散，戴口罩，测温，无论是校园还是小区，都实行严格的管控。对这一切，所有的人都习以为常了。

这一年的春节冷冷清清。都说00后是断亲的一代，我还是渴望去外婆姨娘家拜年。可时间不允许，大年初二我就回到杭州，准备书法校考。

因为疫情，艺术类的校考、统考时间和节奏被打乱。许多学校进行远程考试。

中国美院的校考初试采用远程，母亲买了必要的设备，我在陈老师的画室里参加考试。

还有几次远程考试在杭州的"铜仁书舍"。

疫情好转。我坐飞机去西安，坐高铁去南京、天津，现场参加。

一次次出征，一次次铩羽而归。一次次燃起希望的火苗，又一次次被浇灭。

离正式高考还有三个半月，我又一次回到原来的校园。

二次高考，对成绩好的学生有利。第一次选考成绩理想的学生，至少可以丢掉两三门，有的尖子生，最后只要参加语数两门就可以了。对我来说，第一次选考成绩不理想，六月的高考至少要参加五门，接下来的日子会更难。

一次次参加校考，一次次在希望中等待。等来的都是不好的消息。好梦变成噩梦。我从云端跌入万丈深渊。

一阵巨大的疲惫和绝望卷土重来，彻底将我吞没。

焦虑，彷徨，迷茫。晚上失眠，白天又昏昏欲睡。

咖啡提神根本不管用。我又偷偷抽起电子烟。

我不喜欢喝酒，对抽烟却不反感。男子汉应该抽烟，像外公、陈老师，甚至可以有个木制烟斗，特别是当作家艺术家的，不抽烟简直就毫无风度可言。

抽第一口电子烟时，舌头麻麻的，喉咙辣得发呛，一把鼻涕一把泪，简直是自我惩罚。可是不久，在好奇心得到满足的同时，也带来一种自虐的快感。

我是通过师姐周斌接触到电子烟的。她是音乐迷，经常去听各种潮流音乐会。她知道许多电子烟的品牌：悦刻、福禄、灵犀、YOOZ。她是电子烟的资深玩家：水烟筒，水烟笔，向烟管内添加巧克力、薄荷等各种味道的香料。绕丝技巧、口感技巧、吐烟圈技巧、大烟雾技巧等——她吞吐烟圈的技术看起来非常炫酷。

电子烟贩卖时，往往打着"合法上头""戒烟神器"的名号。使用人群以15—24岁的年轻人为主。一开始它既不属药品，也非保健品或医疗器械，更不是烟草，因而大多数电子烟处于"三无"状态。即无产品标准、无质量监管、无安全评价。

事实上，电子烟的火热源于潮流文化。APP或网站上，为它"摇旗呐喊"的文章不在少数。这些文章包装精美，以"润物细无声"的方式浸入女性及青少年群体心中，颠覆着人们对烟草的固有认知。那些看起来十分"另类"的店员刻着文身，穿戴棒球帽和宽松的衣服。店内的电视荧屏上，玩家吐着烟圈，背景可能是嘻哈或者电音，也会出现一些滑板、改装车或街舞的镜头。随着一批互联网企业和资本入局，"亚文化"在向全社会蔓延。

躁动的音乐，扭动的身躯，闪烁的霓虹，簇拥的人群一边跟随节奏呼喊，一边吞吐烟雾，笼罩着一种后现代的魔幻感。"吞云吐雾"的女生被包装成时尚、优雅的天使，于是电子烟便有了野蛮生长的趋势。

开始时竭力抗拒的东西成了我唯一的减压神器。最最要命的是，我不但学会了，而且上了瘾。我躲在校园中最僻静的角落，偷偷地吸。我把电子烟夹在书本里，遇到实在困得厉害，就拿出来吸两口。

我自以为做得天衣无缝，还是被耿老师发现了。

耿老师的态度很矛盾。为了避免刺激我这个"有心理疾患的问题少女"，某种程度上允许我私底下偷吸几口。她这样掩盖，不让学校发现，一是为我个人，也是为了班级的荣誉。

但是，她不可能不告诉母亲。

母亲吃惊。她本来就因为我学考校考失利而焦虑，如今更是雪上加霜。

她不动声色，先打电话责问冉老师。

冉老师蒙在鼓里。他自责一番，表示实在无能为力，并没有把过错推给别人。

暂时相安无事。我每天按时去学校，晚上 10 点钟回家，洗完澡，11 点上床。

失眠，焦虑。我横竖睡不着。

我家对面，有三栋无人居住的房子，外墙已经脱落。一群群鹧鸪麻雀在屋顶的窗框和架空层野蛮生长的藤蔓间飞来飞去。一天二十四小时，各种嘈杂声不断。白天是收废品的吆喝声，挖掘机和钻机的轰鸣声。小区里的路似乎一年四季都在开挖。电信、燃气、电力、环保、园林，道路像拉链，今天拉上，明天又拉开。

小区道路坑坑注注，管道公司正在挖阴沟。晚上，一股浓重的恶臭秽气弥漫空中。我无法入睡，好不容易睡着，又噩梦连连。

早上起不来，昏昏欲睡，头颅沉重。迟到成了常事。最要命的，一想到要去学校，我打心眼里厌恶，浑身发抖。

母亲失去耐心，歇斯底里终于发作。

"滚！滚出去！我没有你这个女儿！"

每次接到艺考的成绩，父亲都会因我的失望而焦虑。他更担心我的心理，怕我走极端。他的脸上总是带着怜悯和悲情，与所有会移情的艺术家一样，对别人的痛苦感同身受。他会为公园里的花叶凋零而落泪。他会把剩饭放在一个干净的磁盘里，置于厨房外的保笼架上，然后站在阳台上，看鹧鸪麻雀啄食。

父亲的脸上挂着沉重的尤力感。现在，连最爱我的父亲也保护不了我了。

无论是家里还是学校，都没了我的容身之地。

我决定自我放逐，在暗夜里，像幽魂似的游荡。

外面是光怪陆离的世界。

站前小区附近，有许多中高档小区——大都置业、建苑、恒安、秦塘、孝子祠小区。还有依托宾王市场的商贸区和三挺路夜市。老火车站棚户区正在改造，吊车林立，高楼崛起。

三年前，原机械厂的旧厂房改造成了"老车站·1970文创园"。文创园的标记是一个火车头的雕塑。文创园里有各种业态：酒店、宾馆、民宿、超市、连锁店、健身房、咖啡屋、烧烤店、舞蹈学校、婚纱摄影、茶园茶馆、樊登书屋、机器人动漫、同城二手车买卖租赁公司、服装设计与定制公司、杧果智力运动馆、泰式按摩推拿SPA，还有手作一条街和新奇的娱乐——SWEET女仆桌游乐园、沉浸式推理轰趴。

最多的是餐馆，如山城、酱小七、老牌曾火锅、宽窄巷、海底捞、美蛙鱼头、澳门豆捞，还有酒吧，如巴黎春天、埃及艳后、ET HOUSE、新卡地亚，一些以陈列和推销红酒为主的酒庄和音乐美食结合的音乐餐厅。

这里原本杂草丛生，到处是断垣残壁的荒芜之地，如今却是灯光璀璨、霓虹闪烁的不夜城，成为这座国际化商贸城的地标之一。因为这座城市里居住着世界各地的商人，酒吧里进进出出的，也是黑白黄棕各种肤色的人都有。

这一片是我非常熟悉的，从小开始学书法的"羲颜草堂"就在文创园内，靠近城中北路和站前路一侧。以前我常在附近闲逛，夏天买冷饮奶茶，冬天吃炭烧烤串。

我在弯弯曲曲的巷弄里穿行。夜色中，一切都变得陌生。快要倒塌的厂房用钢筋水泥重新支撑起来，灰色的砖墙上是广告招贴画。"皇后嫁衣"下面，是一个穿旗袍的风尘女子。

我想起了周斌。那个瘦小苍白、一脸风霜的艺考女生熟练地捏着电子烟，从容不迫地吞云吐雾。

我的烟瘾上来了，掏出电子烟，正要点着吸几口，一个醉汉斜刺里冲出来。不知是故意还是失足，他踉踉跄跄的，几乎要把我撞到。他顺势拉住我，几乎把我搂进怀里。

我把他狠狠地推开。

一股酒气扑鼻而来。男人用侧脸对着我，或者是故意不肯正面示人。他模糊的影子隐在黑暗中，判断不出的年龄，只知道他的脸很黑，年龄在40—50岁。

"你，是不是，叫蒋睿典？"男人的声音沙哑低沉，像一面破锣。

我大吃一惊！他怎么知道我的名字？

我本想逃开，不搭理他。但是好奇心使我的脚步停下来。

这一刻，我想享受荒唐恶作剧带来的刺激。

"我是谁？说出来，你一定很奇怪，我是你父亲。亲生父亲。你，还记得你学校食堂里的那个阿姨吗？她是你母亲。她现在又成家了，有一儿一女，我不想再打扰她了。还有那个扫大街的大妈，她是你奶奶。为了寻找她的孙女，她扫了八年的大街。你一定不相信，可这一切都是真的！你别怕，我不会害你的，我只是想最后见你一面，然后离开这座城市，永远不再见——"

男人说话急促，仿佛是想把憋了一辈子的话在几分钟内讲完。

男人越说越离谱。一派胡言乱语，满嘴的鬼话醉话。

我害怕了，正要逃开，那醉汉却凑上前来，拉住我，嘴里呜咽着，几乎跪下。

一个魁梧大汉冲过来，猛地把醉汉推开。

"深更半夜，一个大男人缠着小姑娘，成何体统！"

"兄弟。我并无恶意。"醉汉喃喃道。

"你要是还把我当兄弟，就别缠着她！要吃要喝，到兄弟店里去，没钱找兄弟开口！你这不争气样子，我不想再见你，能滚多远就多远！"

醉汉走了。

定睛看时，那魁梧汉子却是吴冕。

我后来才知道，那醉汉是吴冕的好朋友。他们曾经在同一家酒店当保安。醉汉与人打架被开除，就在文创园附近站前路家具专业街装卸打零工。许多时候，是吴冕一家接济他。

吴冕已在城里买了房。一年前，他在文创园内开了家"老外婆"餐馆。因为疫情，餐馆时开时停。最近疫情好转，餐馆生意红火，要是以前，这个时间早打烊了。

吴冕见到我，似乎一点也不奇怪。

"这个醉鬼，刚才跟你说了什么？"

"没什么。"

"醉鬼的话，你千万别信！"吴冕盯着我手里的电子烟，一个劲地摇头。

"这玩意儿害人，里面可能添加了人工合成的大麻素，让人不知不觉上瘾——上瘾是小事，弄不好，会把你的小命搭上——可抽烟的事，我管不了。"

他接着又用命令的口气说道："妞儿，把手机给我！"

他接过我的手机，打开。

"为什么关机？要开着，随时准备报警——这么乌漆麻黑的夜晚，这灯红酒绿的地方，鱼龙混杂，什么样儿的人都有——你一个小姑娘，就不怕被人拐跑？你外婆、你姨娘、你的表哥表姐，都接到求助短信了——连我也收到了！"

吴冕把手机还我，抚摸我的头：

"时候不早了，让姑姑送你回家！"

姑姑小青从"外婆家"走出来。她胖了许多，梳着发髻，穿厨师服，俨然一个成熟稳重的老板娘。

"妞儿，快回去。你爸妈到处找你，急死了！"

店里还有几班吃夜宵的客人，我坚决不要她送。

已近午夜 12 点了。我走出文创园。手机里微信不停地"滴滴"响着："宝宝，你在哪里？""宝宝，快回来吧，爸爸想你！""——没有什么错误是不可原谅的。爸爸妈妈原谅你了，宝宝，快回来吧！""宝宝，告诉爸爸你在哪里，我好去接你——""快回来，宝宝！这个温暖的家永远属于你，家门开着——"

爸爸很少叫我名字，他总是叫我"宝宝"。也许我真的是他唯一的宝贝。

小时候晚上回家，他把洗脚水准备好，然后给我洗脚按摩，揉搓脚上的每寸肌肤。后来，每晚十点回家，等我洗完澡上床，他才从沙发上站起来，拖着疲惫的身子回到他的房间。他从来不骂我，哪怕说一句重一点的话。他总是小心翼翼地维护我被践踏的自尊，想方设法保护我仅剩的一点灵性。

我往回走。快走到楼道底下的时候，看见父亲蹲坐在单元楼门口一辆收废品用的三轮车上，脸朝另一边凝望。

我关掉手机，突然掉头，朝另一方向快速离开。

这一刻，我不想回家。我要报复他们，我的心里涌起一阵阵报复的快感。

仇恨给人力量。仇恨让人想要活下去。

我想起小时候的一件事。我与小表姐坐公交车坐错方向，半夜没回家。父母以为我是赌气出走，差点去派出所报案。提起儿童失踪案和拐卖案，母亲顺便会教我少女应该知道的自保常识，诸如不要与陌生的男人搭讪、外出吃饭千万不能喝离开自己视线的饮料。

成年人的世界充满陷阱，他们互相提防，夫妻之间不信任，朋友之间打开互黑互害模式。

这一刻，我不想回到成人的世界里去。

三月的天气乍暖还寒。前几天高温二十八九摄氏度，忽然间又开启冬天模式。

老火车站和孝子祠公园一带是成熟的老社区。宽阔的城中路，有两排行道树，中间是香樟，边上是梧桐。下午一场风雨，地上铺了一层厚厚的落叶。黄昏时分打扫干净，晚上又落了一层。

一个中年男人在扫大街。他的后面跟着十八九岁的男孩，拉着环卫工人的垃圾车，他的眼眉鼻子挤成一堆，看上去又痴又憨。

那个拿着诺基亚手机、常常在半夜或是凌晨扫街的大妈已经走了，再也不见了！

昏暗的路灯下，风卷起落叶飘零。我走进马路对面的孝子祠公园。

过了午夜，公园里已经没有一个人。

我走在空荡荡的青石板路上，拿出电子烟，猛吸几口。朦胧烟雾中，我似乎看见那个醉醺醺的男人一直尾随着我，我看不清他的面容。他的脸隐藏在黑暗中。

回头默数自己生命中经历的几次困顿，我第一次模模糊糊地思索着它们带给自己的意义。我已经记不清楚自己是怎么来到这个世界的，将来又要去哪里。那些出现在我生命里的人，真的是我的亲人吗？我的父母，真的是我父母吗？

我其实并不是他们的女儿。我是个孤儿。我是个被遗弃的人！

我蜷缩在一棵树下，泪流满面。

我似乎是睡了一会儿，抑或做了个梦。我是被救护车的鸣笛声惊醒的。

打开手机，已经是过了午夜一点。

有几十个未接电话。

是爸爸妈妈打来的，是吴冕大哥和姑姑小青打来的，是章老师打来的，是班主任耿老师打来的，是陈老师打来的，是冉老师和周斌打来的。

最后一个电话，是蒯月朋打来的。

第十四章 题　扇

在那个悲伤的夜晚，没有什么能比蒯月朋的声音更使人得到慰藉的了。

我收起脾气，回到学校。

四月底，又接到蒯月朋的电话，约好五一节见面。

一个月后就要高考。也许以后各奔东西，再也没有机会相聚了。上一次，几个要好的女同学在小饭馆聚餐，给我过生日，几个懵懂少女期待有一天能重聚，没想到这一天差不多等了四年。

依然是五位：蒯月朋、刘叶鸽、王丽娜、倪晓薇和我。

这一次，是为蒯月朋过生日——她五月出生，姓名中也有五个"月"。也是为了为蒯月朋践行，她不久就要去英国留学。

对于出国留学，蒯月朋既不强烈盼望，也不抵触。她是乖乖女，顺从父母的安排。如果不是疫情，蒯月朋年前就成行了。以她的成绩，耶鲁、哈佛、东京、早稻田、斯坦福、悉尼、牛津、剑桥、麻省理工、哥伦比亚等世界名校都有可能接纳。她自己独钟剑桥大学。听说剑桥是"在里面睡觉人也会变聪明"的神奇学府。蒯月朋对自己还没有十足的信心。她是那种做什么事情都不紧不慢从容不迫的人，并不急于选定一所学校，先去英国上预科，再做选择。

五个同学，四个在义乌。聚会地点就定在"老车站·1970文创园"。

这儿离家近，我本应尽地主之谊。可王丽娜已主动把召集人的任务揽过去了。

姑姑小青的"外婆家"虽然费用低廉，但是里面的装修简单，烧的家常菜适合打工一族，进进出出的，也是三教九流，人员庞杂。

王丽娜选定一家音乐餐厅。老板是一个长发披肩的帅气大叔，很有艺术家的范儿，在莺燕舞蹈教过王丽娜，算是她的启蒙老师。老板不但给最大的优惠，还要请乐队来助兴。

蒯月朋的意见，乐队太过吵闹，只需播放古典音乐。最后选一个最幽静的包厢，播放筝箫曲《高山流水》。蒯月朋喜欢古典音乐，实际上她是从小被"富养"的女孩，多才多艺，音体美诗样样在行。我看过她穿着旗袍弹奏琵琶的照片，像极了古代娴雅的仕女。

王丽娜要了两瓶波尔多——如果不喝红酒，老板几乎没什么利润——叫服务生打开醒酒。

"丽娜，我不能喝酒！"蒯月朋刚考了驾照，自己驾车过来。她的母亲是义乌人，先到的外婆家。

蒯月朋是五位同学中的大姐姐，平时我们总是唯她马首是瞻，连一向骄傲的王丽娜也听她的。

她不喝，我们几个都不喝，要了几杯软饮料。

"好吧，你们不喝，我一个人喝。不醉不休！"王丽娜自斟自饮，"今天是为'五月'庆生践行，我们几个，先吟一首与月亮有关的诗送给她！"

"五月"是蒯月朋的小名。王丽娜喜欢给人取绰号，给刘叶鸽取号"鸽子"，给蒯月朋取了很多——"月月""五月""嫦娥""婵娟"。

"云母屏风烛影深，长河渐落晓星沉。嫦娥应悔偷灵药，碧海青天夜夜心。"王丽娜自己先吟李商隐的《嫦娥》，颇有调侃的意味。

"目穷淮海满如银，万道虹光育蚌珍。天上若无修月户，桂枝撑损向西轮。"我吟了米芾的《中秋登楼望月》。

"独坐幽篁里，弹琴复长啸。深林人不知，明月来相照。"刘叶鸽特别喜欢王维。

"床前明月光，疑是地上霜。举头望明月，低头思故乡。"薇薇吟了首特别普通的。

"好吧，现在我们把各自送给'五月'的礼物亮出来。"

王丽娜的礼物，一如既往的是一个包包。不过这次她送的很别致，绘着飞天的图案，纯手工制作的，外形卡通，里面却很实用，可以放文具，也可以放女孩子的化妆品。

女孩们在一起聚会，互送小礼品是常事。当初我就很喜欢毛绒玩具，同学送我的全是毛绒玩具：牛牛、兔子、抱枕之类，那种软绵绵的触感给我一种安全感。可现在，送那些已经显得很幼稚了。

三年同窗同桌同寝室，我们几个结下了深厚的友谊。在我心里，特别私淑蒯月朋。所以当她告诉我出国留学前相聚后，我为送礼的事踌躇起来。我直言相告，蒯月朋说自己最期待的还是收到我的书法作品。最后还是决定送她书法卷轴。蒯月朋的父亲认识很多大名鼎鼎的书法家，她偏偏要我这个书法专业的落榜生写，其中含有深意。

我把早已准备好的书法卷轴拿出来。蒯月朋笑着相接。

王丽娜一把夺过，急不可耐地展开。

"《赤壁赋》？睿典，你该写张若虚的《春江花月夜》，或者苏轼的《水调歌头》'明月几时有'才应景。"

"命题作文。是我叫睿典写《赤壁赋》的。"蒯月朋道。

"可有什么讲究？"

"茫茫宇宙中，地球不过沧海一粟。与宇宙地球比，人的生命更是短暂，如朝菌、如蟪蛄、如蜉蝣。苏轼把渺小的人放在浩瀚空旷天宇间，大大增加了生命的沧桑感。其实我们大可不必悲观。'人有悲欢离合，月有阴晴圆缺，此事古难全。'更何况人生有许多美好的东西，比如友谊、爱情、家庭的天伦，比如人人都能享有的阳光、空气和大自然的山水风光。唯江上之情风，与山间之明月，取之无尽，用之不竭。只要我们慧眼独具，细心观察，就能在平凡的风景里找到美感。你不觉得《赤壁赋》很美吗？生命虽然短暂，但是艺术与美是永恒的。"

"是啊，写得太好了。"刘叶鸽发出"啧啧"声，附和蒯月朋。

一直沉默的薇薇凑过来，微笑点头，表示赞许。

"美是美，只是太长了。睿典一定花了不少工夫，死了许多脑细胞！"王丽娜道。

"献丑了献丑了！"我是真心觉得自己写得不咋的。一次次校考没通过，我的信心跌落到低谷。

"我相信睿典，她将来一定会是另一个卫夫人！"蒯月朋道。

"卫夫人是谁？"王丽娜问。

"丽娜，卫夫人是谁你都不知道？卫夫人是晋代著名书法家，廷尉卫展之女，是一代'书圣'王羲之的书法老师。"刘叶鸽斜睨一眼王丽娜。

"恕我孤陋寡闻。鸽子，我先看看你送给月月的礼物。"王丽娜道。

牙科医生的女儿拿出一个小盒子，盒子里装的是一副牙模。

刘叶鸽父母出生于丽水相对贫困的山区，虽然都是医生，收入不错，但要买房买车，抚养双亲，平时送礼也不会大手大脚。

"鸽子，你也忒小气了。送个牙模几个意思？"王丽娜高声。

"我希望月月有一口伶牙俐齿，出国了也别忘了母语。将来有一天能把属于我们的话语权夺回来。"

"奇谈怪论，别为你的小气辩护！"

"丽娜，别这样说，鸽子的礼物很别致，我很欣赏！"蒯月朋瞄一眼丽娜。

王丽娜把目光转向薇薇。薇薇低下头，一只手在书包里摸索了一阵，什么也没有拿出来，一脸尴尬——她穿着校服，随身依然是那个陈旧的书包，当别人把包包放在一边的台子上时，她把书包压在膝盖上，仿佛里面藏了什么见不得人的宝贝。

"丽娜，别为难薇薇。同学聚会，大家高兴就好。"蒯月朋为薇薇解围。

十七八岁的女孩都有自己的小心思，表面嘻嘻哈哈你侬我依，背后嫉妒暗讽之类总是难免——只是她们很少往心里去。

"我不想与鸽子斗嘴。说真的，比起书法，我更喜欢睿典的诗歌。她像李清照，不，应该说，看她现在这副愁眉苦脸多愁善感的样子，像林黛玉。"

"不是林黛玉，睿典的样子，像林徽因。"刘叶鸽道，"你是一树一树的花开，是燕在梁间呢喃；你是爱，是暖，是希望；你是人间的四月天！当天空的蔚蓝爱上了大地的碧绿，他们之间的微风叹了声'哎！'"

"哎哎！鸽子，别拿我开涮。人家林徽因是建筑学家，又是作家，诗人，我算哪根葱！"虽然我知道刘叶鸽是真诚的，可一个学霸赞美起一个学渣来，听起来总是怪怪的。"要说才女，你刘叶鸽才是！"

我是真心钦佩刘叶鸽。这个牙科医生的女儿一路顺风顺水，高歌猛进。初中时，她还是瘦瘦的，脸色苍白，架了副眼镜，十足的书呆子模样，虽然成绩优异，胆子却不大，有时候看人打针都会吓出鸡皮疙瘩。现在的她显得特别自信，模样也长开了——虽然父母偏矮，她自己却有一米六八。她平时严格自律，跳绳、足球、排球、篮球，坚持每天锻炼，关键是，这些并没有耽误她的学习，反而成绩越来越好。

刘叶鸽的脸带着清纯的书卷气，的确有几分像林徽因。

"林徽因妙语连珠，口若悬河，口才了得，才情卓越，成就非凡，只因人家是官二代、富二代。我觉得在场几位，月月才能算真正的才女！"王丽娜刻意抬杠。

"月月是美女！"刘叶鸽道。

大家叽叽喳喳，谈起美女、才女与超女。

我同意刘叶鸽的观点。蒯月朋是真的美女，不是一眼看上去惊艳的那种美女，而是越看越耐看的那种美女：知性而气质优雅，有一种与她的年龄不相符的矜持温婉从容。初中时纤细修长的身材变得高挑紧致，原本偏瘦的鹅蛋脸近乎圆月。她的美融合古典和现代。

都是漂亮，朝气，新潮，天生的幸运儿和班里引人注目的女孩，与蒯月

朋比，王丽娜的美貌差了些，看多了多少有些俗艳浅薄。王丽娜是那种说话时直视对方眼睛，谈风犀利的爽快女生，有时候心直口快，难免得罪人。

"美女，应该有西施的面容，梦露的身材，林徽因的气质，雅典娜的智慧。女孩子最要紧的还是智慧，不能当花瓶。我还是比较欣赏才女。真心说来，鸽子是有几分像林徽因。"蒯月朋道。

"鸽子是林徽因，那么谁是徐志摩？"一直沉默的薇薇突然插了一句。

"别提徐志摩！林徽因根本没有热烈回应过徐志摩的狂热追求，他们之间，只是单相思，或者说友谊——"王丽娜道。

"我不过随口一说，打个比方——"薇薇幽幽的。

"鸽子的那位，当然是英鸿博。"

刘叶鸽低眉看一眼对方，然后嘴角微扬。在一中，她与英鸿博既是同班同学，也是竞争对手。

提到英鸿博，大家有一会儿静默了。

初中时，那个清秀的男生是所有女生仰慕的对象，自然其中也包括蒯月朋、刘叶鸽和我。高二下学期，英鸿博就被中科大少年班提前录取了——这件事曾引起轰动，尽人皆知，因为在整个金华的教育史上，还是首次。

英鸿博的身影变得越来越模糊。每当我想起那首"少女"诗歌，心里依然会涌起羞涩的甜蜜。我知道，蒯月朋和刘叶鸽都与他保持着联系，希望将来他们之间能发展出一段罗曼蒂克的故事来。

女生私底下谈论男生，有时候遮遮掩掩，有时候也会肆无忌惮。

"可惜了，英鸿博是理工男，不像徐志摩，是渣男也是情种。比起这两位，薇薇，我还是更欣赏你那位'肌肉男'。"

薇薇忽然脸色绯红，低下了头，仿佛自己做了什么见不得人的事。

"肌肉男"指的是姚科达。作为体育生，姚科达已经获得"国家级运动健将"，有希望进入自己的理想学校。在他与薇薇之间，已经发生了一系列奇妙的化学反应。姚科达的成绩突飞猛进，薇薇也有长足进步。薇薇这一年近乎疯长，高了许多，胖了不少，校服显得紧巴巴的，不过在我们几位女生中她的个子还是矮了半头。

王丽娜并无恶意，对薇薇与姚科达，她甚至乐见其成。实际上，王丽娜对薇薇还是倾向于保护的。当初蒋查浩然黏着薇薇，是王丽娜赶走的。她私底下骂蒋查是"矬子、三寸丁"。蒋查浩然知道将来如果不能进一所好大学，一切都是徒劳，死心了，一心扑在学业上，准备将来再"曲线救国"。

"丽娜，你别拿薇薇开涮。"月朋又当起大姐姐，"薇薇，学校正填模拟志愿，你选什么专业？"

"我想当医生。"薇薇说着，不是很自信。她现在的成绩离医科大学有差距。再努力，也是差一点点。她身上所有的潜力都已经挖出来了，就像甘蔗，已被榨干最后一滴糖汁。

"我不想辜负那位好心人。"薇薇又加了一句。

好心人是指那位匿名资助薇薇的人。匿名人士资助薇薇，直到她大学毕业——这在学校里只有几个人知道，在我们几个要好的女生中却不是秘密。

"你要当医生，最好咨询一下鸽子。"王丽娜正经道，"鸽子的父母都是医生，女承父业，理所当然。"

没想到，刘叶鸽并不想当医生："当医生太苦太累，五六七年才能毕业，还有临床考证，等正式行医，十年就耗掉了。我的理想当建造师。"

刘叶鸽的父母希望她考上海交大，她自己希望考同济，像林徽因，当建筑设计师。

"丽娜，还是谈谈你那位吧。那位武术大师——"刘叶鸽一直关注初中同学，对王丽娜的事多少有些了解。

高三后半学期，王洛阳回河南老家去了。原来他的户籍还在温县，参加河南高考。

只听人说，王洛阳已经通过武术大考。

他们已经很长时间没联系了。王丽娜装出无所谓的样子。

"别提男生。还是喝酒。唯愿当歌对酒时，月光长照金樽里。说起来，我们几位义结金兰，情同姐妹。就我一人喝，你们连杯子也不碰，真不够哥们儿！"

"丽娜，我陪你喝！"蒯月朋决定叫代驾。

蒯月朋喝，我们几位也只好喝一点。

王丽娜显得越加兴奋，狂放活泼，发起了酒疯，一阵大笑过后，又稀里哗啦哭一阵。

趁她到洗手间补妆的时间，蒯月朋悄悄说了王丽娜的家事。

蒯月朋的母亲与王丽娜母亲是要好的闺密，她们是又有钱又有闲的阔太太。原来王家几个月前发生一场大变故，父亲脑梗，动手术，至今还住在医院里，母亲在医院长期照顾。

为了父亲，王丽娜放弃了几个学校的校考。与我一样，王丽娜也有一个把他宠上天的父亲，也抱着艺术家的梦想。

我心里突然变得很沉重。原本错愕，这下理解王丽娜为什么突然当着众人的面哇哇大哭了。王丽娜最近情绪反复无常，她与我一样，也是前途未卜。

王丽娜回来，装作若无其事的样子。

蒯月朋已经从车里拿来精心准备的回礼：五个精致的红木盒子和五把扇子。扇骨是红木头做的。红木扇骨，除人们熟知的檀香、紫檀、花梨、乌木外，还有沉香、楠木、鸡翅木。她父亲是红木家具的老板，用的自然是上等的红木。

"扇子很好，只可惜扇面空着。我有个想法。何不叫睿典题写墨宝，具体内容因人而定。"王丽娜又兴奋起来。

"好主意！负笈万里的你，不知一人在阴雨绵绵的英伦度过怎样孤寂的生活。待秋高气爽，蓝锦缎般的天空上，飘过的白云像飞升的丝绒鹅羽。中秋的月圆了，在我们的梦里，那一柄纸扇上黑色的线条，会幻成长长的风筝线，牵动着远行者浓浓的乡愁。"刘叶鸽像吟诗般地说道，"我还有个想法，我拿五块'封门青'，让睿典为在座每位女同学刻印一枚，在书法长卷拓五方印。将来，与五把扇子一样，它就是我们重逢的信物。"

蒯月朋拍手叫好，当即想好五组扇面题字——吟风、听雨、望月、仙游、飞天。

她留下书法长卷。等我补齐印章落款，再寄给她。

蒯月朋早早把账结了。

餐厅老板专门请了一位摄影师，给我们拍照合影。

临分别时，薇薇从书包里掏出一把梳子，递给蒯月朋。那是她瘫痪在床的父亲用手工做的一把金刚刺梳子。她父亲原是走街串巷串棕棚的手艺人，脚不能动，手却很灵活，平时做一些梳子贴补家用。

"月月，我没什么好送的，就送你一把梳子。"

"薇薇，这是我今天收到最珍贵的礼物！"

薇薇的眼睛亮晶晶的，闪着奇异的光。

众人把目光投向蒯月朋的头发。蒯月朋很爱惜自己的头发。第一次在宾王校园里遇见时，她还是齐刘海儿，一副清纯稚嫩的样子，后来她束起马尾，在篮球场上奔跑时，马尾巴一甩一甩的，甩得男生心旌摇曳！

原来梳马尾的她现在留起了长发，梳起了无数根小辫，成熟中带着俏皮。

乌发三千丈，缘阿似个长！

待我长发及腰，你娶我可好！

那长发是朦胧情感的萌芽。只是，我们心仪的王子还没跨上白马。

少女青春，往往没什么惊天动地的事，一下子就翻过去，很难留下终生难忘的东西，像奇迹，却很平常，说浪漫，又有些遗憾——反正，与原先的设想有点异样，带着一种难以言传的滋味。

不知下一次我们什么时候能够重聚。我们期待着，我们约定好——有一天如果谁先当了新娘，我们中另几位一定要做她的伴娘。

第十五章　十八岁的成人礼

　　时间能带来一切，也会带走一切。

　　五月初，学校举行毕业典礼。虽说高考之前乾坤未定，你我都是黑马，但高考之后，世事难料，孩子们都要经历人情冷暖，都会因为得意失意而变得沧桑；恰同学少年，最美好单纯的毕业典礼，应该在尘埃未定之时。

　　的确，高中毕业后，许多的美好与不美好，很快就会成为记忆。

　　你再也闻不到校园温馨的桂花香，见不到树荫丛后樱花、杜鹃、紫荆花的花蕾花瓣，看不到投射到玻璃窗上的朝霞暮霭了。离开安静得地下掉根针都听得一清二楚的教室，放学铃声响起，再也没人与你结伴同行了，再也没人与你一起买一杯奶茶，一人一半分着喝了，再也没有同桌的亲密，没有偷偷玩手机的惶恐与愉悦了，再也没有全班相互嬉闹的场景，没有教室后窗探进来的班主任的头颅了。

　　或许，从此往后，再也不会有 16 岁的春心萌动和 18 岁的一往情深了，有的只是渐渐滋生的好感和慢慢消失的沉醉。或许往后，再也没法轻松说出离别，因为许多同学，再也没有机会见面了。

　　毕业典礼也是十八岁的成人礼。高三班的所有学生，整整齐齐穿着校服来到大操场上。仪式总是固定套路，领导讲话、感恩教育、宣誓诵读、合影留念、成人墙签字一类。主席台上，"绚丽青春，砥砺前行"的横幅高挂。校长勉励声声入耳，老师代表为学生送出美好的祝愿，学生代表向家长老师表示感恩，家长为孩子们送上祝福的礼物，并为孩子戴上成人帽。参加成人礼的所有学生跨过成人门，在许愿板上许下成长的心愿。

　　我迈着坚定的脚步从老师的队伍前走过时，班主任耿老师似乎特地微笑着瞄了我一眼。她的眼光中带着欣慰和鼓励。对一个刚刚从压抑中走出来的学生来说，那是意味深长的一眼。每个人手里都攥着别人的过去，可能是大段的形影不离，也可能是细碎成一片片的擦肩而过。

　　当母亲为我戴上红色的成人帽时，我看见她眼里闪着泪光。

中考在我脑子里一片空白。高考的记忆，我也愿意主动抹去！

高考后几天，我就接到周斌的电话，邀请我去贵州。

人与人之间，有时不得不相信缘分。有人一辈子在一起未必成为知己，而有些人，不过是在人群中匆匆一瞥，却是终生难忘。

我与周斌就是如此。我们在一起加起来不过三个月，却像三年。在杭州那个陌生的小区，在那个拥挤的宿舍里，我们相识相知，拼命努力，研墨临帖，篆隶行草，背诵古文繁体，每晚坚持到午夜。那时候，书法把我做梦的时间占了，那时候，没人教我们压力太大会崩溃的道理，那时候，我们心里充满憧憬。

我去过许多地方，唯独没有去过贵州。听周斌说，贵州是个神奇的地方，特别是夏天。贵州的山连绵不绝，遍布东南西北；贵州的水，从天上流到地下，形成澎湃的河流和神秘的溶洞；贵州的桥，是一座座梦幻，堪称建筑壮举，开车行驶其上，如在缥缈云中前行。总之，贵州是秘境中的秘境，满足你所有关于神秘的想象。

还有独具风情的苗族、土家族、侗族、羌族等少数民族的服饰和歌舞，将大山之间的淳朴生活点缀。

周斌穿着苗族少女的传统服饰。我们去松桃苗族自治县苗寨好彩村古镇，我们去苗王城、铜仁古城、大明边城、朱砂古镇、寨沙侗寨、石阡与楼上古寨、亚木沟、云舍村、乌江黎芝峡和百里画廊。最后我们登上武陵山脉的最高峰红云金顶。梵净山集黄山之奇、峨眉之秀、华山之险、泰山之雄于一身，云瀑、禅雾、幻影、佛光，梵净山就是秘境中的绝境！

铜仁是书法之乡，明清之际涌现了周冕、周以湘、王道行、潘登云、严寅亮、鄢师竹六位书法家。冉博士是铜仁人，三次努力才进中国美院。

周斌进入复试，最后没被录取。她的成绩已经可以进其他美院，可是她非中国美院不可！她准备再战。

周斌的服饰很美，像清纯少女。当她抽电子烟、吞云吐雾、目视远方时，又恢复师姐的样子——有些沧桑，有些执拗。

"你呢？"周斌说了自己的打算，再一次问我。

"我不知道。"

我们本来约好共同进退。现在，我打退堂鼓了。

"我们还是最好的朋友和姐妹。我尊重你的选择。过去总以为一分耕耘一分收获，机会青睐有准备的人，其实这是最大的鬼话。天赋、勤奋、机遇，还应该包括家庭地位和经济实力。我现在知道了，社会有显规则，还有潜规

则！不过我不服气，还要再战！"

"周斌，我相信你行。我会记着你，等你的好消息！"

高考结果，没过本科线，是意料之外也是预想之中的事。半年时间花在书法应考上，我的结局在决定艺考那天就注定了。

高考，总是几家欢乐几家愁。男同学中，姚科达出人意料地考进浙江大学。回河南参加高考的王洛阳被警察学院录取。蒋查浩然超水平发挥，考入浙江师范大学。在群星艺术学校就读的"胖墩"葛天宇费尽九牛二虎之力，进入一所民办的传媒学院。刘叶鸽顺利进入同济大学建筑系。薇薇用力过猛，与中考一样，发挥失常，最后考进绍兴文理学院护理专业，毕业后当护士，总算也在医院。

王丽娜的成绩与我差不多。患脑梗瘫痪在床的父亲由富翁变负翁，王丽娜不准备花巨资读并不理想的民办艺术院校，也不准备复读，报了普通专科的设计专业。

我原本是铁了心要复读的，雄心勃勃，非中国美院不可。但是，贵州之行改变了我的主意。我不知道，这其中，有没有周斌和王丽娜对我的影响。

母亲自然是一百个不甘心。书法校考失利，母亲就在联系复读的学校。杭州求是，金华新青年，东阳，富阳，台州，一个个学校找过去，求证比较，讨价还价。

但是复读，就是要把那些过去嚼过的馍放在嘴里再一遍遍地嚼，我一千个不乐意！

父亲尊重我的选择。我把高考成绩报给他时，他站起来，似乎想拥抱我，不知是内疚还是欣喜，他的嘴唇哆嗦着，转过头去，不让我看见他眼睛里渗出的泪水

"爸爸很高兴，很高兴！"

那泪水的潜台词是：你努力了！你应该问心无愧！

"来到这个世界，不只是无尽的考试和分数，还有比它们更重要的东西：听风听雨，看花看叶，看水怎么流，看太阳怎么升起——"

是啊，为什么用分数把人成分三六九等，定义学霸学渣，贴上 ABCD？用简单的几个数字决定人一生的命运，公平吗？那公平吗？

一代又一代，仿佛一道道分水岭。人生就像是过山车一般，甩上最高点，又倏忽跌下，一路俯冲，拦都拦不住。考上清华北大，考上 985、211，考上本科，出国留学，那些所谓的"状元"宣传、升硕读博、考公务员、获取一个编制、进入世界五百强、30 岁就财务自由的"成功学"，不知摧毁了多少

学子的自尊。那些排山倒海、汹涌而来的毒鸡汤不知扼杀了多少少年的诗意梦想！

我们就像被众神惩罚的西西弗斯，推石头上山，又滚落回原点。为了一顶帽子，十几二十年，推着寒窗苦读的石头，推着繁重课业的巨石，艰难地从山脚推上山顶，然后又轰隆隆滚回山脚。

抬起头，周围有成千上万座同样的山，无数的人，推着同样的巨石。我在滚那块石头，父亲也在滚那块石头，所有人都在滚那块石头，最后每个人都变成了石头！

"你有自己的丰富世界。现在那么平静，假以时日，会慢慢淡忘掉伤痛。路还长，路还很长。宝宝，不要气馁！世上的路有千万条，并不一定要走独木桥。"父亲说着，自己也觉得话苍白无力，低下头。他不敢看我，却不得不安慰我。"我相信你的艺术天分，热爱书法篆刻。真正的艺术家不是院校培养出来的，那是泪水和汗水浇灌出来的。"

父亲小心翼翼保护着我仅剩的那点灵性和智慧火光。每次从杭州回来，或是独自坐飞机动车去参加艺考回来，父亲见到我的第一句话总是"宝宝长大了，真长大了！"他从来没有叫过我的名字甚至小名"典典"，他总是包容我的所有的任性和胡搅蛮缠，他总是默默为我准备好需要的一切，他总想把最好的东西留给我。

父亲不善交际，死抱着20世纪60年代生人固有的观念。可怕的是，他把艺术家的自命不凡，艺术家的移情、小资情调传给了我，它们没有帮到我，倒使得多愁善感的我增添不少烦恼。

父亲想把我高高举起，可每次都会触碰到无形的天花板。他有一个父亲的无奈，有力不从心的无奈，也有世俗的愤懑。但总的说来，他还是沉稳儒雅的，一头乌发，穿着风衣，唇间下巴新长出的胡碴让他看起来沧桑而年轻。

母亲却看起来苍老了许多，一半头发花白，已经需要再染一次发了。她的声音温和而沙哑，原来这位歇斯底里、怒气冲冲、极端的"鸡娃"母亲用另一种方式表达着她的母爱。

上一所普通大学，学会一门普通的技术，踏踏实实做人，过普普通通的一生，何尝不是一种幸福！

母亲无奈接受现实。或许她已经转过弯来了，她更揪心的是我的身心健康。

母亲带我去医院动手术。小表姐是浙四医院心胸科的护士，早已联系好了最好的外科医生。小表姐曾是我参加比赛写的文章中的主角，现在是抗疫

英雄,她的名字出现在《青年报》的网站上。

我讨厌医院,总觉得人不应该去或少去医院,踏进医院大门,吸入第一口消毒水的气味,就等于跟死神混了个脸熟。医院走廊里,总是放着天蓝色的塑料椅子。病人的眼神里面是淡淡的戒备。吊瓶,哭喊,轮椅,老人,病态的苍白和潮红,虚无的呼吸,总使我迷迷糊糊想起舅妈生病的经历和那个陌生的女人。

可腋窝下越来越重的怪味,给敏感的我带来了无穷的烦恼。

对医生来说,这只是一次小手术,对我来说,却是一次身心的蜕变,一次渡劫,一次真正的成人礼。

两个腋窝都留着刀疤。我像个木偶,像个机器人,两只胳膊吊着,身体僵硬,不能自如活动。

我躺在家里自己的床上做梦,昏昏沉沉,仿佛永远也睡不醒。

母亲用臂弯衬着我的头把我支撑起来,给我洗头擦身换衣;她把苹果削皮切成小块用牙签扎着放在床头柜上,她想方设法烧各种汤汁一勺勺喂我。

母亲和女儿的亲密关系是通过肌肤接触建立的。过去,我是多么渴望与母亲肌肤接触而不得。这是我与母亲第一次肌肤相亲,我又回到了婴儿的状态,躺在床上,泪流满面。眼泪沾湿了整个枕头,洗去了过去所有的悲伤委屈和愤懑。

在妈妈心里,我还是她的宝贝女儿,不是亲生,胜似亲生!

恢复的日子短暂漫长。经历一次凤凰涅槃,折断的翅膀回到身上,脸色恢复了红润,眼睛渐渐变得更有神采。

离开学的日子越来越近。大表哥张罗着给我办践行宴。过去,三位表哥三位表姐的升学宴都是父母操办的。现在这根接力棒交给大表哥了。

大表哥是老主任了,是年轻一辈中的老大,大家都听他的。

我拿着行李箱来到高铁站。在站外熙熙攘攘送行的人群里,我看到了一位中年妇女的身影——她站在很远的地方张望。

她就是在舅妈住院时出现过的那位神秘女性吗?我不敢肯定。

在那黑压压的人群里,我看到一位面容黝黑的中年男子的身影,他闪了一下就被人流淹没了,只留下一个落寞的背影。

还有无数的背影。父母的背影,外婆的背影,姨娘姨夫的背影,表哥表姐们的背影,朱医生王老师的背影,吴冕和姑姑小青的背影。

他们都是我的亲人,又不是;我流着与他们相同的血液,又不同。

那些背影渐渐远去,我再一次热泪盈眶。

我仰起头。青蓝的天空上面浮着一块白云，飘往天边。

不，那不是云，而是一条船。那条船，慢慢地往天边儿挪动，我仿佛上了船，心是飘的。从外婆家的月亮湾，二表哥家的舟墟古渡，可以一直坐船去兰溪。兰溪新建的港口已可通航，从那里坐船，过富春江，跨越钱塘江，沿古运河可以直达太湖，到我即将就读的无锡。

我现在就在船上吗？

是的，这是一条青春的船。这是一条爱的船。这条船，装满了父爱母爱，兄弟姊妹同学的爱，装满沉甸甸的爱的行囊。

青春的帆已经扬起。

那不可知的未来，迎接我的会是什么？